A **ARTE** DA **PERFORMANCE**

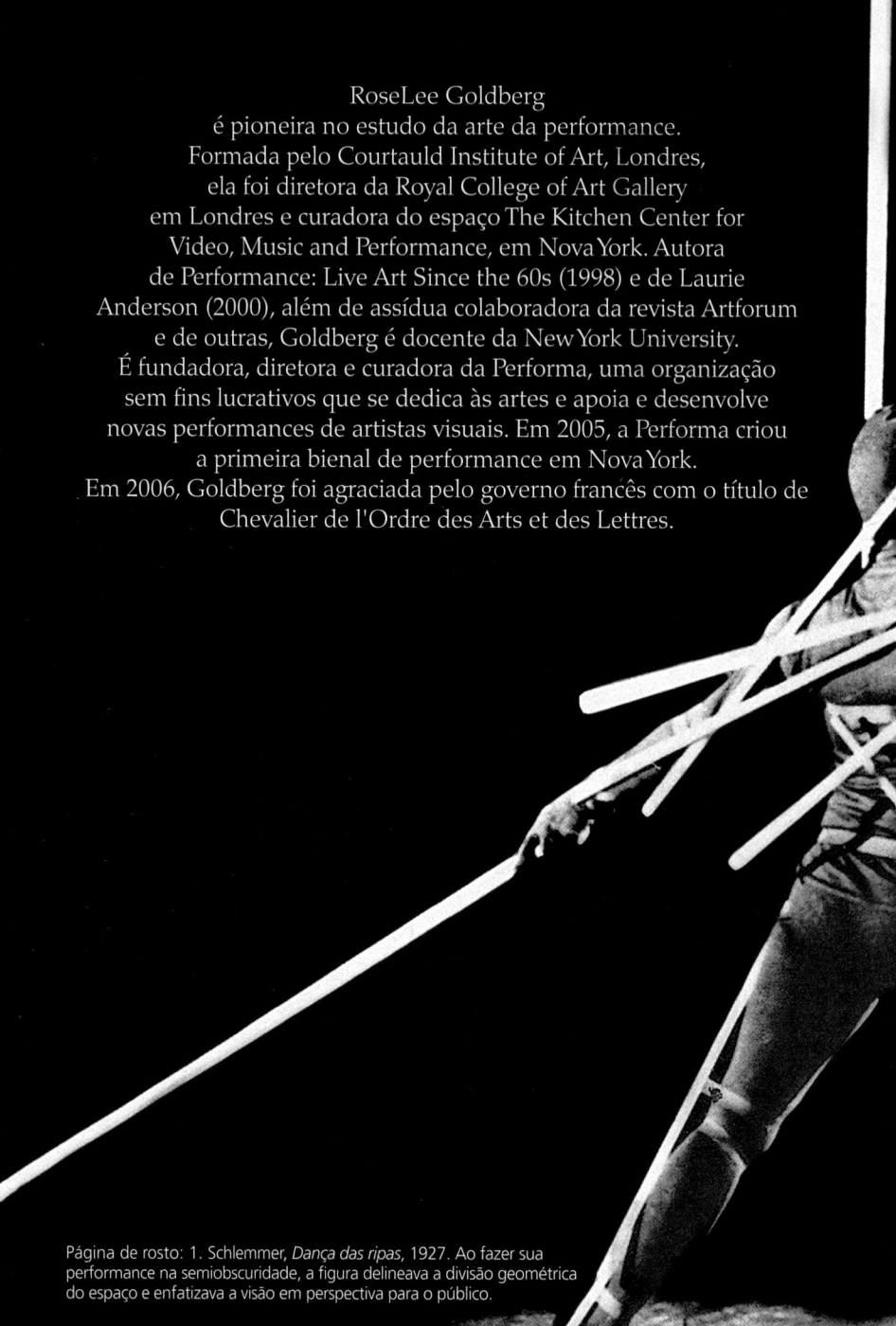

RoseLee Goldberg
é pioneira no estudo da arte da performance.
Formada pelo Courtauld Institute of Art, Londres,
ela foi diretora da Royal College of Art Gallery
em Londres e curadora do espaço The Kitchen Center for
Video, Music and Performance, em Nova York. Autora
de Performance: Live Art Since the 60s (1998) e de Laurie
Anderson (2000), além de assídua colaboradora da revista Artforum
e de outras, Goldberg é docente da New York University.
É fundadora, diretora e curadora da Performa, uma organização
sem fins lucrativos que se dedica às artes e apoia e desenvolve
novas performances de artistas visuais. Em 2005, a Performa criou
a primeira bienal de performance em Nova York.
Em 2006, Goldberg foi agraciada pelo governo francês com o título de
Chevalier de l'Ordre des Arts et des Lettres.

Página de rosto: 1. Schlemmer, *Dança das ripas*, 1927. Ao fazer sua performance na semiobscuridade, a figura delineava a divisão geométrica do espaço e enfatizava a visão em perspectiva para o público.

RoseLee Goldberg

A ARTE DA PERFORMANCE
DO FUTURISMO AO PRESENTE

Terceira edição
202 ilustrações

Tradução: Jefferson Luiz Camargo
Revisão da tradução: Percival Panzoldo de Carvalho
Revisão técnica: Kátia Canton

martins fontes
selo martins

A autora deseja agradecer a todos os que contribuíram para a preparação do material, em particular aos artistas John Golding, Lillian Kiesler e Andreas e Eva Weininger, e a Nikos Stangos, editor do original. E sempre um agradecimento especial a Dakota, Zoe e Pierce Jackson.

•

© 2016, Livraria Martins Fontes Editora Ltda.,
São Paulo, para a presente edição.
Publicado através de acordo com Thomes and Hudson Ltd, Londres.
© 1979, 1988, 2001 e 2011 RoseLee Goldberg.
Esta obra foi publicada originalmente em inglês
com o título Performance Art - From Futurism to the Present

Publisher	Evandro Mendonça Martins Fontes
Coordenação editorial	Vanessa Faleck
Produção gráfica	Susana Leal
Capa	Douglas Yoshida
Revisão	Sandra Garcia Cortes
	Mauro de Barros
	Julio de Mattos
Diagramação	Studio 3

Dados Internacionais de Catalogação na Publicação (CIP)
(Câmara Brasileira do Livro, SP, Brasil)

Goldberg, RoseLee
   A arte da performance : do futurismo ao presente RoseLee Goldberg ; tradução Jefferson Luiz Camargo. – 3. ed. – São Paulo : – São Paulo : Martins Fontes- selo Martins, 2015.

   Título original: Performance Art: From Futurism to the Present
   ISBN 978-85-8063-230-9

   1. Arte da performance 2. Arte moderna - Século 20 3. Trabalho de grupo em arte I. Título.

15-04859   CDD-700.904

Índices para catálogo sistemático:
1. Arte da performance : Arte moderna : Século 20
700.904

Todos os direitos desta edição reservados à
Martins Editora Livraria Ltda.
Av. Dr. Arnaldo, 2076
01255-000 São Paulo SP Brasil
Tel. (11) 3116 0000
info@emartinsfontes.com.br
www.emartinsfontes.com.br

ÍNDICE

Prefácio VII

1. Futurismo 1
2. Futurismo e construtivismo russos 21
3. Dadá 40
4. Surrealismo 65
5. Bauhaus 87
6. Arte viva: *c.* 1933 à década de 1970 111
7. A arte de ideias e a geração da mídia: 1968 a 2000 142
8. A primeira década do novo século: 2001 a 2010 218

Bibliografia selecionada 243
Índice remissivo 249
Créditos das ilustrações 256

2. Allan Kaprow, *Dezoito* happenings *em seis partes (Reconstituição)*, 2007. Essa reconstrução dos Happenings originais de 1959 era uma das obras de uma grande retrospectiva do artista em um museu.

PREFÁCIO

A performance passou a ser aceita como meio de expressão artística independente na década de 1970. Naquela época, a arte conceitual – que insistia numa arte em que as ideias fossem mais importantes que o produto e numa arte que não pudesse ser comprada ou vendida – estava em seu apogeu, e a performance era frequentemente uma demonstração ou uma execução dessas ideias. Desse modo, a performance transformou-se na forma de arte mais tangível do período. Os espaços dedicados à arte da performance surgiram nos maiores centros artísticos internacionais, os museus patrocinavam festivais, as escolas de arte introduziram a performance em seus cursos e as revistas especializadas começaram a aparecer.

Foi durante esse período que esta primeira história da performance foi publicada (1979), demonstrando que havia uma longa tradição de artistas voltando-se para a performance ao vivo como um meio, entre muitos outros, de expressar suas ideias, e que esses eventos desempenharam um importante papel na história da arte. É interessante notar que a performance, até aquela época, fora insistentemente deixada de lado no processo de avaliação do desenvolvimento artístico, principalmente no período moderno, o que se deveu mais à dificuldade de situá-la na história da arte do que a qualquer omissão deliberada.

A amplitude e a riqueza dessa história tornou ainda mais evidente esse problema da omissão. Afinal, os artistas não usavam a performance simplesmente como um meio de atrair publicidade sobre si próprios. A performance tem sido vista como uma maneira de dar vida a muitas ideias formais e conceituais nas quais se baseia a criação artística. As demonstrações ao vivo sempre foram usadas como uma arma contra os convencionalismos da arte estabelecida.

Essa postura radical fez da performance um catalisador na história da arte do século XX; sempre que determinada escola – quer se tratasse do cubismo, do minimalismo ou da arte conceitual – parecia ter chegado a um impasse, os artistas se voltavam para a performance como um meio de demolir categorias e apontar para novas direções. Além do mais, no âmbito da história da vanguarda – refiro-me aqui aos artistas que, sucessivamente, lideraram o processo de ruptura com as tradições –, a performance esteve durante o século XX no primeiro plano de tal atividade: uma vanguarda da vanguarda. Muito embora a maior parte do que atualmente se escreve sobre a obra dos futuristas, construtivistas, dadaístas e surrealistas continue a se concentrar nos objetos de arte produzidos em cada um desses períodos, esses movimentos amiúde encontravam suas raízes e tentavam solucionar questões difíceis por meio da performance. Quando os membros desses grupos ainda estavam na faixa dos vinte ou trinta anos, foi na performance que eles testaram suas ideias, só mais tarde expressando-as em forma de objetos. A maioria dos primeiros dadaístas de Zurique, por exemplo, eram poetas, artistas de cabaré e *performers* que, antes de criar os próprios objetos dadaístas, expuseram obras de movimentos então recentes, como o expressionismo. Da mesma maneira, quase todos os dadaístas e surrealistas parisienses foram poetas, escritores e agitadores antes de passar à criação de objetos e pinturas surrealistas. O texto de Breton *Surrealismo e pintura*, escrito em 1928, foi uma tentativa tardia de encontrar uma possibilidade de expressão pictórica para o ideário surrealista e, como tal, continuou a colocar a questão "O que é pintura surrealista?" ainda por alguns anos depois de sua publicação. Pois não foi o mesmo Breton que, quatro anos antes, tinha afirmado que o *acte gratuit* surrealista por excelência seria sair atirando a esmo por uma rua cheia de gente?

Os manifestos da performance, desde os futuristas até nossos dias, têm sido a expressão de dissidentes que tentaram encontrar outros meios de avaliar a experiência artística no cotidiano. A performance tem sido um meio de dirigir-se diretamente a um grande público, bem como de chocar as plateias, levando-as a reavaliar suas concepções de arte e sua relação com a cultura. Por outro lado, o interesse do público por esse meio de expressão artística, particularmente na década de 1980, provém de um aparente desejo desse público de ter acesso ao mundo da arte, de tornar-se espectador de seus rituais e de sua comunidade distinta, de deixar-se surpreender pelas apresentações inusitadas, sempre transgressoras, que caracterizam as criações desses artistas. A obra pode ser apresentada em forma de espetáculo solo ou em grupo, com iluminação, música ou elementos visuais criados pelo próprio *performer* ou em colaboração com outros artistas, e apresentada em lugares como uma galeria de arte, um museu, um "espaço alternativo", um teatro, um bar, um café ou uma esquina. Ao contrário do que ocorre na tradição teatral, o *performer é* o artista, raramente um personagem, como acontece com os atores, e o conteúdo raramente segue um enredo ou uma narrativa tradicional. A performance pode ser uma série de gestos íntimos ou uma manifestação teatral com elementos visuais em grande escala, e pode durar de alguns minutos a muitas horas; pode ser apresentada uma única vez ou repetida várias vezes, com ou sem um roteiro preparado; pode ser improvisada ou ensaiada ao longo de meses.

Quer seja um ritualismo tribal, uma representação medieval da Paixão de Cristo, um espetáculo renascentista ou as *soirées* organizadas pelos artistas da década de 1920 em seus ateliês de Paris, a performance conferiu ao artista uma presença na sociedade. Dependendo da natureza da performance, essa presença pode ser esotérica, xamanística, educativa, provocadora ou um mero entretenimento. Os exemplos renascentistas chegam até mesmo a mostrar o artista no papel de criador e diretor de espetáculos públicos, desfiles fantásticos e triunfais que frequentemente exigiam a construção de primorosos edifícios temporários, ou de eventos alegóricos que utilizavam o talento multimídia atribuído ao homem do Renascimento. Uma batalha naval simulada, concebida por Polidoro da Caravaggio em 1589, foi representada no átrio do Palácio Pitti de Florença, especialmente inundado para a ocasião; Leonardo da Vinci vestiu seus *performers* como planetas e os pôs a declamar versos sobre a Idade de Ouro em um quadro vivo intitulado *Paradiso* (1490); e o artista barroco Gian Lorenzo Bernini montou espetáculos para os quais escreveu roteiros, fez o cenário e desenhou os figurinos, construiu elementos arquitetônicos e chegou a criar cenas realistas de uma inundação, como fez em *L'Inondazione* [*A Inundação do Tibre*], de 1638.

A história da performance no século XX é a história de um meio de expressão maleável e indeterminado, com infinitas variáveis, praticado por artistas impacientes com as limitações das formas mais estabelecidas e decididos a pôr sua arte em contato direto com o público. Por esse motivo, sua base tem sido sempre anárquica. Por sua própria natureza, a performance desafia uma definição fácil ou precisa, indo além da simples afirmação de que se trata de uma arte feita ao vivo pelos artistas. Qualquer definição mais exata negaria de imediato a própria possibilidade da performance, pois seus praticantes usam livremente quaisquer disciplinas e quaisquer meios como material – literatura, poesia, teatro, música, dança, arquitetura e pintura, assim como vídeo, cinema, *slides* e narrações, empregando-os nas mais diversas combinações. De fato, nenhuma outra forma de expressão artística tem um programa tão ilimitado, uma vez que cada *performer* cria sua própria definição ao longo de seu processo e modo de execução.

A terceira edição deste livro atualiza um texto que, em 1978, reconstituiu os passos de uma história até então não contada. Como uma primeira história, colocava questões sobre a própria natureza da arte e explicava o importante papel da perfor-mance no desenvolvimento da arte do século XX. Mostrava de que modo os artistas optaram pela performance para se libertar dos meios de expressão dominantes – a pintura e a escultura – e das limitações de se trabalhar dentro dos sistemas de museus e galerias, e de que modo eles a usaram como uma forma provocativa de responder às mudanças que então se operavam – quer políticas, no sentido mais amplo, quer culturais. Uma edição posterior revelou o papel desempenhado pela performance na destruição das barreiras entre as belas-artes e a cultura popular. Nela também se mostrava como a presença viva do artista e o enfoque em seu corpo se tornaram cruciais para as concepções acerca do "real", além de constituírem uma base para o desenvolvimento das instalações, da videoarte e da fotografia em fins do século XX.

Esta última edição descreve o enorme aumento do número de performers e de espaços dedicados à realização da performance, não apenas na Europa e nos Estados Unidos, mas no mundo todo, à medida que ela foi se tornando o meio de expressão escolhido para a articulação da "diferença" – de suas próprias culturas e etnias – e o ingresso no discurso mais amplo da cultura internacional em nossa época extremamente dividida entre diferentes extremos. O livro também mostra em que medida a academia se voltou para a arte da performance – seja na filosofia, arquitetura ou antropologia –, e para o estudo de seu impacto sobre a história intelectual e do modo como os museus, que no passado eram alvo dos protestos dos artistas, agora têm um departamento de performance que inclui as manifestações artísticas ao vivo como uma forma de expressão artística tão importante como as demais.

Nova York, 1978, 1987, 2000, 2011

RÉDACTION — ADMINISTRATION
26, rue Drouot, Paris (9e Arrt)

POUR LA PUBLICITÉ
S'ADRESSER, 26, RUE DROUOT
A L'HOTEL DU « FIGARO »
ET POUR LES ANNONCES ET RÉCLAMES
Chez MM. LAGRANGE, CERF & Cie
8, place de la Bourse

LE FIGARO

« Loué par ceux-ci, blâmé par ceux-là, me moquant des sots, bravant les méchants, je me hâte de rire de tout... de peur d'être obligé d'en pleurer. » (BEAUMARCHAIS.)

SOMMAIRE

PAGES 1, 2 ET 3

Le futurisme : F.-T. MARINETTI.
La Vie de Paris : « Le Roi » à l'Elysée... Palace : UN MONSIEUR DE L'ORCHESTRE.
Le complot Caillaux : UN RENSEIGNÉ.
Le commerce franco-anglais menacé : LOUIS CHEVRECSE.
Le five o'clock du "Figaro" : FABIEN.
La Chambre : Histoire d'un instituteur : PAS-PERDUS.
Autour de la politique : AUGUSTE AVRIL.
Comment voterons-nous ? : La représentation proportionnelle : GEORGES BOURDON.

PAGES 4, 5 ET 6

La Mode au théâtre : GHENYA.
Une curieuse aventure : CHARLES DAUZATS.
Le monde religieux : La dissolution de la diocésaine de la Gironde : JULIEN DE NARFON.
En Allemagne : Nuremberg. — La Franconie : JULES HURET.
Les Théâtres : Gymnase : « L'Ane de Buridan » : FRANCIS CHEVASSU. — Théâtre Alexandre : Répétition générale de « la Ville morte » : R. M.
Dessin : Au Gymnase : « L'Ane de Buridan » : DE LOSQUES.
« L'Ane de Buridan » : ROBERT DE FLERS ET G.-A. DE CAILLAVET.

Le Futurisme

M. Marinetti, le jeune poète italien et français, au talent remarquable et fougueux, que de retentissantes manifestations ont fait connaître dans tous les pays latins, suivi d'une pléiade d'enthousiastes disciples, vient de fonder l'École du « Futurisme » dont les théories dépassent en hardiesse toutes celles des écoles antérieures ou contemporaines. Le *Figaro* qui a déjà servi de tribune à plusieurs d'entre elles, et non des moindres, offre aujourd'hui à ses lecteurs le manifeste des « Futuristes ». Est-il besoin de dire que nous laissons au signataire toute la responsabilité de ses idées singulièrement audacieuses et d'une outrance souvent injuste pour des choses éminemment respectables et, heureusement, partout respectées? Mais il était intéressant de réserver à nos lecteurs la primeur de cette manifestation, quel que soit le jugement qu'on porte sur elle.

Nous avions veillé toute la nuit, mes amis et moi, sous des lampes de mosquée dont les coupoles de cuivre aussi ajourées que notre âme avaient pourtant des cœurs électriques. Et tout en piétinant notre native paresse sur d'opulents tapis persans, nous avions discuté aux frontières extrêmes de la logique et griffé le papier de démentes écritures.

Un immense orgueil gonflait nos poitrines à nous sentir debout tous seuls, comme des phares ou comme des sentinelles avancées, face à l'armée des étoiles ennemies, qui campent dans leurs bivouacs célestes. Seuls avec les mécaniciens dans les infernales chaufferies des grands navires, seuls avec les noirs fantômes qui fourragent dans le ventre rouge des locomotives affolées, seuls avec les ivrognes battant des ailes contre les murs!

Et nous voilà brusquement distraits par le roulement des énormes tramways à double étage, qui passent sursautants, bariolés de lumières, tels les hameaux en fête que le Pô débordé ébranle tout à coup et déracine, pour les entraîner, sur les cascades et les remous d'un déluge, jusqu'à la mer.

Puis le silence s'aggrava. Comme nous écoutions la prière exténuée du vieux canal et crisser les os des palais moribonds dans leur barbe de verdure, soudain rugirent sous nos fenêtres les automobiles affamées.

— Allons, dis-je, mes amis! Partons! Enfin, la Mythologie et l'Idéal mystique sont surpassés. Nous allons assister à la naissance du Centaure et nous verrons bientôt voler les premiers anges! — Il faudra ébranler les portes de la vie pour en essayer les gonds et les verrous! Partons! Voilà bien le premier soleil levant sur la terre!... Rien n'égale la splendeur de son épée rouge qui s'escrime pour la première fois dans nos ténèbres millénaires.

Nous nous approchâmes des trois machines renâclantes pour flatter leur poitrail. Je m'allongeai sur la mienne...

Le grand balai de la folie nous arracha à nous-mêmes et nous poussa à travers les rues escarpées et profondes comme des torrents desséchés. Çà et là, des lampes malheureuses, aux fenêtres, nous enseignaient à mépriser nos yeux mathématiques.

nos bras foulés en écharpe, parmi la complainte des sages pêcheurs à la ligne et des naturalistes navrés, nous dictâmes nos premières volontés à tous les hommes *vivants* de la terre :

Manifeste du Futurisme

1. Nous voulons chanter l'amour du danger, l'habitude de l'énergie et de la témérité.

2. Les éléments essentiels de notre poésie seront le courage, l'audace et la révolte.

3. La littérature ayant jusqu'ici magnifié l'immobilité pensive, l'extase et le sommeil, nous voulons exalter le mouvement agressif, l'insomnie fiévreuse, le pas gymnastique, le saut périlleux, la gifle et le coup de poing.

4. Nous déclarons que la splendeur du monde s'est enrichie d'une beauté nouvelle : la beauté de la vitesse. Une automobile de course avec son coffre orné de gros tuyaux, tels des serpents à l'haleine explosive... une automobile rugissante, qui a l'air de courir sur de la mitraille, est plus belle que la *Victoire de Samothrace*.

5. Nous voulons chanter l'homme qui tient le volant, dont la tige idéale traverse la terre, lancée elle-même sur le circuit de son orbite.

6. Il faut que le poète se dépense avec chaleur, éclat et prodigalité, pour augmenter la ferveur enthousiaste des éléments primordiaux.

7. Il n'y a plus de beauté que dans la lutte. Pas de chef-d'œuvre sans un caractère agressif. La poésie doit être un assaut violent contre les forces inconnues, pour les sommer de se coucher devant l'homme.

8. Nous sommes sur le promontoire extrême des siècles!... A quoi bon regarder derrière nous, du moment qu'il nous faut défoncer les vantaux mystérieux de l'impossible? Le Temps et l'Espace sont morts hier. Nous vivons déjà dans l'absolu, puisque nous avons déjà créé l'éternelle vitesse omniprésente.

9. Nous voulons glorifier la guerre, — seule hygiène du monde, — le militarisme, le patriotisme, le geste destructeur des anarchistes, les belles Idées qui tuent et le mépris de la femme.

10. Nous voulons démolir les musées, les bibliothèques, combattre le moralisme, le féminisme et toutes les lâchetés opportunistes et utilitaires.

11. Nous chanterons les grandes foules agitées par le travail, le plaisir ou la révolte; les ressacs multicolores et polyphoniques des révolutions dans les capitales modernes; la vibration nocturne des arsenaux et des chantiers sous leurs violentes lunes électriques; les gares gloutonnes avaleuses de serpents qui fument; les usines suspendues aux nuages par les ficelles de leurs fumées; les ponts aux bonds de gymnastes lancés sur la coutellerie diabolique des fleuves ensoleillés; les paquebots aventureux flairant l'horizon; les locomotives au grand poitrail qui piaffent sur les rails, tels d'énormes chevaux d'acier bridés de longs tuyaux et le vol glissant des aéroplanes, dont l'hélice a des claquements de drapeaux et des applaudissements de foule enthousiaste.

C'est en Italie que nous lançons ce manifeste de violence culbutante et incendiaire, par lequel nous fondons aujourd'hui le *Futurisme*, parce que nous voulons délivrer l'Italie de sa gangrène de professeurs, d'archéologues, de cicérones et d'antiquaires.

L'Italie a été trop longtemps le marché des brocanteurs qui fournissaient au monde le mobilier de nos ancêtres, sans cesse renouvelé et soigneusement mitraillé pour simuler le travail des tarets vénérables. Nous voulons débarrasser l'Italie des musées innombrables qui la couvrent d'innombrables cimetières.

Musées, cimetières!... Identiques vraiment dans leur sinistre coudoiement de corps qui ne se connaissent pas. Dortoirs publics où l'on dort à jamais côte à côte avec des êtres haïs ou inconnus. Férocité réciproque des peintres et des sculpteurs s'entre-tuant à coups de lignes et de couleurs dans le même musée.

Qu'on y fasse une visite chaque année comme on va voir ses morts une fois par an!... Nous pouvons bien l'admettre!... Qu'on dépose même des fleurs une fois par an aux pieds de la *Joconde*, nous le concevons!... Mais que l'on aille promener quotidiennement dans les musées nos tristesses, nos courages fragiles et notre inquiétude, nous ne l'admettons pas!...

Admirer un vieux tableau, c'est verser notre sensibilité dans une urne funéraire au lieu de la lancer en avant par jets violents de création et d'action. Voulez-vous donc gâcher ainsi vos meilleures forces dans une admiration inutile du passé, dont vous sortez forcément épuisés, amoindris, piétinés?

pour accomplir notre tâche. Quand nous aurons quarante ans, que de plus jeunes et plus vaillants que nous veuillent bien nous jeter au panier comme des manuscrits inutiles!... Ils viendront contre nous de très loin, de partout, en bondissant sur la cadence légère de leurs premiers poèmes, griffant l'air de leurs doigts crochus, et humant, aux portes des académies, la bonne odeur de nos esprits pourrissants déjà promis aux catacombes des bibliothèques.

Mais nous ne serons pas là. Ils nous trouveront enfin, par une nuit d'hiver, en pleine campagne, sous un triste hangar pianoté par la pluie monotone, accroupis près de nos aéroplanes trépidants, en train de chauffer nos mains sur le misérable feu que feront nos livres d'aujourd'hui flambant gaiement sous le vol étincelant de leurs images.

Ils s'ameuteront autour de nous, haletants d'angoisse et de dépit, et, tous, exaspérés par notre fier courage infatigable, s'élanceront pour nous tuer, avec d'autant plus de haine que leur cœur sera ivre d'amour et d'admiration pour nous. Et la forte et la saine Injustice éclatera radieusement dans leurs yeux. Car l'art ne peut être que violence, cruauté et injustice.

Les plus âgés d'entre nous n'ont pas encore trente ans, et pourtant nous avons déjà gaspillé des trésors, des trésors de force, d'amour, de courage et d'âpre volonté, à la hâte, en délire, sans compter, à tour de bras, à perdre haleine.

Regardez-nous! Nous ne sommes pas essoufflés... Notre cœur n'a pas la moindre fatigue! Car il s'est nourri de feu, de haine et de vitesse! Cela vous étonne? C'est que vous ne vous souvenez même pas d'avoir vécu! — Debout sur la cime du monde, nous lançons encore une fois le défi aux étoiles!

Vos objections? Assez! assez! Je les connais! C'est entendu! Nous savons bien ce que notre belle et fausse intelligence nous affirme. — Nous ne sommes, dit-elle, que le résumé et le prolongement de nos ancêtres. — Peut-être! soit!... Qu'importe?... Mais nous ne voulons pas entendre! Gardez-vous de répéter ces mots infâmes! Levez plutôt la tête!

Debout sur la cime du monde, nous lançons encore une fois le défi insolent aux étoiles!

F.-T. Marinetti.

en poussant des vivats et des clameurs, gagna les vastes salles à manger et s'éparpilla en groupements sympathiques autour d'une multitude de tables luxueusement fleuries.

Sur ces tables chacun trouva un très joli menu orné d'un dessin de de Losques et représentant spirituellement le Roi embrassant en même temps Mlle Lavallière et Mlle Lantelme, qui furent chacune exactement cent fois de suite l'espiègle et délurée petite You-You de la comédie de MM. de Caillavet, Robert de Flers et Emmanuel Arène.

Je renonce à vous donner une idée de l'aspect féerique que présentait alors cette foule de jolies actrices aux parures brillantes et chatoyantes encadrées de dominos et de costumes masculins variés à l'infini, et échangeant d'une table à l'autre des propos joyeux et des répliques — je vous jure — le plus souvent spirituelles!

A la table d'honneur présidait Samuel le Magnifique — le Doge de face, — ayant à ses côtés Mmes Lender, Séverine, Yvette Guilbert et Mily Meyer. Beaucoup plus préoccupé de savourer l'excellent menu que de faire du reportage, j'avoue à ma honte de soiriste n'avoir pas songé à noter exactement le nom de toutes les belles invitées; au reste, mes deux manchettes et mon plastron n'y auraient pas suffi... Cependant en forçant mon souvenir, je vois passer devant mes yeux fermés, se suivant en théories suggestives et galantes :

Mmes Lavallière, en délicieux petit cow-boy; Lantelme, en mignonne bohémienne; Jeanne Saulier, charmante en toilette 1830; Germaine Gallois, si jolie en Hollandaise; Diéterle, en gitane, fraîche petite statue de Saxe; Marville, superbe en robe second Empire; Lyse Berty, ravissante en Espagnole de Zuloaga; Ginette, exquise en Mexicaine; Ugalde, si svelte en tambour royal; Juliette Clarens, toute gracieuse en Leonida de *Bohémos*; Corciade, éclatante en fleur écarlate : Faber, très belle en dame Louis XV; Delza, toute séduisante en son originale toilette premier Empire.

Mais comment sortir de ce recensement monstre sans avoir recours à l'ordre alphabétique? Et je note :

Mmes d'Atgy, Azmiont, Raymonde Ariel, Yv. d'Arthigny, Arnoult, Lebergy, Becker, Yv. Bariol, Brasseur, Chapelas, Cézanne, Clairville, Th. Cernay, Campton, Caumont, Th. Berka, Blangot, Gaby Boissy, Barat, Baretty, Baron, Cl. Barton, Paul Boyer, Debacker, Renée Desprez, Debério, Derys, Debronne, Deréval, Mitzy-Dalti, M. Durand, Depas, Ad. Doré, Destrelles, Delmarès, Demuiny, Desbarolles, Rose Demay, Ch. Dix, Demours, Daurel, Delyane, Fursy, Gilberte, Gareda, Guillemin, Guérin, Guardia, Germaine, Heffler, M. L. Herrouet, Invernizzi, Isola, Issaurat, Ev. Janney, miss Lawler, Lender, Lukas, Henriette

maxima, 8°; minima, 0°. Vent faible. Baromètre : 768mm.
A Berlin : Temps beau.

Les Courses

Aujourd'hui, à 2 heures, Vincennes. — Gagnants du F

Prix Michelet : Frivole; Frin
Prix de Mayenne : Fada; Bou
Prix Léda : Farnèze; Frégoli.
Prix Mambrino : Fresnay; E
Prix de Maisons-Laffitte : Elec
Prix du Plateau : Fred Leybu
Prix de La Varenne : Elysse;

A Travers Pa

Le roi des Bulgares a char cioff, ministre de Bulgarie déposer en son nom une cou cercueil du marquis Costa gard et d'offrir ses condoléan mille du défunt.

M. Jean Richepin a fait jeud sous la Coupole au son d C'est le rite. Lorsqu'un nouv cien, vêtu de son habit neuf, devant la lourde porte vert taires portent les armes et bat aux champs. Depuis N il y a toujours eu dans le palais, aux jours de réceptic que, un piquet d'honneur bour.

Toujours, sauf une fois, ans, quand M. Etienne Lamy dre séance. Ce jour-là il y c piquet d'honneur, mais le tan quait. A sa place, il y avait Un clairon! tout le mond cord pour le prier de se taire. Lamy fut reçu sans tambou pette.

Le secrétaire de l'Institut fi tère de la guerre les démar saires pour éviter le retour incident. On lui promit que on ne verrait de clairon sur du récipiendaire. Mais, pour titude, le secrétaire perpétu fois qu'il écrit au ministre p mander le piquet, prend soin *avec un tambour*.

1. FUTURISMO

Em seus primórdios, a performance futurista era mais manifesto do que prática, mais propaganda do que produção efetiva. Sua história começa em 20 de fevereiro de 1909, em Paris, com a publicação do primeiro manifesto futurista num jornal de grande circulação, *Le Figaro*. Seu autor, o rico poeta italiano Filippo Tommaso Marinetti, escrevendo de sua luxuosa Villa Rosa em Milão, havia escolhido o público parisiense como alvo de seu manifesto de "violência incendiária". Esse tipo de ataque aos valores estabelecidos da pintura e das academias literárias não era infrequente numa cidade que desfrutava da reputação de "capital cultural do mundo". Tampouco era a primeira vez que um poeta italiano buscava publicidade pessoal de maneira tão ruidosa: D'Annunzio, compatriota de Marinetti, apelidado de "Divino Imaginifico", tinha recorrido a práticas igualmente extravagantes na Itália, na virada do século.

Ubu Rei e Roi Bombance [O rei pândego]

Marinetti tinha vivido em Paris de 1893 a 1896. Nos cafés, salões e banquetes literários e salões de baile frequentados por excêntricos artistas, escritores e poetas, o jovem Marinetti, de dezessete anos, deixou-se logo atrair pelo círculo formado em torno do periódico literário *La Plume* – Léon Deschamps, Remy de Gourmont, Alfred Jarry e outros. Eles apresentaram a Marinetti os princípios do "verso livre", que ele imediatamente adotou em seus escritos. Em 11 de dezembro de 1896, o ano em que Marinetti voltou de Paris para a Itália, uma admirável e criativa performance foi apresentada por Alfred Jarry, poeta e entusiasta do ciclismo que tinha vinte e três anos na época em que sua produção absurda e burlesca, *Ubu Rei*, estreou no Théâtre de l'Oeuvre de Lugné-Pöe. A peça tinha por modelo as farsas das quais Jarry participara em seus anos de escola em Rennes e os espetáculos de marionetes que ele havia produzido em 1888, no sótão da casa em que viveu na infância, com o título de *Théâtre dês Phynances*. Jarry explicou as características principais da produção numa carta a Lugné-Pöe, também publicada como prefácio da peça. Uma máscara identificaria o personagem principal, Ubu, que usaria uma cabeça de cavalo feita de papelão presa ao pescoço, "como no antigo teatro inglês". Haveria apenas um cenário, eliminando-se assim o subir e descer das cortinas e, ao longo da encenação, um cavalheiro vestido a rigor ergueria cartazes indicativos da cena, como nos espetáculos de marionetes. O personagem principal usaria "um tom de voz especial" e os figurinos teriam "o mínimo de cor e exatidão histórica possível". Esses elementos, acrescentava Jarry, seriam modernos, "uma vez que a sátira é moderna", e sórdidos, "porque tornam a ação mais ignóbil e repugnante (...)".

◁ 3. Página contendo o *Manifesto futurista*, publicado no *Le Figaro* em fevereiro de 1909.
4. F. T. Marinetti.

Toda a Paris literária se preparou para a noite de estreia. Antes de a cortina subir, uma mesa tosca foi trazida ao palco, coberta com um "sórdido" pedaço de pano. O próprio Jarry apareceu com o rosto pintado de branco, beberitando de um copo, e, durante dez minutos, preparou a plateia para o que ela devia esperar. "A ação que está prestes a iniciar-se", declarou, "se passa na Polônia, ou seja, em lugar nenhum." E a cortina subiu, pondo à vista o cenário único – concebido pelo próprio Jarry com o auxílio de Pierre Bonnard, Vuillard, Toulouse-Lautrec e Paul Sérusier –, pintado de modo que representasse, nas palavras de um observador inglês, "o interior e o exterior, e inclusive as zonas tórridas, temperadas e árticas ao mesmo tempo". Então Ubu (o ator Firmin Gémier), com um traje que lhe dava a forma de uma pera, declamou a primeira fala da peça, na verdade uma única palavra: "Merdre". Um pandemônio tomou conta do teatro. Mesmo com o acréscimo de um "r", a palavra "merda" era rigorosamente proibida nos espaços públicos; sempre que Ubu insistia em repetir a palavra, a reação era violenta. Enquanto Pai Ubu, o representante da patafísica de Jarry, "a ciência das soluções imaginárias", foi abrindo caminho até o trono da Polônia em meio a uma chacina geral, os músicos se pegavam a socos na orquestra e os manifestantes aplaudiam e vaiavam, demonstrando seu apoio ou repúdio diante do que ali se passava. Bastaram duas apresentações de *Ubu Rei* para que o Théâtre de l'Oeuvre ficasse famoso.

5. Desenho de Alfred Jarry para o cartaz de *Ubu Rei*, 1896.

Não surpreende, portanto, que em abril de 1909, dois meses depois da publicação do manifesto futurista no *Le Figaro*, Marinetti apresentasse no mesmo teatro sua própria peça *Roi Bombance*. Sem conseguir ocultar uma certa influência de Jarry, o predecessor de Marinetti na arte da provocação, *Roi Bombance* era uma sátira à revolução e à democracia. Apresentava uma parábola do sistema digestivo, e o poeta-protagonista, *l'Idiot*, o único a reconhecer a guerra entre "os comedores e os comidos", suicidava-se em desespero. *Roi Bombance* não causou menos escândalo que o patafísico de Jarry. Multidões lotavam o teatro para ver como o autonomeado autor futurista punha em prática os ideais de seu manifesto. Na verdade, o estilo da apresentação não era assim tão revolucionário; a peça já havia sido publicada alguns anos antes, em 1905. Embora contivesse muitas ideias expressas no manifesto, a peça só deixava entrever o tipo de performance que mais tarde daria notoriedade ao futurismo.

O primeiro Sarau Futurista

Em seu retorno à Itália, Marinetti não perdeu tempo e começou a produzir sua peça *Poupées électriques* no Teatro Alfieri, em Turim. Prefaciada, ao estilo de Jarry, por uma explosiva introdução em grande parte baseada no manifesto de 1909, a obra estabeleceu Marinetti como uma curiosidade no mundo da arte italiana e instituiu a "declamação" como uma nova forma de teatro que viria a se tornar a marca registrada dos jovens futuristas nos anos subsequentes. A Itália, porém, estava em convulsão política, e Marinetti se deu conta das possibilidades de utilizar a inquietação pública e de unir as ideias futuristas de reformulação das artes com toda a agitação acerca das questões do nacionalismo e do colonialismo. Em Roma, Milão, Nápoles e Florença, os artistas estavam em campanha a favor de uma intervenção contra a Áustria. Portanto, Marinetti e seus companheiros foram para Trieste, a cidade fronteiriça de importância central no conflito austro-italiano, e ali, em 12 de janeiro de 1910, apresentou seu primeiro Sarau (*serata*) Futurista no Teatro Rosetti. Marinetti vociferava contra o culto da tradição e da comercialização da arte, entoando louvores ao militarismo patriótico e à guerra, enquanto o corpulento Armando Mazza apresentava o manifesto futurista àquele público provinciano. A polícia austríaca, ou os "mictórios ambulantes", como eram ofensivamente chamados seus membros, tomou conhecimento do que se passava e, desde então, a reputação de baderneiros ficaria para sempre associada aos futuristas. O consulado austríaco queixou-se formalmente ao governo italiano, e os Saraus Futuristas subsequentes foram observados de perto por grandes batalhões da polícia.

7

Pintores futuristas tornam-se *performers*

Sem nada temer, Marinetti arregimentou pintores de Milão e arredores para juntá-los à causa do futurismo; organizaram outro Sarau no Teatro Chiarella de Turim no dia 8 de março de 1910. Um mês depois, os pintores Umberto Boccioni,

6. Umberto Boccioni, caricatura de um Sarau Futurista, 1911.

Carlo Carrà, Luigi Russolo, Gino Severini e Giacomo Balla, com o onipresente Marinetti, publicaram o *Manifesto técnico da pintura futurista*. Já tendo usado o cubismo e o orfismo para dar um aspecto moderno a suas pinturas, os jovens futuristas traduziram algumas das ideias do manifesto original sobre "velocidade e amor ao perigo" em um projeto para a pintura futurista. Em 30 de abril de 1911, um ano depois da publicação de seu manifesto conjunto, a primeira exposição coletiva de pinturas sob a égide futurista foi inaugurada em Milão com obras de Carrà, Boccioni e Russolo, entre outros. Essas obras mostravam de que modo um manifesto teórico podia aplicar-se concretamente à pintura.

"Para nós, o gesto já não será um *momento fixo* de dinamismo universal: será definitivamente a *sensação dinâmica* eternizada", haviam declarado esses artistas. Com afirmações igualmente mal definidas sobre a "atividade", a "mudança" e uma arte "que encontra seus componentes naquilo que a rodeia", os pintores futuristas voltaram-se para a performance como o meio mais direto de forçar o público a tomar conhecimento de suas ideias. Boccioni, por exemplo, escreveu que "a pintura não é mais uma cena exterior, o cenário de um espetáculo teatral". Da mesma maneira, Soffici escreveu que "o espectador [deve] viver no centro da ação reproduzida pela pintura". Portanto, era esse preceito para a pintura futurista que também justificava as atividades dos pintores como *performers*.

A performance era o meio mais seguro de desconcertar um público acomodado. Dava a seus praticantes a liberdade de ser, ao mesmo tempo, "criadores" no desenvolvimento de uma nova forma de artista teatral, e "objetos de arte", porque não faziam nenhuma separação entre sua arte como poetas, como pintores ou como *performers*. Manifestos subsequentes deixaram essas intenções muito claras:

7. Umberto Boccion, caricatura de Armando Mazza, 1912.

8. Cartaz de um Sarau Futurista, Teatro Costanzi, Roma, 1913.

9. Valentine de Saint-Point em *Poema da atmosfera*, dançado na Comédie des Champs-Elysées em 20 de dezembro de 1913. Ela foi uma das poucas mulheres que atuaram em performances futuristas. Também foi a única futurista a se apresentar em Nova York, no Metropolitan Opera House, em 1917.

10. Luigi Russolo, Carlo Carrà, F. T. Marinetti, Umberto Boccioni e Gino Severini, em Paris, 1912.

instruíam os pintores a "ir para as ruas, incitar a violência a partir dos teatros e introduzir o pugilato na batalha artística". E, fiéis ao ritual, foi exatamente o que eles fizeram. A reação das plateias não foi menos anárquica – arremesso de batatas, laranjas e qualquer outra coisa que o público exaltado conseguisse encontrar nos mercados mais próximos. Em uma dessas ocasiões, Carrà retaliou nos seguintes termos: "Lancem uma ideia em vez de batatas, seus idiotas!".

Prisões, condenações, um dia ou dois na cadeia e publicidade gratuita nos próximos dias foi o que se seguiu a muitas Noites. Mas era exatamente esse o efeito que eles desejavam obter: Marinetti chegou a escrever um manifesto sobre "O prazer de ser vaiado", como parte de *Guerra: A única higiene* (1911-15). Os futuristas devem ensinar todos os escritores e *performers* a desprezar o público, asseverava ele. O aplauso indicava apenas "uma coisa medíocre, enfadonha, vomitada ou excessivamente bem digerida". A vaia assegurava ao ator que o público estava vivo, e não completamente cego por "intoxicação intelectual". Ele sugeria vários artifícios para enfurecer o público: vender o mesmo ingresso para duas pessoas, passar cola nos assentos. Também incentivava seus amigos a fazer no palco qualquer coisa que lhes passasse pela cabeça.

E foi em consonância com essas ideias que, no Teatro dal Verme de Milão, em 1914, os futuristas rasgaram e botaram fogo numa bandeira austríaca antes de levar o tumulto às ruas, onde outras bandeiras austríacas foram queimadas diante das "famílias gordas que se lambuzavam com sorvete".

Manifestos sobre a performance

Os manifestos de Pratella sobre a música futurista tinham aparecido em 1910 e 1911, e neste último ano também apareceu um manifesto sobre os dramaturgos futuristas (assinado por treze poetas, cinco pintores e um músico). Os manifestos estimulavam os artistas a apresentar performances mais elaboradas e as experiências com as performances, por sua vez, levavam a manifestos mais detalhados. Por exemplo, meses de saraus improvisados, com sua vasta gama de táticas performáticas, tinham levado ao *Manifesto do teatro de variedades*, quando se tornou oportuno formular uma teoria oficial do teatro futurista. Publicado em outubro de 1913 e reproduzido um mês depois no *Daily Mail* de Londres, esse manifesto não fazia menção aos saraus anteriores, mas esclarecia quais eram as intenções por trás de muitas daquelas ocasiões memoráveis. Também por volta de 1913, a revista *Lacerba*, estabelecida em Florença e anteriormente produzida por rivais dos futuristas, tinha se tornado, depois de muitos debates, o órgão oficial dos futuristas.

Marinetti admirava o teatro de variedades por um motivo acima de todos os outros: porque este gênero tinha "a sorte de não possuir tradição, mestres ou dogmas". Na verdade, o teatro de variedades tinha seus mestres e tradições, mas o que o transformava no modelo ideal para as performances futuristas era exatamente a sua *variedade* – sua mistura de cinema, acrobacia, música, dança, apresentações de palhaços e "toda a gama de estupidez, imbecilidade, parvoíce e absurdidade, arrastando a inteligência para as raias da loucura".

Havia outros fatores que sustentavam seu enaltecimento. Em primeiro lugar, o teatro de variedades não seguia um roteiro (algo que Marinetti considerava totalmente desnecessário). Ele dizia que os autores, atores e técnicos do teatro de variedades tinham apenas uma razão para existir, que era "inventar constantemente novos elementos de assombro". Além disso, o teatro de variedades obrigava o público a participar, libertando-o de seu papel passivo de "*voyeur* estúpido". E, visto que o público "coopera desse modo com a fantasia dos atores, a ação se desenvolve simultaneamente no palco, nos camarotes e no fosso da orquestra". Além do mais, o teatro de variedades explicava "rápida e incisivamente", tanto para adultos quanto para crianças, "os problemas mais obscuros e os acontecimentos políticos mais complexos".

Naturalmente, outro aspecto dessa forma de cabaré que empolgava Marinetti era o fato de ser "antiacadêmica, primitiva e ingênua e, portanto, mais significativa no que diz respeito ao inesperado de suas descobertas e à simplicidade de seus meios". Por consequência, no fluxo da lógica de Marinetti, o teatro de variedades "destrói o Solene, o Sagrado, o Sério e o Sublime na Arte com A maiúsculo". E finalmente, como uma vantagem adicional, Marinetti oferecia o teatro de variedades "a todos os países (como a Itália) que não têm uma capital que se possa considerar como epítome do brilhantismo de Paris, esse refinado centro de luxo e prazeres ultrarrefinados".

Um dos *performers* viria a personificar a quintessência da destruição do Solene e do Sublime e oferecer uma performance do prazer. Valentine de Saint-Point, autora do *Manifesto da luxúria* (1913), apresentou, em 20 de dezembro de 1913 na Comédie des Champs-Elysées em Paris, um curioso balé – poemas de amor, poemas de guerra, poemas de atmosfera – dançado diante de grandes painéis de lona sobre os quais se projetavam luzes coloridas. Equações matemáticas eram projetadas em outras paredes, enquanto uma música de fundo de Satie e Debussy acompanhava seu elaborado balé. Mais tarde, em 1917, ela apresentaria essa mesma performance no Metropolitan Opera House, em Nova York.

Instruções sobre como realizar uma performance

Uma versão mais cuidadosa e elaborada dos primeiros saraus, ilustrando algumas das novas ideias expostas no *Manifesto do teatro de variedades*, foi *Piedigrotta*, escrita por Francesco Cangiullo como um drama de "palavras-em-liberdade" (*parole in libertà*), em que atuaram Marinetti, Balla e Cangiullo, na Galeria Sprovieri, em Roma, em 29 de março e 5 de abril de 1914. Para o evento, a galeria, iluminada por luzes vermelhas, tinha nas paredes pinturas de Carrà, Balla, Boccioni, Russolo e Severini. A companhia – "uma trupe de anões usando uma profusão de fantásticos chapéus de papel de seda" (na verdade, Sprovieri, Balla, Depero, Radiante e Sironi) – auxiliava Marinetti e Balla. Eles "declamaram as 'palavras-em-liberdade' do futurista independente Cangiullo" enquanto o próprio autor os acompanhava ao piano. Cada um ficou responsável por diferentes instrumentos barulhentos "de fabricação caseira" – grandes conchas do mar, um arco de violino (na verdade um serrote cheio de chocalhos de lata) e uma pequena caixa de terracota coberta com pele de animal. A essa caixa ajustaram um caniço que vibrava ao ser "golpeado por mãos molhadas". Segundo a típica prosa "absurda" de Marinetti, a caixa representava uma "violenta ironia com a qual uma raça jovem e sadia neutraliza e combate todos os venenos nostálgicos do luar".

Como era de esperar, essa performance levou a outro manifesto, o da *Declamação dinâmica e sinóptica*. Basicamente, esse manifesto ensinava os futuros *performers* a realizar sua atuação performática, ou "declamar", como dizia Marinetti. O objetivo dessa "técnica declamatória", salientava ele, consistia em "libertar os círculos intelectuais da declamação antiga, estática, pacifista e nostálgica". Para esses fins, fazia-se necessária uma nova declamação, dinâmica e belicosa. Marinetti atribuiu a si mesmo a "inquestionável primazia como declamador do verso livre e das palavras-em-liberdade". Isso, dizia ele, habilitava-o a perceber as deficiências da declamação do modo como era entendida até então. O declamador futurista, insistia Marinetti, deveria declamar tanto com suas pernas quanto com seus braços. As mãos do declamador deveriam, além disso, brandir diferentes instrumentos ruidosos.

O primeiro exemplo de uma Declamação Dinâmica e Sinóptica foi *Piedigrotta*. O segundo aconteceu na Galeria Doré, em Londres, em fins de abril de 1914, pouco depois de Marinetti ter voltado de uma turnê por Moscou e São Petersburgo. Segundo uma resenha publicada pelo *Times*, muitos objetos emblemáticos da "ultramoderna escola artística pendiam do teto da galeria", e "Mademoiselle flicflic chapchap" – uma bailarina com pernas de piteira e pescoço de cigarro – partici-

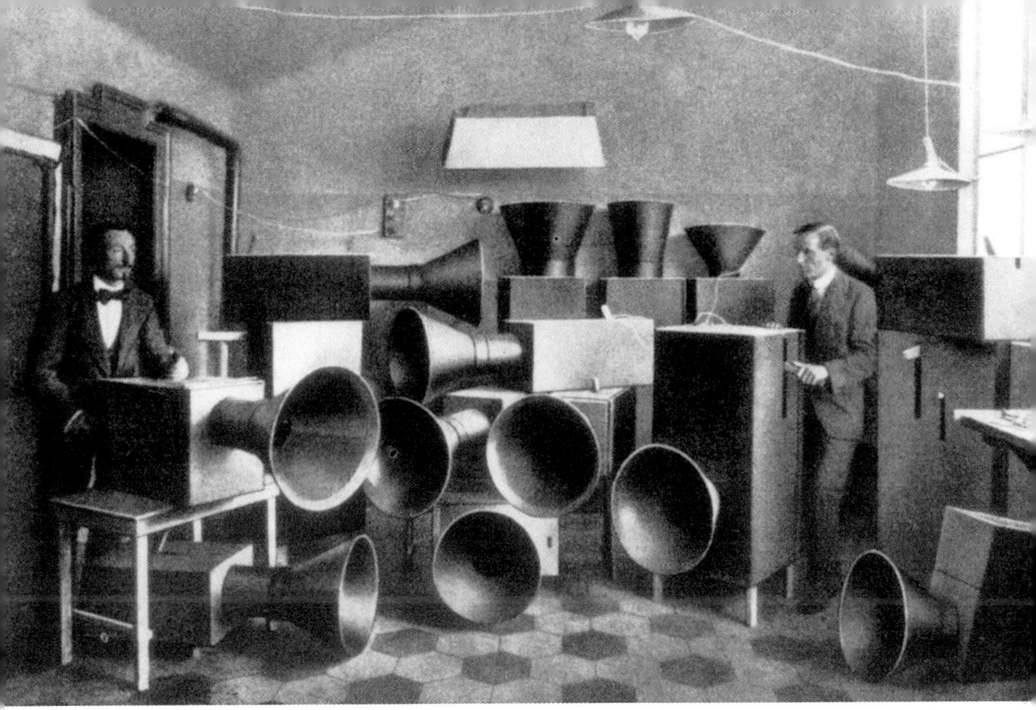

11. Russolo e seu assistente Piatti com *intonarumori*, ou instrumentos ruidosos, 1913.

12. Marinetti discursando em um Sarau Futurista, com Cangiullo.

13. Página de rosto de *Zang Tumb Tumb*, de Marinetti, 1914.

T. MARINETTI FUTURISTA

ZANG
TUMB TUMB

ADRIANOPOLI OTTOBRE 1912

TUUUMB
IN LIBERTÀ
PAROLE
TUUUUM TUUUUM TUUUUM

EDIZIONI FUTURISTE
DI "POESIA"
Corso Venezia, 61 - MILANO
1914

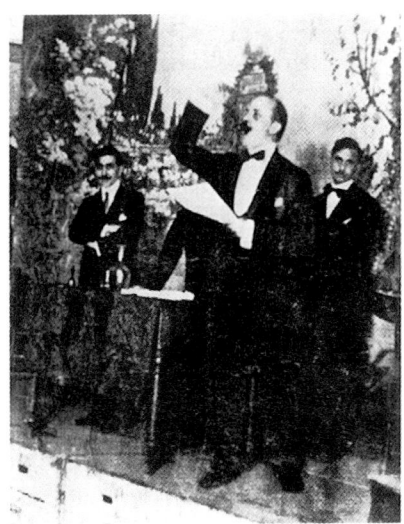

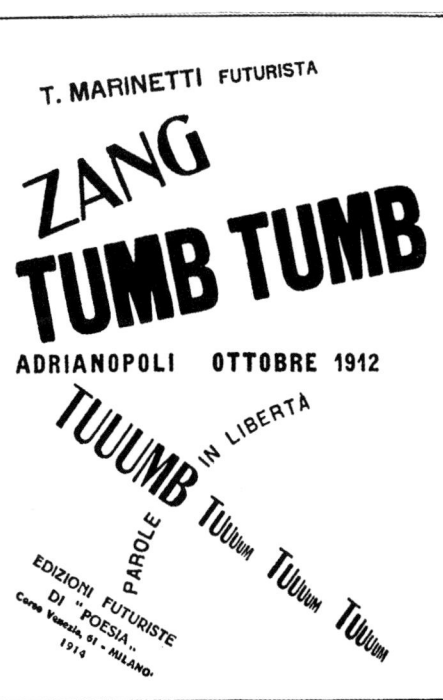

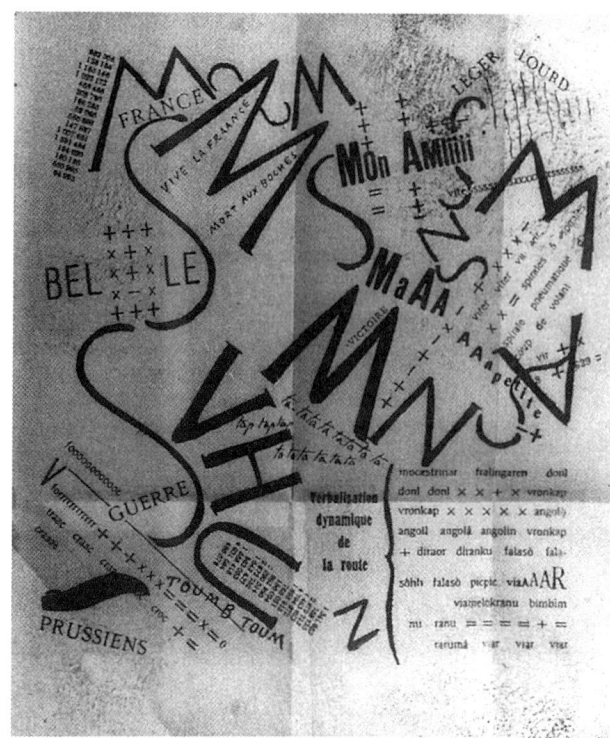

14. Marinetti, *Tavola Parolibera*, 1919.

pava da encenação. Dinâmica e sinopticamente, Marinetti declamou vários trechos de sua performance *Zang tumb tumb* (sobre o cerco de Adrianopla):"Na mesa à minha frente eu tinha um telefone, algumas tábuas e martelos que me permitiam imitar as ordens do general turco e os sons da artilharia e das metralhadoras", escreveu ele. Em três partes da parede havia quadros-negros em direção aos quais, sucessivamente, ele "corria ou andava e, com o giz, esboçava rapidamente uma analogia. Ao se voltarem para acompanhar todas as minhas evoluções, meus ouvintes participavam da ação, seus corpos totalmente tomados pela emoção durante os violentos efeitos da batalha descrita por minhas palavras-em-liberdade". Num espaço contíguo, o pintor Nevinson golpeava dois enormes tambores quando Marinetti, por telefone, assim lhe pedia para fazer.

Música do ruído

Zang tumb tumb, a "artilharia onomatopeica" de Marinetti, como ele se referia à obra, foi originalmente escrita numa carta enviada das trincheiras búlgaras para o pintor Russolo em 1912. Inspirado pela descrição feita por Marinetti da "orquestra da grande batalha" – "a cada cinco segundos, os canhões do cerco evisceravam o espaço com uma ruidosa anarquia de acordes – TAM TUUUMB, um confronto de quinhentos ecos dispostos a massacrá-lo, despedaçá-lo, dispersá-lo pelo infinito" –, Russolo começou a explorar a arte do ruído.

Depois de um concerto de Balilla Pratella em Roma, em março de 1913, no lotado Teatro Costanzi, Russolo escreveu seu manifesto *A arte dos ruídos*. A música de Pratella havia confirmado em Russolo a ideia de que os sons mecânicos eram uma forma viável de música. Dirigindo-se a Pratella, Russolo explicou que, enquanto ouvia a execução orquestral da "poderosa música futurista" desse compositor, havia concebido uma nova arte, a arte dos ruídos, que era uma consequência lógica das inovações de Pratella. Russolo postulava uma definição mais precisa de ruído: explicava que na Antiguidade só havia o silêncio, mas que, com a invenção da máquina no século XIX, "Nasceu o ruído". Agora, dizia, o ruído chegara para reinar "soberano sobre a sensibilidade humana". Além disso, a evolução da música seguia de perto a "multiplicação das máquinas", gerando uma competição de ruídos "não apenas na barulhenta atmosfera das grandes cidades, mas também no campo, que até ontem era normalmente silencioso", de modo que "o som puro, em sua insignificância e monotonia, não mais consegue despertar emoção".

A arte dos ruídos de Russolo pretendia combinar o ruído de bondes, explosões de motores, trens, das multidões ensandecidas. Construíram-se instrumentos especiais que, ao girar de uma manivela, produziam tais efeitos. Caixas de madeira retangulares de quase um metro de altura, com amplificadores em forma de funil, continham vários motores que produziam uma "família de ruídos": a orquestra futurista. Segundo Russolo, era possível produzir no mínimo trinta mil ruídos diferentes.

As performances com música do ruído foram apresentadas primeiro na luxuosa mansão de Marinetti, a Villa Rosa, em Milão, em 11 de agosto de 1913, e em junho do ano seguinte no Coliseu londrino. O concerto recebeu uma resenha do *London Times*: "Instrumentos estranhos em forma de funil (...) lembravam os sons produzidos pelas máquinas de um navio a vapor durante uma má travessia, e é possível que os músicos – ou deveríamos chamá-los de 'zoadores'? – tenham sido imprudentes ao apresentar a segunda parte do espetáculo (...) depois dos patéticos gritos de 'Chega!' que lhes eram lançados de todas as partes do auditório".

Movimentos mecânicos

A música do ruído foi incorporada às performances, geralmente como música de fundo. Contudo, assim como o manifesto da *Arte dos ruídos* propunha meios de mecanizar a música, o da *Declamação dinâmica e sinóptica* formulava regras para ações corporais baseadas nos movimentos *staccato* das máquinas. "Gesticulem geometricamente", aconselhava o manifesto, "à maneira dos que descrevem as propriedades topológicas de objetos e corpos, criando sinteticamente, em pleno ar, cubos, cones, espirais e elipses."

15, 16   A *Macchina tipografica* (Prensa tipográfica) de Giacomo Balla, de 1914, pôs essas instruções em prática em uma performance apresentada privadamente a Diaghilev. Doze pessoas, cada qual parte de uma máquina, se apresentavam diante de uma tela de fundo pintada com uma única palavra: "Tipográfica". De pé, um atrás do outro, seis *performers* com os braços estendidos simulavam um êmbolo, enquanto outros seis criavam uma "roda" impulsionada pelos êmbolos. As performances eram ensaiadas para assegurar a exatidão mecânica dos movimentos. Um dos participantes, o arquiteto Virgilio Marchi, descreveu o modo em que Balla havia disposto os participantes segundo desenhos geométricos, levando cada pessoa a "representar a alma das peças individuais de uma prensa tipográfica rotatória". Cada um devia emitir um som onomatopaico que acompanhasse seu movimento específico. "A mim disseram para repetir com veemência a sílaba 'STA'", escreveu Marchi.

Essa mecanização do *performer* fazia eco a ideias semelhantes do diretor e teórico teatral inglês Edward Gordon Craig, cuja influente revista *The Mask* (que havia reimpresso o *Manifesto do teatro de variedades* em 1914) era publicada em Florença. Enrico Prampolini, em seus manifestos sobre a *Cenografia futurista* e a *Atmosfera cênica futurista* (ambos de 1915), pediu, como fizera Craig em 1908, a abolição do *performer*. Craig tinha sugerido que o *performer* fosse substituído por uma *Übermarionette*, mas na verdade nunca concretizou essa teoria em forma de uma produção. Num ataque velado a Craig, Prampolini falou em eliminar a "supermarionete atual recomendada por *performers* recentes". Não obstante, os futuristas realmente construíram essas criaturas não humanas e "contracenaram" com elas.

Gilbert Clavel e Fortunato Depero, por exemplo, apresentaram em 1918 um programa de cinco breves performances no teatro de marionetes, Teatro dei Piccoli, no

15. Personagem mecânico da composição futurista *Macchina tipografica*, 1914, de G. Balla.

16. Balla, desenho representando a movimentação dos atores para *Macchina tipografica*, 1914.

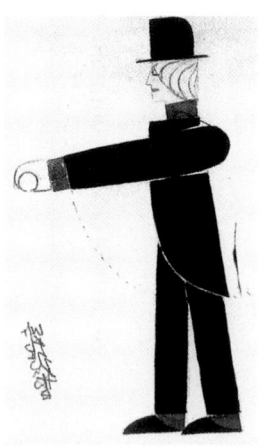
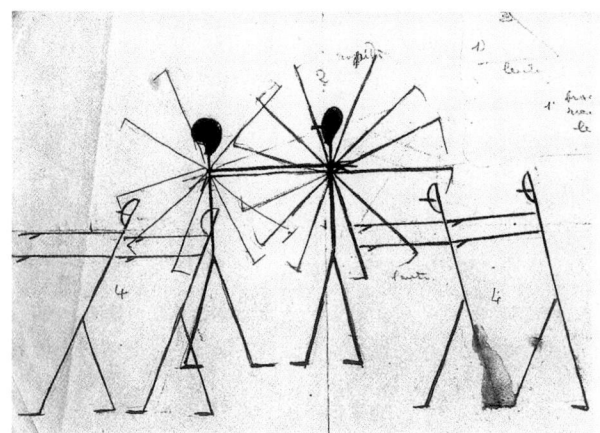

17. Enrico Prampolini e Franco Casavola, *O mercador de corações*, 1927.

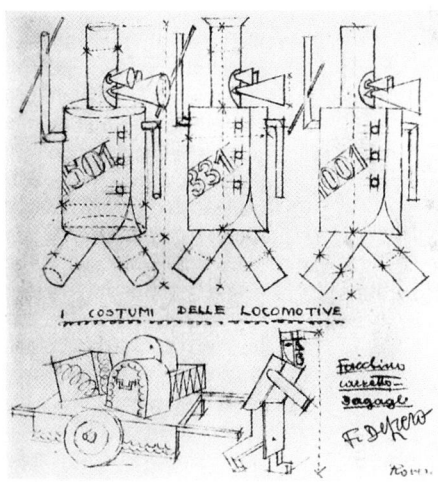

18. "O grande selvagem", uma das marionetes de F. Depero para *Danças plásticas*, dele e de Clavel.

19. Figurinos de Depero para *Macchina del 3000*, um balé mecânico com música de Casavola, 1924.

Palazzo Odescalchi, em Roma. *Danças plásticas* foi concebida para marionetes que não tinham tamanho natural. Uma das figuras, o "Grande Selvagem" de Depero, era mais alta que um homem; sua característica principal era um pequeno palco que caía de sua barriga, revelando minúsculos "selvagens" fazendo sua própria dança de marionetes. Uma das sequências incluía uma "chuva de cigarros" e outra, uma "Dança das sombras" – "sombras dinâmicas, construídas – jogos de luz". Com dezoito apresentações, *Danças plásticas* foi um grande sucesso do repertório futurista.

O mercador de corações, de Prampolini e Casavola, apresentada em 1927, reunia marionetes e personagens humanos. Marionetes em tamanho natural pendiam do teto. De concepção mais abstrata e menos móveis que a marionete tradicional, essas estatuetas "contracenavam" com os atores de carne e osso.

Balés futuristas

Uma ideia essencial por trás dessas marionetes mecânicas e desse cenário móvel era o compromisso futurista de integrar personagens e cenários em um ambiente contínuo. Em 1919, por exemplo, Ivo Pannaggi criou figurinos mecânicos para *Balli Meccanichi*, introduzindo estátuas no cenário futurista pintado, enquanto Balla, numa performance de 1917, baseada em *Fogos de artifício*, de Stravinski, fizera experiências com a "coreografia" do próprio cenário. Apresentados como parte do programa dos *Ballets Russes* de Diaghilev no Teatro Costanzi, em Roma, os únicos "*performers*" em *Fogos de artifício* eram os cenários e luzes móveis. O cenário em si era uma versão tridimensional ampliada de uma das pinturas de Balla, e o próprio Balla regia o "balé de luzes" a partir de um teclado de controle de luz. Tanto o palco como o auditório eram alternadamente iluminados e escurecidos nessa performance sem atores. No total, a performance só durou cinco minutos, durante os quais, segundo as anotações de Balla, o público assistiu a nada menos que quarenta e nove cenários diferentes.

Para aqueles "balés" com *performers* vivos, Marinetti criou novas instruções sobre a movimentação dos atores em seu manifesto da *Dança futurista*, de 1917. Nesse texto ele reconhecia, inesperadamente, as qualidades admiráveis de certos bailarinos contemporâneos, por exemplo, Isadora Duncan, Loie Fuller e Nijinski, "com quem a geometria pura da dança, livre da imitação e sem estimulação sexual, aparece pela primeira vez". Advertia, porém, que era preciso extrapolar "as possibilidades musculares" e buscar na dança "aquele corpo ideal e múltiplo do motor, com o qual sonhamos há tanto tempo". E Marinetti explicou detalhadamente como isso deveria ser feito. Propôs uma Dança da Granada, para a qual traçou instruções sobre como "marcar com os pés o *bum-bum* do projétil saindo da boca do canhão". E, para a Dança da Aviadora, recomendou que a bailarina "simulasse, com contorções e meneios do corpo, os sucessivos esforços de um avião tentando decolar"!

Contudo, qualquer que fosse a natureza da "metalicidade da dança futurista", os atores continuavam sendo apenas um dos componentes da performance geral. Obsessivamente, os inúmeros manifestos sobre cenografia, pantomima, dança ou

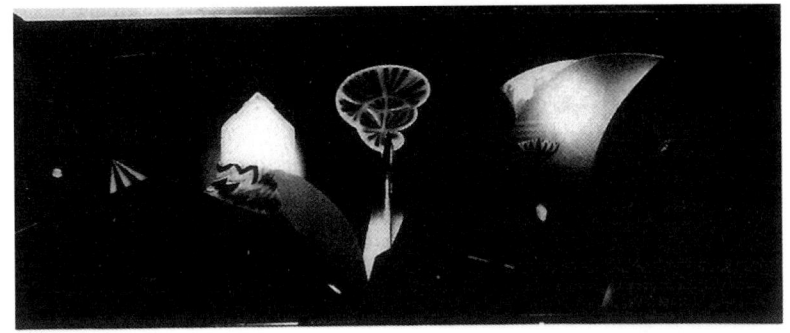

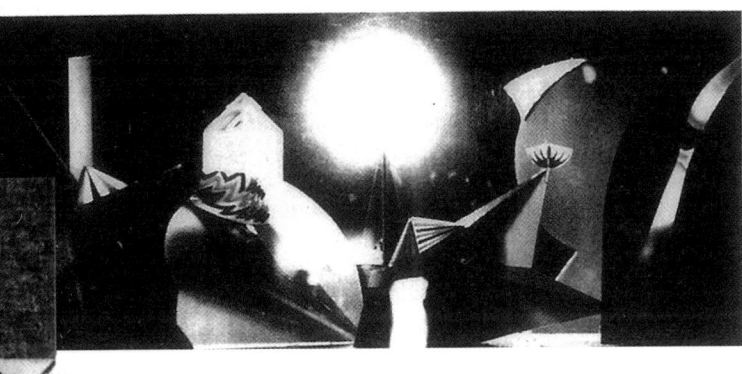

20. Projeto de Balla para *Fogos de artifício*, de Stravinski, 1917.

21. Pannagi, figurino para um balé de M. Michailov, c. 1919. Os trajes "deformavam a figura toda, criando movimentos semelhantes aos das máquinas".

22. A saída das cadeiras em *Eles estão chegando*, 1915.

teatro insistiam na fusão entre ator e cenografia num espaço especialmente projetado. Som, cena e gesto, havia escrito Prampolini em seu manifesto sobre a *Pantomima futurista*, "devem criar um sincronismo psicológico na alma do espectador". Esse sincronismo, ele explicava, respondia às leis de simultaneidade que já dominavam "a sensibilidade futurista mundial".

Teatro sintético

Esse "sincronismo" havia sido detalhado no manifesto do *Teatro futurista sintético* de 1915. A ideia era explicada de modo bem claro: "Sintético. Isto é, muito breve. Condensar em poucos minutos, em poucos gestos e palavras, inúmeras situações, sensibilidades, ideias, sensações, fatos e símbolos". O teatro de variedades tinha recomendado que se representasse em uma única noite, condensadas e misturadas, todas as tragédias gregas, francesas e italianas. Também havia sugerido que se reduzisse a obra toda de Shakespeare a um único ato. Da mesma maneira, a síntese (*sintesi*) futurista consistia deliberadamente em performances breves, "de uma só ideia". Por exemplo, a única ideia contida em *Ato negativo*, de Bruno Corra e Emilio Settimelli, era exatamente essa – a negação. Um homem entra no palco; está "ocupado, preocupado, (...) e anda furiosamente para lá e para cá". Só se dá conta de que há um público presente quando tira o casaco. "Não tenho absolutamente nada a dizer a vocês. Desçam as cortinas!", grita.

O manifesto condenava o "teatro *passéiste**" por suas tentativas de apresentar o espaço e o tempo de forma realista; "[esse tipo de teatro] enfia muitos quarteirões, paisagens e ruas na linguiça de um único espaço", queixava-se. Ao contrário disso, o teatro futurista sintético chegaria mecanicamente, "por força de sua brevidade", (...) a um teatro totalmente novo, em perfeita sintonia com nossa sensibilidade futurista rápida e lacônica". Assim, os cenários se reduziam ao mínimo possível. Por exemplo, uma das sínteses de Marinetti, *Pés*, consistia apenas nos pés dos *performers*. "Uma cortina com barrado preto deve ser erguida até mais ou menos a altura da barriga de uma pessoa", explicava o roteiro. "O público só vê as pernas em ação. Os atores devem tentar dar o máximo de expressividade aos movimentos e ações

---

* Passadista; superado, ultrapassado. (N. T.)

23. *Pés* (1915) de Marinetti, uma *sintesi* que consistia apenas nos pés dos *performers* e em objetos.

de suas extremidades inferiores." Sete cenas sem ligação entre si giravam em torno dos "pés" de objetos, aí incluídos duas poltronas, um sofá, uma mesa e uma máquina de costura movida a pedal. A breve sequência terminava com um pé chutando a canela de outra figura desincorporada.

Em *Eles estão chegando*, uma Síntese de Marinetti de 1915, os próprios acessórios de cena eram os "personagens" principais. Numa sala luxuosa, iluminada por um grande candelabro, um mordomo simplesmente anunciava: "Eles estão chegando". Nesse momento, dois criados dispunham apressadamente, num semicírculo, oito cadeiras ao lado da poltrona. Muito agitado, o mordomo corria pelo palco gritando "Briccatirakamekame". Repetia essa curiosa ação uma segunda vez. Os criados então reagrupavam os móveis, apagavam as luzes do candelabro e deixavam o palco fracamente iluminado "pela luz da lua que entrava por uma porta-balcão". Em seguida, "comprimidos num dos cantos do cenário, os criados esperavam, trêmulos de pavor, enquanto as cadeiras deixavam a sala".

Os futuristas recusavam-se a explicar o significado dessas sínteses. Era "estúpido explorar o primitivismo da multidão," escreveram, "que em última instância só quer ver o mocinho ganhar e o bandido perder". Não havia razão, prosseguia o manifesto, para que o público devesse sempre compreender na íntegra os porquês e para quês de cada ação cênica. Apesar dessa recusa em conferir "conteúdo" ou "significado" às sínteses, muitas delas giravam em torno de *gags* conhecidas da vida artística. A marcação do tempo era muito semelhante a sequências do teatro de variedades, com uma cena introdutória, um desfecho de situações engraçadas e uma saída rápida.

Gênio e cultura, de Boccioni, era um esquete sobre um artista desesperado que comete um suicídio atabalhoado enquanto o crítico onipresente, que "por vinte anos estudou profundamente esse maravilhoso fenômeno (o artista)", observava sua morte rápida. Nesse momento, ele exclama: "Muito bem, agora vou escrever uma monografia". E então, rodeando o corpo do artista "como um corvo perto de um cadáver", ele começa a escrever e a pensar em voz alta: "Por volta de 1915, desabrochou um maravilhoso artista. (...) Como todos os grandes artistas, ele tinha 1,68m de altura, e sua largura...". E descia a cortina.

Simultaneidade

Uma parte do manifesto do teatro sintético dedicava-se a explicar a ideia de simultaneidade. A simultaneidade "nasce da improvisação, da intuição velocíssima, da realidade sugestiva e reveladora", explicava-se ali. Eles acreditavam que uma obra só teria valor "na medida em que fosse improvisada (horas, minutos, segundos), e não exaustivamente preparada (meses, anos, séculos)". Essa era a única maneira de apreender os confusos "fragmentos de eventos interligados" que se encontram na vida cotidiana, os quais, para eles, eram muito superiores a quaisquer tentativas de encenação do teatro realista.

A peça *Simultaneidade*, de Marinetti, foi a primeira a dar forma a essa parte do manifesto. Publicada em 1915, consistia em dois espaços diferentes, com *performers* em ambos, ocupando o palco ao mesmo tempo. Durante a maior parte do tempo, as diferentes ações aconteciam em mundos separados, cada um com total desconhecimento do outro. A certa altura, porém, a "vida da bela prostituta" adentrava a vida da família burguesa na cena adjacente. No ano seguinte, esse conceito foi elaborado por Marinetti em *Vasos comunicantes*, em que a ação se desenrolava em três locações simultaneamente. Como na peça anterior, a ação transpunha as divisões e as cenas se seguiam em rápida sucessão, dentro e fora dos cenários contíguos.

A lógica da simultaneidade também levou à produção de peças teatrais escritas em duas colunas, como no caso de "Esperando", de Mario Dessy, publicada em seu livro *Seu marido não trabalha?... Arrume outro!* Cada coluna descrevia a cena de um jovem andando nervosamente para lá e para cá, de olho fixo em seus vários relógios. Ambos estavam à espera de suas amantes, e ambos estavam decepcionados.

Algumas sínteses podiam ser descritas como "peças-imagens". Por exemplo, em *Não há cão algum*, a única "imagem" era a breve passagem de um cão pelo palco. Outras descreviam sensações, como em *Estados mentais confusos*, de Balla. Nessa obra, quatro pessoas diferentemente vestidas declamavam juntas várias sequências de números, seguidos por vogais e consoantes; depois, desempenhavam simultaneamente as ações de tirar um chapéu, olhar para um relógio, assoar o nariz e ler um jornal ("sempre seriamente"); por último pronunciavam juntos, muito expressivamente, as palavras "tristeza", "rapidez", "prazer" e "negação". *Loucura*, de Dessy, tentava passar essa mesma sensação para o público. "O protagonista fica louco, o público fica inquieto e outros personagens ficam loucos." Como vinha explicado no roteiro, "pouco a pouco, todos ficam perturbados, obcecados pela ideia de loucura, que vai se apoderando de todo o mundo. De repente, os espectadores (na verdade, atores) levantam-se aos gritos: (...) fuga (...) confusão (...) LOUCURA".

Outra síntese lidava com cores. Na obra de Depero intitulada *Cores*, os "personagens" eram quatro objetos de papelão – Cinza (maleável, ovoide), Vermelho (triangular, dinâmico), Branco (alongado e pontiagudo) e Negro (em múltiplas formas circulares) – movimentados por fios invisíveis num espaço cúbico vazio e azul. Nos bastidores, *performers* produziam efeitos sonoros (ou "parolibero") como "bulubu bulu bulu bulu bulu", que supostamente correspondiam às diferentes cores.

Luz, de Cangiullo, começava com o palco e a plateia em escuridão total durante "três NEGROS minutos". O roteiro advertia que "a obsessão por luzes deve ser provocada por diversos atores espalhados entre a plateia, de modo que o público entre em turbulência e vá à loucura, até que todo o espaço se ilumine DE MODO EXAGERADO!".

Atividades futuristas posteriores

Em meados do século XX, os futuristas haviam estabelecido solidamente a performance como um meio de expressão artística independente. Em Moscou e Petrogrado (atual São Petersburgo), Paris, Zurique, Nova York e Londres, os artistas usavam-na como meio de transpor os limites dos diferentes gêneros artísticos, pondo em prática, com maior ou menor rigor, as táticas provocativas e ilógicas propostas pelos diferentes manifestos futuristas. Ainda que, em seus anos de formação, o futurismo parecesse consistir basicamente em tratados teóricos, dez anos depois o número total de performances nesses diversos centros era considerável.

Em Paris, a publicação do manifesto surrealista em 1924 introduziu uma sensibilidade totalmente nova. Enquanto isso, os futuristas escreviam cada vez menos manifestos próprios. Um dos últimos, *O Teatro da surpresa*, escrito em outubro de 1921 por Marinetti e Cangiullo, não ia muito além dos primeiros textos seminais; ao contrário, tentava situar as atividades futuristas em uma perspectiva histórica, dando crédito à sua obra anterior, que, na opinião deles, ainda não fora suficientemente aclamada. "Se hoje existe um teatro italiano jovem, com uma mistura sério-cômico-grotesca, personagens irreais em ambientes reais, simultaneidade e interpenetração de tempo e espaço", declarava o manifesto, "ele se deve ao nosso *teatro sintético*."

Não obstante, suas atividades não diminuíram. Na verdade, companhias de *performers* futuristas percorriam as cidades italianas, chegando inclusive a apresentar-se em Paris em várias ocasiões. A companhia do Teatro da Surpresa era liderada pelo ator-empresário Rodolfo DeAngelis. Além de DeAngelis, Marinetti e Cangiullo, incluía quatro atrizes, três atores, uma criança, dois dançarinos, um acrobata e um cachorro. Depois de estrearem em 30 de setembro de 1921 no Teatro Mercadante, em Nápoles, excursionaram por Roma e Palermo, Florença, Gênova, Turim e Milão. E, em 1924, DeAngelis organizou o Novo Teatro Futurista com um repertório de aproximadamente quarenta obras. Com seus orçamentos limitados, as companhias eram obrigadas a desdobrar-se em seu talento para a improvisação durante as apresentações, recorrendo a medidas ainda mais radicais para "provocar palavras e ações absolutamente improvisadas" da parte dos espectadores. Assim como nas primeiras performances plantavam-se atores na plateia, nessas turnês Cangiullo espalhava os instrumentos da orquestra pela casa – um trombone era tocado dentro de uma caixa, um contrabaixo em uma das cadeiras dos músicos, um violino no fosso da orquestra.

Nenhum campo da arte era deixado de lado. Em 1916, eles produziram um filme futurista, *Vita futurista*, que explorava novas técnicas cinematográficas: modificavam o tom da cópia para indicar, por exemplo, "estados mentais"; distorciam imagens com a utilização de espelhos; filmavam cenas de amor entre Balla e uma cadeira; projetavam duas partes diferentes do filme ao mesmo tempo e, em uma breve cena, Marinetti demonstrava o modo de andar futurista. Em outras palavras, tratava-se de uma aplicação direta de muitas das características da síntese ao cinema, com imagens igualmente desarticuladas.

Houve até um manifesto do *Teatro futurista aéreo*, escrito em abril de 1919 pelo aviador Fedele Azari. Durante um balé aéreo, ele jogou cópias de seu texto do avião em seu "primeiro voo de diálogo expressivo", produzindo ao mesmo tempo *intonarumori* [ruídos declamatórios] – controlando o volume e o som do motor do avião – com o aparelho inventado por Luigi Russolo. Considerado pelo aviador como o melhor meio de alcançar o maior número de espectadores no menor período de tempo, o balé aéreo foi roteirizado por Mario Scaparro para apresentação em performance em fevereiro de 1920. Intitulada *Um nascimento*, a peça de Scaparro descrevia dois aviões fazendo amor por trás de uma nuvem, dando nascimento a quatro *performers* humanos: atores com traje completo de aviadores, que saltariam do avião no final da performance.

Dessa forma, o futurismo investiu em todas as formas possíveis de expressão artística, aplicando seu gênio às inovações tecnológicas da época. E assim o futurismo atravessou os anos entre a Primeira e a Segunda Guerra Mundial, com sua última contribuição importante ocorrendo por volta de 1933. Na época, o rádio já mostrara ser um formidável instrumento de propaganda no instável clima político europeu; sua utilidade foi reconhecida por Marinetti, que o usou para atender a seus próprios objetivos. O manifesto do *Teatro futurista radiofônico* foi publicado por Marinetti e Pino Masnata em outubro de 1933. O rádio tornou-se "a nova arte, que começa onde pararam o teatro, o cinema e a narrativa". Usando música do ruído, intervalos de silêncio e até a "interferência entre estações", as "performances" radiofônicas concentraram-se na "delimitação e construção geométrica do silêncio". Marinetti escreveu cinco sínteses radiofônicas, entre as quais *Os silêncios falam entre si* (com sons atmosféricos interrompidos por períodos de oito a quarenta segundos de "puro silêncio") e *Uma paisagem escuta*, na qual o som de estalidos e do crepitar do fogo se alternava com o gorgolejo da água.

As teorias e apresentações futuristas abrangeram quase todas as áreas da performance. Foi esse o sonho de Marinetti, que clamara por uma arte que fosse "álcool, não bálsamo", e foi exatamente essa embriaguez que caracterizou os crescentes círculos de artistas que vinham adotando a performance como um meio de difundir suas propostas artísticas radicais. "Graças a nós", escreveu Marinetti, "chegará o tempo em que a vida deixará de ser mera questão de pão e trabalho ou uma trajetória de puro ócio: será uma *obra de arte*." Essa premissa estaria na base de muitas performances subsequentes.

2. FUTURISMO E CONSTRUTIVISMO RUSSOS

Dois fatores assinalaram as origens da performance na Rússia: por um lado, a reação dos artistas contra a velha ordem – tanto o regime czarista quanto os estilos importados de pintura, isto é, o impressionismo e a fase inicial do cubismo –, e, por outro, o fato de que o futurismo italiano, estrangeiro o bastante para ser suspeito, porém mais aceitável por fazer eco a esse abandono das velhas formas de arte, foi reinterpretado no contexto russo, proporcionando uma arma que podia ser usada contra toda a arte do passado. O ano de 1909 – em que o primeiro manifesto futurista de Marinetti foi publicado na Rússia e em Paris – pode ser visto, sob esse aspecto, como uma data muito significativa.

Esses ataques aos valores artísticos predominantes no passado foram naquele momento expressos no manifesto quase futurista de 1912 intitulado *Um tapa na cara do gosto do público*, escrito pelos jovens poetas e pintores Burliúk, Maiakovski, Livshits e Chlebnikov. No mesmo ano, a exposição "O rabo do burro" também foi organizada como um protesto contra "a decadência de Paris e Munique", afirmando o compromisso dos artistas mais jovens com o desenvolvimento de uma arte essencialmente russa que seguisse os mesmos passos da vanguarda russa da década de 1890. Isso porque, enquanto os artistas russos anteriores tinham voltado os olhos para o ocidente europeu, a nova geração prometia inverter esse processo, produzindo impacto sobre a arte europeia a partir de um ponto de vista novo e puramente russo.

Grupos de escritores e artistas surgiram nos grandes centros culturais de São Petersburgo, Moscou, Kiev e Odessa. Começaram a organizar exposições e debates públicos, confrontando o público com suas declarações provocadoras. Esses encontros logo ganharam força e uma entusiástica adesão. Artistas como David Burliúk faziam conferências sobre a *Madona Sistina* de Rafael com fotos de rapazes de cabelos encaracolados, tentando afrontar as posturas respeitosas para com a história da arte por meio dessa justaposição não convencional entre uma pintura séria e fotos aleatórias de jovens locais. Maiakovski fazia discursos e lia sua poesia futurista, propondo uma arte do futuro.

O Café Cachorro Sem Dono

Em São Petersburgo, um bar logo se tornaria o ponto de encontro da nova elite artística. O Café Cachorro Sem Dono, situado na Praça Mikhailovskaya, passou a atrair poetas como Chlebnikov, Anna Andreievna, Maiakovski e Burliúk (e o círculo deles), bem como os editores da revista literária *Satyricon*, que começava a fazer sucesso. Ali, eles foram apresentados aos princípios do futurismo: Victor

Shklovski prelecionava sobre "O lugar do Futurismo na história da linguagem", e todos escreveram manifestos. Os comentários sarcásticos dos frequentadores do Café Cachorro Sem Dono sobre a arte do passado resultaram em violentos tumultos, exatamente como as raivosas multidões italianas haviam tumultuado os encontros futuristas alguns anos antes.

Os futuristas eram garantia de uma noite divertida, atraindo multidões em São Petersburgo e Moscou. Logo, cansados do previsível público do café, eles levaram seu "futurismo" para o público: andavam pelas ruas com roupas exóticas, rostos pintados, cartolas, casacos de veludo, brincos, rabanetes ou colheres nas casas dos botões. "Por que nos pintamos: um manifesto futurista" apareceu na revista *Argus* em São Petersburgo em 1913; depois de declarar que a pintura no rosto era o primeiro "discurso a ter encontrado verdades desconhecidas", eles explicavam que sua aspiração não se restringia a uma única forma de estética. "A arte não é só um monarca", lia-se ali, "mas também um jornalista e um decorador. A síntese da ilustração e da decoração é a base da pintura em nosso rosto. Nós decoramos a vida e pregamos – é por isso que nos pintamos." Poucos meses depois,

24. David Burliúk e Vladimir Maiakovski, 1914.

25. O palhaço Lazarenko, que se apresentou com os futuristas em várias produções.

26. *Drama no Cabaré N°. 13*. Cena de um filme futurista mostrando a "vida cotidiana" dos futuristas. A imagem mostra Larionov com Goncharova nos braços.

saíram em turnê por dezessete cidades. Em nome da nova arte, Vladimir Burliúk levava consigo um par de halteres de quase dez quilos de peso. Seu irmão David usava na testa uma faixa com os dizeres "Eu, Burliúk", e Maiakovski aparecia rotineiramente com seu traje de "abelha", que consistia em um casaco de veludo preto com um colete listrado de amarelo. Depois da turnê fizeram um filme, *Drama no Cabaré N°. 13*, registrando o cotidiano de suas vidas futuristas, seguido por outro filme, *Quero ser futurista*, com Maiakovski no papel principal e o palhaço e acrobata do Circo Estatal, Lazarenko, como coadjuvante. E assim eles prepararam o terreno para a introdução da performance, declarando que a vida e a arte tinham de se libertar das convenções e permitir a infinita aplicação dessas ideias a todas as esferas da cultura.

"Vitória sobre o sol"

Em outubro de 1913, o futurismo russo deixou as ruas e os "filmes caseiros" e foi para o teatro Luna Park, em São Petersburgo. Maiakovski vinha trabalhando

27. Matyushin, Malevitch e Kruchenykh em Uuisikirkko, Finlândia, em 1913. O compositor, o *designer* e o autor da primeira ópera futurista, *Vitória sobre o sol*, apresentada no mesmo ano.

em sua tragédia *Vladimir Maiakovski*, e seu amigo e poeta futurista Alexei Kruchenykh planejava uma "ópera" chamada *Vitória sobre o sol*. Uma breve nota apareceu no jornal *Palavra*, convidando todos os que quisessem fazer um teste de audição para participar das produções a dirigir-se ao Teatro Troyitski. "Quanto aos atores, por favor, não se deem ao trabalho de comparecer", concluía a nota. Em 12 de outubro, um grande número de estudantes apareceu no teatro. Um deles, Tomachevski, escreveu: "Nenhum de nós levava a sério a possibilidade de ser contratado. (...) Estávamos diante não só da oportunidade de ver os futuristas, mas também de conhecê-los, por assim dizer, em seu próprio ambiente criativo". E havia ali muitos futuristas para se ver: Maiakovski, aos vinte anos de idade, usando cartola, luvas e casaco de veludo preto; Kruchenykh, de rosto escanhoado, e o bigodudo Mikhail Matyushin, que tinham escrito a partitura da ópera; Filonov, coautor da pintura de fundo do cenário da tragédia de Maiakovski, e Vladimir Rappaport, o autor e administrador futurista.

Primeiro, Maiakovski leu sua obra. Não fez nenhuma tentativa de disfarçar o tema da peça, uma celebração de seu próprio gênio poético, com uma repetição obsessiva de seu próprio nome. A maioria dos personagens, inclusive aqueles que rendiam homenagem a Maiakovski, eram também "Maiakovski": o Homem Sem Cabeça, o Homem Com Uma Orelha, o Homem Com Um Olho e Uma Perna, o Homem Com Dois Beijos, o Homem Com Uma Cabeça Alongada. Depois vinham as mulheres: a Mulher Com Uma Lágrima, a Mulher Com Uma Imensa Lágrima e a Mulher Enorme, cujo véu era rasgado por Maiakovski. Por baixo do véu havia uma boneca de seis metros de altura, que era erguida e retirada do palco. Só então Maiakovski escolhia alguns "atores" para participar daquela celebração dele próprio.

28. Projetos de Malevitch para os figurinos de *Vitória sobre o sol*.

Kruchenykh era mais generoso. Levou para sua ópera praticamente todos os que ficaram de fora da tragédia. Nos testes de audição, pediu aos candidatos que pronunciassem todas as palavras com pausas entre cada sílaba: "As fá-bri-cas se--me-lhan-tes a ca-me-los já nos a-me-a-çam...". Segundo relato de Tomachevski, ele estava constantemente inventando alguma coisa nova e "deixava todos com os nervos à flor da pele".

Vitória sobre o sol, um libreto que narrava o modo como um bando de "homens do futuro" se lançava à conquista do sol, levava muitos jovens futuristas para os ensaios. "O teatro Luna Park virou uma espécie de salão futurista", escreveu Tomachevski. "Ali era possível encontrar todos os futuristas, começando pelo belo Kublin e terminando pelos jovens fúteis e inexperientes que viviam atrás de Burliúk e dos outros mestres futuristas. Todos passavam por ali: poetas, críticos e pintores futuristas.

Kasimir Malevitch desenhou o cenário e os figurinos para a ópera. "O cenário pintado era cubista e não objetivo: na tela de fundo foram pintadas formas cônicas e espirais semelhantes às pintadas na cortina (que os homens do futuro arrancavam na cena de abertura)", escreveu Tomachevski. "Os figurinos eram feitos de papelão e pareciam armaduras pintadas em estilo cubista." Os atores, usando enormes cabeças de papel machê, atuavam numa estreita faixa do palco com gestos semelhantes aos de marionetes. Kruchenykh, o autor, aprovou os efeitos cênicos: "Eram como eu esperava e queria. Uma luz ofuscante vinha dos projetores. O cenário era feito de grandes pedaços de papel em forma de triângulos, círculos, peças de máquinas. As máscaras dos atores pareciam as atuais máscaras contra gases. Os figurinos transformavam a anatomia humana, e os atores se movimentavam, dirigidos pelo ritmo determinado pelo artista e diretor". Mais tarde, Malevitch descreveu a cena de abertura: "A cortina subiu e o espectador se viu diante de um grande painel em tecido de algodão no qual o próprio autor, o compositor e o figurinista estavam representados em três conjuntos distintos de hieróglifos. Ouviu-se o primeiro acorde, a segunda cortina dividiu-se ao meio e apareceu um mestre de cerimônias e trovador seguido por uma figura indescritível, com as mãos cheias de sangue e um grande cigarro."

As duas produções foram um enorme sucesso. Um forte contingente policial ficou na frente do teatro. Multidões compareceram às mais de quarenta palestras, discussões e debates organizados nas semanas seguintes. Mas a imprensa de São Petersburgo adotou uma postura de total ignorância e perplexidade diante da importância desses eventos. "Será possível", perguntava-se Mikhail Matyushin, o compositor da música de *Vitória sobre o sol*, "que eles [a imprensa] estejam tão presos a seu instinto gregário que não consigam observar de perto, assimilar ou refletir sobre o que está acontecendo na literatura, na música e nas artes visuais de nossos dias?" As mudanças que muitos consideravam tão indigestas incluíam uma total subversão das relações visuais, a introdução de novos conceitos de relevo e peso, novas ideias sobre forma e cor, harmonia e melodia, e uma ruptura com o uso tradicional das palavras.

O *nonsense* e o irrealismo do libreto tinham sugerido a Malevitch a inclusão das figuras semelhantes a marionetes e dos elementos geométricos do cenário. Por sua vez, os figurinos determinaram a natureza dos movimentos e, desse modo, de todo o estilo da produção. Nas performances posteriores surgiram figuras mecânicas, desenvolvendo os ideais de velocidade e mecanização expressos pelas pinturas raionistas e futuristas. As figuras eram visualmente separadas por lâminas de luz, alternadamente privadas de mãos, pernas e torsos, quando não submetidas a uma total dissolução. Os efeitos que esses corpos meramente geométricos e que a representação abstrata do espaço tiveram na obra posterior de Malevitch foram consideráveis. Foi a *Vitória sobre o sol* que Malevitch atribuiu as origens de suas pinturas suprematistas, com sua característica apresentação de um quadrado branco e preto e de formas trapezoides. *Vitória sobre o sol* representou uma colaboração muito abrangente entre o poeta, o músico e o artista, estabelecendo um precedente para os anos vindouros. Entretanto, sua completa ruptura com o teatro e a ópera tradicionais não contribuiu, em última instância, para a definição de um novo gênero. De acordo com Matyushin, representou "a primeira performance em palco sobre a desintegração de conceitos e palavras e da antiga encenação e harmonia musical". Vista em retrospecto, foi um evento de transição: conseguiu inspirar novos rumos.

Foregger e o renascimento do circo

Vitória sobre o sol e *Vladimir Maiakovski* haviam consolidado a estreita colaboração entre pintores e poetas. Estimulados por seu sucesso, os escritores começaram a planejar novas produções que pudessem incorporar os artistas recém-estabelecidos como *designers*, e os pintores organizaram novas exposições. A "Primeira exposição futurista: linha de bondes V", aconteceu em fevereiro de 1915, em Petrogrado, atual São Petersburgo. Financiada por Ivan Punit, reuniu as duas figuras mais importantes da vanguarda emergente, Malevitch e Tatlin. Malevitch expôs obras produzidas entre 1911 e 1914, enquanto Tatlin apresentou seus "Relevos em pintura", que até então não haviam sido vistos em uma exposição coletiva. Também havia obras de muitos artistas que só haviam retornado a Moscou há um ano, devido à deflagração da guerra na Europa. Isso se deve ao fato de que, ao contrário de outros centros nos quais a guerra havia separado os diferentes membros de grupos de artistas, Moscou foi uma cidade receptiva à reunião dos artistas russos.

Apenas dez meses depois, Puni organizou a "Última exposição futurista de pinturas: 0.10". A tela *Quadrado preto sobre fundo branco* e dois panfletos suprematistas, de Malevitch, marcaram o evento. Mais importante para a performance, porém, foi o fato de que, em seguida a essa exposição, Alexandra Exter foi contratada por Tairov, produtor e fundador do Teatro Kamerny de Moscou, para elaborar cenários e figurinos para suas produções. Essencialmente, a teoria do "Teatro Sintético" desses artistas integrava cenário, figurino, ator e gesto. Em seu estudo sobre a participação do espectador, Tairov mencionou o teatro de revista como o único modo verdadeiro de obtê-la. Dessa forma, as primeiras colaborações revolucionárias viram a gradual adaptação das ideias futuristas e construtivistas ao teatro em nome da "arte da produção".

A arte da produção era praticamente uma proclamação ética dos construtivistas: eles acreditavam que, a fim de acabar com o academismo reinante, atividades especulativas como a pintura e "instrumentos ultrapassados, como as tintas e os pincéis" deviam ser postos de lado. Além disso, insistiam em que os artistas deveriam usar "o espaço real e os materiais reais". O circo, o *music hall* e o teatro de variedades, a eurritmia de Émile Jacques-Dalcroze e a eucinesia de Rudolf von Laban, o teatro japonês e o teatro de marionetes foram todos meticulosamente examinados. Cada qual sugeria possibilidades de chegar a modelos populares de entretenimento que atrairiam um grande público, não necessariamente culto. Colocados em sintonia com as novas ideologias, com os eventos sociais e políticos recentes e com o novo espírito do comunismo, esses meios de expressão pareciam perfeitos para comunicar a um vasto público tanto a nova arte quanto as novas tendências ideológicas.

Um artista viria a tornar-se o catalisador dessa variedade de obsessões. Em 1916, Nikolai Foregger, que viera de Kiev, sua cidade natal, para Moscou, passou por um breve aprendizado no Teatro Kamerny antes que este fosse fechado em fevereiro de 1917. Mas chegou a tempo de testemunhar a agitação na imprensa local, estimulada pelos raionistas, construtivistas e ativistas do meio artístico em geral. Fascinado pelas intermináveis discussões que ocorriam durante as exposições e pela mecanização e abstração da arte e do teatro, ele ampliou essas ideias de modo que nelas também fosse incluída a dança. Em busca dos meios físicos que lhe permitissem refletir as concepções visuais da vanguarda pré-revolucionária, ele estudou os gestos cênicos e os movimentos da dança. Depois de apenas um ano em Moscou, foi para Petrogrado, onde desenvolveu esses estudos numa oficina teatral que manteve em seu estúdio, que contava, inclusive, com um pequeno teatro.

Para começar, em produções como *Os gêmeos* (1920), de Platuz, com o título geral de "O teatro das quatro máscaras", ele introduziu elementos tradicionais da farsa originária da Idade Média francesa e da *commedia dell'arte* dos séculos XVII e XVIII. Essas primeiras apresentações, ocorridas nos anos imediatamente posteriores à Revolução, foram de início um sucesso, mas o público logo se cansou de sua reinterpretação "clássica" e portanto reacionária das formas teatrais. Em resultado, Foregger tentou encontrar uma forma de teatro popular mais apropriada às exigências das novas posições socialistas, dessa vez com um dramaturgo, poeta e crítico teatral, Vladimir Mass. Os dois juntaram-se aos grupos de agitação e propaganda e fizeram experiências com o humorismo político antes de se mudarem em 1921 para Moscou, onde continuaram a desenvolver sua ideia de um teatro de máscaras cujos personagens agora refletiam diretamente os eventos correntes. Por exemplo, Lênin havia implementado sua Nova Política Econômica (NEP, da sigla em russo) com a finalidade de estabilizar a economia flutuante da Rússia: para Foregger, "Nep" tornou-se o estereótipo do burguês russo que tirava proveito da política econômica liberal. Ao lado do Místico Intelectual, da Militante Comunista com pasta de couro e do Poeta Imagista, Nep tornou-se um personagem do repertório da oficina de Foregger, o recém-criado Estúdio Mastfor.

Entre os estudantes que criavam a produção visual para as produções do Mastfor estavam jovens cineastas como Eisenstein, Yutkevich, Barnet, Fogel e Illinski. Aos dezessete anos de idade, Yutkevich e Eisenstein criaram "O show da paródia", que compreendia três esquetes: "Para todo sábio uma opereta é o bastante", "Não beba a água a menos que ela esteja fervendo" e "A tragédia fenomenal de Petra". Juntos, eles introduziram técnicas novas e complexas, que chamavam de "americanas" devido à ênfase na utilização de recursos mecânicos. Yutkevich fez a produção visual de *Seja gentil com os cavalos* (1922), de Mass, obra para a qual concebeu um ambiente totalmente móvel, um moinho movido por uma grande roda provida de degraus, trampolins, luzes intermitentes que percorriam um cenário giratório e outras que iluminavam palavras, símbolos e cartazes de cinema. Eisenstein criou os figurinos, um dos quais vestia uma atriz com argolas em espiral presas por fitas multicoloridas e tiras de papel colorido.

Em *O rapto das crianças* (1922), Foregger acrescentou aos elementos de teatro de revista das produções anteriores o processo de "cineficação" – refletores projetavam luzes sobre discos que se moviam rapidamente, produzindo efeitos cinematográficos. Além dessas invenções mecânicas, Foregger introduziu duas novas teorias: uma era sua "tafiatrenage" – um método de treinamento que nunca foi explicitamente codificado, mas que enfatizava a importância da técnica para o desenvolvimento físico e psicológico do *performer* – e a outra, esboçada numa palestra que fez em fevereiro de 1919 na União dos Artistas Circenses Internacionais, consistia em sua crença no "renascimento do circo". Em sua busca por novas modalidades de encenação, as duas concepções levavam mais além o uso de recursos extrapictóricos e extrateatrais.

Foregger considerava o circo como "irmão siamês" do teatro, citando a Inglaterra elisabetana e a Espanha seiscentista como modelos consumados da perfeita combinação entre teatro e circo. Insistindo em um novo sistema de dança e de treinamento físico – "vemos o corpo do bailarino como uma máquina, e os músculos voluntários como o maquinista" –, a "tafiatrenage" não se diferenciava muito de outras teorias corporais, como a biomecânica de Meyerhold ou a eucinesia de Laban. A biomecânica era um sistema de treino do ator baseado em dezesseis "Études", ou exercícios que ajudavam o ator a desenvolver as habilidades necessárias ao movimento cênico, como, por exemplo, a mover-se dentro de um quadrado, um círculo ou um triângulo. Por outro lado, a "tafiatrenage" era vista por Foregger não apenas como um sistema de treinamento anterior à performance, mas como uma forma de arte em si.

Danças mecânicas, de Foregger, foi apresentada pela primeira fez em fevereiro de 1923. Uma das danças imitava uma transmissão: dois homens ficavam separados por cerca de três metros, e várias mulheres, cada uma segurando no tornozelo da outra, moviam-se formando uma espécie de corrente ao redor deles. Outra dança representava um serrote: dois homens, segurando as mãos e os pés de uma mulher, fazem-na balançar em movimentos curvos. Os efeitos sonoros, inclusive o estilhaçar de vidros e o choque de diferentes objetos metálicos nos bastidores, eram criados ao vivo por uma orquestra de ruídos.

29. Companhia de dança de Foregger, extraído de *Danças mecânicas*, 1923. Uma das danças imitava uma transmissão.

As *Danças mecânicas* foram recebidas com entusiasmo, mas logo se tornaram alvo de duras críticas por parte de trabalhadores que escreveram para uma revista teatral, ameaçando denunciar a companhia de Foregger por suas produções "antissoviéticas" e "pornográficas". O crítico russo Cherepnin classificou-as de "americanismo meio mítico, meio lendário", pois a arte mecânica de Foregger parecia estrangeira à sensibilidade russa e dava a impressão de mera curiosidade. Foregger foi acusado de ir longe demais no entretenimento e no *music hall*, esquecendo-se do significado social e político que se exigia das produções da época.

Performances revolucionárias

Enquanto Foregger estava desenvolvendo uma forma de arte puramente mecânica, que era apreciada mais por sua inspiração estética do que por suas qualidades éticas, outros artistas, dramaturgos e atores favoreciam a máquina de propaganda, dando um sentido imediato e compreensível às novas políticas e ao novo estilo de vida da revolução.

Para Maiakovski, por exemplo, "essa questão não se colocava", como ele escreveu. "Era a minha revolução." A exemplo de seus colegas, ele acreditava que a propaganda era crucial: "jornais falados", cartazes, teatro e cinema, tudo era usado para informar um público em grande parte analfabeto. Maiakovski foi um dos muitos artistas que se juntaram à ROSTA, a Agência Telegráfica Russa. "A janela*

---

* As "janelas" eram cartazes de guerra com legendas e desenhos de Maiakovski para a agência telegráfica ROSTA. (N. T.)

ROSTA era uma coisa fantástica", recordou ele mais tarde. "Significava que notícias telegrafadas eram imediatamente convertidas em cartazes, e os decretos em *slogans*. Era uma nova forma que trazia a vida consigo de modo espontâneo. Significava que os homens do Exército Vermelho podiam ver um cartaz antes de a batalha acontecer, lançando-se à luta não com uma prece, mas com um *slogan* nos lábios."

Logo, o sucesso das janelas e dos quadros onde se afixavam cartazes e anúncios levou a eventos ao vivo. Cartazes eram projetados em sequência, numa série de imagens. Produções com imagens em movimento começavam com a filmagem de um título como "Todo o poder ao povo!", e a isso se seguiam imagens estáticas nas quais se demonstrava e elaborava a ideia do *slogan*. O cartaz passou a fazer parte da cenografia, e os *performers* apareciam com uma série de cartazes pintados em lona.

Os trens, carros e embarcações usados pelo Departamento de Agitação e Propaganda para a difusão de seus ideais, a ROSTA e o teatro *agit-prop* foram apenas alguns dos meios de expressão disponíveis aos jovens artistas em sua intenção de abandonar as "atividades exclusivamente especulativas" em prol de uma arte de caráter social-utilitário. As performances ganharam um novo sentido que as distanciou dos experimentos artísticos dos anos anteriores. Artistas idealizavam os desfiles de Primeiro de Maio, retratando o advento da Revolução, decorando as ruas e envolvendo milhares de cidadãos em reconstruções dramáticas de grandes momentos de 1917.

Em 1918, uma demonstração de massa foi organizada por Nathan Altman e outros futuristas para o primeiro aniversário da Revolução de Outubro. A demonstração aconteceu nas ruas e na praça do Palácio de Inverno, em Petrogrado; inúmeras pinturas futuristas cobriam os edifícios, e uma construção futurista móvel foi colocada no obelisco da praça. Esse e outros espetáculos grandiosos culminaram dois anos depois, em 7 de novembro de 1920, nas comemorações do terceiro aniversário. "A invasão do Palácio de Inverno" envolvia uma reconstrução parcial dos eventos que antecederam a Revolução de Outubro e a tomada propriamente dita do palácio no qual se entrincheirava o governo provisório. Sob a direção geral de Nikolai Yevreinov, três grandes diretores de teatro, Petrov, Kugel e Annenkov (que também criou os cenários) organizaram um batalhão do Exército e mais de oito mil cidadãos em uma reencenação dos eventos daquele dia, três anos antes.

A obra foi encenada em três áreas principais ao redor do palácio, e as ruas que levavam à praça ficaram cheias de unidades do Exército, tanques e caminhões de guerra. Duas grandes plataformas, cada qual com cerca de cinquenta metros de comprimento e vinte de largura, ladeavam a entrada da praça em frente ao palácio: à esquerda, a plataforma "vermelha", do Exército Vermelho (o proletariado), e à direita, a plataforma "branca", presidida pelo governo provisório. A plataforma branca incluía 2.685 participantes, entre os quais 125 bailarinos, 100 artistas circenses e 1.750 extras. A plataforma vermelha era igualmente grande, e incluía todos os trabalhadores que haviam participado da verdadeira batalha, ou pelo menos todos os que Yevreinov conseguira encontrar. Começando por volta de dez horas da noite, a performance abriu com um tiro de canhão; em seguida, uma orquestra de quinhentos músicos tocou uma sinfonia de Varlich e terminou com a *Marselhesa*, a música do governo provisório. Centenas de vozes bradavam "Lênin! Lênin!" e, enquanto a *Marselhesa* era repetida, levemente desafinada, as multidões cantavam a *Internacional* aos berros. Finalmente, caminhões cheios de trabalhadores entraram na praça através do arco e dirigiram-se para seu destino, o próprio Palácio de Inverno. Quando os revolucionários convergiram para o edifício, o Palácio, até então às escuras, foi subitamente iluminado por uma profusão de luzes no edifício, pelos fogos de artifício e por um desfile das forças armadas.

"O corno magnífico"

A força das produções para o aniversário pusera em cena todos os estilos e técnicas possíveis de pintura, teatro, circo e cinema. Portanto, os limites da performance eram infinitos: não se fazia nenhuma tentativa de classificar ou restringir as diferentes disciplinas. Os artistas construtivistas comprometidos com a arte da produção trabalhavam continuamente para desenvolver suas concepções de uma arte em espaço real, anunciando a morte da pintura.

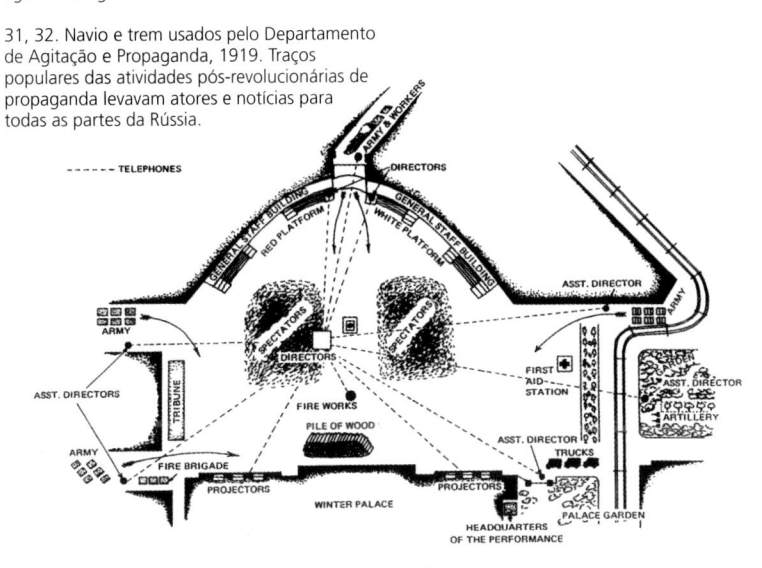

◁ 30. Cartaz ("janela") de Maiakovski para a agência telegráfica ROSTA.

31, 32. Navio e trem usados pelo Departamento de Agitação e Propaganda, 1919. Traços populares das atividades pós-revolucionárias de propaganda levavam atores e notícias para todas as partes da Rússia.

33. Diagrama de projeto para o evento "A invasão do Palácio de Inverno", 1920.

34. "A invasão do Palácio de Inverno", no terceiro aniversário da Revolução Russa, 7 de novembro de 1920. O evento foi dirigido por Yevreinov, Petrov, Kugel e Annenkov e envolveu a participação de mais de oito mil pessoas.

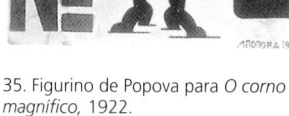

35. Figurino de Popova para *O corno magnífico*, 1922.

36. Desenho de Popova para o cenário de *O corno magnífico*.

Por volta de 1919, antes de entrar em contato com os construtivistas, o diretor de teatro Vsevolod Meyerhold havia escrito: "Estamos certos ao convidar os cubistas para trabalhar conosco, pois precisamos de cenários que se assemelhem àqueles contra os quais estaremos nos colocando amanhã. Queremos que nosso cenário seja um tubo de ferro do mar aberto ou alguma coisa construída pelo novo homem. (...) Montaremos um trapézio e nele colocaremos nossos acrobatas, que com seus corpos expressarão a própria essência de nosso teatro revolucionário e nos lembrarão que estamos tendo prazer nessa luta em que nos engajamos." Meyerhold encontrou nos construtivistas os cenógrafos que vinha procurando. Em 1921, quando as circunstâncias o forçaram a procurar um cenário que pudesse ser montado em qualquer lugar, sem precisar recorrer à maquinaria convencional de palco, Meyerhold viu no trabalho dos construtivistas a possibilidade de um sistema de andaimes multifuncional, que poderia ser facilmente montado e desmontado. As anotações de Popova para o catálogo da exposição "5 × 5 = 25" naquele ano, em Moscou, confirmavam a crença de Meyerhold de que havia encontrado alguém para criar seu cenário. Ela havia declarado: "Todas as construções [na exposição] são pictóricas e devem ser vistas simplesmente como uma série de experiências preparatórias para se chegar às construções materializadas", deixando em aberto a sugestão de como esse fim poderia ser alcançado.

Meyerhold percebeu claramente que o construtivismo abria caminho para a militância contra a obsoleta tradição teatral, permitindo-lhe realizar seu sonho de ter as produções extrateatrais removidas desses caixotes que são os auditórios e levadas a qualquer lugar imaginável: o mercado, a oficina de fundição de uma metalúrgica, o convés de um navio de guerra. Ele discutiu esse projeto com diversos membros do grupo, em particular com Popova. A colaboração, porém, não foi sempre tão fácil quanto a produção final poderia fazer parecer. Quando, no início de

1922, Meyerhold propôs uma performance baseada nas teorias espaciais de Popova, ela recusou-se categoricamente a fazê-lo: o grupo construtivista como um todo estava relutante em engajar-se na produção. Uma decisão muito apressada implicaria o risco de desacreditar as novas ideias. Meyerhold, porém, estava convencido de que o trabalho dos construtivistas era ideal para sua nova produção, *O corno magnífico*, de Crommelynck. Às escondidas, procurou os artistas individualmente e pediu a cada um que lhe apresentasse estudos preparatórios, só para o caso de algum imprevisto. Cada um trabalhou em segredo, sem saber que os outros também estavam criando modelos para a produção: a apresentação em abril de 1922 foi, assim, um trabalho conjunto que teve Popova como coordenadora.

O cenário de *O corno magnífico* consistia em superfícies planas convencionais, plataformas unidas por degraus, rampas e passarelas, asas de moinhos de vento, duas rodas e um grande disco com as letras CR – ML – NCK (de Crommelynck). Os personagens usavam aventais largos e soltos, mas mesmo com esses trajes confortáveis precisavam possuir habilidades acrobáticas para "trabalhar" o cenário. Desse modo, a produção tornou-se o foro ideal para o sistema de biomecânica de Meyerhold que já descrevemos e que ele havia desenvolvido pouco tempo antes. Tendo estudado o taylorismo, um método de organização do trabalho então popular nos Estados Unidos, ele pedia por um "taylorismo do teatro [que] torne possível encenar em uma hora aquilo que atualmente exige quatro horas".

O sucesso de *O corno magnífico* estabeleceu os construtivistas como os líderes em criação de cenários. Essa obra foi o ponto culminante de uma troca entre as artes, pois em sua produção o artista não apenas respondia às necessidades teatrais de um diretor inovador, mas também transformava a natureza da atuação, e a própria intenção da peça, através da criação de complexas "máquinas de representar".

37-40. Uma série de poses executadas para os exercícios biomecânicos de Meyerhold, constituídos por dezesseis "Études" dedicados à preparação dos atores.

A Blusa Azul e a Fábrica do Ator Excêntrico

Cada novo ano presenciava inovações na arte, na arquitetura e no teatro; novos grupos se formavam com uma tal regularidade que se tornou impossível situar com precisão as fontes exatas de cada "manifesto", ou mesmo de seus criadores. Os artistas passavam constantemente de uma oficina para outra: Eisenstein trabalhou com Foregger, depois com Meyerhold; Exter com Meyerhold e Tairov; Maiakovski com a ROSTA, Meyerhold e o Grupo Blusa Azul.

O Grupo Blusa Azul foi oficialmente formado em outubro de 1923; de viés político inequívoco, usava técnicas populares e de vanguarda especificamente voltadas para um público de massa. Em seu auge, é provável que tenha envolvido mais de cem mil pessoas, com seus inúmeros clubes em cidades de todo o país. Usando técnicas de agitação e propaganda, "jornais ao vivo" e a tradição do clube-teatro, seu repertório era basicamente formado por cinema, dança e cartazes animados. Em vários sentidos, foi a concretização definitiva, em grande escala, do teatro de variedades de Marinetti, "o mais saudável de todos os espetáculos, em seu dinamismo de formas e cores e no movimento simultâneo de prestidigitadores, bailarinas, ginastas, mestres de equitação e ciclones espirais". Outra fonte dessas *stravaganzas* era a encenação realizada por Eisenstein de *Diário de um canalha*, de Ostrovski, que incluía uma montagem de vinte e cinco atrações diferentes: cinema, números de palhaços, esquetes, cenas farsescas, canções de corais ligados ao movimento *agit-prop* e números circenses. O laboratório do Mastfor também desenvolveu recursos técnicos e o uso da colagem cinematográfica; a biomecânica de Meyerhold igualmente influenciou o estilo geral das performances do Grupo Blusa Azul.

Os recursos mecânicos usados pelo grupo, com sua capacidade para montar "produções industriais" em grande escala, também refletiam o trabalho de um grupo anterior, a Fábrica do Ator Excêntrico, ou FEKS. Encantada com a nova

42. Cena de *A morte de Tarelkin*, com produção de Meyerhold e cenários de Varvara Stepanova, esposa de Rodchenko, Moscou, 1922.

41 (página ao lado), 43. O Grupo Blusa Azul, fundado em 1923. Cartazes enormes eram colocados no palco, com buracos nos quais os atores introduziam suas cabeças, braços e pernas para declamar textos baseados em eventos políticos e sociais controversos.

sociedade industrial que os Estados Unidos exemplificavam, a FEKS promovia aqueles aspectos mais típicos da vida norte-americana: alta tecnologia e "cultura popular" – *jazz*, quadrinhos, *music hall*, publicidade, e assim por diante. Particularmente notável foi a produção da peça *A morte de Tarelkin*, de Sukhovo-Kobylin, para a qual Stepanova criou um mobiliário desmontável. Uma vez mais, as produções russas de performances haviam concretizado alguns dos princípios publicados nos manifestos futuristas de quase uma década atrás, pois Fortunato Depero havia exortado à criação de um teatro no qual "tudo vira do avesso – desaparece e reaparece, multiplica-se e fragmenta-se, pulveriza-se e subverte-se, treme e transforma-se numa máquina cósmica pulsante de vida". É verdade que os manifestos da FEKS tentaram refutar a influência dos futuristas italianos; mas também é verdade que foi só com as produções da FEKS que aquelas prematuras ideias futuristas vieram a ganhar forma consistente.

"Moscou está em chamas"

O teatro deixara-se atrair pela produção de arte na mesma medida em que a produção de arte transformara o teatro. A Rússia vinha passando por uma agitação cultural tão violenta quanto a Revolução de 1905; era como se aquela energia nunca tivesse deixado de fluir. E em 1930, o vigésimo quinto aniversário daquele fatídico Domingo Sangrento em que os trabalhadores que protestavam diante do Palácio de Inverno foram metralhados enquanto fugiam, um período vinha chegando ao fim. Maiakovski, em um trágico gesto final, preparou a comemoração: *Moscou está em chamas*. Financiada pela Agência Soviética Central dos Circos do Estado, a pantomima foi apresentada na segunda metade do programa circense. Todas as possibilidades do circo foram usadas, e *Moscou está em chamas* foi um fenômeno totalmente novo no campo da pantomima circense. Uma aguda sátira política, a obra contava, em estilo cinematográfico, a história dos primeiros dias da Revolução. Quinhentos *performers* participavam do espetáculo: artistas circenses, estudantes de escolas de teatro e de circo e unidades de cavalaria. *Moscou está em chamas* estreou em 21 de abril de 1930 no Primeiro Circo Estatal de Moscou. Uma semana antes, no dia 14 de abril, Maiakovski se suicidara com um tiro na cabeça.

Embora o ano de 1909 assinale o início da performance artística, foi 1905, o ano do Domingo Sangrento, que verdadeiramente deflagrou uma revolução teatral e artística na Rússia. Foi quando a crescente energia dos trabalhadores, em seu afã de derrubar o regime czarista, levou a um movimento teatral da classe trabalhadora, movimento que logo atrairia a participação de muitos artistas. Por outro lado, o ano de 1934 assinalou dramaticamente um segundo momento crucial para o teatro e a performance artística, colocando um ponto final em quase trinta anos de produções extraordinárias. Naquele ano, o Festival do Teatro Soviético, evento anual que se realizava durante dez dias, foi aberto com obras do início e de meados da década de 1920: *O corno magnífico* (1922), de Meyerhold, *O macaco peludo* (1926), de Tairov, e *A princesa Turandot* (1922), de Vakhtangov, desceram a cortina sobre toda uma era de experimentalismo. Não por acaso, foi em 1934, no Congresso de Escritores realizado em Moscou, que Zhdanov, o porta-voz do partido para questões relativas às artes, fez a primeira e definitiva declaração sobre o realismo socialista, apresentando as linhas gerais de um código oficial e obrigatório que viria a reger toda a atividade cultural.

44. O cenário em pirâmide de *Moscou está em chamas*, apresentado em um circo, o Primeiro Circo Estatal de Moscou, para comemorar o vigésimo quinto aniversário da revolução do Domingo Sangrento, de 1905.

3. DADÁ

Wedekind em Munique

Muito antes do início das atividades dadaístas no Cabaré Voltaire em 1916, em Munique, o teatro-cabaré já era popular na vida noturna das cidades alemãs. Munique, um florescente centro artístico antes da guerra, foi a cidade de onde vieram as duas personalidades capitais do Cabaré Voltaire – seus fundadores Emmy Hennings, personalidade muito atuante na vida noturna local, e Hugo Ball, seu futuro marido. Conhecida pelo grupo Blaue Reiter, formado por pintores expressionistas, bem como por suas prolíficas performances teatrais expressionistas, Munique também era famosa por seus bares e cafés, que eram o ponto de encontro dos boêmios artistas, poetas, escritores e atores da cidade. Foi em cafés como o Simplicissmus (onde Ball conheceu Hennings, uma das estrelas dos cabarés) que seus manifestos incompletos e suas revistas parcialmente publicadas foram discutidos à meia-luz enquanto, em pequenos palcos, dançarinos e cantores, poetas e mágicos apresentavam seus esquetes satíricos baseados na vida cotidiana da capital bávara do período anterior à guerra. Nesses espaços conhecidos como "teatros íntimos" floresceram personalidades excêntricas, como Benjamin Franklin Wedekind, mais conhecido como Frank Wedekind.

Famoso por sua natureza provocadora, sobretudo em questões ligadas ao sexo, a primeira frase que dirigia às mulheres era sempre "Você ainda é virgem?", seguida por um sorriso lascivo que muitos atribuíam a sua dentadura mal fixada. Chamado de "libertino", "explorador da sexualidade antiburguês" e "ameaça à moral pública", Wedekind atuava em cabarés quando estava sem dinheiro para produzir suas peças ou quando a censura oficial o proibia de encená-las. Chegava a urinar e a masturbar-se no palco e, segundo Hugo Ball, provocava convulsões musculares "em seus braços, suas pernas, seu... e até em seu cérebro" numa época em que a moral ainda estava presa às becas e togas dos arcebispos protestantes. Um meio artístico igualmente antiburguês apreciava a crítica mordaz que ele instilava em todas as suas provocativas performances.

Suas peças não eram menos polêmicas. Depois de um exílio temporário em Paris e de vários meses na prisão por desobedecer à censura, Wedekind escreveu sua famosa sátira à vida em Munique, *Der Marquis von Keith*. Recebido com escárnio pelo público e pela mídia, ele devolveu as ofensas com a peça *König Nicolò, oder So Ist das Leben* (Rei Nicolò, ou assim é a vida) em 1901, uma história perversa sobre súditos burgueses que depõem um rei que, sem condições de enfrentá-los, se vê obrigado a fazer o papel de bobo da corte do próprio usurpador de seu trono. Era como se Wedekind procurasse consolo em cada encenação, usando-a como contra-ataque às críticas adversas. Por sua vez, cada peça era censurada pelos oficiais prussianos do cáiser Guilherme, e quase sempre mutilada pelos editores. Em má situação financeira devido às condenações à prisão e em ostracismo geral provocado por produtores irritados, ele novamente se juntaria ao circuito dos cabarés populares; para ganhar a vida, certa vez trabalhou com um famoso grupo que excursionava pelo país, Os Onze Carrascos.

Essas performances irreverentes, que beiravam o obsceno, tornavam Wedekind muito apreciado pela comunidade artística de Munique, enquanto os julgamentos por problemas com a censura, que se seguiam inevitavelmente a cada encenação, asseguravam sua má fama local. Ball, que frequentava o Café Simplicissmus, comentou que, a partir de 1909, tudo em sua vida passou a girar em torno do teatro: "Vida, pessoas, amor, moral. Para mim, o teatro significa uma liberdade inimaginável", escreveu. "Minha impressão mais forte era a do poeta que era ele próprio um temível e cínico espetáculo: Frank Wedekind. Vi-o em muitos ensaios e em quase todas as suas peças. No teatro, empenhava-se em eliminar tanto a si próprio quanto aos últimos vestígios de uma civilização outrora solidamente estabelecida."

Publicada em 1904, *Die Büchse der Pandora* (A caixa de Pandora), que apresenta a história da carreira de uma mulher emancipada, foi considerada uma dessas eliminações. A apresentação da peça foi imediatamente proibida na Alemanha

45. Frank Wedekind em sua peça *Hidalla*, 1905.

durante o período de vida do escritor. Furioso com o promotor público que, em sua opinião, havia distorcido os fatos de modo que insinuasse indecência, Wedekind replicou com uma adaptação não publicada de *Heidenröslein*, de Goethe, em que satirizava os processos judiciais e o jargão jurídico:

> O vagabundo diz: Terei relações sexuais com você, sua vadia.
> A vadia responde: Vou infectá-lo com tantas doenças venéreas que você jamais se esquecerá de mim.
> É evidente que, naquele momento, ela não estava interessada em ter relações sexuais.

As encenações de Wedekind usavam e abusavam da licença concedida ao artista para ser um marginal, um louco à margem do comportamento normal da sociedade. Mas ele sabia que essa licença só era concedida porque o papel do artista era tido como algo profundamente insignificante, mais tolerado que aceito. Assumindo a causa do artista contra a complacência do público, Wedekind logo passou a contar com a companhia de outros artistas de Munique e de outros lugares, que começaram a usar a performance como uma sátira feroz à sociedade.

Kokoschka em Viena

A fama de Wedekind espalhou-se para além de Munique. Enquanto o processo contra *Die Büchse der Pandora* prosseguia na Alemanha, a peça teve algumas apresentações privadas em Viena. O próprio Wedekind fez Jack, o Estripador, cabendo a Tilly Newes, sua futura mulher, o papel de Lulu. No meio da onda popular de expressionismo que na época tomava conta de Munique, Berlim e Viena – ainda que mais na forma escrita do que em performances propriamente ditas –, Wedekind via com extrema reserva quaisquer tentativas de alinhar suas obras ao expressionismo. Afinal, ele já tinha usado instintivamente as técnicas expressionistas em sua obra muito antes de o termo e o movimento se tornarem populares.

Foi em Viena que se deu a encenação do protótipo da produção expressionista, *Mörder, Hoffnung der Frauen* (Assassinato, a esperança das mulheres), de Kokoschka. A peça chegaria também a Munique, por Berlim, graças à revista *Der Sturm*, que publicou o texto e algumas ilustrações pouco depois de sua apresentação em Viena, em 1909. Aos vinte e dois anos de idade, Kokoschka, assim como Wedekind, era visto como uma espécie de afronta à moralidade pública e ao gosto da conservadora sociedade vienense, e o ministro da educação o ameaçou com a demissão de seu cargo de professor da Escola Vienense de Artes e Ofícios. Foi chamado pelos críticos de "artista degenerado", "inimigo dos burgueses" e "criminoso comum", bem como de *Oberwilding*, ou "o maior dos selvagens", depois da exposição de seu busto em argila, *O guerreiro*, no Kunstschau de Viena, em 1908.

Furioso com o primitivismo desses ataques, ele fez os acomodados vienenses engolirem *Mörder, Hoffnung der Frauen* em uma apresentação nos jardins do Kunstschau de Viena. O elenco, formado por amigos e estudantes de teatro, fez apenas um ensaio antes da noite de estreia. Improvisaram com "frases-chave em tiras de

46. Kokoschka, bico de pena para ilustrar sua peça *Mörder, Hoffnung der Frauen*, uma das primeiras produções expressionistas, apresentada em Viena em 1909.

papel", depois de Kokoschka ter demonstrado os aspectos mais importantes da peça, completando a exposição com variações de intensidade de som, ritmo e expressão. No jardim, cavaram um fosso para os músicos e construíram um palco com tábuas e pranchas. O elemento mais importante do cenário era uma grande torre com a porta de uma jaula. Ao redor desse objeto, os atores rastejavam, agitavam os braços, curvavam o corpo e faziam expressões faciais exageradas; esse tipo de ação se tornaria a marca registrada das técnicas expressionistas de representação. Em meio a essa estranha atmosfera, eles encenavam uma feroz batalha entre masculino e feminino, com um dos atores arrancando violentamente o vestido da personagem feminina principal, marcando-lhe o corpo com sua insígnia. Em defesa, ela o atacava com um punhal e, enquanto o sangue jorrava de seus ferimentos, ele era colocado em um caixão por três homens mascarados e levado para a parte superior da torre gradeada. Mas o "Novo Homem", que seria tão importante para os futuros escritores expressionistas, terminava por triunfar: a mulher, ao fazer jorrar o sangue do homem, apenas fizera jorrar a sua própria perdição – e ela morria lenta e dramaticamente, enquanto o Novo Homem, viril e puro, sobrevivia.

Anos depois, Kokoschka se lembraria de como "uma oposição sinistra e odiosa foi deflagrada" contra sua peça. O argumento literário teria degenerado em uma luta sangrenta se Adolf Loos, o arquiteto e patrocinador de Kokoschka, "não tivesse intervindo com um grupo formado por seus fiéis seguidores e me livrado do destino de ser espancado até a morte". Kokoschka prossegue: "O que irritou particularmente as pessoas foi o fato de eu ter pintado os nervos dos personagens sobre sua pele, deixando-os, por assim dizer, claramente à vista. Os gregos punham máscaras em seus atores para indicar o caráter dos personagens – triste, apaixonado, furioso etc. Eu fiz a mesma coisa a meu próprio modo, pintando os rostos não para enfeitá-los, mas para sublinhar o caráter dos personagens. Minha intenção era que tudo funcionasse bem a uma certa distância, como se fosse um afresco. Dei um tratamento diferente a cada membro do elenco. Em alguns fiz listras como as de um gato ou tigre, mas pintei os nervos em todos eles. Eu já tinha estudado anatomia e conhecia bem a localização de cada um deles".

Por volta de 1912, ano de publicação de *Der Bettler*, de Sorge, geralmente considerada como a primeira peça expressionista, a produção de Kokoschka era o principal assunto de Munique. Embora poucas peças explicitamente expressionistas tivessem sido montadas até então, as novas concepções de performance já vinham sendo vistas como um meio possível de destruir as tradições realistas anteriores. Assim pensava Hugo Ball, por exemplo, que aos vinte e seis anos de idade estava profundamente envolvido com o projeto de suas próprias performances. Para Ball, os anos em Munique resultaram em planos para dar início a um *Künstlertheater* com a colaboração de outros autores e artistas. Ele juntou-se a Kandinski, que "por sua simples presença colocava esta cidade muito acima das outras cidades alemãs em sua modernidade", e os periódicos em que eles expunham suas ideias eram *Der Sturm, Die Aktion, Die Neue Kunst* e, em 1913, *Die Revolution*. Segundo Ball, foi um período em que era preciso fazer uma oposição sistemática ao senso comum, em que "a filosofia estava nas mãos dos artistas", em que "vigoravam o interessante e a intriga". Nesse ambiente perturbador, Ball imaginava que a "regeneração da sociedade" se daria através da "união de todos os meios e forças artísticas". Acreditava que só o teatro era capaz de criar a nova sociedade. Mas sua concepção de teatro não era tradicional: por um lado, ele havia estudado com o inovador diretor teatral Max Reinhardt e buscava novas técnicas dramáticas; por outro, o conceito de obra de arte total, ou *Gesamtkunstwerk*, formulado havia mais de meio século por Wagner, envolvendo a participação de artistas de todas as disciplinas em grandes produções, ainda guardava um certo fascínio para ele. Se fosse possível, então, o teatro de Ball teria envolvido os seguintes artistas: Kandinski, a quem teria entregue a direção geral, Marc, Fokine, Hartmann, Klee, Kokoschka, Yevreinov, Mendelsohn, Kubin e ele próprio. Em vários aspectos, esse esboço de um programa prefigurava o entusiasmo com que ele reuniria artistas muito diferentes dois anos depois, em Zurique.

Esses planos, porém, jamais se concretizaram em Munique. Ball não encontrou patrocinadores, nem foi bem-sucedido em sua tentativa de se tornar diretor do Staatstheater em Dresden. Desanimado, deixou a Alemanha e foi para a Suíça via Berlim. Deprimido pela guerra e pela sociedade alemã da época, começou a ver o teatro sob uma nova luz: "A importância do teatro é sempre inversamente proporcional à importância da moral social e da liberdade civil". Para ele, a moral social e a liberdade civil estavam em desacordo e na Rússia, assim como na Alemanha, o teatro fora esmagado pela guerra. "O teatro não tem mais sentido. Quem quer representar atualmente, ou mesmo ver alguém representar? (...) Meus sentimentos sobre o teatro são os que deve ter um homem que foi subitamente decapitado."

Ball em Zurique

Hugo Ball e Emmy Hennings chegaram a Zurique no tranquilo verão de 1915. Fazia só oito meses que Hennings tinha saído da prisão por ter falsificado passaportes estrangeiros para os que queriam evitar o serviço militar; o próprio Hugo trazia documentos falsificados e vivia sob identidade falsa.

"É estranho, mas às vezes as pessoas desconhecem meu verdadeiro nome. E daí chegam as autoridades policiais e fazem averiguações." Ter de mudar de nomes para evitar que fossem presos por espiões do governo alemão à caça de desertores do serviço militar era apenas a menor de suas preocupações. Eram pobres, estavam desempregados e não tinham registro de estrangeiros. Hennings fazia serviços domésticos de meio expediente, Ball tentava dar continuidade a seus estudos. Quando a polícia suíça de Zurique descobriu que ele usava nomes falsos, Ball fugiu para Genebra, e em seu retorno a Zurique passou doze dias na prisão. Depois disso, deixaram-no em paz. As autoridades suíças não tinham qualquer interesse em entregá-lo aos alemães para prestar serviço militar. No outono daquele ano, sua situação piorou – não tinham dinheiro, não tinham para onde ir. Ball manteve um diário no qual dá indícios de que pensava em suicidar-se; a polícia foi chamada para impedir que ele se jogasse no Lago de Zurique. Seu casaco, que ele conseguiu resgatar do lago, não tinha nenhum valor de compra na casa noturna em que ele tentou vendê-lo. De alguma forma, porém, sua sorte mudou e ele foi contratado pela casa para excursionar com um grupo chamado Flamingo. Mesmo durante essa turnê com o Flamingo por várias cidades suíças, Ball estava obcecado em entender a cultura alemã que deixara para trás. Começou a fazer planos para um livro, mais tarde publicado como *Zur Kritik der deutschen Intelligenz* (Crítica da mentalidade alemã), e escreveu inúmeros textos sobre o mal-estar filosófico e espiritual da época. Tornou-se um pacifista irredutível, experimentou drogas e misticismos e começou a corresponder-se com o poeta Marinetti, o líder dos futuristas. Escreveu para o jornal *Die Weissen Blätter*, de Schickele, e para o periódico *Der Revoluzzer*, de Zurique.

Havia, porém, um conflito mútuo entre seus textos e as performances de cabaré. Ball estava escrevendo sobre um tipo de arte que ele estava cada vez mais impaciente por implementar: "Numa época como a nossa, em que as pessoas são agredidas diariamente pelas coisas mais monstruosas, sem que possam registrar suas impressões, uma produção estética se torna um caminho recomendado. Toda arte viva, porém, será irracional, primitiva, complexa: falará uma língua secreta e deixará documentos que não vão falar de edificação, mas de paradox". Depois de vários meses muito cansativos com o Flamingo, Ball retornou a Zurique.

Cabaré Voltaire

Já em 1916, Ball e Hennings decidiram abrir seu próprio café-cabaré, não muito diferente daqueles que haviam deixado para trás em Munique. Jan Ephraim, proprietário de um pequeno bar em Spiegelglasse, concordou em ceder seu espaço para esse fim, e à sua decisão seguiram-se vários dias de uma busca incansável de obras de arte para decorar o local. Distribuiu-se um material informativo: "Cabaré Voltaire. Com esse nome, formou-se um grupo de jovens artistas e escritores que tem por objetivo criar um centro de entretenimento artístico. A ideia do cabaré consiste em que artistas convidados se apresentem diariamente, fazendo performances artísticas e lendo suas obras. Os jovens artistas de Zurique, quaisquer que sejam suas tendências, estão convidados a comparecer com sugestões e contribuições de todo tipo."

A noite de estreia atraiu uma multidão, e o cabaré ficou superlotado. Ball se lembraria mais tarde: "Por volta das seis da tarde, quando ainda estávamos pregando cartazes futuristas, chegou um grupo de homenzinhos de feições orientais com pastas e ilustrações sob os braços; muito educadamente, fizeram uma série de mesuras. Em seguida, apresentaram-se: o pintor Marcel Janco, Tristan Tzara, Georges Janco e um quarto cavalheiro, cujo nome me escapou. Arp também estava ali por acaso, e nos entendemos de imediato, sem muitas palavras. Logo, os magníficos *Arcanjos* de Janco estavam na parede, ao lado de outros belos objetos, e nessa mesma noite Tzara leu alguns poemas de estilo tradicional que ia tirando com muito charme dos bolsos de seu paletó. Emmy Hennings e madame Laconte cantaram em francês e dinamarquês e Tzara leu alguns de seus poemas romenos, enquanto uma orquestra de balalaica tocava canções populares e danças russas".

Foi assim, então, que o Cabaré Voltaire teve início em 5 de fevereiro de 1916. Foi um acontecimento noturno; no dia 6, com muitos russos na plateia, o programa incluiu poemas de Kandinski e Else Lasker, a "Donnerwetterlied" (Canção do trovão), de Wedekind, a "Totentanz" (Dança da morte), "com a participação do coro revolucionário", e "A la Villette" (Para Villette), de Aristide Bruant. Na noite seguinte, no dia 7, declamaram-se poemas de Blaise Cendrars e Jakob van Hoddis, e no dia 11 chegou de Munique um amigo de Ball, Richard Huelsenbeck. "Ele está interessado em um ritmo mais forte (o ritmo da música negra)", observou Ball. "Para ele, a literatura deveria ser relegada a segundo plano, atrás da sonoridade dos tambores."

As semanas seguintes estiveram repletas de obras tão variadas quanto os poemas de Werfel, Morgenstern e Lichtenstein. "Todos estavam tomados por uma indefinível embriaguez. O pequeno cabaré estava prestes a se desfazer, e virou um espaço para a expressão de emoções enlouquecidas." Ball se deixou envolver pela empolgação de organizar programas e escrever textos com seus diferentes colegas. Não estavam muito preocupados em criar uma nova arte; de fato, Ball advertiu que "o artista que trabalha a partir de sua imaginação independente está se iludindo a respeito de sua originalidade. Ele está usando um material já formado e, desse modo, o máximo que pode fazer é reelaborá-lo". Ao contrário disso, Ball apreciava o papel de catalisador: "*Producere* quer dizer 'produzir', 'dar existência a'. Isso não se aplica necessariamente apenas a livros. Também é possível produzir artistas".

O material para as noites de cabaré incluía colaborações de Arp, Huelsenbeck, Tzara, Janco, Hennings e outros escritores e artistas. Sob a pressão de entreter um público diversificado, eles se viam obrigados a "estar incessantemente entusiasmados, receptivos às novidades e abertos às manifestações artísticas mais espontâneas. É uma corrida com as expectativas do público, e essa corrida exige muito de toda a

Als ich das Cabaret Voltaire gründete, war ich der Meinung, es möchten sich in der Schweiz einige junge Leute finden, denen gleich mir daran gelegen wäre, ihre Unabhängigkeit nicht nur zu geniessen, sondern auch zu dokumentieren. Ich ging zu Herrn Ephraim, dem Besitzer der „Meierei" und sagte: „Bitte, Herr Ephraim, geben Sie mir Ihren Saal. Ich möchte ein Cabaret machen." Herr Ephraim war einverstanden und gab mir den Saal. Und ich ging zu einigen Bekannten und bat sie: „Bitte geben Sie mir ein Bild, eine Zeichnung, eine Gravüre. Ich möchte eine kleine Ausstellung mit meinem Cabaret verbinden." Ging zu der freundlichen Züricher Presse und bat sie: „Bringen sie einige Notizen. Es soll ein internationales Cabaret werden. Wir wollen schöne Dinge machen," Und man gab mir Bilder und brachte meine Notizen. Da hatten wir am 5. Februar ein Cabaret. Mde. Hennings und Mde. Leconte sangen französische und dänische Chansons. Herr Tristan Tzara rezitierte rumänische Verse. Ein Balalaika-Orchester spielte entzückende russische Volkslieder und Tänze. Viel Unterstützung und Sympathie fand ich bei Herrn M. Slodki, der das Plakat des Cabarets entwarf, bei Herrn Hans Arp, der mir neben eigenen Arbeiten einige Picassos zur Verfügung stellte und mir Bilder seiner Freunde O. van Rees und Artur Segall vermittelte. Viel Unterstützung bei den Herren Tristan Tzara, Marcel Janco und Max Oppenheimer, die sich gerne bereit erklärten, im Cabaret auch aufzutreten. Wir veranstalteten eine RUSSISCHE und bald darauf eine FRANZÖSISCHE Soirée (aus Werken von Apollinaire, Max Jacob, André Salmon, A. Jarry, Laforgue und Rimbaud). Am 26. Februar kam Richard Huelsenbeck aus Berlin und am 30. März führten wir eine wundervolle Negermusik auf (toujours avec la grosse caisse: boum boum boum boum — drabatja mo gere drabatja mo bonoooooooooooooo —) Monsieur Laban assistierte der Vorstellung und war begeistert. Und durch die Initiative des Herrn Tristan Tzara führten die Herren Tzara, Huelsenbeck und Janco (zum ersten Mal in Zürich und in der ganzen Welt) simultanistische Verse der Herren Henri Barzun und Fernand Divoire auf, sowie ein Poème simultan eigener Composition, das auf der sechsten und siebenten Seite abgedruckt ist. Das kleine Heft, das wir heute herausgeben, verdanken wir unserer Initiative und der Beihilfe unserer Freunde in Frankreich, ITALIEN und Russland. Es soll die Aktivität und die Interessen des Cabarets bezeichnen, dessen ganze Absicht darauf gerichtet ist, über den Krieg und die Vaterländer hinweg an die wenigen Unabhängigen zu erinnern, die anderen Idealen leben. Das nächste Ziel der hier vereinigten Künstler ist die Herausgabe einer Revue Internationale. La revue paraîtra à Zurich et portera le nom „DADA". („Dada") Dada Dada Dada Dada.

ZÜRICH, 15. Mai 1916

47. Material informativo distribuído por Hugo Ball a respeito do Cabaré Voltaire, Zurique, 1916.

48. Hugo Ball e Emmy Hennings em Zurique, 1916.

nossa capacidade de invenção e debate". Para Ball, havia algo de especialmente agradável no cabaré: "Não se pode exatamente dizer que a arte dos últimos vinte anos tenha sido alegre, nem que os poetas modernos sejam muito divertidos e populares". A declamação e a performance eram a chave para a redescoberta do prazer na arte.

Cada noite girava em torno de um tema específico: noites russas para os russos; os domingos devidamente deixados para os suíços ("mas os jovens suíços são circunspectos demais para um cabaré", achavam os dadaístas). Huelsenbeck desenvolveu um estilo declamatório que era prontamente identificado: "Quando entra, ele mantém a bengala de caniço espanhol na mão, e às vezes corta o ar com ela, fazendo-a sibilar. Isso empolga o público. Consideram Huelsenbeck arrogante, o que ele sem dúvida aparenta ser. Suas narinas tremem, arqueiam-se suas sobrancelhas. A boca, com seu ricto irônico, está cansada, porém composta. Ele lê, acompanhado pelo grande tambor, grita, assobia e dá gargalhadas":

> Lentamente, o grupo de casas abriu seu corpo.
> E então as gargantas inchadas das igrejas mergulharam nas profundezas aos berros...

Numa *soirée* francesa em 14 de março, Tzara declamou poemas de Max Jacob, André Salmon e Laforgue; Oser e Rubinstein tocaram o primeiro movimento de uma sonata para violoncelo de Saint-Saëns; Arp leu trechos de *Ubu Rei*, de Jarry, e assim por diante. "Enquanto a cidade inteira não estiver fascinada, o cabaré terá fracassado", escreveu Ball.

A noite de 30 de março marcou um novo avanço: "Por iniciativa de Tzara, Huelsenbeck, Janco e Tzara declamaram (pela primeira vez em Zurique e no mundo todo) os versos simultâneos de Henri Barzun e Fernand Divoiré, bem como um poema simultâneo de sua própria autoria." Ball definiu o conceito do poema simultâneo da seguinte maneira:

> Um recitativo contrapontístico em que três ou mais vozes falam, cantam, assoviam etc. ao mesmo tempo, de modo que o conteúdo elegíaco, humorístico ou bizarro da peça se dá a conhecer por meio dessas combinações. Em tal poesia simultânea, exprime-se poderosamente a qualidade intencional de uma obra orgânica, e o mesmo se pode dizer de sua limitação pelo acompanhamento. Os ruídos (um *rrrr* arrastado por minutos, ou estrondos, sirenes etc.) são superiores à voz humana em energia.

O cabaré era agora um extraordinário sucesso. Ball estava exausto: "O cabaré precisa de um descanso. Com toda a tensão, as performances diárias não são apenas exaustivas;" escreveu, "elas são debilitantes. No meio da multidão, todo o meu corpo começa a tremer".

Socialistas russos exilados, inclusive Lênin e Zinoviev, escritores como Wedekind, os expressionistas alemães Leonhard Frank e Ludwig Rubiner, e jovens expatriados alemães e do Leste europeu – toda essa gente circulava pelo centro de Zurique. Alguns visitaram o cabaré, outros participaram de suas atividades. Rudolf von Laban, pioneiro da coreografia e da dança, aparecia e ficava por ali enquanto seus bailarinos dançavam. Janco pintou o *Cabaret Voltaire*, e Arp escreveu sobre as personalidades retratadas na pintura:

49. Marcel Janco, *Cabaret Voltaire*, 1916. Sobre o pódio, *da esquerda para a direita*, Hugo Ball (ao piano), Tristan Tzara (torcendo as mãos), Jean Arp, Richard Huelsenbeck (abaixo de Arp), Marcel Janco.

No palco de uma taberna festiva, multicor e heterogênea, veem-se várias figuras peculiares e bizarras representando Tzara, Janco, Ball, Huelsenbeck, madame Hennings e este vosso humilde servo. Um pandemônio total. As pessoas ao nosso redor estão gritando, gargalhando e gesticulando. Nossas respostas são suspiros de amor, saraivadas de soluços, poemas, mugidos e miaus de *bruitistas** medievais. Tzara está forçando as nádegas para trás como uma dançarina oriental. Janco está tocando um violino invisível, e parece exagerar em mesuras e trejeitos. Madame Hennings, com rosto de madona, está sentada com as pernas em *spaccato*. Huelsenbeck está batendo sem parar no grande tambor, com Ball acompanhando-o ao piano, pálido como um fantasma. Deram-nos o título honorário de niilistas.

O cabaré também provocou violência e embriaguez excessivas para o contexto conservador da cidade suíça. Huelsenbeck afirmou que "eram os filhos da burguesia de Zurique, os universitários, que costumavam ir ao Cabaré Voltaire, onde se bebia muita cerveja. Queríamos fazer do Cabaré Voltaire um ponto de encontro da "arte de vanguarda", mas havia momentos em que não resistíamos e jogávamos na cara daqueles filisteus gordos e profundamente ignorantes de Zurique que, para nós, eles não passavam de porcos e que a guerra fora deflagrada pelo cáiser alemão".

Cada um se especializou em alguma coisa: Janco fazia máscaras que, nas palavras de Ball, "não eram apenas eficientes. Lembravam as máscaras dos antigos teatros japonês e grego, mas ainda assim eram totalmente modernas". Concebidas de modo que funcionassem bem a distância, no espaço relativamente pequeno do cabaré, provocavam um efeito sensacional. "Estávamos todos ali quando Janco chegou com suas máscaras, e imediatamente cada um de nós pôs uma no rosto. E então algo de estranho aconteceu. No mesmo instante, as máscaras não só pediram figurinos específicos, como também exigiram uma definição de nossos gestos, que teriam de ser passionais, beirando a loucura."

Emmy Hennings planejava novas obras diariamente. Com exceção dela, não havia entre eles nenhum profissional de cabaré. A imprensa não tardou em reconhecer a qualidade profissional de seu trabalho: "A estrela do cabaré", escreveu o *Zürcher Post*, "é Emmy Hennings, estrela de muitas noites de cabaré e poesia. Anos atrás, podia-se vê-la diante do ruge-ruge das cortinas amarelas de um cabaré de Berlim, com as mãos nos quadris, exuberante como um arbusto verdejante; hoje, ela continua tendo a mesma presença impactante e apresenta as mesmas canções com um corpo que, desde então, tornou-se apenas ligeiramente desgastado pelas agruras".

Ball inventou um novo tipo de "verso sem palavras", ou "poema sonoro", em que "o equilíbrio das vogais só é determinado e distribuído de acordo com o valor do verso inicial". Em seu diário, nas linhas do dia 23 de junho de 1916, ele descreveu o traje que tinha criado para a primeira leitura de um desses poemas, que apresentou no Cabaré Voltaire naquele mesmo dia: na cabeça, usou "um alto chapéu de

---

* Da palavra francesa *bruit* (barulho, ruído). Ao lado do poema simultâneo e do poema estático, a poesia dadaísta se caracterizava pelo poema "bruitista" ("barulhento, ruidoso"), em que se fazia muito barulho e em que sons estranhos ao contexto musical tradicional podiam fazer parte da expressão do texto. (N. T.)

feiticeiro com listras brancas e azuis"; suas pernas ficaram dentro de tubos de papelão azul "que chegavam aos quadris, de modo que eu parecia um obelisco"; e também usou uma enorme gola de papelão, de um vermelho muito vivo por dentro e dourada por fora, que ele fazia subir e descer à semelhança de asas. Ele precisava ser carregado até o palco no escuro e, a partir de porta-partituras colocados nas laterais e na frente do palco, começava "lenta e solenemente" a ler:

>   gadji beri bimba
>   glandridi lauli lonni cadori
>   gadjama bim beri glassala
>   glandridi glassala tuffm i zimbrabim
>   blassa galassasa tuffm i zimbrabim

Mas essa declamação tinha seus problemas. Ball falou que logo se deu conta de que seu meio de expressão não era apropriado à "pompa de seu cenário". Como que dirigido por uma força mística, ele "parecia não ter outra escolha a não ser adotar a antiquíssima cadência de um lamento sacerdotal, como o modo cantado de falar característico das missas nas igrejas católicas tanto do Ocidente quanto do Oriente. (…) Não sei o que me inspirou a usar essa música, mas comecei a cantar minhas vogais como um recitativo, no estilo das igrejas". Com esses novos poemas sonoros, ele esperava renunciar "à linguagem devastada que o jornalismo tornou impossível".

50. Emmy Hennings e boneca.

51. Hugo Ball declamando o poema sonoro *Karawane*, 1916, um dos últimos eventos do Cabaré Voltaire. Ball colocava seus textos em porta-partituras espalhados pelo palco e lia-os alternadamente durante a performance, erguendo e abaixando as "asas" de papelão de seu traje.

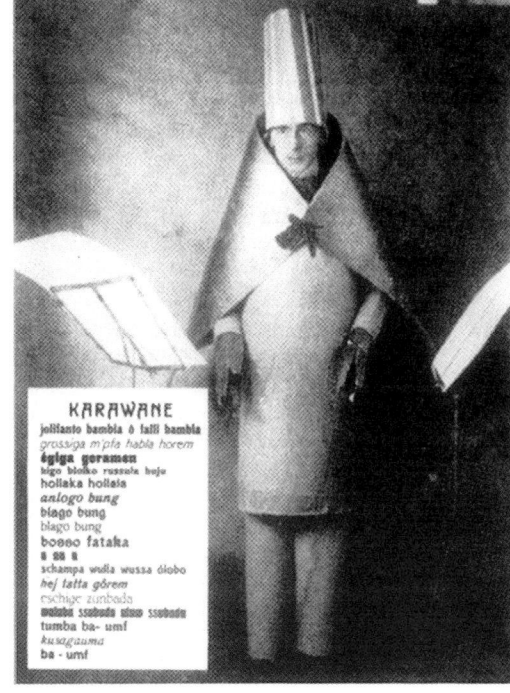

Dadá

Tzara tinha outros problemas. Continuou preocupado com a criação de um periódico, e tinha planos mais ambiciosos para os eventos no Cabaré Voltaire; percebia seu potencial – como um movimento, como uma revista, como uma chance de estremecer Paris. Por outro lado, Arp, com sua personalidade mais serena e introspectiva, permanecia à margem do cabaré. "Arp nunca participou das performances", recordaria Huelsenbeck. "Nunca precisou de barulhos ensurdecedores, mas sua personalidade tinha um efeito tão forte que, desde o início, o movimento dadá teria sido impossível sem a sua presença. Ele era o espírito no vento e o poder formativo na sarça ardente. Sua compleição delicada, a sutil elegância de seus ossos, que lhe dava a fluidez de um bailarino, seu passo elástico, tudo apontava para uma enorme sensibilidade. A grandeza de Arp estava em sua capacidade de restringir-se à arte."

As noites de cabaré prosseguiram. Começaram a encontrar uma forma definida, mas, acima de tudo, nunca deixaram de ser um movimento para a expressão de ideias. Ball explicou que "cada palavra proferida e cantada aqui diz pelo menos o seguinte: que esta época de humilhações não conseguiu ganhar o nosso respeito. O que poderia haver nela de respeitável e grandioso? Seus canhões? Nosso grande tambor abafa seu som. Seu idealismo? Já faz tempo que se tornou objeto de riso e escárnio, tanto em sua versão popular quanto em sua versão acadêmica. As carnificinas monumentais e as explorações canibalescas? Nossa extravagância espontânea e nosso entusiasmo pela ilusão irão destruí-los".

Em abril de 1916 fizeram-se planos para uma "Sociedade Voltaire" e uma exposição internacional. A renda das *soirées* iria para a publicação de uma antologia. Tzara, em particular, desejava a antologia; Ball e Huelsenbeck eram contrários. Eram contra a "organização": "As pessoas já estão saturadas disso", afirmava Huelsenbeck. Tanto ele quanto Ball achavam que "não se deve transformar uma extravagância numa escola artística". Tzara, porém, persistiu. Foi nessa época que Ball e Huelsenbeck apelidara a cantora madame Le Roy com o nome que haviam encontrado num dicionário alemão-francês: "Dada é 'sim, sim' em romeno, 'cavalinho-de-balanço' e 'cavalinho-de-pau' em francês". "Para os alemães", afirmou Ball, "é um símbolo de ingenuidade leviana, alegria na procriação e preocupação com o carrinho de bebê."

Em 18 de junho de 1916, Ball escreveu: "Levamos a plasticidade da palavra a um ponto que dificilmente se pode igualar. Chegamos a isso à custa da frase racional, logicamente construída, e também mediante o abandono do trabalho documenta". Mencionava dois fatores que haviam tornado isso possível: "Em primeiro lugar, a circunstância especial destes tempos, que não oferece ao verdadeiro talento a oportunidade de descansar ou amadurecer para poder, assim, testar suas capacidades. Em segundo lugar vem a poderosa energia do nosso grupo". Seu ponto de partida, reconhecia, era Marinetti, cujas palavras-em-liberdade tinham libertado a palavra da prisão da frase (a imagem do mundo) "e alimentado o magro vocabulário das grandes cidades com luz e ar, restituindo-lhe seu calor, sua emoção e a limpidez de sua liberdade original".

52. Sophie Taeuber e Jean Arp com marionetes feitas por Taeuber e usadas em várias performances, Zurique, 1918.

Os meses de tumultos noturnos no cabaré começaram a preocupar seu proprietário, Ephraim. "O homem nos disse que deveríamos ou oferecer uma forma melhor de entretenimento e atrair um público maior, ou então fechar o cabaré", escreveu Huelsenbeck. Os vários dadaístas reagiram a esse ultimato de forma característica: Ball estava "pronto para fechar", enquanto Tzara, observou cinicamente Huelsenbeck, "concentrava-se em sua correspondência com Roma e Paris, permanecendo em seu papel de intelectual jogando com as ideias do mundo". Reservado como sempre, "Arp mantinha sempre uma certa distância. Seu programa era claro. Ele queria revolucionar a arte e pôr fim à pintura e escultura objetivas".

Após uma curta existência de cinco meses, o Cabaré Voltaire fechou as portas.

Dadá: revista e galeria

O dadá entrou numa nova fase com sua primeira manifestação pública, ocorrida no Waag Hall de Zurique em 14 de julho de 1916. Ball viu o evento como o fim de seu envolvimento com o dadá: "Meu manifesto sobre a primeira noite *pública* dadaísta foi um rompimento mal disfarçado com os amigos". Era uma declaração que falava sobre o primado absoluto da palavra na linguagem. Porém, mais particularmente, representava a oposição declarada de Ball à ideia do dadá como uma "tendência artística". "Transformar o dadá em uma tendência artística é problema na certa", escreveu Ball. Tzara, porém, sentia-se em casa. Em sua *Crônica de Zurique*, descreveu seu papel:

> 14 de julho de 1916 – Pela primeira vez em qualquer lugar. Waag Hall: Primeira Noite Dadaísta (Música, danças, teorias, manifestos, poemas, pinturas, roupas, máscaras).
>
> Diante de uma multidão compacta, Tzara demonstra, nós exigimos nós exigimos o direito de mijar em cores diferentes, Huelsenbeck demonstra, Ball demonstra, Arp *Erklärung* [declaração], Janco *meine Bilder* [meus quadros], Heusser *eigene Kompositionen* [composições originais] os cães baía e dissecação do Panamá ao piano ao piano e cais – poema gritado – gritando e lutando no pavilhão, primeira fileira aprova segunda fileira se declara incompetente para julgar o resto grita, quem é o mais forte, o grande tambor é trazido, Huelsenbeck contra 200, Hoosenlatz acentuado pelo tambor muito grande e sininhos ao seu pé esquerdo – as pessoas protestam gritam quebram vidraças matam umas às outras umas às outras demolição luta aí vem a polícia interrupção.
>
> Pugilismo resumido: dança cubista, figurinos de Janco, cada homem seu próprio grande tambor na cabeça, barulho, música negra/trabatgea bonoooooo oo ooooo/5 experimentos literários: Tzara de fraque fica de pé diante da cortina, completamente sóbrio para os animais, e explica a nova estética: poema ginástico, concerto de vogais, poema sonoro, poema estático organização química de ideias, *Biriboom biriboom saust der Ochs im Kreis herum* [o boi corre por um ringue] (Huelsenbeck), poema vocálico aaò, iço, aii, nova interpretação a loucura subjetiva das artérias a dança do coração sobre queimar edifícios e acrobacias na plateia. Mais gritos de protesto, o grande tambor, piano e canhão impotente, roupas de papelão rasgadas o público lança-se em febre puerperal interromper. Os jornais insatisfeitos poema simultâneo para 4 vozes + obra simultânea para 300 idiotas irremediáveis.

Os cinco representantes principais leram diversos manifestos. Naquele mesmo mês a *Coleção Dadá* publicou seu primeiro volume, incluindo *La Première Aventure Celeste de M. Antipyrine* (A primeira aventura celestial do sr. Antipirina). A este se seguiram, em setembro e outubro do mesmo ano, dois volumes de poesia de Huelsenbeck. Enquanto criava um movimento literário a partir do ideário dadaísta, Tzara ia aos poucos se distanciando de Ball. E Huelsenbeck, embora colaborasse durante mais algum tempo, compartilhava das reservas de Ball acerca daquilo em que o dadá vinha se transformando, ainda que por outras razões. Huelsenbeck via aquela mudança como uma sistematização do dadá, enquanto Ball simplesmente queria se distanciar de tudo para se concentrar em seus próprios escritos.

Da apresentação pública para a revista, o passo seguinte foi um lugar próprio, uma galeria dadaísta. Inicialmente, o espaço era alugado: em janeiro de 1917, a primeira exposição pública do dadá estreou na Galeria Corray, incluindo obras de Arp, Van Rees, Janco e Richter, arte negra e palestras de Tzara sobre "Cubismo", "Arte nova e velha" e "Arte do presente". Logo, Ball e Tzara assumiram a direção da Galeria Corray, abrindo-a ao público em 17 de março como Galeria Dadá, com uma exposição das pinturas do grupo *Der Sturm*. Ball escreveu que se tratava de "uma

53. Arp, Tzara e Hans Richter, Zurique, 1917 ou 1918.

continuação da ideia do cabaré do ano passado". Foi uma iniciativa apressada, com somente três dias entre a proposta e a noite de abertura. Ball recordaria que cerca de quarenta pessoas compareceram ao *vernissage*, durante o qual ele anunciou o plano de "formar um pequeno grupo de pessoas capazes de se apoiar e estimular mutuamente".

A natureza do trabalho, porém, havia mudado; das performances espontâneas, passara-se para o programa mais organizado e didático de uma galeria. Ball escreveu que eles tinham "superado as barbáries do cabaré. Há um espaço de tempo entre Voltaire e a Galeria Dadá no qual todos trabalharam duro e acumularam novas impressões e experiências". Além disso, havia uma nova atenção à dança, possivelmente devido à influência de Sophie Taeuber, que trabalhava com Rudolf von Laban e Mary Wigman. Ball escreveu sobre a dança como a arte dos elementos mais próximos e diretos: "É muito próxima da arte da tatuagem e de todas as tentativas ancestrais de representação que tenham por objetivo a personificação; a dança mistura-se frequentemente a elas". De acordo com Ball, *Gesang der Flugfische und Seepferdchen* (Canção do peixe-voador e do cavalo-marinho), de Sophie Taeuber, era "uma dança cheia de excitação e lampejos, com uma iluminação deslumbrante e grande intensidade". Um segundo espetáculo ligado ao grupo da revista *Der Sturm* estreou em 9 de abril de 1917 e, por volta do décimo, Ball já estava preparando uma segunda *soirée*: "Estou ensaiando uma nova dança com cinco moças de Laban no papel de negras com longas túnicas pretas e máscaras. Os movimentos são simétricos, o ritmo é fortemente enfatizado, a gestualidade é de uma feiúra estudada e deformada".

Eles cobravam entrada, mas apesar disso, observa Ball, a galeria era pequena demais para o número de frequentadores. A galeria servia a três propósitos: de dia, abrigava uma espécie de curso voltado para garotas e senhoras da classe alta. "A sala Kandinski, iluminada à luz de velas, é um clube em que durante as noites se discutem as mais esotéricas filosofias. Nas *soirées*, porém, as festas têm um brilho e uma agitação nunca antes vistos em Zurique." De especial interesse era "a infinita disposição para contar histórias e para os exageros, disposição que se transformou em princípio. Dança absoluta, poesia absoluta, arte absoluta – o que se quer dizer é que basta um mínimo de impressões para evocar imagens insólitas".

A Galeria Dadá durou exatamente onze semanas. Fora educativa e programada em suas intenções, com três grandes exposições, inúmeras palestras (inclusive uma de Ball sobre Kandinski), *soirées* e demonstrações. Em maio de 1917, ofereceu-se de graça um chá da tarde a grupos de estudantes, e no dia 20 programou-se a visita de um grupo de trabalhadores. Segundo Ball, não apareceu um trabalhador sequer. Enquanto isso, Huelsenbeck perdia o interesse pela coisa toda, afirmando tratar-se de "um comerciozinho de arte, afetado e caracterizado por tardes de chá em que velhas damas tentam reviver a perdida energia sexual com a ajuda de 'uma coisa louca'". Mas, para Ball, que logo abandonaria o dadá para sempre, a galeria representava uma tentativa seriíssima de recapitular as tradições da arte e da literatura, além de dar ao grupo uma direção definida.

Mesmo antes de a Galeria Dadá ser oficialmente fechada, Ball já deixara Zurique a caminho dos Alpes, e Huelsenbeck partira para Berlim.

Huelsenbeck em Berlim

"O verdadeiro motivo de minha volta à Alemanha em 1917", escreveu Richard Huelsenbeck, "foi o fechamento do cabaré." Mantendo em Berlim um perfil discreto durante os treze meses seguintes, Huelsenbeck refletiu sobre o dadá de Zurique, publicando mais tarde seus escritos em *En avant Dada: Eine Geschichte des Dadaismus* (1920), em que analisa alguns dos conceitos que o movimento havia tentado desenvolver. A simultaneidade, por exemplo, tinha sido usada primeiro por Marinetti num sentido literário, mas Huelsenbeck insistia em sua natureza abstrata: "A simultaneidade é um conceito", escreveu ele,

> que se refere à ocorrência de diferentes eventos ao mesmo tempo; converte a sequência a = b = c = d em a – b – c – d, e tenta transformar o problema do ouvido em um problema do rosto. A simultaneidade vai contra o que se tornou e a favor do que está por se tornar. Enquanto eu, por exemplo, fico cada vez mais consciente de que ontem dei um soco na orelha de uma velha senhora e de que lavei minhas mãos uma hora atrás, o guinchar dos freios de um bonde e o barulho de um tijolo que caiu do telhado da casa ao lado chegam aos meus ouvidos simultaneamente, e meu olho (externo ou interno) sai de sua apatia para apreender, na simultaneidade desses eventos, um breve sentido de vida.

Igualmente introduzido na arte por Marinetti, o bruitismo poderia ser descrito como "ruído com efeitos imitativos", como o que se ouve, por exemplo, num "coro de máquinas de escrever, timbales, matracas e tampas de panela".

Essas preocupações teóricas assumiriam um novo significado no contexto de Berlim. Os primeiros *performers* estavam muito distantes. Ball e Emmy Hennings tinham mudado para Agnuzzo, no Ticino, onde Ball pretendia levar uma vida solitária, enquanto Tristan Tzara permanecera em Zurique, mantendo viva a revista do movimento dadaísta e publicando novos manifestos. Contudo, os literatos boêmios de Berlim tinham pouco em comum com os exilados pacifistas de Zurique. Menos inclinados a uma postura de amar a arte-pela-arte, logo influenciariam o dadá com uma posição política até então desconhecida.

Ainda assim, as primeiras performances dadaístas de Berlim lembravam as de Zurique. Na verdade, a clientela literária do Café des Westens estava ansiosa por ver o lendário dadá materializar-se à sua frente e, em 1918, Huelsenbeck fez sua primeira leitura. Com ele estavam Max Herrmann-Neisse e Theodor Däubler, dois poetas expressionistas, e seu velho amigo George Grosz, poeta satírico e ativista político; essa primeira performance dadaísta em Berlim ocorreu numa pequena sala da galeria de I.B. Neumann. Uma vez mais, Huelsenbeck retomou seu papel de "o homem do tambor do dadá", brandindo sua baqueta com violência, "talvez com arrogância, pouco se importando com as consequências", enquanto Grosz declamava seus versos: "Vocês, filhos-da-puta, materialistas/comedores de pão, comedores = de carne = vegetarianos!!/ professores, aprendizes de açougueiro, cafetões!/corja de vagabundos!". Em seguida, Grosz, àquela altura um impetuoso adepto da anarquia dadaísta, urinava sobre uma pintura expressionista.

Para coroar suas provocações, Huelsenbeck abordava outro assunto tabu, a guerra, dizendo aos berros que a última não tinha sido suficientemente sangrenta. Nesse momento, um veterano de guerra com pernas de pau abandonou o recinto em sinal de protesto, sob os aplausos solidários de um público enfurecido. Sem se deixar intimidar, Huelsenbeck leu trechos de suas *Phantastische Gebete* ("Preces fantásticas") pela segunda vez naquela noite, e Däubler e Herrmann-Neisse também continuaram com suas leituras. O diretor da galeria ameaçou chamar a polícia, mas vários dadaístas convincentes conseguiram dissuadi-lo da ideia. No dia seguinte, o escândalo estava em letras garrafais em todas as manchetes dos jornais. Estava montado o cenário para inúmeras outras performances dadaístas.

Quando, só dois meses depois, em 12 de abril de 1918, Huelsenbeck e um grupo diferente daquele formado pelos *habitués* do Café des Westens – Raoul Hausmann, Franz Jung, Gerhard Preiss e George Grosz – apresentaram a segunda noite dadaísta, o espetáculo foi meticulosamente planejado. Ao contrário da improvisação do primeiro evento, distribuiu-se uma grande quantidade de panfletos, solicitaram-se vários cossignatários para o manifesto de Huelsenbeck, *Dadaísmo na vida e na arte*, e preparou-se uma apurada introdução para familiarizar o público berlinense com as ideias dadaístas. Iniciada com um furioso ataque ao expressionismo, a noite prosseguiu com as coisas características do dadá: Grosz recitou seus poemas em rápida sucessão; Else Hadwiger leu poemas de Marinetti que exaltavam as

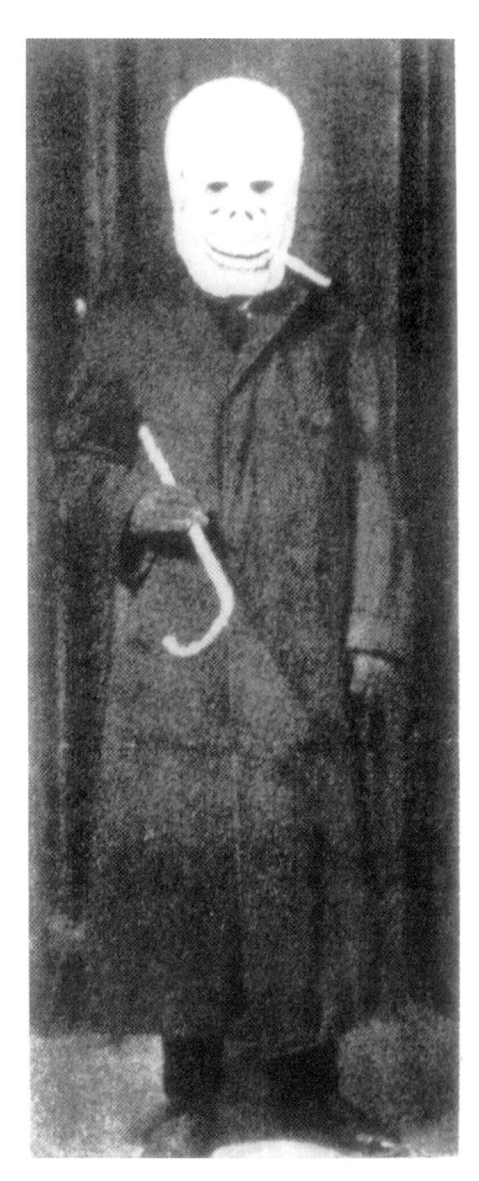

54. George Grosz vestido como A Morte Dadá, traje com que andava pelo Kurfürstendamm em Berlim, em 1918.

55. John Heartfield, capa de *Jedermann sein eigner Fussball* (A cada um seu próprio futebol).

56. Gerhard Preiss, também conhecido como Musik-Dada, fazendo seu famoso "Dada-Trott", extraído de *Der Dada*, n°. 3.

virtudes da guerra; Huelsenbeck tocou um trompete de brinquedo e uma matraca. Outro veterano de guerra, vestindo seu uniforme, reagiu ao furor da demonstração com um ataque epilético. Mas Hausmann só fez aumentar a comoção, apresentando sua palestra sobre "Os novos materiais da pintura". Sua diatribe contra a arte respeitável teve vida curta, porém. Preocupado com as pinturas ali expostas, a gerência apagou as luzes no meio do seu discurso. Naquela noite, Huelsenbeck foi se esconder em Brandeburgo, sua cidade natal.

O dadá, porém, estava decidido a conquistar Berlim, a banir o expressionismo da cidade e a estabelecer-se como adversário da arte abstrata. Os dadaístas berlinenses inundaram a cidade com seus *slogans*: "O dadá chuta suas bundas e vocês gostam!". Usavam figurinos teatrais excêntricos – Grosz andava pelo Kurfürstendamm vestido como a Morte – e adotavam nomes "revolucionários": Huelsenbeck era Weltdada, Meisterdada; Hausmann era Dadasoph; Grosz podia ser Böff, Dadamarschall ou Propagandada, e Gerhard Preiss, que inventou o "Dada-Trott", era Musik-Dada.

A cidade foi invadida por uma avalanche de manifestos. Mas algo havia mudado; Berlim tinha transformado o dadá, dando-lhe um espírito mais agressivo que o

57. Abertura da Primeira Feira Dadaísta, 5 de junho de 1920, na Galeria Burchard. *Da esquerda para a direita*, Raoul Hausmann, Hannah Höch (sentada), Otto Burchard, Johannes Baader, Wieland Herzfelde, sra. Herzfelde, Otto Schmalhausen, George Grosz, John Heartfield. Na parede à esquerda, *Mutilados de guerra*, de Otto Dix; na parede ao fundo, *Deutschland, ein Wintermärchen* (1917-19), de Grosz; pendurado no teto, o boneco com uniforme de guerra que levou ao processo de Grosz e Herzfelde.

anterior. Além de seu comunismo radical, os dadaístas berlinenses exigiam "a introdução do desemprego progressivo através da total mecanização de todos os campos de atividade", pois "só por meio do desemprego torna-se possível, para o indivíduo, chegar à certeza sobre a verdade da vida e finalmente habituar-se à experiência". Além da "requisição das igrejas para as apresentações de poemas bruitistas, simultâneos e dadaístas", eles exigem a "imediata organização de uma campanha publicitária dadaísta em grande escala, com 150 circos voltados para o esclarecimento do proletariado". Matinês e *soirées* aconteciam por toda a cidade, às vezes no Café Áustria, e os recém-chegados a Berlim se juntavam às fileiras cada vez maiores do grupo dadá, este, por sua vez, cada vez mais militante. Chegado há pouco da Rússia, Efim Golyschef acrescentou sua *Anti-sinfonia em três partes (a guilhotina circular)* ao repertório dadaísta, enquanto Johannes Baader, que a polícia de Berlim atestara como louco, acrescentou sua própria marca de insanidade dadaísta.

Em maio de 1918, grandes cartazes impecavelmente pintados cobriam centenas de paredes e grades de Berlim, anunciando o "Primeiro Renascimento das Artes Alemãs do Pós-Guerra". No dia 15 de maio, um "Grande Festival das Artes" foi inaugurado no vasto Meister-Saal do Kurfürstendamm com uma corrida entre uma máquina de escrever e uma máquina de costura. A esse evento se seguiu um "Concurso de Poesia Pan-Germânica" que assumiu a forma de uma corrida, arbitrada por Grosz, entre doze poetas lendo simultaneamente suas obras.

O dadá estava no auge da fama, e as pessoas afluíam para Berlim para vivenciar a rebelião dadaísta em primeira mão. Clamavam por "Conversa particular entre dois homens senis atrás de um guarda-fogo", de Grosz e Mehring, por "Dada-Trott", de Gerhard Preiss, e pela dança de "sessenta e um passos", de Hausmann. Os dadaístas de Berlim também fizeram uma turnê pela Tchecoslováquia (atual República Tcheca), com Huelsenbeck abrindo cada noite com um discurso típico em que dirigia provocações ao público.

O retorno do grupo a Berlim no final de 1919 foi marcado pelo aparecimento, nos palcos dadaístas, do diretor teatral Erwin Piscator. No teatro Die Tribüne, Piscator produziu a primeira fotomontagem ao vivo a partir de um dos esquetes de Huelsenbeck. Dirigindo a ação do topo de uma escada, Piscator dominava o palco enquanto outros dadaístas, fora do palco, gritavam obscenidades ao público. A peça *Simplesmente clássico – Uma Oresteia* com final feliz*, de Mehring, satirizando eventos econômicos, políticos e militares, foi apresentada no porão do teatro de Max Reinhardt, o Schall und Rauch. Nela se utilizavam marionetes de pouco mais de meio metro de altura, concebidas por Grosz e feitas por Heartfield e Hecker, além de muitas inovações técnicas que mais tarde seriam usadas tanto por Piscator quanto por Brecht em suas produções.

O dadá de Berlim estava chegando ao fim. A Primeira Feira Internacional Dadaísta, realizada na galeria Burchard em junho de 1920, revelou ironicamente a exaustão do dadaísmo. Grosz e Heartfield, cada vez mais politizados devido à ameaça dos acontecimentos da época, juntaram-se ao Teatro Proletário de Schüller

---

* Alusão à trilogia de Ésquilo formada pelas peças *Agamenon*, *Coéforas* e *Eumênides*. (N. T.)

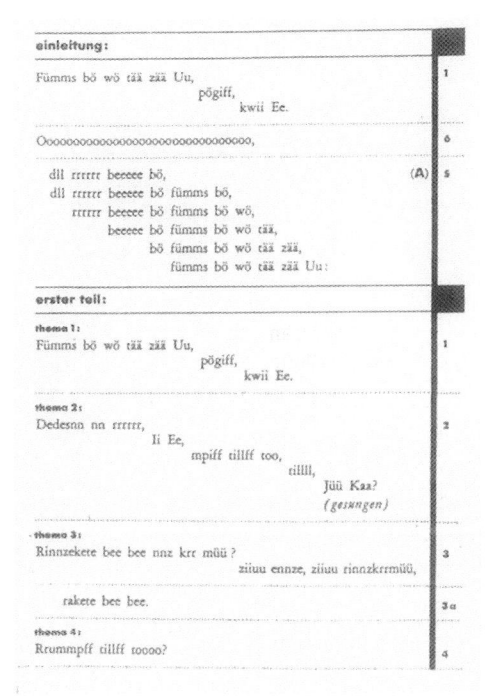

58. Texto da *Ursonate*, de Kurt Schwitters.   59. Kurt Schwitters.

e Piscator, de caráter mais programático, enquanto Hausmann partia de Berlim para juntar-se ao dadá de Hanôver. Mehring, por sua vez, retomou o "cabaré literário", que se tornava cada vez mais popular. Huelsenbeck concluiu o curso de medicina e, em 1922, foi para Dresden, onde se tornou assistente de um neuropsiquiatra, passando mais tarde a trabalhar como psicanalista.

Cidades alemãs, holandesas, romenas e tchecas foram igualmente sitiadas por dadaístas estrangeiros e por grupos de formação local. Kurt Schwitters viajou para a Holanda em 1923, e ali ajudou a formar um "dadá holandês"; também fez visitas regulares à Bauhaus, onde fascinou o público com sua voz em *staccato*, declamando seu famoso poema *Anna Blume* ou sua "Die Ursonate". Schwitters chegou a propor um teatro *Merz** em um manifesto intitulado "Exijo de todos os teatros do mundo a encenação *Merz*", pregando a "igualdade de princípios de todos os materiais, igualdade entre seres humanos completos, idiotas, assoviando redes de arame e bombas de pensamento".

Em Colônia, Max Ernst organizou uma "Dada Vorfrühling" com Arp e Baargeld, inaugurada em 20 de abril de 1920. Antes de a exposição ser temporariamente fechada pela polícia, os que tiveram a oportunidade de visitá-la entravam pelo *pissoir* de uma cervejaria. Ali, encontravam o *Fluidoskeptrik* de Baargeld – um aquário

---

* "Variante" dadaísta criada por Kurt Schwitters (espécie de poesia concreta acompanhada por sons, formando uma miscelânea eclética cuja ordem aparente é puramente arbitrária). (N. T.)

62 A ARTE DA PERFORMANCE

cheio de água cor de sangue, um despertador no fundo, uma peruca feminina boiando na superfície e um braço de madeira saindo da água. Um machado ficava preso a um dos objetos de Ernst, fazendo uma sugestão explícita a qualquer visitante que pretendesse destruir o objeto. Uma jovem em traje de primeira comunhão recitava poemas "obscenos" de Jakob van Hoddis. Por volta de 1921, o dadá de Colônia já havia completado seu ciclo; a exemplo de muitos dadaístas europeus, Ernst também tinha se mandado para Paris nesse ano.

Dadá em Nova York e Barcelona

Durante esse período, os últimos anos do dadaísmo em Zurique estiveram nas mãos de Tristan Tzara. Nessa cidade, graças a ele, o dadá deixou de ser uma série aleatória de eventos geralmente improvisados e converteu-se em um movimento com seu porta-voz próprio, a revista *Dada* (publicada pela primeira vez em julho de 1917), que ele logo transferiria para Paris. Algumas das personalidades mais discretas do Cabaré Voltaire, como o médico vienense Walter Serner, passaram para o primeiro plano, e recém-chegados, como Francis Picabia, estiveram por algum tempo em Zurique para fazer contato com os expoentes do dadaísmo.

60. Cartaz em que se anuncia a luta entre o escritor Arthur Cravan e o campeão mundial de boxe Jack Johnson, Madri, 23 de abril de 1916.

Picabia, um cubano nascido em Paris que desfrutava de boa situação financeira e vivia entre Nova York, Paris e Barcelona, apresentou-se em 1918 ao contingente dadaísta durante uma festa regada a champanhe no Hotel Elite, em Zurique. Já conhecido pelas "pinturas mecânicas" pretas e douradas que apresentara na exposição dadaísta realizada na Galerie Wolfsberg em setembro de 1918, ele publicou uma edição especial de sua revista *391* dedicada a Zurique. Picabia estava mais do que familiarizado com o estilo dadá de Zurique. Em Nova York, ele e Duchamp tinham estado na dianteira das atividades vanguardistas. Com Walter Arensberg e outros, eles organizaram a importante Exposição dos Independentes, de 1917, muito conhecida por ter sido nela que Duchamp tentou expor sua célebre *Fonte* – um urinol. Consequentemente, o material publicado de Picabia – poemas e desenhos – levou-o a Zurique, onde foi recebido por Tzara: "Viva Descartes, viva Picabia, o antipintor recém-chegado de Nova York".

Entre os colaboradores da revista *391* em Barcelona estava o boxeador amador Arthur Cravan (cujo verdadeiro nome era Fabian Lloyd), que já conquistara seguidores em Paris e Nova York com sua polêmica revista *Maintenant* (1912-15). Autoproclamado campeão do boxe francês, vigarista, arrieiro, encantador de serpentes, ladrão de hotéis e sobrinho de Oscar Wilde, ele desafiou o verdadeiro campeão mundial dos pesos pesados, Jack Johnson, para uma luta que ocorreu em Madri, em 23 de abril de 1916. O amadorismo de Cravan e seu estado de embriaguez garantiram que ele fosse nocauteado no primeiro assalto; não obstante, esse evento um tanto breve foi uma sensação em Madri, e muito apreciado pelos seguidores de Cravan. Um ano depois, na Exposição dos Independentes em Nova York, ele foi preso por ofender um grupo de homens e mulheres da alta sociedade. Convidado por Duchamp e Picabia para fazer uma palestra na noite de abertura, Cravan chegou escandalosamente bêbado e logo se pôs a dizer, em delírio, obscenidades ao público. Em seguida, começou a tirar a roupa. A essa altura, a polícia arrastou-o dali para uma delegacia, de onde foi solto graças à intervenção de Walter Arensberg. O fim de Cravan foi igualmente bizarro: foi visto pela última vez em 1918 numa cidadezinha da costa mexicana, levando provisões para um pequeno iate que deveria conduzi-lo a Buenos Aires, onde iria juntar-se a sua esposa, Mirna Loy. Entrou no iate e nunca mais foi visto.

O fim do dadá em Zurique

Com seus novos colaboradores, Tzara organizou uma "noite Tristan Tzara" na Salle zur Meise, em Zurique, no dia 23 de julho de 1918, quando aproveitou a oportunidade para ler aquele que era, de fato, seu primeiro manifesto dadaísta: "Vamos destruir vamos ser bons vamos criar uma nova força de gravidade NÃO = SIM dadá significa nada". "A salada burguesa em sua eterna tigela é sem gosto e eu odeio o senso comum." Isso causou um inevitável pandemônio ao qual rapidamente se seguiu uma profusão de eventos dadaístas.

A última *soirée* dadaísta em Zurique aconteceu em 9 de abril de 1919, na Saal zur Kaufleuten. Evento modelar, que determinaria o formato de noites subsequentes em

Paris, foi produzido por Walter Serner e meticulosamente coordenado por Tzara. Como este escreveu, com aliterações: "Cerca de 1.500 pessoas já lotavam o saguão, balançando na batida da bambula*". Hans Richter e Arp pintaram os cenários para as danças de Suzanne Perrottet e Käthe Wulff com formas negras e abstratas – "como pepinos" – sobre longas faixas de papel de mais ou menos um metro de largura. Janco criou enormes máscaras selvagens para os dançarinos, e Serner muniu-se de vários e estranhos adereços cênicos, um dos quais um boneco sem cabeça.

A performance em si começou num tom grave: o cineasta sueco Viking Eggelind fez um discurso muito sério sobre a "Gestaltung" elementar e a arte abstrata. Isso só serviu para irritar o público, ávido pelo costumeiro confronto com os dadaístas. Tampouco a dança de Perrottet ao som de Schoenberg e Satie conseguiu acalmar a plateia impaciente. Somente o poema simultâneo de Tzara, *Le Fièvre du mâle* (A febre do macho), lido por vinte pessoas, produziu o absurdo pelo qual todos esperavam. "Foi quando a coisa ficou infernal", diria Richter tempos depois. "Gritos, assovios, provocações cantadas em uníssono, gargalhadas que se misturavam, em diferentes graus de falta de harmonia, com os berros dos vinte declamadores sobre a plataforma." Serner então levou seu boneco sem cabeça para o palco e ofereceu-lhe um buquê de flores artificiais. Quando começou a ler seu manifesto anarquista, *Letzte Lockerung* (Dissolução final) – "uma rainha é uma poltrona e um cachorro é uma rede de dormir" –, a multidão reagiu violentamente, estraçalhando o boneco e provocando um intervalo forçado de vinte minutos. A segunda parte do programa foi um pouco mais tranquila: cinco dançarinos de Laban apresentaram *Nor Kakadu* com os rostos cobertos pelas máscaras de Janco e os corpos ocultos por estranhos objetos afunilados. Tzara e Serner leram mais poemas. Apesar do final pacífico, Tzara escreveu que a performance tinha conseguido estabelecer "o circuito da absoluta inconsciência no público, que se esqueceu dos limites da educação e dos preconceitos ao vivenciar a comoção do NOVO". Foi, em suas palavras, a vitória final do dadá.

Na verdade, a performance de Kaufleuten assinalou apenas a "vitória final" do dadá de Zurique. Para Tzara, era evidente que, depois de quatro anos de atividades naquela cidade, tornara-se necessário encontrar um novo terreno para a anarquia dadaísta caso esta pretendesse manter sua força. Já fazia algum tempo que ele vinha se preparando para se mudar para Paris: em janeiro de 1918, começou a corresponder-se com o grupo que, em março de 1919, fundaria a revista literária *Littérature* – André Breton, Paul Éluard, Philippe Soupault, Louis Aragon e outros –, pedindo-lhes contribuições para *Dada 3* e um apoio tácito ao dadaísmo. Soupault foi o único a responder com um breve poema, e embora todo o grupo de Paris, inclusive Pierre Reverdy e Jean Cocteau, tivesse enviado material para *Dada 4-5* (maio de 1919), ficou evidente que, separados por tamanha distância, nem o ativo Tzara seria capaz de coagir os parisienses para uma participação futura. E então, em 1919, Tzara foi para Paris.

---

* Bambula é uma dança ao som de tambores africanos. (N. T.)

4. SURREALISMO

Primeira performance em Paris

Tzara chegou de surpresa à casa de Picabia e passou sua primeira noite em Paris num sofá. A notícia de que estava na cidade espalhou-se rapidamente, e logo ele se tornou o centro das atenções dos círculos de vanguarda, exatamente como ele mesmo esperava. No Café Certà e em seu anexo, o Petit Grillon, Tzara conheceu o grupo da revista *Littérature* com o qual se havia correspondido, e não muito tempo depois organizou-se o primeiro evento dadaísta em Paris. Em 23 de janeiro de 1920, a primeira das sextas-feiras do grupo *Littérature* aconteceu no Palais des Fêtes, na rue Saint-Martin. André Salmon abriu a performance com um recital de seus poemas, Jean Cocteau leu poemas de Max Jacob e o jovem André Breton leu alguns de seu favorito, Reverdy. "O público estava encantado", escreveu Ribemont-Dessaignes. "Afinal, aquilo significava ser 'moderno' – algo que os parisienses adoram." Mas o que seguiu deixou o público de cabelos em pé. Tzara leu um "vulgar" artigo de jornal, antecedido pelo anúncio de que se tratava de um "poema" acompanhado por "um barulho infernal de sinos e matracas" chacoalhados por Éluard e Fraenkel. Figuras mascaradas declamaram um poema desarticulado de Breton, e Picabia então fez grandes desenhos a giz num quadro-negro, apagando cada um antes de passar para o próximo.

A matinê terminou em grande tumulto. "Para os próprios dadaístas, foi uma experiência extremamente proveitosa", escreveu Ribemont-Dessaignes. "O aspecto destrutivo do dadaísmo mostrou-se-lhes com maior clareza; a resultante indignação do público, que tinha acorrido ao teatro em busca de um pouco de arte, qualquer que fosse, desde que fosse arte, e o efeito produzido pela apresentação das imagens e particularmente do manifesto, deixou bem claro como era inútil, por comparação, pôr Jean Cocteau para ler poemas de Max Jacob." Uma vez mais, o dadá "triunfara". Embora os ingredientes de Zurique e Paris fossem os mesmos – provocações contra um público respeitável –, estava claro que a transposição tinha sido um sucesso.

No mês seguinte, em 5 de fevereiro de 1920, uma multidão se comprimia no Salon des Indépendants, atraída pelo anúncio de que Charlie Chaplin apareceria por lá. Não surpreende que Chaplin ignorasse por completo sua suposta aparição. Também inconsciente da falsidade dessa notícia estava o público, que teve de se contentar com trinta e oito pessoas lendo vários manifestos. Sete *performers* leram o manifesto de Ribemont-Dessaignes que informava o público de que "seus dentes podres, orelhas e línguas cheios de feridas" seriam arrancados, e que teriam seus "ossos pútridos" quebrados. Esse turbilhão de insultos foi seguido pela companhia de Aragon entoando uma espécie de cantochão em que se dizia:"Basta de pintores, basta de músicos, basta de escultores, basta de religiões, basta de republicanos... basta dessas idiotices. NADA, NADA, NADA!". De acordo com Richter:"Esses manifestos eram entoados como salmos, em meio a um alvoroço tão grande que às vezes as luzes tinham de ser apagadas e as apresentações interrompidas, enquanto a plateia jogava todo tipo de lixo no palco". A noite terminou em grande comoção para os dadaístas.

Performance pré-dadá em Paris

Apesar do aparente atentado contra o público parisiense, as plateias da década de 1920 não ignoravam totalmente esse tipo de provocação teatral. Por exemplo, o *Ubu Rei* de Alfred Jarry, de vinte e cinco anos antes, ainda ocupava um lugar especial na história dos escândalos das performances e, nem é preciso dizer, Jarry era uma espécie de herói para os dadaístas de Paris. A música do excêntrico compositor francês Erik Satie, por exemplo, a comédia em um ato *Le Piège de Méduse* e seu

61. Cena de *Impressions d'Afrique*, de Raymond Roussel, apresentada por uma semana no Théâtre Fémina, 1911. O cenário mostra a primeira aparição da Minhoca Tocadora de Cítara, cujas secreções faziam soar as cordas do instrumento, produzindo "música".

conceito de "música de mobília" (*musique d'ameublements*) também continham muitas antecipações do dadá, ao passo que Raymond Roussel cativava a imaginação dos futuros surrealistas. A famosa peça de Roussel *Impressions d'Afrique*, uma adaptação para o teatro de sua fantasia homônima em prosa de 1910, com seu concurso do "Clube dos Incomparáveis", que incluía a primeira aparição da Minhoca Tocadora de Cítara – uma minhoca treinada cujas gotas de "suor", semelhantes ao mercúrio, produziam som ao escorrerem pelas cordas do instrumento –, era uma das favoritas de Duchamp, que, junto com Picabia, compareceu ao espetáculo, que ficou uma semana em cartaz no Théâtre Fémina (1911).

O balé *Parade*, obra coletiva de quatro artistas que eram mestres em seus campos, Erik Satie, Pablo Picasso, Jean Cocteau e Léonide Massine, também recebera em maio de 1917 uma ruidosa oposição tanto da crítica quanto do público. Indiretamente empregando táticas ao estilo Jarry, *Parade* ofereceu ao público parisiense, que ainda se recuperava de longas crises provocadas pela guerra, uma amostra daquilo que Guillaume Apollinaire descreveu como o "Novo Espírito". *Parade* prometia "modificar radicalmente as artes e o comportamento humano, introduzindo-lhes um regozijo universal", escreveu ele no prefácio do programa. Apesar de raramente encenado, tanto na época quanto em nossos dias, o balé deu o tom a ser adotado pela performance nos anos do pós-guerra.

Satie trabalhou um ano inteiro no texto de Jean Cocteau, que se apresentava como "uma obra simples e esboçada em linhas gerais que combina as atrações do circo com as do *music hall*". Segundo o dicionário Larousse e as anotações de Cocteau, "parade" significava uma "sequência de cenas cômicas apresentadas diante de um teatro ambulante para atrair espectadores". O cenário, portanto, gira em torno da ideia de uma trupe ambulante, cuja "parade" é confundida pela multidão com uma verdadeira apresentação circense. Apesar dos apelos desesperados dos atores, a multidão nunca entra no pavilhão do circo. Para preparar a cena, Picasso pintou um pano de boca – a representação cubista de uma paisagem urbana com um teatro em miniatura no centro. A produção abria com o *Prelúdio da cortina vermelha*. A ação propriamente dita começava com o Primeiro Empresário, que, usando um traje cubista de três metros de altura criado por Picasso, dançava ao som de um tema rítmico simples, infinitamente repetido. À entrada em cena do Prestidigitador Chinês, representado pelo próprio Massine, de rabo de cavalo e figurino em tons reluzentes de escarlate, amarelo e negro, seguia-se a aparição de um segundo empresário, o Empresário Americano. Vestida como um arranha-céu, essa figura batia os pés com "uma cadência organizada (…), com o rigor de uma fuga". Trechos de *jazz*, descritos na partitura como "tristes", acompanhavam a dança da Garotinha Americana, que simulava tomar um trem, dirigir um carro e impedir um assalto a banco. O Terceiro Empresário, a cavalo, permanecia em silêncio e servia para introduzir o ato seguinte, em que dois Acrobatas saltavam e davam cambalhotas ao som de uma valsa executada ao xilofone. O final remetia a vários temas das sequências anteriores, terminando com a Garotinha Americana se desfazendo em lágrimas pelo fato de as pessoas se recusarem a entrar no pavilhão do circo.

62. Figurino de Picasso para o Empresário Americano em *Parade*, 1917.

63. Figurino de Picasso para o Primeiro Empresário em *Parade*, 1917.

Parade foi recebida como um insulto. Os críticos conservadores arrasaram com a produção toda: a música, orquestrada por Satie de modo que incluísse algumas sugestões de Cocteau sobre "instrumentos musicais" como máquinas de escrever, sirenes, hélices de avião, transmissores telegráficos e máquinas de sorteio (nem tudo usado na produção final), foi por eles descrita como "um ruído inaceitável". A resposta de Satie a um desses críticos – "vous n'êtes qu'um cul, mais um cul sans musique" – resultou, inclusive, num processo judicial seguido por uma longa apelação para que se reduzisse a pesada pena a ele imposta. Além disso, os críticos desaprovaram os trajes enormes que, em sua opinião, tornavam absurdos os movimentos tradicionais do balé. Apesar do escândalo, *Parade* consolidou a reputação de Satie aos cinquenta anos (tal como *Ubu Rei* fizera com Jarry aos vinte e três) e abriu caminho para as futuras produções de Apollinaire e Cocteau, entre outros.

Apollinaire e Cocteau

O prefácio de Apollinaire para *Parade* antecipava, corretamente, o surgimento do Novo Espírito; além disso, aventava que havia nesse Novo Espírito uma vaga ideia de "surrealismo [*surréalisme*]". Havia em *Parade*, escreveu ele, "uma espécie de surrealismo em que vejo o ponto de partida para uma série de manifestações do Novo Espírito." Estimulado por essa atmosfera, Apollinaire finalmente acrescentou a última cena do Segundo Ato e um prólogo à sua peça *Les Mamelles de Tirésias* (As tetas de Tirésias), na verdade escrita em 1903, o ano em que ele conheceu Alfred Jarry, e apresentou-a um mês depois de *Parade*, em junho de 1917, no Conservatoire

64. Cenário para *O casamento da Torre Eiffel*, 1921.

65. Cena de *Les Mamelles de Tirésias*, de Apollinaire, 24 de junho de 1917.

66. Cocteau declamando em um megafone em sua produção de *O casamento da Torre Eiffel*, 1921.

René Maubel. Na introdução, Apollinaire expandia sua concepção de surrealismo: "Inventei o adjetivo *surrealista* (...), que define muito bem uma tendência artística que, se não for o que há de mais novo sob o sol, pelo menos nunca foi formulada como um credo, uma fé artística e literária". Esse "surrealismo" protestava contra o "realismo" do teatro, escreveu ele. Apollinaire prosseguiu explicando que essa ideia tinha se desenvolvido naturalmente, a partir da sensibilidade contemporânea: "Quando o homem quis imitar o ato de andar, inventou a roda, que não se parece com uma perna. Da mesma maneira, criou o surrealismo."

Utilizando algumas das ideias de Jarry, como, por exemplo, fazer um único ator representar todo o povo de Zanzibar (onde se passa a ação), ele também incluiu entre os acessórios de cena uma banca de jornal que "falava, cantava e até dançava". A obra consistia essencialmente em um apelo às feministas para que "não reconhecessem a autoridade dos homens", exortando-as a não abrir mão de sua aptidão para produzir crianças durante o processo de sua emancipação. "Não é porque você fez amor comigo em Connecticut / Que eu preciso cozinhar para você em Zanzibar", gritava a protagonista Thérèse em um megafone. Em seguida, ela abria a blusa e fazia voar os seios – dois balões enormes, um vermelho e o outro azul –, que permaneciam presos a seu corpo por barbantes. Com esses sinais demasiado proeminentes de seu sexo, ela decidia que seria melhor sacrificar a beleza, "que talvez seja a causa do pecado", livrando-se totalmente dos seios, fazendo-os explodir com um isqueiro. Com barba e bigode postiços, anunciava que mudaria seu nome para o masculino "Tirésias".

Les Mamelles de Tirésias tinha o subtítulo profético de "drame sur-réaliste". Apollinaire advertia que, "ao abstrair dos movimentos literários contemporâneos uma tendência que me é própria, não estou de modo algum tentando criar uma escola"; não obstante, sete anos mais tarde o termo "surrealista" passara a designar exatamente isso.

Só quatro anos depois, em 1921, Cocteau desenvolveria essa nova estética em sua primeira produção solo, *Les Mariés de la Tour Eiffel*. Lembrando tanto *Ubu Rei* quanto *Les Mamelles de Tirésias*, a peça empregava muitas das mesmas técnicas das obras anteriores, em particular o hábito de fazer um só ator representar vários papéis, como se essa fosse a única maneira de se contrapor ao teatro realista tradicional. Empregava também o recurso do *vaudeville* de ter um casal de mestres de cerimônias anunciando cada nova sequência e explicando a ação ao público. Os *performers*, membros dos Ballets Suédois, movimentavam-se sob a direção de figuras vestidas como fonógrafos com cornetas no lugar da boca. Contra um cenário pintado da Torre Eiffel, a obra, segundo Cocteau, podia ter "a assustadora aparência de uma gota de poesia vista ao microscópio". Essa "poesia" terminava com uma criança aos berros durante toda a festa de casamento, tentando fazer com que lhe dessem alguns bolinhos.

De modo característico, a ação era acompanhada por música do ruído. Cocteau, porém, havia prenunciado um novo gênero na performance francesa que misturava vários meios de expressão e permaneceria à margem do teatro, do balé, da ópera ligeira, da dança e das artes plásticas. Essa "revolução que escancara as portas (...)", escreveu ele, permitiria que a "nova geração continue com suas experiências nas quais se possam combinar o fantástico, a dança, a acrobacia, a mímica, o drama, a sátira, a música e a palavra falada". *Les Mariés*, com sua mistura de *music hall* e absurdo, parecia ter levado a irracionalidade da patafísica de Jarry ao limite de suas possibilidades. Ao mesmo tempo, porém, a profusão desse tipo de performance deu aos dadaístas um excelente pretexto para bolar estratégias totalmente novas.

Dadá-surrealismo

Os editores do periódico *Littérature* dedicaram um espaço considerável a esses eventos contemporâneos, a Jarry e ao vigésimo quinto aniversário de sua peça *Ubu Rei*. Além disso, tinham seu próprio contingente de anti-heróis, entre os quais Jacques Vaché, um jovem soldado niilista que era amigo de Breton. A recusa de Vaché em "produzir o que quer que fosse" e sua crença no fato de que "a arte é uma imbecilidade", expressa em carta a Breton, tornavam-no muito apreciado pelos dadaístas. Ele escreveu que se recusava a ser morto na guerra e que só morreria quando quisesse, "e então levarei alguém comigo". Pouco depois do Armistício, Vaché, aos vinte e três anos, foi encontrado morto junto com um amigo. O epitáfio escrito por Breton relacionava a vida breve e a morte premeditada de Vaché com as declarações dadaístas feitas por Tzara poucos anos antes. "De modo muito independente, Jacques Vaché confirmou a principal tese de Tzara", escreveu. "Vaché sempre levou a obra de arte para um lado – o dos grilhões que aprisionam a alma mesmo depois da morte." E a observação final de Breton – "Não creio que a natureza do produto final seja mais importante que a escolha entre bolo e cerejas para a sobremesa" – resumia bem o espírito das performances do dadá.

Portanto, Breton e seus amigos viam as *soirées* dadaístas como um veículo para esse tipo de crenças, bem como um meio de recriar alguns dos escândalos sensacionais que o muito admirado Jarry havia conseguido realizar em sua época. Não surpreende, portanto, que a busca de escândalos os tenha levado a atacar nos lugares onde seus insultos seriam sentidos com mais intensidade; por exemplo, no exclusivo Club du Faubourg, de Leo Polde, em fevereiro de 1920. Basicamente uma versão ampliada do fiasco anterior no Salon des Indépendants, sua plateia cativa incluía personalidades de reputação pública como Henri-Marx, Georges Pioch e Raymond Duncan, irmão de Isadora. A Université Populaire du Faubourg Saint-Antoine era outro baluarte da elite rica e intelectualizada que supostamente representava o "centro da atividade revolucionária" nos círculos intelectuais franceses. Quando os dadaístas se apresentaram ali algumas semanas depois, Ribemont-Dessaignes afirmou que o único atrativo do dadá para esse grupo de pessoas cultas era seu espírito anárquico e sua "revolução da mente". Para elas, o dadá representava a destruição da ordem estabelecida, o que era aceitável. Inaceitável, porém, era o fato de eles não verem "nenhum novo valor erguendo-se das cinzas dos valores do passado".

Mas isso era exatamente o que os dadaístas parisienses se recusavam a oferecer: um projeto para qualquer coisa melhor do que aquilo que viera antes. Não obstante, essa questão causou um racha no novo contingente de dadaístas. Era evidente, diziam, que não teria o menor sentido continuar com as *soirées* baseadas na fórmula de Zurique. Alguns, inclusive, achavam que o dadá corria o risco de "virar propaganda e, assim, sistematizar-se". E então decidiram encenar uma grande demonstração diante de uma multidão menos homogênea na Salle Berlioz, na famosa Maison de l'Oeuvre; em 27 de março de 1920, apresentaram uma performance cuidadosamente planejada que, segundo Ribemont-Dessaignes, foi organizada em clima de entusiasmo coletivo. "A atitude do público foi de uma violência incrível e sem precedentes", escreveu ele, "que pareceria moderada a quem visse a performance de madame Lara em *Les Mamelles de Tirésias*, de Apollinaire." O grupo dadaísta-surrealista de Breton, Soupault, Aragon, Éluard, Ribemont-Dessaignes, Tzara e outros, apresentou suas próprias peças em um evento que foi, sob muitos aspectos, muito parecido com um grande espetáculo de variedades.

O programa incluía um sucesso de Tzara em Zurique, *La Première Aventure celeste de M. Antipyrine, Le Serin muet*, de Ribemont-Dessaignes, *Le ventriloque désaccordé*, de Paul Dermée, e o *Manifeste cannibale dans l'obscurité*, de Picabia. Outra performance foi a encenação de *S'il vous plaît*, de Breton e Soupault, um dos primeiros textos a utilizar a escrita automática antes que esta se tornasse uma das técnicas preferidas dos surrealistas. Foi uma performance em três atos, cada um sem nada a ver com os outros dois; o primeiro narra a breve história de Paul (o amante), Valentine (sua concubina) e François (o marido de Valentine), os quais, em "uma nuvem de leite numa xícara de chá", terminam sua relação com uma espingarda, quando Paul atira em Valentine. O segundo ato transcorre, como se lê no roteiro, em "um escritório, às quatro da tarde", e o terceiro se passa em "um café, às três da tarde", incluindo falas como "Os automóveis estão silenciosos. Vai chover sangue", e terminando com: "Não insista, amorzinho. Você vai se arrepender. Estou com sífilis". A última frase do texto notificava: "Os autores de *S'il vous plaît* não querem que o quarto ato seja impresso".

Salle Gaveau, maio de 1920

A performance da Salle Berlioz fora uma tentativa de dar um novo rumo às atividades dadaístas. Mas não fez nada que conseguisse tranquilizar os membros do grupo que se opunham fortemente à inevitável padronização das performances dadaístas. Picabia, em particular, foi o que se mostrou mais crítico; era contra toda arte que cheirasse a legitimação oficial, quer se tratasse de André Gide – "Se você ler André Gide em voz alta durante dez minutos, ficará com mau hálito" –, quer de Paul Cézanne – "Odeio as pinturas de Cézanne, elas me irritam". Tzara e Breton, os membros mais poderosos do grupo, que associavam o destino do dadá ao seu próprio, estavam claramente em desacordo quanto aos caminhos a serem seguidos. Apesar disso, eles conseguiram manter algum tipo de relação profissional por tempo

67. Festival Dadá na Salle Gaveau.

68. Programa do Festival Dadá, 26 de maio de 1920, na Salle Gaveau, Paris.

69. Breton com um cartaz de Picabia no Festival Dadá.

suficiente para planejar a investida seguinte do movimento – o Festival Dadá, realizado na suntuosa Salle Gaveau em 26 de maio de 1920.

Uma grande multidão lotou o teatro, atraída pelas performances anteriores e pelo boato de que os dadaístas raspariam o cabelo no palco. Embora nenhuma cabeça tenha sido raspada, um programa variado e figurinos curiosos foram preparados de antemão para o entretenimento dos espectadores. Breton aparecia com um revólver preso a cada têmpora, Éluard usando um tutu de bailarina, Fraenkel de avental, e todos os dadaístas com "chapéus" afunilados na cabeça. Apesar desses preparativos, as performances em si não foram ensaiadas, de modo que muitos dos eventos começaram com atraso e foram interrompidos por gritos do público enquanto os *performers* tentavam pôr suas ideias nos eixos. Por exemplo, a *Vaseline symphonique*, de Tzara, foi apresentada com dificuldade considerável por uma orquestra de vinte músicos. Breton, que, como ele próprio admitia, tinha horror à música, mostrava-se claramente hostil às tentativas de orquestração de Tzara, e a família Gaveau ficou igualmente horrorizada ao ouvir seus grandes órgãos ressoarem um foxtrote popular, *Le Pélican*. Em seguida Soupault, em uma peça intitulada *Le célebre illusioniste*, soltou balões multicoloridos nos quais se liam os nomes de celebridades, e Paul Dermée apresentou seu poema *Le Sexe de Dada*. *La Deuxième Aventure de Monsieur Aa, l'Antipiryne*, de Tzara, resultou numa chuva de ovos, costeletas de vitela e tomates sobre os *performers*, e o breve esquete de Breton e Soupault, *Vous m'oublierez*, recebeu o mesmo tratamento. Apesar disso, toda a loucura que se manifestou naquela noite no elegante teatro gerou um enorme escândalo, que o grupo um tanto desiludido certamente entendeu como uma grande proeza apesar das divergências que já então vinham provocando uma considerável desunião entre eles.

70. Cena de *Vous m'oublierez* no Festival Dadá, com Paul Éluard (de pé), Philippe Soupault (de quatro), André Breton (sentado) e Théodore Fraenkel (de avental).

71. Excursão à igreja de St Julien le Pauvre, 1920. *Da esquerda para a direita*, Jean Crotti, um jornalista, André Breton, Jacques Rigaut, Paul Éluard, Georges Ribemont-Dessaignes, Benjamin Péret, Théodore Fraenkel, Louis Aragon, Tristan Tzara e Philippe Soupault.

A excursão e o julgamento de Barrès

Os *performers* demoraram a recuperar-se do festival na Salle Gaveau. Reuniam-se na casa de Picabia ou nos cafés para tentar encontrar uma saída para o impasse das *soirées* regulares. Era evidente que, àquela altura, o público estava disposto a aceitar "mil repetições" da performance na Salle Gaveau, mas Ribemont-Dessaignes asseverava que "é preciso impedi-lo, a todo custo, de aceitar um choque como uma obra de arte". E então organizaram uma excursão dadaísta à desconhecida e abandonada igreja de St. Julien le Pauvre no dia 14 de abril de 1921. Os guias seriam Buffet, Aragon, Breton, Éluard, Fraenkel, Huszar, Péret, Picabia, Ribemont-Dessaignes, Rigaut, Soupault e Tzara. Picabia, porém, há muito insatisfeito com os rumos tomados pelas atividades do dadaísmo, desistiu de participar da excursão pouco antes de o grupo partir. Cartazes anunciando o evento foram distribuídos por toda a cidade. Prometia-se que os dadaístas iriam reparar a "incompetência de guias e cicerones suspeitos", oferecendo, em seu lugar, uma série de visitas a lugares seletos, "particularmente aqueles que realmente não têm razão de existir". Garantia-se que os participantes do evento adquiririam uma "consciência imediata do progresso humano em atividades destrutivas possíveis". Além disso, os cartazes continham aforismos do tipo "a limpeza é o luxo dos pobres, sejam sujos" e "corte o nariz quando cortar o cabelo".

Apesar da promessa de uma excursão incomum liderada por jovens celebridades parisienses, a ausência de espectadores, em parte atribuída à chuva, não foi nada estimulante. "O resultado foi o mesmo que se seguia a cada manifestação dadaísta: uma depressão nervosa coletiva", comentaria Ribemont-Dessaignes. Essa depressão, porém, não duraria muito. Eles rejeitaram a ideia de turnês futuras e se voltaram, em vez disso, para sua segunda alternativa às *soirées*, organizando uma performance intitulada *Julgamento e condenação de M. Maurice Barrès pelo Dadá*, a

72. *Julgamento de Maurice Barrès*, 13 de maio de 1921.

realizar-se em 13 de maio de 1921 na Salle des Societés Savantes, na rua Danton. O alvo de seu ataque, o eminente escritor Maurice Barrès, tinha sido até poucos anos antes uma espécie de ideal dos dadaístas franceses. Segundo a acusação, Barrès os traíra ao se tornar porta-voz do jornal reacionário *L'Echo de Paris*. Os representantes do tribunal eram Breton, fazendo o juiz superior, assessorado por Fraenkel e Dermée, que vestiam barretes e aventais brancos. Ribemont-Dessaignes era o promotor público, Aragon e Soupault os advogados de defesa e Tzara, Rigaut, Péret e Giuseppe Ungaretti, entre outros, as testemunhas. Todos usavam barretes escarlates. Barrès, julgado por procuração, era representado por um boneco de madeira em forma de alfaiate. O acusado foi indiciado por "atentado à segurança da mente".

    O julgamento tornou públicas as profundas divergências que vinham se formando aos poucos entre Tzara e Breton, Picabia e os dadaístas. Na verdade, o que estava em julgamento era o próprio dadá. Era o momento de adeptos e adversários do dadaísmo deixarem claras as suas posições. Breton, que conduziu os processos com toda a seriedade, atacou a testemunha Tzara por sua afirmação de que "não passamos de um bando de tolos, o que significa que as pequenas diferenças – tolos em maior ou menor grau – não fazem qualquer diferença". A réplica irritada de Breton foi: "A testemunha insiste em agir como um imbecil consumado, ou está ele tentando ser preso?" Tzara contra-atacou com uma canção. Picabia fez uma aparição breve, tendo já publicado, dois dias antes, um texto em que, antecipando-se ao julgamento, repudiava o dadá. "Os burgueses representam o infinito", escreveu. "O dadá será a mesma coisa se durar muito tempo."

Novos rumos

Depois do julgamento, as relações entre Picabia, Tzara e Breton ficaram tensas. Os que ficavam à margem dessa batalha – Soupault, Ribemont-Dessaignes, Aragon, Éluard e Péret – organizaram um Salão Dadá e uma exposição na Galerie Montaigne, ambos inaugurados em junho de 1921. Breton e Picabia deixaram claro que não tinham nada a ver com isso. Duchamp, que fora convidado a enviar uma contribuição de Nova York, respondeu por telegrama: "peau de balle" [Vão se danar!].

Tzara, porém, apresentou sua obra *Le Coeur à gaz* (O coração a gás); exibida pela primeira vez nesse espetáculo, era uma complexa paródia sobre nada, com os personagens Pescoço, Olho, Nariz, Boca, Orelha e Sobrancelha vestindo esmerados figurinos de papelão criados por Sonia Delaunay. Tzara apresentou assim o evento: "É o único e maior embuste em três atos do século. Irá satisfazer apenas os imbecis industrializados que acreditam na existência de homens de gênio". O roteiro explicava que durante a performance o Pescoço ficaria na parte dianteira do palco, e o Nariz mais à frente, bem diante do público. Todos os outros personagens entrariam e sairiam de cena quando bem entendessem. A performance começou com o Olho entoando monotonamente as palavras "estátuas, joias, assados", repetindo-as inúmeras vezes e passando em seguida para "charuto, espinha, nariz". A Boca então comentava: "Essa conversa está se arrastando, não acham?", e todo o "rosto" se punha a repetir a mesma frase durante vários minutos. Nesse momento, um ator posicionado acima do público dizia, olhando para o palco: "É encantadora a peça de vocês, só que não se entende uma só palavra dela". Os três atos prosseguiam com frases estranhas, igualmente sem relação umas com as outras e cheias de contradições, até terminarem com o "rosto" inteiro cantando: "Vão dormir / vão dormir / vão dormir". De hábito, esse evento verbal terminava em grande alvoroço, com Breton e Éluard liderando o ataque contra Tzara.

Durante esse período, Breton vinha planejando um evento do qual seria o único autor. Tratava-se do Congresso de Paris, "para a elaboração de diretrizes e a defesa do espírito moderno", agendado para 1922. Reuniria todas as diferentes tendências existentes em Paris e outros lugares, com diversos grupos representados pelos artistas-editores das novas revistas: Ozenfant (*L'Esprit Nouveau*), Vitrac (*Aventure*), Paulhan (*Nouvelle Revue Française*) e Breton (*Littérature*). Entre os oradores estariam Léger e Delaunay e, é claro, os dadaístas. Mas o fracasso do congresso também assinalou o rompimento definitivo de Breton, Éluard, Aragon e Péret com os dadaístas. Tzara contestou a ideia toda; para ele, o projeto era uma negação das atitudes dadaístas, uma vez que permitiria comparações com puristas, orfistas e outros. Mesmo antes de o evento ser finalmente cancelado, revistas publicaram argumentos pró e contra o congresso. Breton cometeu o erro de usar um "jornal comum" para descrever Tzara como um "forasteiro de Zurique" e um "impostor em busca de publicidade". Isso provocou o desmembramento do contingente dadaísta, publicado em um manifesto, *Le Coeur à barbe* (O coração barbudo).

Uma *soirée* com o mesmo nome, realizada em julho de 1923, forneceu o pretexto ideal para que novamente viessem à tona os antagonismos que haviam levado

73. Figurinos de Sonia Delaunay para *Le Coeur à gaz*, de Tristan Tzara, retomado para a *Soirée du Coeur à barbe*, no Théâtre Michel, 6-7 de julho de 1923.

ao fracasso do congresso. Seguindo-se a um programa com música de Auric, Milhaud e Stravinski, concepção cênica de Delaunay e van Doesburg e filmes de Sheeler, Richter e Man Ray, a segunda apresentação de *Le Coeur à gaz*, de Tzara, tornou-se o centro de uma desagradável cena. Da primeira fileira do teatro, Breton e Péret protestaram em altos brados antes de subir ao palco para atracar-se fisicamente com os atores. Pierre de Massot teve um braço quebrado e Éluard, depois de vários tombos no cenário, foi multado em oito mil francos por danos e prejuízos.

Enquanto Tzara permanecia firme na tentativa de resgate e preservação do dadá, Breton anunciava a morte do movimento. "Embora o Dadá tenha tido seu momento de fama", escreveu, "deixou poucas saudades." "Abandonem tudo. Abandonem o Dadá. Abandonem suas esposas. Abandonem suas amantes. Abandonem suas esperanças e seus medos. (...) Sigamos em frente."

O Departamento de Pesquisas Surrealistas

O ano de 1925 marcou a fundação oficial do movimento surrealista com a publicação do *Manifesto surrealista*. Por volta de dezembro daquele ano, o novo grupo havia publicado o primeiro número da revista *La Révolution Surréaliste*. Contavam com um espaço próprio, o Departamento de Pesquisas Surrealistas – "um abrigo romântico para ideias inclassificáveis e rebeliões incessantes" –, no número 15 da rue de Grenelle. Segundo Aragon, havia uma mulher pendurada no teto de uma sala vazia, e eles "recebiam visitas todo dia de homens ansiosos, carregando pesados segredos". Esses visitantes, dizia ele, "ajudavam a elaborar essa formidável máquina de matar o que está em ordem para satisfazer ao que não está". Distribuíram-se folhetos com o endereço do departamento e publicaram-se anúncios nos jornais especificando que esse centro de pesquisas, "alimentado pela própria vida", estaria de portas abertas a todos os carregadores de segredos: "inventores, loucos, revolucionários, desajustados, sonhadores".

O conceito de "automatismo" estava no âmago da definição inicial de Breton: "*Surrealismo*: substantivo masculino, puro automatismo psíquico por meio do qual se tenta expressar oralmente, por escrito ou de qualquer outra maneira, o verdadeiro funcionamento do pensamento." Além disso, ainda segundo a definição, o surrealismo se fundamentava na crença na "realidade superior de certas formas de associação até hoje desprezadas, na onipotência do sonho, no livre jogo do pensamento".

Indiretamente, essas definições forneciam, pela primeira vez, a chave para a compreensão de alguns dos motivos por trás das performances aparentemente absurdas dos anos anteriores. Com o *Manifesto surrealista*, essas obras puderam ser vistas como uma tentativa de dar rédeas largas, em atos e palavras, às imagens estranhamente justapostas do sonho. Na verdade, já em 1919 Breton se tornara "obcecado por Freud" e pela análise do inconsciente. Por volta de 1921, ele e Soupault escreveram o primeiro poema surrealista "automático", *Les Champs magnétiques* (Os campos magnéticos). Portanto, ainda que os parisienses aceitassem o termo "dadá" como uma descrição de suas obras, muitas das performances do começo da década de 1920 já destilavam uma fragrância claramente surrealista e poderiam, num reexame, entrar no rol das obras pertencentes a esse movimento.

Muito embora as performances seguissem os princípios dadaístas de simultaneidade e acaso com a mesma regularidade com que seguiam as concepções surrealistas de sonho, algumas delas tinham enredos bastante objetivos. Por exemplo, *Céu azul*, de Apollinaire, exibida duas semanas depois de sua morte em 1918, tratava de três jovens aventureiros numa nave espacial que, ao descobrir que sua mulher ideal era exatamente a mesma, destruíam-se um ao outro. *Mouchoir des nuages* (Lenço de nuvens), de Tzara, de 1924, com iluminação concebida pela bailarina Loie Fuller, contava a história de um poeta que tinha um caso amoroso com a mulher de um padeiro. *O guarda-roupa espelhado* (1923), de Aragon, escrito no estilo característico da "escrita automática", era simplesmente uma história sobre um marido ciumento – a única idiossincrasia era que a mulher insistia o tempo todo para que o marido abrisse o guarda-roupa onde seu amante estava escondido. Por outro lado, inúmeras performances interpretavam diretamente as concepções surrealistas de irracionalidade e de inconsciente. *A odisséia de Ulisses, o Palímpede* (1924), de Roger Gilbert-Lecomte, chegava a desafiar todas as possibilidades de performance ao inserir no texto longas passagens que "devem ser lidas em silêncio". E *Le Peintre* (O pintor) (1922), de Vitrac, abria mão da narrativa: nessa curiosa performance, um pintor primeiro pintava de vermelho o rosto de uma criança, depois o rosto da mãe da criança e, finalmente, o seu próprio rosto. Depois de serem estigmatizados dessa maneira, os três personagens saíam de cena aos prantos.

"Relâche"

Enquanto esses princípios se afirmavam cada vez mais fortemente nas performances de meados da década de 1920, prosseguiam os conflitos entre surrealistas, dadaístas e antidadaístas. Por exemplo, os surrealistas, numa tentativa de trazer Picasso ao seu grupo, publicaram uma carta na revista *391* e no *Paris-Journal*, elogiando os cenários e figurinos que o artista criara para o balé *Mercure*. Mas, ao mesmo tempo, aproveitaram a oportunidade para atacar Picasso por sua colaboração com Satie, a quem desaprovavam categoricamente. Essa reação à música de Satie nunca foi colocada explicitamente (pode ter sido simplesmente o resultado do famoso "horror à música" de Breton), mas as associações de Satie com a causa recém-nomeada surrealista e com desertores do dadá, como Picabia, sem dúvida deixaram as coisas mais complicadas. Picabia e Satie revidaram com seu "balé" *Relâche*, que devia tanto ao envolvimento de Picabia com a "sensação do *novo*, do prazer, a sensação de esquecer que é preciso 'refletir' e 'conhecer' a fim de gostar de alguma coisa", quanto devia à rivalidade e à rixa entre diversos indivíduos.

Apesar do desdém dos surrealistas, Picabia continuou um ávido admirador de Satie. Chegou, inclusive, a atribuir a ideia inicial de *Relâche* ao compositor: "Embora eu estivesse decidido a jamais escrever um balé", escreveu ele, "Erik Satie convenceu-me a fazê-lo. O simples fato de ele estar escrevendo a música para o balé já era motivo suficiente para mim". E Picabia entusiasmou-se com os resultados: "Considero a música de *Relâche* perfeita", comentou. Outros colaboradores da performance, como Duchamp, Man Ray, o jovem cineasta René Clair e o diretor dos Ballets Suédois, Rolf de Maré, completavam o time "perfeito".

A estreia foi marcada para 27 de novembro de 1924. Mas nessa noite o bailarino principal, Jean Borlin, ficou doente. Por isso, um cartaz com a palavra "*Relâche*", termo usado no meio teatral que significa "suspensão temporária das apresentações", foi afixado às portas do Théâtre des Champs-Elysées, e o público achou que fosse mais um trote do dadá. Mas um espetáculo deslumbrante aguardava os que voltaram no dia 3 de dezembro. De início, assistiram a um breve prólogo cinematográfico que dava algumas dicas sobre o que viria a seguir. Depois, viram-se diante de uma enorme cortina de fundo com discos metálicos, cada um refletindo uma luz fortíssima. O prelúdio de Satie, adaptação de uma famosa canção estudantil, "O vendedor de nabos", logo levou o público a vociferar diante do coro escandaloso. A partir daí, gritos e gargalhadas acompanharam a orquestração afetadamente simples e o desenrolar do "balé" burlesco.

O primeiro ato consistia em uma série de eventos simultâneos: na parte dianteira do palco, uma figura (Man Ray) andava para lá e para cá, de vez em quando parando para tirar as medidas do chão do palco. Um bombeiro, fumando um cigarro atrás do outro, não parava de passar água de um balde para outro. Uma mulher num vestido de baile vinha da plateia para o palco, seguida por um grupo de homens de fraque e cartola que começavam a se despir. Por baixo, usavam um colante de malha. (Estes eram os bailarinos dos Ballets Suédois.) O intervalo vinha em seguida. Mas não era um intervalo comum. Começava a projeção do filme de

74. Jean Börlin e Edith von Barnsdorff em cena de *Relâche*, de Picabia, 1924, mostrando parte da cortina com discos prateados, cada qual com uma luz extremamente forte. A música foi composta por Erik Satie.

75. Página do programa de *Relâche*, com texto e desenhos de Picabia.

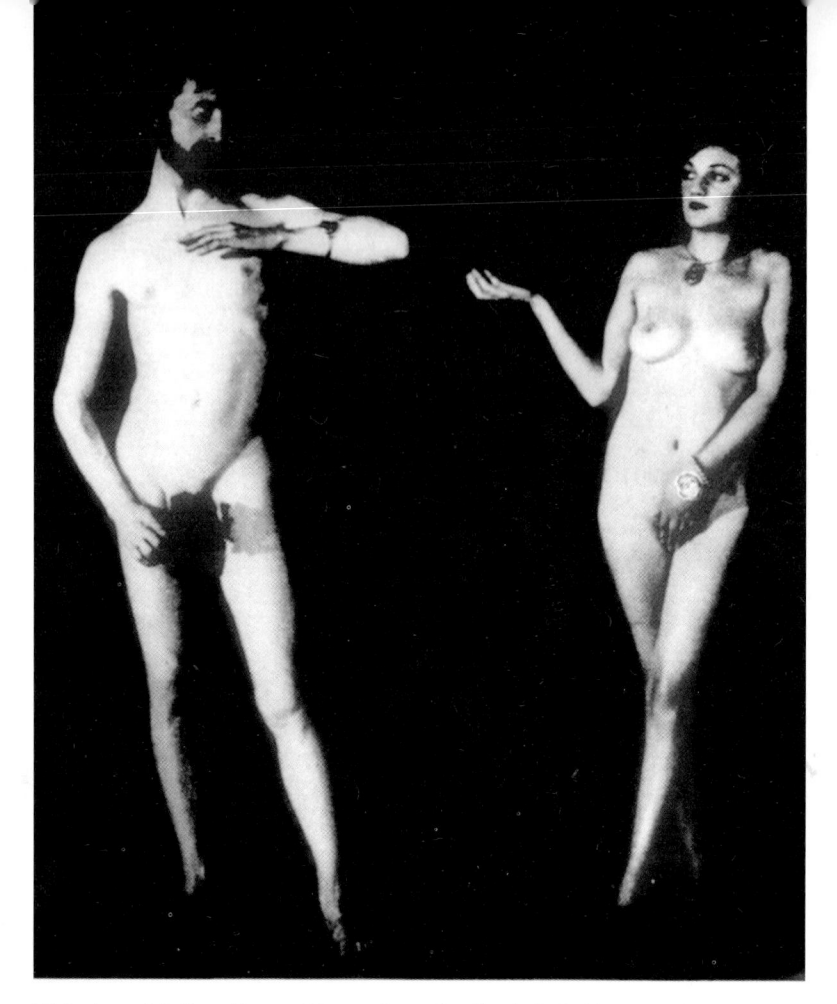

76. Duchamp (à la Cranach) como Adão em *Revue Cine Sketch*, de Picabia e René Clair, apresentado com *Relâche* na Festa de Ano-Novo em 31 de dezembro de 1924, no Théâtre des Champs-Elysées.

Picabia, *Entr'acte*, roteirizado por ele e filmado por um jovem operador de câmara, René Clair: um bailarino usando saia de renda era visto de baixo, filmado através de uma chapa de vidro; jogadores de xadrez (Man Ray, Duchamp e o árbitro Satie) eram filmados de cima, no telhado do mesmo Théâtre des Champs-Elysées; um cortejo fúnebre conduzia os espectadores através do Luna Park e ao redor da Torre Eiffel, enquanto pessoas de luto seguiam um carro funerário puxado por um camelo e cheio de anúncios de pão, presunto e monogramas entrelaçados de Picabia e Satie; a trilha sonora deste último acompanhava o desenrolar de cada tomada do filme. Quando o cortejo em câmera lenta terminava e o caixão caía para fora do carro

77-79. Fotos do filme *Entr'acte*, de René Clair, com Picabia dançando. *Entr'acte* foi apresentado "entre os atos" de *Relâche*. Duchamp e Man Ray também aparecem no filme, jogando xadrez.

80. Cena clímax do filme *Entr'acte* em que um carro fúnebre é conduzido ao redor da Torre Eiffel por um camelo.

81. Cena de *Entr'acte*, com Jean Börlin como o cadáver no caixão.

fúnebre, abrindo-se e revelando um cadáver sorridente, o elenco aparece com um cartaz no qual se lia "Fim", anunciando o início do segundo ato.

Do teto do palco pendiam bandeiras que diziam: "Erik Satie é o maior músico do mundo", e, "se não estiverem gostando, podem comprar apitos na bilheteria por alguns centavos". Börlin, Edith Bonsdorf e o corpo de baile apresentaram danças "obscuras e opressivas". Quando a cortina desceu pela última vez, Satie e outros criadores da obra apareceram dirigindo um Citroën em miniatura, de 25 cavalos-vapor, ao redor do palco.

A noite terminou inevitavelmente em tumulto. A imprensa atacou Satie, na época com cinquenta e oito anos, com um "Adieu, Satie…", e o escândalo continuaria associado a ele até a sua morte, menos de um ano depois. Picabia estava encantado: "*Relâche* é vida," escreveu, "e vida no sentido que aprecio, toda voltada para o dia de hoje, nada para o ontem, nada para o amanhã". Embora as "pessoas inteligentes, os pastores protestantes [possam dizer] que não se trata de um balé, [ou] que seja apenas um Ballet Suédois, [ou] que Picabia esteja zombando do mundo", escreveu ele, trata-se, "em poucas palavras, de um sucesso total! *Relâche* certamente não é para os eruditos (…), nem para os grandes pensadores, líderes de escolas artísticas que, como agentes ferroviários, enviam trens para os grandes navios que estão sempre preparados para receber a bordo os amantes da arte 'inteligente'". Fernand Léger, que em 1923 criara cenários e extraordinários figurinos para *La Création du monde*, dos Ballets Suédois, declarou que *Relâche* era "um corte, uma ruptura com o balé tradicional". "Para o inferno com os roteiros e toda a literatura! *Relâche* é um monte de chutes em um monte de traseiros, consagrados ou não." Acima de tudo, Léger comemorava o fato de que *Relâche* havia rompido com os compartimentos estanques que separavam o balé do *music hall*. "O autor, o bailarino, o acrobata, a tela, o palco, todos esses meios de 'apresentar uma performance' são integrados e organizados para se obter um efeito total…"

Amor e morte surrealistas

O sucesso de *Relâche* nada fez para impedir o avanço dos surrealistas. Embora *Entr'acte*, mais que o próprio balé, contivesse elementos das farsas de pesadelo que os surrealistas desenvolveriam em performances e filmes subsequentes, as peças surrealistas não montáveis – as chamadas "peças para ler" – de Salacrou, Daumal e Gilbert-Lecomte estavam levando a um beco sem saída. Antonin Artaud logo encontraria um jeito de sair do impasse: ele e Roger Vitrac fundaram o Théâtre Alfred Jarry em 1927, dedicado a esse inovador, com o objetivo de "devolver ao teatro aquela liberdade total que existe na música, na poesia e na pintura, e da qual o teatro tem sido estranhamente privado até o momento".

Le Jet de sang (O jorro de sangue), de Artaud, escrita em 1927, pouco fugia à classificação de "peça para ler". O breve texto (menos de 350 palavras) estava repleto de imagens cinematográficas: "Um furacão separa os dois [amantes]; depois, duas estrelas se chocam e vemos a queda de alguns pedaços de corpos humanos;

mãos, pés, couros cabeludos, máscaras, colunatas...". O Cavaleiro, a Enfermeira, o Padre, a Prostituta, o Jovem e a Jovem, que entabulavam uma série de altercações desconexas, criavam um mundo de fantasia violento e lúgubre. Em dado momento, a Prostituta mordia "o pulso de Deus", provocando um "imenso jorro de sangue" que se derramava pelo palco. Apesar da brevidade da peça e de suas imagens virtualmente irrealizáveis, a obra refletia o universo onírico surrealista e sua obsessão com a memória. Quando, para conduzi-lo à morte, o surrealismo pegar em sua mão, havia escrito Breton, "nela calçará luvas, sepultando assim aquele profundo M com que se inicia a palavra Memória". Era o mesmo M que, a seu modo grotesco, caracterizava *Les Mystères de l'amour* (Os mistérios do amor), de Roger Vitrac, produzida por Artaud naquele mesmo ano. "E existe a morte", concluía Lea no fim do quinto quadro dessa obra retórica. "Sim", respondia Patrick, "o coração já está rubro neste teatro em que alguém vai morrer." E Lea atirava na direção do público, simulando matar um espectador. Essa peça de Vitrac, um *drame surréaliste*, era perfeitamente compatível com a "escrita automática" do surrealismo e sua concepção particular de lucidez.

Essa lucidez viria a dominar os extensos escritos de Breton e dos muitos escritores, pintores e cineastas surrealistas. Por volta de 1938, porém, quando o surrealismo tinha mostrado sua capacidade para dominar a vida política, artística e filosófica, a Segunda Guerra Mundial viria pôr fim a novas atividades grupais e performances. Como um gesto final, e antes de Breton partir para os Estados Unidos, os surrealistas organizaram uma Exposição Internacional do Surrealismo em 1938, na Galerie des Beaux-Arts, em Paris. Esse *grand finale* das obras de sessenta artistas de catorze países foi apresentado em uma série de salas descritas no catálogo da seguinte maneira: "Teto coberto com 1.200 sacos de carvão, portas giratórias, lâmpadas Mazda, ecos, odores do Brasil, e o resto em manutenção." Também foram expostas duas obras de Salvador Dalí, *Taxi na chuva* e *La Rue Surréaliste*, e Helen Vanel apresentou uma dança intitulada *O ato não consumado* ao redor de uma piscina em que flutuavam nenúfares.

Apesar dessa exposição e de mostras subsequentes em Londres e Nova York, a performance surrealista em si já havia marcado o fim de uma era e o início de outra. Em Paris, a partir da década de 1890, as invenções de Jarry e de Satie tinham mudado radicalmente o curso do desenvolvimento "teatral", além de fornecer o nascedouro do Novo Espírito, pontuado ao longo dos anos por Roussel, Apollinaire, Cocteau e os dadaístas e surrealistas "importados" e locais, para citar apenas algumas dessas extraordinárias figuras que transformaram Paris numa florescente capital cultural durante tantos anos. O surrealismo havia introduzido os estudos psicológicos na arte, de modo que os vastos domínios da mente se tornaram, literalmente, material para novas explorações da performance. Na verdade, com sua concentração na linguagem, a performance surrealista afetaria mais fortemente o mundo do teatro do que as subsequentes expressões da arte performática. Porque foi para os princípios básicos do dadaísmo e do futurismo – acaso, simultaneidade e surpresa – que os artistas se voltaram, indireta ou mesmo diretamente, depois da Segunda Guerra Mundial.

5. BAUHAUS

O desenvolvimento da performance durante a década de 1920 na Alemanha deveu-se, em grande parte, à obra pioneira de Oskar Schlemmer na Bauhaus. As palavras que ele escreveu em 1928 – "decretei a pena de morte para o teatro na Bauhaus" –, numa época em que a municipalidade de Dessau fizera circular, para leitura pública, um decreto que proibia as festas na Bauhaus, "inclusive – para não deixar dúvidas – nossa próxima festa, que seria adorável", eram as palavras irônicas de um homem que havia determinado os rumos da performance do período.

A Oficina de Teatro 1921-23

A Bauhaus, uma instituição de ensino das artes, tinha aberto suas portas em abril de 1919 com um estado de espírito bem diverso. Ao contrário das provocações rebeldes dos futuristas ou dadaístas, o romântico manifesto da Bauhaus, elaborado por Gropius, clamava pela unificação de todas as artes em uma "catedral do socialismo". O cauteloso otimismo expresso no manifesto fornecia um auspicioso projeto de recuperação cultural para a Alemanha do pós-guerra, uma Alemanha dividida e empobrecida.

Artistas e artesãos de sensibilidades muito diversas, como Paul Klee, Ida Kerkovius, Johannes Itten, Gunta Stölzl, Vassili Kandinski, Oskar Schlemmer, Lyonel Feininger, Alma Buscher, László Moholy-Nagy e suas famílias (para mencionar apenas alguns), começaram a chegar à provinciana cidade de Weimar, passando a residir na grandiosa Academia do Grão-Duque para as Artes Plásticas e em seus arredores, bem como nas casas em que Goethe e Nietzsche haviam morado. Como tutores da Bauhaus, essas pessoas se tornaram responsáveis por diversas oficinas – de metal, escultura, tecelagem, marcenaria, murais e vitrais; ao mesmo tempo, formavam uma comunidade independente dentro da cidade conservadora.

Uma oficina de teatro, o primeiro curso de performance a ser oferecido por uma escola de arte, foi discutido desde os primeiros meses como um aspecto fundamental do currículo interdisciplinar. Lothar Schreyer, pintor e dramaturgo expressionista e membro do grupo *Sturm*, de Berlim, chegou para supervisionar o primeiro programa de performance efetivado na Bauhaus. Num empreendimento coletivo desde o início, Schreyer e seus alunos logo estavam criando figurinos para suas produções de *Kindsterben* e *Mann* (obras do próprio Schreyer), de acordo com sua máxima simples de que "o trabalho no palco é uma obra de arte". Eles também inventaram um complexo sistema para sua produção de *Crucificação*, uma xilogravura de Margarete Schreyer que detalhava com precisão a tonicidade e pronúncia

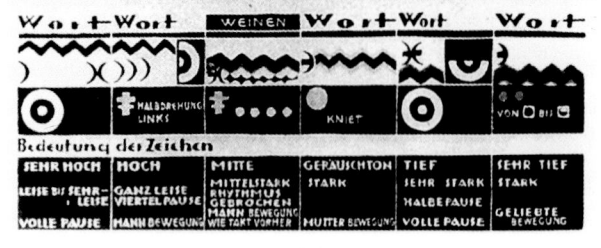

82. Xilogravura executada por Margarete Schreyer, com notações sobre a montagem da peça *Crucificação*, impressa em Hamburgo, 1920.

das palavras, a direção e ênfase dos movimentos e os "estados emocionais" que deviam ser adotados pelos *performers*.

A oficina de Schreyer, porém, trouxe poucas inovações: em essência, essas primeiras produções eram uma extensão do teatro expressionista dos cinco anos anteriores em Munique e Berlim. Assemelhavam-se a peças religiosas em que a linguagem era reduzida a um balbucio com forte carga emocional e o movimento a gestos de pantomima, e em que o som, a cor e a luz serviam apenas para reforçar o conteúdo melodramático da obra. Consequentemente, os *sentimentos* tornaram-se a forma mais expressiva de comunicação teatral, o que entrava em choque com a meta da Bauhaus de obter uma síntese entre arte e tecnologia em formas "puras". De fato, a primeira exposição pública da escola, a Semana Bauhaus de 1923, tinha o título "Arte e tecnologia – uma nova unidade", o que tornava a oficina de Schreyer algo como uma anomalia no contexto da escola. Durante os meses de preparativos para a exposição, a oposição a Schreyer provocou sérios embates ideológicos e, sob o fogo constante dos alunos e do corpo docente, o pedido de demissão de Schreyer foi inevitável. Ele deixou a Bauhaus no outono daquele ano.

A direção do Teatro da Bauhaus foi imediatamente entregue a Oskar Schlemmer, que fora convidado pela escola com base em sua reputação de pintor e escultor, mas também pela produção de danças que ele havia apresentado há algum tempo em Stuttgart, sua cidade natal. Schlemmer aproveitou a oportunidade oferecida na Semana Bauhaus para apresentar seu próprio programa, com uma série de performances e demonstrações. No quarto dia da Semana, 17 de agosto de 1923, os membros da oficina de teatro, a esta altura já bastante modificada, apresentaram *O gabinete de figuras I*, que fora apresentada um ano antes, numa festa da Bauhaus.

Schlemmer descreveu a performance como "meio *stand* de tiro ao alvo, meio *metaphysicum abstractum*", usando técnicas de cabaré para satirizar a "fé no progresso", tão predominante na época. Mistura de razão e insensatez, caracterizada por "Cor, Forma, Natureza e Arte; Homem e Máquina, Acústica e Mecânica", Schlemmer atribuiu sua direção a Caligari (em alusão ao filme *O gabinete do dr. Caligari*, de 1919), à América e a si próprio. "Corpo de violino", "O quadriculado", "O elementar", "Cidadão de primeira classe", "O questionável", "Miss Vermelho-Róseo" e "Turco" foram representadas com figuras inteiras, em metades e em quartas partes. Movimentadas por mãos invisíveis, as figuras "andam, ficam de pé, flutuam, deslizam, giram ou brincam durante quinze minutos". Segundo Schlemmer, a produção foi "uma confusão babilônica, cheia de método, um *pot-pourri* para os olhos, em forma, estilo e cor". *Gabinete de figuras II* foi uma variação projetada da primeira, com figuras metálicas sobre arames que vinham do segundo para o primeiro plano e reiniciavam os mesmos movimentos em seguida.

A performance foi um grande sucesso exatamente porque seus recursos mecânicos e toda a sua concepção pictórica refletiam, ao mesmo tempo, a sensibilidade artística e tecnológica da Bauhaus. A capacidade de Schlemmer de converter seu talento pictórico (o projeto dos figurinos já se insinuava em suas pinturas) em performances inovadoras foi muito apreciada numa escola que aspirava precisamente atrair artistas capazes de trabalhar para além dos limites de suas próprias disciplinas. A recusa de Schlemmer em se deixar cercear pelos limites das categorias artísticas resultou em performances que rapidamente se tornaram o centro das atividades da Bauhaus, ao mesmo tempo que sua posição como diretor-geral do Teatro da Bauhaus se tornava cada dia mais sólida.

As festas da Bauhaus

A comunidade Bauhaus mantinha-se unida tanto por seu manifesto e pela visão inovadora de Gropius, para quem uma escola deveria ensinar todas as artes, quanto pelos eventos sociais que seus membros organizavam com o objetivo de transformar Weimar em um grande centro cultural. As "festas da Bauhaus" logo se tornaram famosas e começaram a atrair os festeiros das comunidades locais de Weimar (e mais tarde de Dessau), e também de cidades próximas, como Berlim. Essas festas eram muito bem preparadas a partir de temas específicos, como "Meta", "Festa da barba, do nariz e do coração" ou "Festa do branco" (em que se pedia a todos que comparecessem em trajes "quadriculados, listrados e com bolinhas"), e geralmente eram planejadas e coordenadas por Schlemmer e seus alunos.

Por um lado, esses eventos davam ao grupo a oportunidade de experimentar novas ideias para as performances: por exemplo, a performance intitulada *Gabinete de figuras* era fruto de um trabalho realizado em cima de uma dessas noites festivas. Por outro lado, *Meta*, encenada numa sala alugada em Weimar em 1924, foi a base de uma festa celebrada no Ilm Chalet, no verão daquele ano. Na performance encenada, o roteiro, simples, era "livre de qualquer acessório" e definido apenas por placas com instruções como "entrada em cena", "intervalo", "paixão", "clímax" e assim por diante. Os atores representavam as ações assim marcadas ao redor de objetos de cena como uma poltrona, escadarias, uma escada de mão, uma porta e barras paralelas. Para a noite no Ilm Chalet, usaram-se indicações cênicas semelhantes.

Foi no Ilm Chalet Gasthaus, a um pulo de Weimar, que a banda da Bauhaus fez sua primeira apresentação. Uma dessas noites foi assim descrita por um repórter de

Berlim: "Que nome gracioso e criativo, e em que barraco estão reunidos!", escreveu ele sobre o Ilm Chalet. Mas havia mais "energia artística e juvenil nesse recinto vitoriano" do que em qualquer Baile Anual da Sociedade das Artes do Estado em Berlim, com toda a elegância de sua decoração. A banda de *jazz* da Bauhaus, que tocou *Banana Shimmy* e *Java Girls*, foi a melhor que ele jamais ouvira, e as pantomimas e figurinos eram sem igual. Outro famoso baile da Bauhaus foi o Festival Metálico, celebrado em fevereiro de 1929. Como sugere o título, a escola inteira foi decorada com cores e objetos metálicos, e os que aceitaram o convite, impresso em elegante papel de cor metálica, se deparavam, ao chegar à festa, com um carrinho sobre trilhos na entrada da escola. Nesse trem em miniatura eles percorriam em alta velocidade a distância entre os dois edifícios da Bauhaus e eram recebidos, nas salas principais da festa, pelo tilintar de sinos e por um estrondoso toque de fanfarra executado por uma banda local de quatro músicos.

Na verdade, foi a essas primeiras festas que Schlemmer atribuiu o espírito original das performances da Bauhaus. "Desde o primeiro dia de sua existência, a Bauhaus sentiu o impulso do teatro criativo," escreveu ele, "pois já desde aquele dia o instinto teatral estava presente. Expressou-se em nossas festas exuberantes, nas improvisações e em nossos criativos figurinos e máscaras." Além disso, Schlemmer assinalou que havia uma especial queda pela sátira e pela paródia. "Foi provavelmente um legado dos dadaístas ridicularizar automaticamente tudo que cheirasse

83. Oskar Schlemmer, cena de *Meta ou a pantomima de cenas*, 1924.

84. Maquetes para *Gabinete de figuras I* executadas por Carl Schlemmer, 1922-23.

85. Schlemmer, *Gabinete de figuras I* (feito por Carl Schlemmer), que foi apresentado pela primeira vez numa festa da Bauhaus, em 1922. Foi novamente encenada durante a Semana Bauhaus de 1923 e durante uma turnê do Teatro da Bauhaus realizada em 1926.

86. Festival Metálico, 9 de fevereiro de 1929. Um carrinho sobre trilhos cortava os dois edifícios da Bauhaus. A figura a caráter prepara-se para entrar no carrinho, que a levaria às salas principais da festa.

a solenidade ou preceitos éticos." E assim, escreveu ele, o grotesco floresceu novamente. "Encontrou seu alimento na imitação burlesca e na zombaria das formas antiquadas do teatro contemporâneo. Embora essa tendência fosse fundamentalmente negativa, seu evidente reconhecimento da origem, das condições e das leis da peça teatral foi um traço positivo."

Esse mesmo desdém para com as "formas antiquadas" significava que a Oficina de Teatro não exigia de seus alunos nenhuma qualificação além de sua vontade de representar. Com poucas exceções, os alunos que fizeram o curso de Schlemmer não eram dançarinos de formação profissional. Schlemmer também não era, mas ao longo dos anos, dirigindo e atuando em inúmeras produções, envolveu-se com a dança a tal ponto que acabou levando boa parte de sua obra para este domínio. Um dos alunos de dança, Andreas Weininger, era também o líder da famosa banda de *jazz* da Bauhaus.

A teoria da performance de Schlemmer

Em paralelo a esse aspecto satírico e frequentemente absurdo de muitas das performances e festividades, Schlemmer desenvolveu uma teoria mais específica da performance. Sustentada em seus vários manifestos sobre os objetivos da Oficina de Teatro e em seus manuscritos privados, mantida em um diário que vai do início de 1911 até a sua morte, a teoria da performance de Schlemmer foi uma contribuição incomparável à Bauhaus. Nela, ele analisava obsessivamente o problema da teoria e da prática, importantíssimo para um programa educacional dessa natureza. Schlemmer expressou esse questionamento na forma da clássica oposição mitológica entre Apolo e Dioniso: a teoria pertencia a Apolo, o deus do intelecto, enquanto a prática era simbolizada pelas selvagens festas de Dioniso.

As oscilações do próprio Schlemmer entre teoria e prática refletiam uma ética puritana. Ele considerava a pintura e o desenho como o aspecto mais rigorosamente intelectual de sua obra, enquanto o prazer em estado puro que obtinha de suas experiências no teatro era, como ele escreveu, constantemente suspeito por essa razão. Em suas pinturas, como em suas experiências teatrais, a investigação essencial dizia respeito ao espaço; as pinturas delineavam o elemento bidimensional do espaço, enquanto o teatro oferecia um lugar em que se podia "experimentar" com o espaço.

Apesar de perturbado por dúvidas quanto à especificidade dos dois meios de expressão, teatro e pintura, Schlemmer os via como atividades complementares: em seus escritos, descreve claramente a pintura como pesquisa teórica, enquanto a performance era a "prática" dessa equação clássica. "A dança é dionisíaca e totalmente emocional em suas origens", escreveu. Mas isso satisfazia apenas um aspecto de seu temperamento: "Travo uma luta entre duas almas em meu peito – uma voltada para a pintura, ou melhor, uma artístico-filosófica; a outra teatral; ou, para ser direto, uma alma ética e uma alma estética".

Em uma obra intitulada *Dança de gestos*, encenada em 1926-27, Schlemmer criou um esquema para ilustrar essas teorias abstratas. Primeiro, ele preparou um sistema de notação que descrevia graficamente as trajetórias lineares do movimento e a deslocação dos bailarinos para frente. Seguindo essas direções, três figuras com trajes nas três cores primárias, vermelho, amarelo e azul, executavam complicados gestos "geométricos" e "ações banais do cotidiano", como "espirrar propositalmente, dar uma gargalhada e ouvir com delicadeza", as quais eram "sempre um

◁ 87. Cena de *Dança de gestos*, com Schlemmer, Siedhoff e Kaminsky.

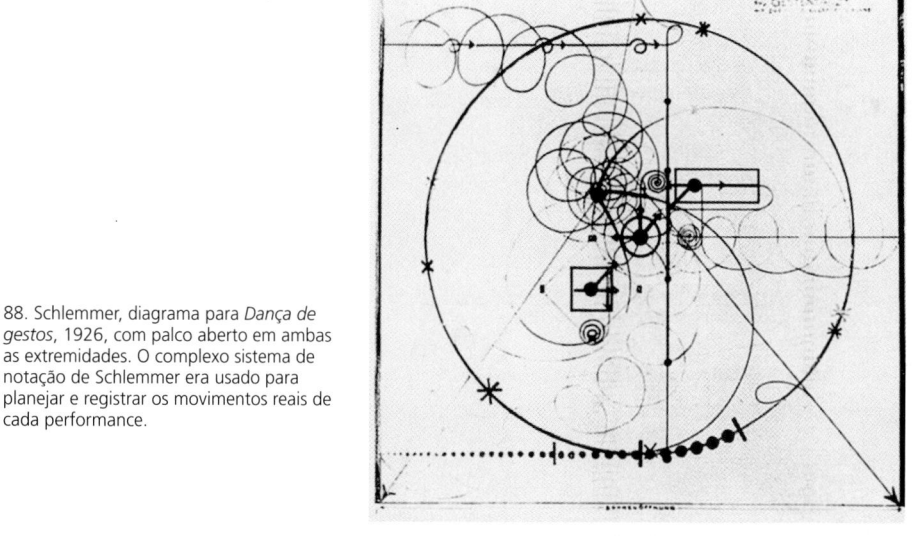

88. Schlemmer, diagrama para *Dança de gestos*, 1926, com palco aberto em ambas as extremidades. O complexo sistema de notação de Schlemmer era usado para planejar e registrar os movimentos reais de cada performance.

meio de isolar a forma abstrata". Essa demonstração era intencionalmente didática e, ao mesmo tempo, revelava a transição metódica de Schlemmer de um meio de expressão para outro: ele avançava da superfície bidimensional (notação e pintura) para a plasticidade (relevos e esculturas) e, daí, para a arte intensamente plástica do corpo humano.

Portanto, a preparação de uma performance incluía essas diferentes etapas: palavras ou signos abstratos impressos, demonstrações e, finalmente, imagens físicas na forma de pinturas, que se tornavam, todas, um meio para representar estratos de espaço real e de mudanças temporais. Desse modo, tanto a notação quanto a pintura envolviam, para Schlemmer, a teoria do espaço, enquanto a performance no espaço real fornecia a "prática" que complementava aquela teoria.

O espaço da performance

A oposição entre plano visual e profundidade espacial era um problema complexo que preocupava muitos dos que trabalharam na Bauhaus durante a época em que Schlemmer ali permaneceu. "O espaço como elemento unificador na arquitetura" era o que constituía, para Schlemmer, o denominador comum dos diferentes interesses do corpo docente da Bauhaus. Na década de 1920, o que caracterizava a discussão sobre o espaço era a noção de *Raumempfindung*, ou "volume percebido", e era a essa "sensação do espaço" que Schlemmer atribuía às origens de cada uma de suas produções de dança. Ele explicava que "a partir da geometria plana, da busca da linha reta, da diagonal, do círculo e da curva desenvolve-se uma estereometria do espaço através da linha vertical móvel do dançarino". A relação entre a "geometria do plano" e a "estereometria do espaço" poderia ser *sentida* se imaginássemos "um espaço preenchido por uma substância macia e maleável em que as figuras da sequência dos movimentos do bailarino endurecessem como uma forma negativa".

Em uma aula-demonstração realizada na Bauhaus em 1927, Schlemmer e alunos ilustraram essas teorias abstratas: primeiro, a superfície quadrada do assoalho foi dividida em eixos e diagonais bisseccionais, completados por um círculo. Depois, arames esticados cruzaram o palco vazio, definindo o "volume" ou a dimensão cúbica do espaço. Seguindo essas diretrizes, os bailarinos dançaram dentro da "teia espacial linear", com seus movimentos ditados pelo palco já dividido geometricamente. A segunda fase acrescentou figurinos enfatizando várias partes do corpo, levando a gestos, caracterizações e harmonias em cores abstratas, propiciadas pelo vestuário colorido. Assim, a demonstração levou os espectadores, através da "dança matemática", à "dança espacial" e à "dança gestual", culminando na combinação de elementos do teatro de variedades e do circo, sugeridos pelas máscaras e objetos de cena na sequência final.

Por sua vez, os alunos Ludwig Hirschfeld-Mack e Kurt Schwerdtfeger, independentemente da Oficina de Teatro, fizeram experiências com o "achatamento" do espaço em suas *Composições de luz refletida*. As "peças de luz" começaram como

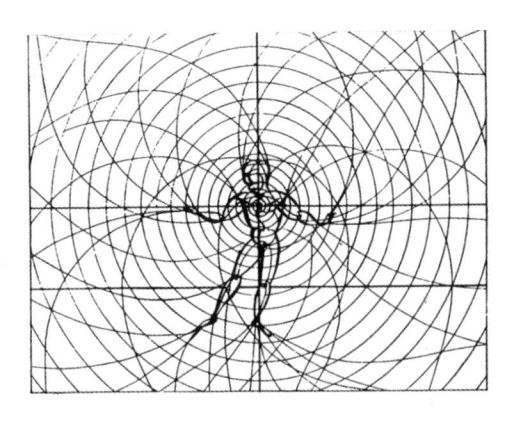

89. Schlemmer, desenho de *Mensch und Kunstfigur*, 1925.

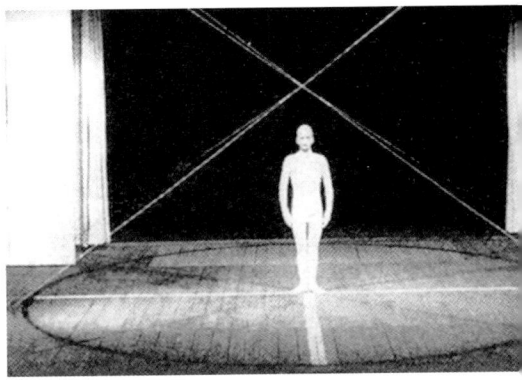

90. Schlemmer, *Figura no espaço com geometria plana e delineações espaciais*, desempenhado por Werner Siedhoff.

91. *Dança no espaço (delineação do espaço com figura)*, foto de exposição múltipla tirada por Lux Feininger; demonstração do Teatro da Bauhaus, 1927.

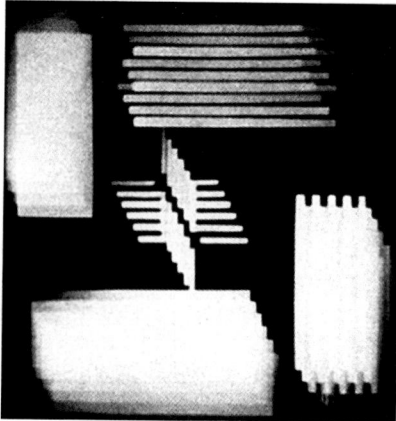

92. Cabine de projeção para *Composições de luz refletida*, de Ludwig Hirschfeld-Mack, 1922-23; Hirschfeld-Mack ao piano.

93. Hirschfeld-Mack, *Composição cruzada*, composições de luz refletida, 1923-24.

uma experiência para uma das festas da Bauhaus em 1922: "Originalmente, tínhamos planejado um teatro de sombras bem simples para o Festival da Lanterna Mágica*. Por acaso, durante a troca de uma das lâmpadas de acetileno, as sombras da tela de papel duplicaram-se e, devido às diferentes cores das luzes, uma sombra "fria" e uma sombra "quente" tornaram-se visíveis.

O passo seguinte consistiu em multiplicar as fontes de luz, acrescentando camadas de vidro colorido que eram projetadas por trás de uma tela transparente, produzindo desenhos cinéticos, abstratos. Às vezes, os atores seguiam marcações complexas que indicavam a fonte de luz e a sequência de cores, a direção do reostato, a velocidade e a direção de fusões e *fade-outs*. Tudo isso era "controlado" através de um aparelho especialmente construído e acompanhado por Hirschfeld-Mack ao piano. Na crença de que essas demonstrações seriam uma "ponte para a compreensão de todas as pessoas que ficam desorientadas diante de uma pintura abstrata e de outras novas tendências", essas peças com projeções de luz foram apresentadas publicamente pela primeira vez na Semana Bauhaus de 1923, e em turnês subsequentes em Viena e Berlim.

Balés mecânicos

Nas análises da arte e da tecnologia feitas na Bauhaus, a questão "Homem e Máquina" tinha o mesmo peso que tivera para os *performers* ligados ao construtivismo russo ou ao futurismo italiano. Os figurinos da Oficina de Teatro eram projetados de modo que a figura humana se metamorfoseasse em um objeto mecânico.

* Festival chinês tradicional, realizado na primeira lua cheia do ano. (N. T.)

BAUHAUS **97**

Na *Dança das ripas* (1927), executada por Manda von Kreibig, as ações de levantar e curvar os membros do corpo só podiam ser percebidas nos movimentos de ripas longas e finas que se projetavam a partir do corpo da dançarina. Outra performance que restringia os movimentos da dançarina era a *Dança do vidro* (1929), executada por Carla Grosch usando uma saia formada por um aro do qual pendiam filetes de vidro, a cabeça coberta por um globo de vidro, e levando nas mãos esferas de vidro. Os trajes iam desde "figuras flexíveis", com figurinos cheios de penugem, até aqueles que envolviam o corpo em aros concêntricos, e, em cada caso, as próprias restrições desse tipo complexo de vestuário transformavam totalmente os movimentos tradicionais da dança.

Desse modo, Schlemmer acentuava a qualidade "objetal" dos bailarinos, e cada performance alcançava o "efeito mecânico" pretendido, semelhante ao das

94. Schlemmer, *Dança do vidro*, 1929.

95. Schlemmer, cena de sua pantomima *Treppenwitz*, c. 1926-27, desempenhada por Hildebrandt, Siedhoff, Schlemmer e Weininger.

marionetes:"Os bailarinos não poderiam ser marionetes verdadeiras, movimentados por cordões, ou, melhor ainda, autopropulsionados por algum mecanismo preciso, praticamente livres da intervenção humana, quando muito dirigidos por controle remoto?", indagou Schlemmer em um de seus calorosos registros de diário. E foi o ensaio *Über das Marionettentheater* (1810), de Heinrich von Kleist, em que um primeiro bailarino, passeando por um jardim público, observa um teatro de marionetes ao entardecer, que inspirou a chamada "teoria da marionete". Kleist havia escrito:

> Cada marionete tem um centro de movimento, um centro de gravidade, e, quando esse centro se move, os membros obedecem sem necessidade de qualquer manuseio adicional. Os membros são pêndulos que ecoam automaticamente o movimento do centro. Toda vez que o centro de gravidade é movido em linha reta, os membros descrevem curvas que complementam e ampliam o movimento basicamente simples.

BAUHAUS **99**

Por volta de 1923, as marionetes e figuras operadas mecanicamente, as máscaras e os figurinos geométricos haviam se tornado as características centrais de muitas performances da Bauhaus. Kurt Schmidt concebeu um *Balé mecânico* no qual figuras abstratas, móveis, identificadas pelas letras A, B, C, D, E, eram levadas por bailarinos "invisíveis", criando a ilusão de uma dança executada por autômatos. Na mesma linha, a produção de Schmidt de *Homem + máquina* (1924) enfatizava os aspectos geométricos e mecânicos do movimento, e sua obra *Die Abenteuer des kleinen Buckligen* [As aventuras do corcundinha], de 1924, também baseada nas ideias de Kleist, levou à formação de um versátil palco para marionetes, sob a direção de Ilse Fehling. Xanti Schawinski acrescentou marionetes "animais" a sua encenação de *Circo* (1924): usando um colante preto, Schawinski representava invisivelmente o domador de leões do leão de papel de von Fritsch (com uma placa de trânsito no lugar do rabo). Encenada para a comunidade Bauhaus e convidados no palco de um salão de baile a cerca de meia hora do instituto, a obra partia de "um conceito essencialmente formal e pictórico. Era teatro visual, um trabalho de pintura e construções em movimento, de ideias em cor, forma e espaço e de sua interação dramática", escreveu Schawinski.

De modo característico, *Treppenwitz* (1926-27), de Schlemmer, chegava às raias do absurdo. Uma pantomima em escadarias incluía personagens como o Palhaço Musical (Andréas Weininger). Com um traje branco acolchoado e um grande objeto afunilado que transformava totalmente sua perna esquerda, um violino preso à

96. Xanti Schawinski, cena de *Circo*, com Schawinski no papel de domador de leões e von Fritz como o "leão", 1924.

97. Kurt Schmidt e T. Hergt (execução), figurinos do "médico" e do "criado" para o espetáculo de marionetes *Die Abenteuer des kleinen Buckligen*, c. 1924.

perna direita, segurando um acordeão, uma batedeira de papel e um guarda-chuva só com as varetas, Weininger foi obrigado, devido aos preparativos em cima da hora para essa produção, a executar seus próprios gestos de marionete utilizando alfinetes de segurança para manter unidos esses objetos e adereços.

Contudo, um dos *performers* favoritos da Bauhaus seria um artista de circo. Rastelli, que Schlemmer conhecera em Berlim em 1924, apresentava um número de malabarismo espetacular com nove bolas que logo se tornaria um dos exercícios-padrão da Bauhaus. Os alunos praticavam as habilidades específicas do malabarista, desenvolvendo a um só tempo o equilíbrio e a coordenação que caracterizam a arte do malabarismo. A prática habitual dos exercícios de postura na barra foi substituída pelo estimulante exercício de um malabarista italiano.

Pintura e performance

A relação entre pintura e performance foi uma preocupação constante no desenvolvimento das performances da Bauhaus. Em seu balé *Parade*, de 1917, Picasso tinha dividido as figuras pela metade, por assim dizer, com o busto coberto por enormes estruturas, calças ou malhas de bailarino nas pernas e sapatilhas. De resto, esses figurinos derivavam das pinturas cubistas de Picasso. Schlemmer havia considerado essa adaptação das próprias telas de Picasso como uma vulgarização.

Em uma produção incomum, *Coro de máscaras* (1928), ele tentou uma tradução mais indireta da pintura para a performance. O ponto de partida dessa performance improvisada foi uma pintura de 1923, *Tischgesellschaft*. A atmosfera da pintura era recriada em um "horizonte azul-claro"."No centro escuro do palco ficava uma mesa comprida e vazia, com cadeiras e copos. Uma grande sombra, provavelmente em tamanho três vezes maior que o natural, aparecia no horizonte e diminuía, assumindo a escala humana normal. Um ser mascarado e grotesco entrava em cena e se sentava à mesa. Essa ação continuava até que doze personagens mascarados se reuniam em volta de uma estranha mesa redonda. Três personagens apareciam de repente, vindos do alto: um, 'infinitamente alto', outro 'fantasticamente baixo', e o último 'nobremente vestido'. Iniciava-se então uma cerimônia de sinistra solenidade em que todos bebiam. Depois de terem bebido, os três vinham para a parte anterior do palco, junto à ribalta." Assim Schlemmer reconstituía a atmosfera da pintura, bem como sua profunda perspectiva, apresentando as figuras com máscaras e em graduação de tamanho conforme a posição delas à mesa, que ficava em ângulo reto em relação ao público.

De maneira diversa, em 1928 Vassili Kandinski havia usado as próprias pinturas como personagens da performance. *Quadros de uma exposição*, apresentada no teatro Friedrich, em Dessau, ilustrava um "poema musical" de Modest Mussorgski, conterrâneo de Kandinski. Mussorgski, por sua vez, tinha se inspirado numa exposição de aquarelas naturalistas. Assim, Kandinski desenhou elementos visualmente equivalentes às frases musicais do poeta, com formas coloridas que se movimentavam e projeção de luzes. Tirando duas das dezesseis pinturas concebidas para a performance, todo o resto do cenário era abstrato. Kandinski explicou que só algumas formas eram "vagamente objetivas". Portanto, ele não seguiu um procedimento "programático"; em suas palavras, "utilizei as formas que apareciam em minha imaginação à medida que ia ouvindo a música". Os meios de expressão principais, segundo Kandinski, eram as formas em si, as cores das formas, a iluminação – a cor como intensificação da pintura, a criação de cada imagem, associada à música e, "quando necessário, sua desmontagem". Na quarta imagem ("O castelo antigo"), por exemplo, só se viam três longas faixas verticais no fundo do palco, onde uma cortina de pelúcia negra criava uma profundidade "imaterial". Essas faixas desapareciam e eram substituídas por grandes panos de fundo, vermelhos, que vinham da direita do palco, e por um pano verde que vinha da esquerda. Profusamente iluminada com cores fortes, a cena ia escurecendo aos poucos com o *poco largamente*, mergulhando em total escuridão com a seção *piano*.

"Balé triádico"

O *Balé triádico* de Schlemmer deu-lhe renome internacional, superando em muito quaisquer outras de suas performances. Já em 1912, ele vinha tendo muitas ideias que iriam finalmente se concretizar em sua primeira performance no Landestheater de Stuttgart, em 1922. Apresentada durante o período de dez anos, essa produção continha uma enciclopédia virtual das propostas de Schlemmer para a performance. "Por que triádico?", escreveu o diretor: "Triádico – de 'tríade' (três), devido aos três bailarinos, às três partes da composição sinfônico-arquitetônica e à fusão de dança, figurinos e música." Acompanhada por uma partitura de Hindemith para pianola, "o instrumento mecânico que corresponde ao estilo de dança

98. Schlemmer como o "Turco" em seu *Balé triádico*, 1922.

99. Schlemmer, desenhos para o ▷ *Balé triádico*, 1922 e 1926.

estereotípico", a música fornecia um equivalente aos trajes e aos contornos matemáticos e mecânicos do corpo. Além disso, o aspecto de bonecos dos bailarinos correspondia à trilha sonora, que evocava as caixas de música, criando, assim, uma "unidade de conceito e estilo".

Com muitas horas de duração, o *Balé triádico* era um "estudo metafísico" no qual três bailarinos usavam dezoito figurinos em doze danças. O tipo da dança acompanhava os elementos sinfônicos da música: por exemplo, a primeira seção foi por ele caracterizada como *scherzo*, e a terceira como *eroica*. Seu interesse pela "geometria do assoalho" determinava a trajetória dos bailarinos: "por exemplo, um bailarino vai só da parte dianteira do palco para a ribalta em linha reta. Depois, segue uma diagonal ou círculo, elipse etc". A obra se desenvolvera de modo surpreendentemente pragmático: "Primeiro, vinha o figurino. Depois, a busca da música que melhor se ajustasse à indumentária. Música e figurino levavam à dança. Assim era o processo". Schlemmer observou, além disso, que os movimentos da dança deveriam "começar com a própria vida, com o ficar em pé e o caminhar, deixando o saltar e o dançar para bem mais tarde".

Não surpreende que essa obra fosse o definitivo "equilíbrio dos opostos", de conceitos abstratos e impulsos emocionais. Sem dúvida, isso se ajustava bem aos interesses particulares da Bauhaus por arte e tecnologia. Schlemmer tinha, finalmente, transformado a oficina de teatro, que, desse modo, abandonava sua tendência originalmente expressionista – sob a direção de Lothar Schreyer – para adotar uma postura mais consoante com a sensibilidade inerente à Bauhaus. Dizia-se que os estudantes iam à Bauhaus "para curar-se do expressionismo". É possível que tenham se curado, mas só para ser apresentados por Schlemmer à concepção mais filosófica de "dança metafísica", ou então à sua paixão pelo teatro de variedades, pelo teatro japonês, pelo teatro de marionetes javanês e pelas diversas formas de expressão artística dos grupos circenses. Além da euritmia e do "conjunto de movimentos desenvolvidos a partir dela", os alunos também analisavam a eucinesia e os sistemas de notação de Rudolf von Laban na Suíça e de Mary Wigman, protegida de Laban, assim como as produções do construtivismo russo (que podiam ser vistas em Berlim, a apenas duas horas de trem).

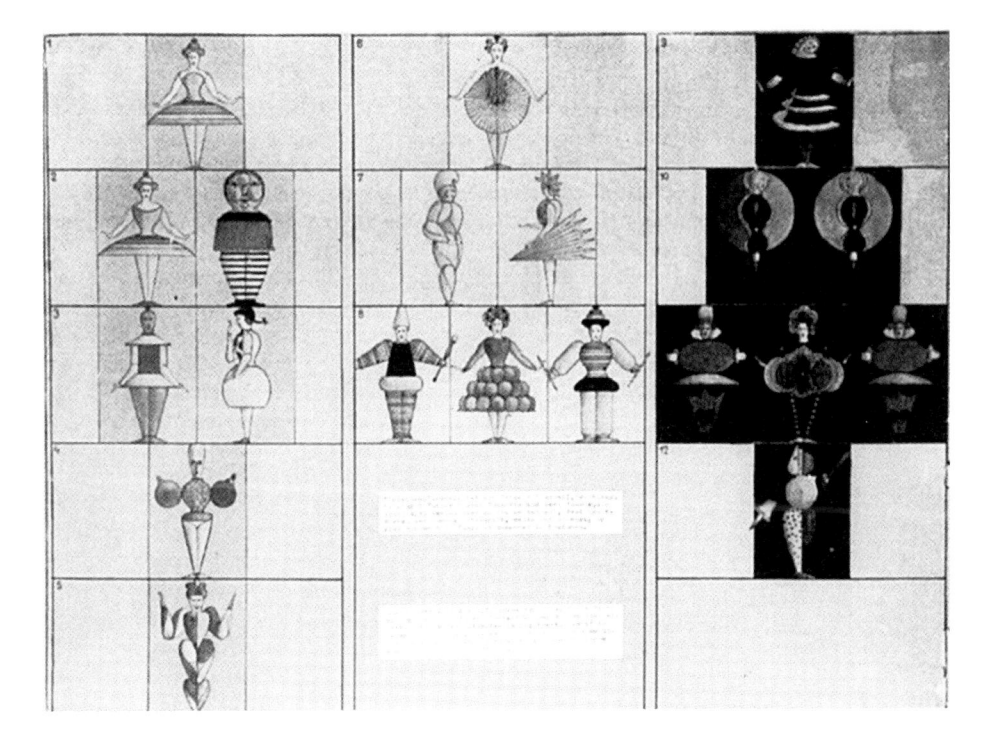

O palco da Bauhaus

Como não existia uma prática verdadeiramente teatral na escola durante o período de Weimar, Schlemmer e seus alunos desenvolveram performances direto nos estúdios, considerando cada experiência como uma busca dos "elementos do movimento e do espaço". Por volta de 1925, quando a Bauhaus se transferiu para Dessau, onde Gropius projetara o novo complexo arquitetônico, a oficina de teatro tinha se tornado suficientemente importante para demandar a criação de um espaço especialmente voltado para as atividades cênicas. Mesmo assim, tratava-se de uma simples plataforma elevada num auditório em forma de cubo, construído de modo que acomodasse as diversas estruturas de iluminação, telas e escadarias das quais Schlemmer, Kandinski, Xanti Schawinski e Joost Schmidt, entre outros, precisavam para realizar seu trabalho.

Apesar da eficiência simples do palco em Dessau, diversos membros do grupo e alguns estudantes elaboraram sua versão pessoal do palco ideal com base nas necessidades de performances experimentais tão variadas quanto as da Bauhaus. Walter Gropius havia escrito que o problema arquitetônico do espaço do palco era de particular importância para o trabalho na Bauhaus."O atual palco em profundidade, que leva o espectador a olhar para o outro mundo representado no palco como se olhasse através de uma janela, ou que se separa dele por uma cortina, praticamente eliminou a arena central que havia no passado." Gropius explicava que essa antiga"arena" formava uma unidade espacial invisível com os espectadores, atraindo-os para a ação da peça. Além do mais, dizia, o "emoldurado" palco em profundidade apresentava um problema bidimensional, enquanto o problema apresentado pela arena era tridimensional: em vez de mudar o plano da ação, o palco da arena oferecia um espaço para a ação no qual os corpos se movimentavam como formas esculturais. O Teatro Total de Gropius foi concebido em 1926 para o diretor Erwin Piscator, mas, em razão de dificuldades financeiras, nunca veio a ser construído.

O Palco Mecânico de Joost Schmidt foi planejado em 1925 para ser usado pela própria Bauhaus. Tratava-se de uma estrutura polivalente que expandia ideias apresentadas por Farkas Molnár no ano anterior. O Teatro-U de Molnár era formado por três palcos, um atrás do outro, com 12 × 12, 6 × 12 e 12 × 8 metros de tamanho, respectivamente. Além disso, Molnár desenvolvera um quarto palco que ficaria suspenso acima do palco central. O primeiro deles adentrava o espaço da platéia, de modo que todo o desenrolar da ação podia ser acompanhado a partir de três lados; o segundo variava em altura, em profundidade e nas laterais; e o terceiro correspondia aproximadamente ao princípio da"moldura". Apesar de sua notável inventividade e flexibilidade, nem o projeto de Schmidt nem o de Mólnar chegaram a ser colocados em prática.

O Teatro Esférico de Andreas Weininger foi pensado para sediar as"peças mecânicas". Segundo Weininger, os espectadores, sentados ao redor da parede interna da esfera, se veriam em"uma nova relação com o espaço" e em"uma nova relação psíquica, óptica e acústica" com a ação da performance. O Palco Mecânico de Heinz Loew, por outro lado, destinava-se a trazer para o primeiro plano todo o aparato técnico que, no teatro tradicional, "fica cuidadosamente escondido da plateia. De modo paradoxal, isso muitas vezes transforma as atividades dos bastidores no aspecto mais interessante do teatro". Consequentemente, Loew propunha que a tarefa do teatro do futuro consistisse em"contar com um corpo de funcionários de importância semelhante à dos atores, um grupo que teria a função de deixar esse aparato à vista, sem disfarces e como um fim em si mesmo".

Frederick Kiesler

Os cenários chegaram a atrair a atenção da polícia, como na ocasião em que Frederick Kiesler apresentou seus extraordinários panos de fundo para a peça *R.U.R.**, de Karel Čapek, no Theater am Kurfürstendamm, Berlim, em 1922. Apesar de não ter nenhuma ligação direta com a Bauhaus, Kiesler, com seu "palco espacial" e com a produção de *R.U.R.*, passou a desfrutar de considerável reputação por lá. Além disso, em 1924 ele organizou, em Viena, o Primeiro Festival Internacional de Teatro e Música, que incluía muitas produções e conferências de importantes *performers* e diretores europeus, entre os quais os da Bauhaus.

Para a peça de Čapek, Kiesler introduziu o que havia de mais avançado na estética da "era mecânica": a peça em si propunha a fabricação de seres humanos como o método mais eficiente para se chegar a uma sociedade futurística. O inventor, seu laboratório e a fábrica em que havia uma linha de produção de humanos, bem como um sistema de triagem que permitia que o diretor da fábrica só admitisse a entrada de "visitantes desejáveis" na organização secreta, foram interpretados por Kiesler em um palco cinético. "*R.U.R.* ofereceu-me a oportunidade de usar, pela primeira vez no teatro, um filme em vez de um pano de fundo", explicou Kiesler. Para o mecanismo de triagem do diretor, Kiesler construiu um grande painel quadrado que ficava no meio do pano de boca, parecendo um telão; o painel podia ser aberto por controle remoto, de modo que, quando ele apertava um botão da sua mesa, "o painel se abria e o público via dois seres humanos refletidos em um jogo de espelhos no fundo do palco". Com suas dimensões reduzidas pelos espelhos, os personagens que observavam a fábrica "de fora" recebiam permissão para entrar e "a coisa toda se fechava e a imagem desses personagens, pequena na projeção, incidia sobre eles já andando pelo palco, em tamanho real".

Quando o diretor queria demonstrar aos visitantes a modernidade de sua fábrica de robôs, um enorme diafragma se abria no fundo do palco e iniciava-se a projeção de um filme numa tela circular. O que o público e os visitantes viam era o interior de uma fábrica enorme com os operários trabalhando. Essa ilusão era particularmente eficaz, "uma vez que a câmera caminhava para o interior da fábrica e o público tinha a impressão de que os atores no palco também caminhavam na perspectiva do filme". Outra característica era uma série de luzes de neon formando desenhos abstratos, que representavam o laboratório do inventor. A sala de controle da fábrica era uma íris de dois metros de diâmetro a partir da qual se projetavam luzes sobre o público.

A polícia de Berlim entrou em ação, temendo que o equipamento de retroprojeção, usado em vários momentos da peça para dar uma ideia das atividades para além da seção principal da fábrica, provocasse um incêndio. Todas as noites, assim que o filme começava a rodar, os policiais faziam soar um alarme contra incêndio, para grande deleite de Kiesler. Depois de várias interrupções desse tipo, ele cedeu

---

* Iniciais de *Os robôs universais de Rossum*, peça que introduz os conceitos de "androide" e "robô". (N. T.)

aos ruidosos protestos e colocou uma queda-d'água acima da tela em que se fazia a projeção. Desse modo, o filme passou a ser projetado através de um fluxo contínuo de água, produzindo "um belo efeito de translucidez". Para Kiesler, até mesmo essa característica acidental contribuiu com a produção geral: "Do começo ao fim, a peça toda ficava em movimento, como um reflexo da ação dos atores. As paredes laterais também se moviam. Era a concepção teatral de criar tensão no espaço".

Enquanto isso, na Bauhaus, Moholy-Nagy defendia um "teatro total" como um "grande processo rítmico-dinâmico, capaz de comprimir as massas mais conflitantes ou o acúmulo dos meios de expressão – no sentido de tensões qualitativas e quantitativas – à forma elementar"."Nada", escreveu ele em seu ensaio *Teatro, circo, variedades* (1924), "impede a utilização de MECANISMOS complexos como o cinema, o automóvel, o elevador, o avião e outros maquinários, bem como instrumentos ópticos, refletores e assim por diante." "Chegou a hora de produzir um tipo de atividade cênica que não mais coloque as massas como espectadores impassíveis, e que (…) lhes permitirá fundir-se com a ação no palco." Para pôr tal processo em prática, concluía, o teatro precisava de "um NOVO DIRETOR de mil

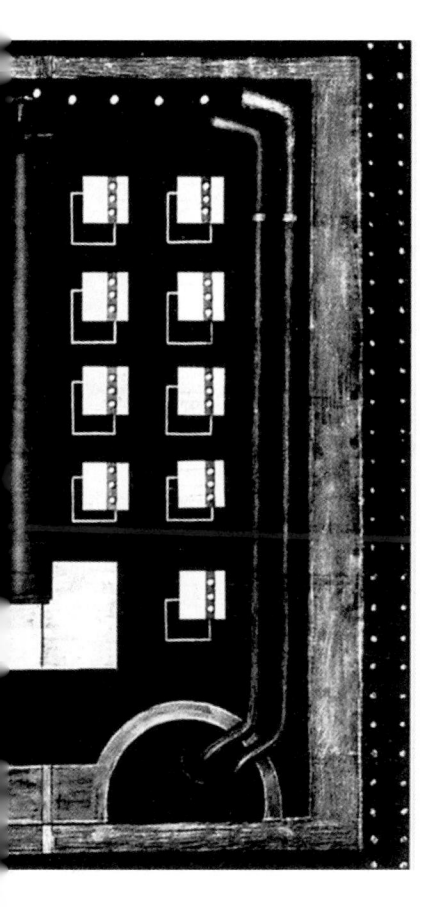

100. Frederick Kiesler, cenário para a peça *R.U.R.*, de Karel Čapek, Berlim, 1922. O cenário compreendia uma parede móvel em relevo, painéis "televisivos" (realizados com espelhos) e projeção cinematográfica – a primeira vez que se juntou cinema e performance ao vivo.

olhos equipado com todos os meios modernos de compreensão e comunicação". Foi com essa visão que os artistas da Bauhaus se envolveram tão intensamente com a concepção de palco.

As turnês da companhia de teatro da Bauhaus

Durante o período de Dessau, de 1926 em diante, a performance da Bauhaus ganhou reputação internacional. Isso foi possível porque Gropius deu força total ao teatro da Bauhaus, de cujas atividades os alunos participavam entusiasticamente. A importância e o estímulo dados à experimentação teatral eram tão grandes que, em sua aula-apresentação de 1927, Schlemmer anunciou:"o ponto crucial de nosso esforço consiste em criar uma companhia itinerante de atores que apresentará suas obras onde quer que haja pessoas com desejo de assisti-las". Na época, era grande esse desejo, e Schlemmer e companhia viajaram por um grande número de cidades europeias, entre as quais Berlim, Breslau, Frankfurt, Stuttgart e Basileia. O repertório, basicamente um resumo dos três anos de performances na Bauhaus, incluía *Dança no espaço, Dança das ripas, Dança das formas, Dança metálica, Dança de gestos, Dança de aros* e *Coro de máscaras*, entre outras.

Dança metálica foi objeto de uma reportagem no *Basler National Zeitung* de 30 de abril de 1929: "A cortina sobe. Tela de fundo negra, piso do palco negro. Na boca de cena, ilumina-se uma caverna não muito maior que uma porta. A caverna é feita de folha-de-flandres ondulada, muito brilhante. Uma figura feminina sai de dentro dela. Está usando um colante branco. Tem a cabeça e as mãos envoltas em esferas brilhantes e prateadas. Ao som de uma música suave e arrebatadora, de clareza metálica, a figura põe-se a dançar em movimentos incisivos. (...) A coisa toda é muito breve, esvaecendo como uma aparição".

Dança no espaço começava com o palco vazio em cujo piso negro se via o desenho de um grande quadrado branco. Círculos e diagonais preenchiam o quadrado. Um bailarino, usando colante amarelo e máscara metálica arredondada, atravessava o palco, saltitando ao longo das linhas brancas. Uma segunda figura mascarada, com colante vermelho, percorria as mesmas figuras geométricas com passos largos. Por último, uma terceira figura com colante azul andava calmamente pelo palco, ignorando as direções indicadas pelo diagrama desenhado no piso. Basicamente, representavam-se ali três modos de andar característicos e, no contexto dos múltiplos de três habituais de Schlemmer, mostravam-se três características de cor e sua representação formal: "amarelo – salto dirigido; vermelho – passo largo; azul – caminhar tranquilo".

101. Schlemmer, 1926, *Jogo com blocos*, desempenhado por Werner Siedhoff, palco da Bauhaus, 1927.

102. Schlemmer, *Dança metálica*, 1929.

A oitava dança dessa retrospectiva da performance Bauhaus era um *Jogo com blocos*. No palco havia uma parede formada por esses blocos, de trás dos quais saíam três figuras arrastando-se. Peça por peça, desmontavam a parede toda, levando cada bloco para outra parte do palco. Arremessando os blocos entre si no ritmo em que o fazem os pedreiros, terminavam por construir uma torre ao redor da qual realizavam uma dança.

A *Dança dos bastidores* consistia em alguns tabiques colocados um atrás do outro. Mãos, cabeças, pés, corpos e palavras apareciam, em ritmo rápido e fragmentado, nos espaços entre os tabiques – "desmembrados, loucos, absurdos, tolos, banais e misteriosos", como observou o mesmo jornalista suíço. "Era extremamente bobo e extremamente assustador", mas acima de tudo, para o repórter, a obra revelava "todo o sentido e toda a estupidez do fenômeno 'bastidores'". Embora reconhecesse o absurdo intencional de muitas das breves sequências, o jornalista resumia assim sua entusiástica aprovação: "As pessoas que estão tentando descobrir 'alguma coisa' por trás de tudo isso não encontrarão nada, porque não há nada a ser descoberto *por trás* disso. Tudo está ali, exatamente como vemos! Não há sentimentos 'expressos', mas apenas sentimentos evocados. (...) A coisa toda é um 'jogo'. Trata-se de um 'jogo' livre e libertador. (...) Forma pura e absoluta. Exatamente como a música...".

Reações favoráveis como essa levaram a companhia a Paris, onde apresentou o *Balé triádico* no Congresso Internacional de Dança, em 1932. Mas essa foi também sua última performance. A desintegração da Bauhaus que se seguiu aos nove anos de direção de Gropius; as exigências de um diretor muito diferente, Hannes Meyer, que era contra os aspectos "formais e pessoais" que Schlemmer desenvolvera em seu trabalho com a dança; a censura imposta pelo novo governo prussiano: tudo isso resultou em uma vida breve para o sonho de Schlemmer.

A Bauhaus de Dessau foi finalmente fechada em 1932. Seu novo diretor, Mies van der Rohe, tentou dirigir a escola como uma instituição privada numa fábrica de telefones desativada de Berlim. Àquela altura, porém, o teatro da Bauhaus já havia estabelecido solidamente sua importância na história da performance. A performance fora uma maneira de expandir o princípio, germinado na Bauhaus, de "obra de arte total", resultando em produções cuidadosamente concebidas e coreografadas. Traduzira diretamente as preocupações estéticas e artísticas em forma de arte viva e "espaço real". Apesar de frequentemente galhofeira e satírica, nunca foi intencionalmente provocativa ou abertamente política, como fora o caso dos futuristas, dadaístas ou surrealistas. A exemplo destes, porém, a Bauhaus reforçou a importância da performance como meio de expressão independente, e, com a aproximação da Segunda Guerra Mundial, houve um acentuado decréscimo das atividades performáticas, tanto na Alemanha quanto em muitos outros centros europeus.

103. Membros da oficina de teatro usando máscaras e figurinos no telhado do Estúdio de Dessau, c. 1926.

6. ARTE VIVA: C. 1933
À DÉCADA DE 1970

Nos Estados Unidos, a performance começou a surgir no final dos anos 30, com a chegada dos exilados de guerra europeus a Nova York. Por volta de 1945, ela havia se tornado uma atividade independente, reconhecida como tal pelos artistas e indo além das provocações que marcaram as primeiras performances.

Black Mountain College, Carolina do Norte

No outono de 1933, vinte e dois estudantes e nove membros do corpo docente da Bauhaus mudaram-se para um grande edifício de colunas brancas do qual se avistava a cidade de Black Mountain, a cerca de cinco quilômetros de distância, e que dava para um vale e as montanhas circundantes. Essa pequena comunidade logo atrairia artistas, escritores, dramaturgos, bailarinos e músicos para sua afastada região rural ao sul do país, apesar dos escassos recursos de que dispunha e do programa improvisado que John Rice, seu diretor, tinha conseguido elaborar.

À procura de um artista que criasse o embrião de um currículo diversificado, Rice convidou Josef e Anni Albers a virem juntar-se à comunidade escolar. Albers, que havia lecionado na Bauhaus antes de seu fechamento pelos nazistas, rapidamente providenciou a necessária combinação de disciplina e inventividade que tinha caracterizado seus anos na Bauhaus: "a arte diz respeito ao COMO e não ao O QUÊ; não ao conteúdo literal, mas à representação do conteúdo factual. É na representação – no modo como isso se faz – que se encontra o conteúdo da arte", explicou aos alunos durante uma palestra.

Apesar da falta de um manifesto explícito ou de declarações públicas sobre suas finalidades, a pequena comunidade foi aos poucos adquirindo a reputação de um refúgio educacional interdisciplinar. Dias e noites passados com as mesmas companhias logo se converteriam em performances breves e improvisadas, tidas mais na conta de entretenimento. Em 1936, porém, Albers convidou seu ex-colega da Bauhaus, Xanti Schawinski, para ajudá-lo a ampliar a escola de arte. Com liberdade para criar seu próprio currículo, Schawinski logo esboçou um programa de "estudos cênicos" que era, em grande parte, uma extensão de experiências anteriores na Bauhaus. "Este curso não pretende oferecer formação em nenhum segmento específico do teatro contemporâneo", explicou Schawinski. Ao contrário, seria um estudo geral de fenômenos fundamentais: "espaço, forma, cor, luz, som, movimento, música, tempo etc.". A primeira encenação, *Spectrodrama*, ainda de seu repertório na Bauhaus, era "um método educacional que visava o intercâmbio entre as artes e ciências e usava o teatro como um laboratório e espaço para a ação e experimentação".

O grupo de trabalho, formado por alunos de todas as disciplinas, "abordava conceitos e fenômenos predominantes a partir de diferentes pontos de vista, criando representações cênicas e dando-lhes expressão própria".

Concentrando-se na interação visual de luz e formas geométricas, *Spectrodrama* baseava-se nos primeiros experimentos de Hirschfeld-Mack com o reflexo da luz. Cenas como, por exemplo, um quadrado amarelo que "se move para a esquerda e desaparece, descobrindo assim, em sucessão, três formas brancas: um triângulo, um círculo e um quadrado", teriam sido típicas de uma noite teatral na Bauhaus. "Nosso trabalho era de um conceito formal e pictórico", explicou Schawinski."Era teatro visual." Uma segunda performance, *Dança macabra* (1938), era não só espetáculo visual, mas uma produção completa, com o público usando capas e máscaras. As duas obras, juntamente com o curso de Schawinski, serviram para introduzir a performance como um ponto de convergência para a colaboração entre membros dos diferentes cursos de arte. Schawinski deixou a escola em 1938 para juntar-se à Nova Bauhaus em Chicago, mas logo houve breves visitas de artistas e escritores como Aldous Huxley, Fernand Léger, Lyonel Feininger e Thornton Wilder. Dois anos depois, a escola mudou para Lake Éden, próximo a Asheville, na Carolina do Norte, e por volta de 1944 abriu um curso de verão que iria atrair um grande número de artistas inovadores de variadas disciplinas.

104. *Dança macabra*, de Xanti Schawinski, apresentada no Black Mountain College em 1938.

105. Estreia de John Cage em Nova York, no Museu de Arte Moderna, 1943.

John Cage e Merce Cunningham

Ao mesmo tempo que o Black Mountain College via aumentar sua fama de instituição experimental, um jovem músico, John Cage, e um jovem dançarino, Merce Cunningham, começavam a expor suas ideias em pequenos círculos de Nova York e da Costa Oeste. Em 1937, Cage, que estudara Belas Artes por pouco tempo no Pomona College, na Califórnia, e fora aluno de composição com Schoenberg, exprimiu suas concepções musicais num manifesto intitulado *O futuro da música*. Baseava-se na ideia de que "onde quer que estejamos, o que ouvimos é basicamente ruído (...). Quer se trate do som de um caminhão a 80 km/h, da chuva ou da estática entre estações de rádio, achamos o ruído fascinante". Cage pretendia "apreender e controlar esses sons, usá-los não como efeitos sonoros, mas como instrumentos musicais". Incluídos nessa "biblioteca dos sons" estavam os efeitos sonoros dos estúdios cinematográficos, que tornariam possível, por exemplo, "compor e executar um quarteto para motor de explosão, vento, batimentos cardíacos e deslizamentos de terra". Um crítico do *Chicago Daily News* escreveu sobre um concerto que ilustrava essas ideias, apresentado em Chicago, em 1942. Sob o título "As pessoas chamam de barulho, mas ele chama de música", o articulista observava que os "músicos" tocavam garrafas de cerveja, vasos de flores, chocalhos, cilindros de freios de automóveis, sininhos, gongos e, "nas palavras do sr. Cage, 'qualquer coisa que se possa ter em mãos'".

Apesar da reação um tanto perplexa da imprensa a sua obra, Cage foi convidado a dar um concerto no Museu de Arte Moderna de Nova York no ano seguinte. Maxilares foram batidos ruidosamente, ressoaram sopeiras chinesas e tilintaram cincerros enquanto um público "bastante intelectualizado", segundo a revista *Life*, "ouvia atentamente, sem parecer perturbar-se com o resultado barulhento". É voz corrente que as platéias nova-iorquinas foram bem mais tolerantes com esses concertos experimentais que aquelas que, quase trinta anos antes, haviam atacado com furor os "ruidosos músicos" futuristas. Na verdade, os concertos de Cage logo produziram um sério *corpus* de análise de sua música experimental e daquela que antecedeu suas próprias criações, e o próprio Cage escreveu muito sobre o assunto. Segundo Cage, para compreender o "sentido de renascimento musical e a possibilidade de invenção" que haviam ocorrido por volta de 1935, era preciso retomar *A arte dos ruídos*, de Luigi Russolo, e *Novos recursos musicais*, de Henry Cowell. Ele também recomendava McLuhan, Norman O. Brown, Fuller e Duchamp a seus leitores – "uma maneira de escrever música: estudar Duchamp".

No nível teórico, Cage notou que os compositores que optassem por lidar com "a totalidade do campo sonoro" deviam, necessariamente, criar métodos totalmente novos de notação para esse tipo de música. Na música oriental, ele encontrou modelos para as "estruturas rítmicas improvisadas" propostas em seu manifesto, e, ainda que em grande parte "não escrita", a filosofia em que esses modelos se baseavam levou Cage a insistir nas noções de acaso e indeterminação. "Uma peça musical indeterminada", escreveu ele, "por mais que soe como se fosse totalmente determinada, é fundamentalmente privada de intenção, de modo que, em oposição à música de resultados, duas execuções dela serão diferentes." Basicamente, a indeterminação permitia "flexibilidade, mutabilidade, fluência etc.", e também levava à noção de "música não intencional" de Cage. Tal música, dizia ele, deixaria mais claro ao ouvinte que "a audição da peça é ação própria dele – que a música, por assim dizer, é dele mais que do compositor".

Essas teorias e atitudes refletiam a profunda apreciação de Cage pelo zen-budismo e pela filosofia oriental em geral, e encontravam um paralelo no trabalho de Merce Cunningham, que, a exemplo de Cage, havia introduzido, por volta de 1950, os processos aleatórios e a indeterminação como meio de chegar a uma nova prática na dança. Depois de dançar por muitos anos como uma das figuras centrais da companhia de Martha Graham, Cunningham logo abandonou a tendência dramática e narrativa do estilo de Graham, bem como sua dependência da música para a direção rítmica. Da mesma maneira que Cage via música nos sons cotidianos do nosso meio ambiente, Cunningham também propunha que se podia considerar como dança os atos de andar, ficar de pé, saltar e todas as outras possibilidades do movimento natural. "Ocorreu-me que os bailarinos podiam fazer os gestos que faziam normalmente. Se eram aceitos como movimento na vida cotidiana, por que não o seriam no palco?"

Enquanto Cage observava que "cada unidade mínima de uma composição mais ampla reflete, como um microcosmo, as características do todo", Cunningham enfatizava "cada elemento do espetáculo". Era necessário, dizia ele, levar em conta a natureza inerente a cada circunstância, de modo que se possa atribuir valor intrínseco a todo e qualquer movimento. Esse respeito pelas circunstâncias dadas foi reforçado pelo uso do acaso na preparação de obras como *Dezesseis danças para solista e companhia de três* (1951), em que a ordem das "nove emoções permanentes do teatro indiano clássico" era decidida pelo arremesso de uma moeda.

Por volta de 1948, o dançarino e o músico já vinham colaborando em vários projetos há quase uma década, e ambos foram convidados a juntar-se ao curso de

106. Merce Cunningham em *Dezesseis danças para solista e companhia de três*, 1951.

107. *A armadilha da Medusa*, de Erik Satie, remontada no Black Mountain College em 1948. Buckminster Fuller (esquerda) como o barão Méduse e Merce Cunningham como o "macaco mecânico".

verão daquele ano no Black Mountain College. Willem de Kooning e Buckminster Fuller também estavam lá. Todos juntos, remontaram *A armadilha da Medusa*, de Erik Satie, "com ação em Paris, anteontem". A performance trazia Elaine de Kooning no papel feminino principal, Fuller como o barão Méduse, com o "macaco mecânico" coreografado por Cunningham e cenários de Willem de Kooning. Dirigida por Helen Livingston e Arthur Penn, a obra apresentava o pouco conhecido *nonsense* do "drama" de Satie e suas excêntricas concepções musicais à comunidade de Black Mountain. Cage, porém, precisou lutar pela aceitação das ideias de Satie do mesmo modo como em breve lutaria por sua própria aceitação. Em sua conferência intitulada "Em Defesa de Satie", acompanhada por uma série de vinte e cinco concertos de meia hora cada, três noites por semana, depois do jantar, afirmava que "não podemos, não devemos chegar a um acordo sobre o material a ser utilizado", e refletia algumas preocupações com sua própria obra: as cordas de seu "piano preparado" já estavam cheias de materiais estranhos – tiras de borracha, colheres de madeira, pedaços de papel e de metal –, criando os sons de uma compacta "orquestra de percussão".

Em 1952, Cage levou esses experimentos ainda mais longe, chegando a sua famosa obra silenciosa. *4' 33"* era uma "peça em três movimentos durante os quais nenhum som é produzido intencionalmente"; abandonava totalmente a intervenção do músico. O primeiro intérprete da obra, David Tudor, sentava-se ao piano durante quatro minutos e trinta e três segundos, movendo silenciosamente os braços por três vezes; enquanto isso, os espectadores deviam compreender que tudo o que ouviam era "música". "Minha peça favorita", escreveu Cage, "é aquela que ouvimos o tempo todo se estivermos em silêncio."

Um evento sem título no Black Mountain College, em 1952

Naquele mesmo ano, Cage e Cunningham haviam voltado ao Black Mountain College para outro curso de verão. Uma das noites de performance que ocorreram no refeitório da escola naquele verão criou um precedente para inúmeros eventos que se seguiriam no final da década de 1950 e na década de 1960. Antes da performance musical, Cage fez uma leitura da Doutrina da Mente Universal de Huang Po que, de maneira curiosa, antecipava o evento em si. Os comentários de Cage sobre o Zen foram anotados por Francine Duplessix-Gray, na época uma jovem estudante: "No Zen-Budismo nada é bom ou mau. Ou feio ou belo... A arte não deve ser diferente [da] vida, mas uma ação dentro da vida. Como tudo na vida, com seus acidentes e acasos e diversidade e desordem e belezas não mais que fugazes". A preparação para a performance foi mínima: os músicos receberam uma "partitura" em que só se indicavam "parênteses temporais", e de cada um deles se esperava que preenchesse, a seu próprio modo, momentos de ação, inação e silêncio, conforme indicava a partitura, sendo que nenhum desses momentos devia ser revelado até a performance propriamente dita. Desse modo, não haveria nenhuma "relação causal" entre um incidente e o seguinte, e, nas palavras de Cage, "qualquer coisa que acontecesse depois daquilo aconteceria ao próprio observador".

Os espectadores tomaram seus assentos na arena quadrada – que formava quatro triângulos criados por corredores diagonais –, cada qual segurando um copo branco previamente colocado em cada poltrona. Pinturas brancas de um estudante não residente, Robert Rauschenberg, pendiam do teto. Sobre uma escada dobradiça, Cage, de terno preto e gravata, leu um texto sobre "a relação entre música e Zen-Budismo" e excertos de Mestre Eckhart. Depois, executou uma "composição com rádio", seguindo os "parênteses temporais" arranjados de antemão. Ao mesmo tempo, Rauschenberg tocava velhos discos num gramofone movido à mão, e David Tudor tocava um "piano preparado". Em seguida, Tudor pegava dois baldes e vertia água de um para o outro, enquanto Charles Olsen e Mary Caroline Richards, plantados na plateia, liam poesia. Cunningham e outros dançavam nos corredores, seguidos por um cachorro alvoroçado, Rauschenberg projetava *slides* "abstratos" (criados por gelatina colorida comprimida entre vidros) e filmes projetados no teto mostravam primeiro o cozinheiro da escola e depois, à medida que iam descendo do teto para a parede, o pôr do sol. Em um dos cantos, o compositor Jay Watt tocava instrumentos musicais exóticos, e "ouviam-se assobios e choros de bebês enquanto quatro meninos vestidos de branco serviam café".

O público interiorano se deliciava. Só o compositor Stefan Wolpe se retirou da sala em protesto, e Cage proclamou o sucesso da noite. Um evento "anárquico";

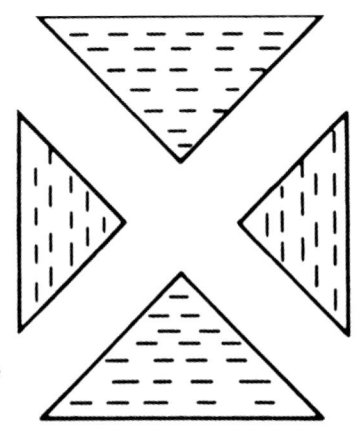

108. Diagrama de *Evento sem título*, apresentado no Black Mountain College no verão de 1952, mostrando a disposição dos assentos.

"absurdo no sentido de que não sabíamos o que ia acontecer", o espetáculo sugeria infinitas possibilidades de colaborações futuras. E ofereceu a Cunningham um novo cenógrafo e figurinista para sua companhia de dança: Robert Rauschenberg.

A Nova Escola

Apesar de sua localização remota e de seu público limitado, o evento sem título foi repercutir em Nova York, onde se tornou o assunto principal de Cage e dos estudantes que faziam seu curso sobre a composição de música experimental, iniciado em 1956 na New School for Social Research (Nova Escola de Pesquisa Social). As pequenas turmas incluíam pintores e cineastas, músicos e poetas, Allan Kaprow, Jackson MacLow, George Brecht, Al Hansen e Dick Higgins entre eles. Amigos dos alunos regulares, George Segal, Larry Poons e Jim Dine compareciam muitas vezes às aulas. A seu próprio modo, cada um havia absorvido as ideias dadaístas e surrealistas de acaso e ações "não intencionais", transpondo-as para suas obras. Alguns eram pintores cujas obras extrapolavam os limites da tela, partindo do ponto em que se haviam cristalizado as instalações ambientais surrealistas, as "combinações" de Rauschenberg e a pintura de ação de Jackson Pollock. Em sua maioria, seriam profundamente influenciados pelas aulas de Cage e pelos relatos sobre o evento no Black Mountain College.

Arte viva*

A arte ao vivo era o passo lógico a ser dado depois das *assemblages* e das instalações ambientais. E a maioria desses eventos refletiria diretamente a pintura contemporânea. Para Kaprow, as instalações eram "representações espaciais de uma atitude

---

* No original, "live art", termo que designa a confluência de diversas manifestações artísticas, como, por exemplo, artes plásticas, dança, teatro, música, cinema, vídeo e literatura, abrangendo uma variedade de disciplinas e discursos que envolvem, de algum modo, o tempo, o espaço e a presença humana. O termo, que muitos preferem não traduzir, vai reaparecer no capítulo 7. (N. T.)

polivalente diante da pintura", bem como um meio de "dar expressão dramática a soldadinhos de chumbo, histórias e estruturas musicais que um dia tentei incorporar apenas à pintura". As performances de Claes Oldenburg refletiam os objetos escultóricos e as pinturas que ele fazia ao mesmo tempo, oferecendo-lhe um meio de transformar esses objetos inanimados, porém muito reais – máquinas de escrever, mesas de pingue-pongue, peças de vestuário, sorvetes de casquinha, hambúrgueres, bolos etc. –, em objetos dotados de movimento. As performances de Jim Dine eram para ele uma extensão da vida cotidiana, e não de suas pinturas, ainda que ele reconhecesse que, na verdade, elas diziam respeito "ao que eu estava pintando". Red Grooms encontrou inspiração para suas pinturas e performances no circo e nas casas de jogos eletrônicos, e Robert Whitman, apesar de suas origens na pintura, via suas performances essencialmente como eventos teatrais. "Elas consomem tempo", escreveu ele, para quem o tempo era um material como a tinta ou o gesso. Al Hansen, por outro lado, voltou-se para a performance por sua revolta contra "a total ausência de qualquer coisa interessante nas formas de teatro mais convencionais". A obra de arte que mais lhe interessava, dizia, era aquela que "envolvia o observador [e] que se sobrepunha a diferentes formas de arte, interpenetrando-as". Admitindo que essas ideias vinham dos futuristas, dadaístas e surrealistas, ele propôs uma forma de teatro na qual "juntam-se fragmentos como na colagem".

"18 happenings em 6 partes"

A apresentação, por Kaprow, de *18 happenings em 6 partes*, na Reuben Gallery de Nova York, no outono de 1959, foi uma das primeiras oportunidades de fazer com que um público mais amplo assistisse aos eventos ao vivo que vários artistas já vinham apresentando mais privadamente, na presença de amigos apenas. Depois de decidir que já era tempo de "aumentar a 'responsabilidade' do observador", Kaprow imprimiu convites que incluíam a seguinte afirmação: "Você se tornará parte dos *happenings*; irá vivenciá-los simultaneamente". Pouco depois desse primeiro anúncio, algumas das mesmas pessoas que haviam sido convidadas receberam misteriosos envelopes de plástico contendo pedaços de papel, fotos, madeira, fragmentos pintados e figuras recortadas. Junto vinha uma vaga ideia do que deviam esperar: "Há três salas para o desempenho dessa obra, cada uma diferente em tamanho e sentimento. (…) Alguns convidados também atuarão".

Os que compareceram à Reuben Gallery encontraram, no segundo andar, um estúdio com paredes de plástico divididas. Nos três espaços assim criados, cadeiras dispostas em círculos e retângulos forçavam os visitantes a ficar virados para direções diferentes. Luzes coloridas pendiam do teto ao longo do espaço subdividido; no terceiro andar, uma construção com lâminas de persiana ocultava a "sala de controle" que serviria de entrada e de saída para os *performers*. Espelhos de parede na primeira e na segunda sala refletiam o complexo ambiente. Cada visitante recebeu um programa e três cartões grampeados. "A performance será dividida em três partes", explicava-se nas notas. "Cada parte contém três *happenings* que ocorrem ao

109. Allan Kaprow, de *18 happenings em 6 partes*, 1959: uma das três salas montadas num ambiente da Reuben Gallery, Nova York.

mesmo tempo. O início e o fim de cada um será marcado por uma campainha. Ao término da performance, a campainha soará duas vezes." Os espectadores foram avisados de que teriam de seguir criteriosamente as instruções: durante as partes um e dois, podiam sentar-se na segunda sala, durante as partes três e quatro podiam passar para a primeira sala, e assim por diante, sempre ao soar de uma campainha. Os intervalos durariam exatamente dois minutos, e dois intervalos de quinze minutos separariam as unidades maiores. "*Não haverá aplausos após cada unidade*, mas vocês poderão aplaudir depois da sexta unidade, caso queiram fazê-lo."

Os visitantes (que no programa vinham designados como membros do elenco) tomaram seus assentos ao soar de uma campainha. O início da performance foi anunciado em amplificadores de som: figuras marcharam rijamente em fila única pelos estreitos corredores entre as salas improvisadas; em uma delas, uma mulher permaneceu imóvel por dez segundos, com o braço esquerdo erguido, o cotovelo apontado para o chão. *Slides* eram projetados numa sala contígua. Em seguida, dois *performers* leram em cartazes que traziam às mãos: "Diz-se que tempo é essência (...) nós conhecemos o tempo (...) espiritualmente (...)"; ou, em outra sala: "Anteontem, eu pretendia falar a vocês sobre um tema que lhes é muito caro – a arte

(...), mas não consegui começar". Ouviam-se sons de flauta, uquelele e violino, pintores pintavam em telas não imprimidas, presas às paredes, gramofones circulavam sobre mesinhas com rodas e, finalmente, depois de noventa minutos de dezoito *happenings* simultâneos, quatro rolos de papel de quase três metros de altura desceram de uma barra horizontal entre os *performers* masculinos e femininos, que declamavam monossílabos –"mas...","bem...". Como prometido, a campainha tocou duas vezes, anunciando o fim da performance.

Ao público coube imaginar o que significariam aqueles eventos fragmentados, pois Kaprow tinha avisado que "as ações não terão nenhum significado muito claro no que diz respeito ao artista". Da mesma maneira, o termo *happening* não tinha sentido: pretendia-se que indicasse "algo de espontâneo, algo que por acaso acontece". Não obstante, a peça toda foi cuidadosamente ensaiada por duas semanas antes da estréia, e diariamente durante o programa semanal. Além do mais, os *performers* tinham memorizado desenhos e marcações de tempo precisamente indicados por Kaprow, de modo que cada sequência de movimentos era mantida sob rigoroso controle.

Mais *happenings* em Nova York

A evidente falta de sentido de *18 happenings* refletiu-se em muitas outras performances da época. A maioria dos artistas desenvolveu sua própria "iconografia" para os objetos e ações de suas obras. *Pátio* (1962), de Kaprow, que se passava no pátio de um hotel abandonado no Greenwich Village, incluía uma "montanha" de papel de sete metros e meio de altura, uma "montanha invertida", uma mulher de camisola e um ciclista, todos providos de conotações simbólicas específicas. Por exemplo, a "garota dos sonhos" era a "personificação de muitos antigos símbolos arquetípicos, ela é a deusa da natureza (a Mãe Natureza) e Afrodite (*miss* América)". Os túneis concêntricos de Robert Whitman em *A lua americana*, de 1960, representavam "cápsulas de tempo" através das quais os atores eram conduzidos a um espaço central que era o "lugar nenhum", ficando ainda mais desorientados por camadas de aniagem e cortinas de plástico. Para Oldenburg, um evento individual poderia ser "realista" com "fragmentos de ações imobilizados por iluminações instantâneas", como em *Instantâneos da cidade*, de 1960, uma paisagem urbana feita de colagens, com ruas e figuras imóveis num palco à frente de uma parede texturizada, luzes bruxuleantes e objetos espalhados pelo chão; ou poderia ser uma transformação de eventos reais e "sonhados", como em *Autobodys* (Los Angeles, 1963), cuja ação se desencadeava a partir de imagens televisivas de carros pretos avançando lentamente ao longo do cortejo fúnebre do presidente Kennedy.

Seguiu-se uma rápida sucessão de performances: seis semanas depois de *Pátio*, de Kaprow, *O edifício em chamas*, de Red Grooms, estreou no Delancey Street Museum (na verdade, o local onde vivia o autor), *Hi-Ho Bibbe**, de Hansen, no Pratt

---

* Bibbe é o nome da filha de Al Hansen. (N. T.)

Institute, *A grande gargalhada*, de Kaprow, e *O pequeno canhão*, de Whitman, na Reuben Gallery. Uma noite com eventos variados foi planejada para fevereiro de 1960 na Judson Memorial Church na Washington Square, que recentemente abrira suas portas às performances dos artistas. *Ray Gun Spex*, organizada por Claes Oldenburg e com a participação de Whitman, Kaprow, Hansen, Higgins, Dine e Grooms, atraiu um público de mais ou menos duzentas pessoas. A galeria, a antesala, o ginásio de esportes e o saguão da igreja foram usados para a montagem de *Instantâneos da cidade*, de Oldenburg, e de *Réquiem para W.C. Fields, que morreu de alcoolismo agudo*, de Hansen – um poema e "instalação cinematográfica" com trechos de filmes de W.C. Fields projetados sobre o peito vestido de branco de Hansen. No ginásio principal, recoberto de lona, uma bota enorme circulava pelo ambiente como parte da obra *Coca Cola, Shirley Cannonball?*, de Kaprow. Jim Dine revelou sua obsessão pela pintura em *O operário sorridente*: vestindo um avental vermelho, com as mãos e a cabeça pintadas de vermelho e uma grande boca negra, ele bebia de potes de tinta à medida que ia pintando as palavras "amo o que estou…" em uma grande tela, antes de derramar o que restava da tinta sobre a cabeça e saltar sobre a tela. A noite terminava com Dick Higgins contando os números em alemão até que o último espectador fosse embora.

110. Jim Dine, em *O operário sorridente*, de 1960, apresentado na Judson Church, Nova York. Dine é aqui mostrado enquanto bebe de um pote de tinta antes de se jogar sobre uma tela na qual havia escrito "amo o que estou…".

Apesar das diferentes cargas emotivas e estruturas dessas obras, todas elas foram agrupadas pela imprensa sob a designação geral de "happenings" a partir de *18 happenings*, de Kaprow. Nenhum dos artistas jamais concordou com o termo e, apesar do desejo que muitos deles tinham de esclarecer seu trabalho, não se formou nenhum grupo de "happenings", não se produziu nenhum manifesto, não se publicou nenhuma revista nem se fez publicidade alguma nesse sentido. Contudo, gostassem ou não, o termo "happening" tinha vindo para ficar. Abrangia essa vasta gama de atividades, por mais que se mostrasse insuficiente para distinguir entre as diferentes intenções da obra ou entre os defensores e os detratores da definição de *happening* enunciada por Kaprow: um evento que só podia ser apresentado uma única vez.

De fato, Dick Higgins, Bob Watts, Al Hansen, George Macunias, Jackson MacLow, Richard Maxfield, Yoko Ono, La Monte Young e Alison Knowles apresentaram performances muito diferentes no Café A Gogo, no *loft* de Yoko Ono na Chambers Street, no Epitome Café de Larry Poons e na Gallery A/G, localizada no extremo norte da cidade, todas elas agrupadas sob a designação geral de Fluxus, termo cunhado em 1961 por Maciunas, que o usou no título de uma antologia de obras de muitos desses artistas. O grupo Fluxus logo conseguiu espaços próprios para a exposição de suas obras: o Fluxhall e o Fluxshop. Contudo, Walter de Maria, Terry Jennings, Terry Riley, Dennis Johnson, Henry Flynt, Ray Johnson e Joseph Byrd apresentaram obras que não se prestavam a esse tipo de classificação ou designação, apesar da tendência da imprensa e dos críticos de encaixá-las organizadamente dentro de um padrão inteligível.

Bailarinas como Simone Forti e Yvonne Rainer, que tinham trabalhado com Ann Halprin na Califórnia e levado para Nova York algumas das inovações radicais que Halprin desenvolvera naquele estado, vieram somar seus trabalhos à diversidade das performances que, na época, tomavam conta de Nova York. E essas bailarinas, por sua vez, influenciaram fortemente muitos dos artistas performáticos que surgiriam mais tarde, como Robert Morris e Robert Whitman, com os quais elas colaboraram eventualmente.

O único denominador comum a essas atividades tão diversas era Nova York, com os *lofts* de sua região central, as galerias do circuito alternativo, os bares e cafés que abrigavam os *performers* no início da década de 1960. Fora dos Estados Unidos, porém, os artistas europeus e japoneses vinham desenvolvendo, ao mesmo tempo, um repertório de performances igualmente amplo e variado. Por volta de 1963, muitos deles, como Robert Filiou, Ben Vautier, Daniel Spoerri, Ben Patterson, Joseph Beuys, Emmett Williams, Nam June Paik, Tomas Schmit, Wolf Vostell e Jean-Jacques Lebel haviam ou visitado Nova York ou enviado obras que apontavam para as ideias radicalmente diferentes que estavam sendo desenvolvidas na Europa. Artistas como Takesisa Kosugi, Shigeko Kubota e Toshi Ichiyanagi chegaram a Nova York vindos do Japão, onde o Grupo Gutai de Osaka – Akira Kanayama, Sadamasa Motonaga, Shuso Mukai, Saburo Mirakami, Shozo Shinamoto, Kazuo Shiraga e outros – havia apresentado seus próprios espetáculos.

"Yam" e "You"

Nova York vinha se tornando, cada vez mais, o centro por excelência da apresentação de performances. O *Yam Festival* durou um ano inteiro, de maio de 1962 a maio de 1963. Incluía atividades muito diversificadas, como *Leilão*, de Al Hansen, *Yam Hat Sale*, de Alison Knowles, uma exposição de *décollages* de Vostell e, inclusive, uma excursão de um dia ao sítio de George Segal em New Brunswick. *O primeiro e o segundo desertos: um jogo da Guerra de Secessão*, de Michael Kirby, estreou em 27 de maio de 1963 em seu *loft* nova-iorquino, onde o espaço foi demarcado de modo que indicasse "Washington" e "Richmond", e soldados de papelão de 60cm de altura, representando a infantaria, travaram uma batalha, acompanhados por gritos e aclamações de *cheerleaders* e do público, enquanto as pontuações eram anotadas em um grande placar por uma mulher de biquíni numa escada.

Houve concertos performáticos no Carnegie Recital Hall, onde Charlotte Moorman organizou o primeiro Festival de Vanguarda em agosto de 1963. De início uma programação musical, o festival logo se expandiu de modo que incluísse performances de artistas, particularmente uma reconstrução de *Originale*, de Stockhausen, orquestrada por Kaprow e incluindo, entre outros, Max Neufeld, Nam June Paik, Robert Delford-Brown, Lette Eisenhauer e Olga Adorno. Vários dissidentes – Henry Flynt, George Macunias, Ay-O, Takaka Saito e Tony Conrad – boicotaram essa performance por considerar que a representação estrangeira configurava "imperialismo cultural".

O cisma entre os habitantes locais e os estrangeiros prosseguiu quando, em abril de 1964, Vostell apresentou *You* na casa de Robert e Rhett Delford-Brown, nos arredores de Great Neck, no estado de Nova York. Um "happening-décollage", *You* se passava dentro e ao redor de uma piscina, numa quadra de tênis e num pomar ao longo dos quais tinham sido espalhados cerca de duzentos quilos de ossos bovinos. Um caminho estreito, "tão estreito que só permitia a passagem de uma pessoa por vez", repleto de anúncios coloridos da revista *Life* e pontuado por alto-falantes que saudavam cada um que passava com "Você, Você, Você!", serpeava por entre os lugares em que ocorriam as atividades principais do evento. No fundo da piscina havia água e várias máquinas de escrever, além de sacos plásticos e pistolas d'água cheias de corante amarelo, vermelho, verde e azul. "Deite-se no fundo da piscina e construa uma cova coletiva. Enquanto estiver ali, decida se vai ou não atirar nas pessoas com os corantes", dizia-se aos participantes. Numa das beiras da piscina havia três televisões em cores, cada qual sobre um leito hospitalar, cada uma mostrando imagens distorcidas de um jogo de beisebol diferente; Lette Eisenhauer envolta num tecido cor de carne, deitada numa cama elástica entre um par de pulmões de vaca infláveis, e uma garota nua sobre uma mesa, abraçada ao tanque de um aspirador de pó. "Permita-se ser amarrado às camas sobre as quais os televisores estão ligados. (…) Liberte-se. (…) Ponha uma máscara de gás quando a tevê pegar fogo, e tente ser o mais cordial possível com todo mundo", prosseguiam as instruções.

You, explicaria Vostell mais tarde, pretendia colocar o público "frente a frente com as exigências irracionais da vida na forma do caos e com sátira", confrontan-

111. Wolf Vostell, projeto para *You*, 1964, evento com duração de um dia ocorrido na casa de campo dos Delford-Brown, no estado de Nova York.

do-as com as "cenas de horror mais absurdas e repugnantes, para que a consciência seja despertada (...). O que é importante é aquilo que o público leva consigo como resultado de minhas imagens e do Happening".

O lugar como elemento da performance

Grupos parecidos floresceram por toda Nova York, do Central Park à 69th Street Armory, onde performances de Cage, Rauschenberg e Whitman, entre outros, celebraram "A arte e a tecnologia" em 1966. O local em que se realizou esse evento foi levado muito em conta: Oldenburg observou que "o lugar em que a obra acontece, esse grande objeto, é parte do efeito, e, em geral, pode-se vê-lo como o primeiro e mais importante fator a determinar os acontecimentos (o segundo eram os materiais disponíveis e o terceiro, os atores)". O local "podia ser de qualquer tamanho, uma sala ou um país": daí decorrem as locações de obras de Oldenburg como *Autobodys* (1963 – um estacionamento), *Índio* (1962 – uma casa de fazenda em Dallas), *Washes* (1965 – uma piscina) e *Moviehouse* (1965 – um cinema). Em 1961, ele já havia apresentado sua peça *Store Days* ou *Ray Gun Mgs. Co* em uma loja no setor leste da 2nd street, que servia de mostruário de seus objetos, estúdio, espaço para performances e ponto de compra e venda desses objetos, fornecendo, assim, um meio para que os artistas "superassem o sentimento de culpa associado a dinheiro e vendas".

City Scale (1963), de Ken Dewey, com Anthony Martin e Ramon Sender, começava ao anoitecer, com os espectadores preenchendo formulários do governo em um dos extremos da cidade, só para depois serem levados pelas ruas e presenciar uma série de ocorrências e lugares: uma modelo despindo-se na janela de um apartamento, um balé de carros num estacionamento, um cantor numa vitrine, balões meteorológicos em um parque desolado, um restaurante *self-service*, uma livraria; ao nascer do sol no dia seguinte chegava o *finale*, com um "vendedor de aipo" em um cinema.

Um rinque de patinação em Washington foi o lugar onde Rauschenberg apresentou *Pelicano* (1963), sua primeira performance, depois de anos improvisando uma grande variedade de cenários e figurinos extraordinários para a companhia de dança de Merce Cunningham. *Pelicano* estreou com dois *performers*, Rauschenberg e Alex Hay, usando patins e mochilas, de joelhos sobre um carrinho móvel de pranchas de madeira que eles mesmos levavam para o centro do palco, empurrando-o

112. Robert Rauschenberg, *Pelicano*, 1963, com Rauschenberg e Alex Hay de patins e Carolyn Brown na ponta dos pés, apresentada num rinque de patinação em Washington.

com as mãos. Os dois skatistas deslizavam velozmente ao redor de uma bailarina de sapatilhas, Carolyn Brown, que executava lentamente uma série de movimentos na ponta dos pés. Em seguida, as mochilas dos skatistas se abriam, transformando-se em paraquedas e, assim, desacelerando consideravelmente seus movimentos. Ao mesmo tempo, a bailarina acelerava o ritmo de sua dança estilizada. Além de objetos como paraquedas, sapatilhas e patins, o que determinava a natureza da performance era o elemento local.

Map Room II, obra posterior de Rauschenberg apresentada num cinema, a Filmmaker's Cinémathèque, também refletia sua preocupação de que "a primeira informação de que necessito é onde e quando fazer (...), o que tem muito a ver com a forma que a obra terá, com os tipos de atividade". Assim, no cinema em que se aplicaria sua ideia de usar "um palco confinado dentro de um palco tradicional", que também se estenderia por entre o público, ele criou uma colagem móvel de elementos como pneus e um velho sofá. Os bailarinos participantes – Trisha Brown, Deborah Hay, Steve Paxton, Lucinda Childs e Alex Hay –, ex-discípulos de Cunningham que viriam a influenciar fortemente a configuração de muitas das peças de Rauschenberg, transformaram os objetos de cena em formas móveis,

113. John Cage, *Variações V*, 1965. Uma performance audiovisual sem partitura. Em segundo plano, veem-se Merce Cunningham (o coreógrafo) e Barbara Lloyd. Em primeiro plano (*da esquerda para a direita*), Cage, Tudor e Mumma.

abstratas. O objetivo de Rauschenberg era que os trajes dos bailarinos, por exemplo, "se harmonizassem tanto com o objeto que acabariam integrando-se a ele", não deixando nenhuma distinção entre objeto inanimado e bailarino vivo.

A Filmmaker's Cinémathèque também cedeu espaço para obras bastante diferentes de Oldenburg (*Moviehouse*) e Whitman (*Prune Flat*). Enquanto Oldenburg usou o cenário para estimular o público tanto em seus assentos quanto nos corredores, com *performers* fazendo diferentes gestos corriqueiros como comer pipoca e espirrar, Whitman estava mais interessado na "separação entre o público e o palco, a qual eu tentei manter e tornar ainda mais forte". Em comparação com peças anteriores de Whitman, como *A lua americana* (1960), *Água* e *flor* (ambas de 1963), *Prune Flat* era mais teatral devido à disposição de seu auditório. Tendo originalmente concebido o cenário como um espaço "plano", Whitman resolveu projetar imagens de pessoas nelas próprias, acrescentando uma luz ultravioleta que "deixava as pessoas planas, mas também as fazia sair um pouco da tela", fazendo com que as figuras parecessem "estranhas e fantásticas". Enquanto algumas imagens eram projetadas diretamente sobre as figuras, outras criavam um segundo plano fílmico, frequentemente com a transposição da sequência do filme. Por exemplo, o

114. Robert Whitman, *Prune Flat*, 1965, apresentada na Filmmaker's Cinémathèque, Nova York. A foto mostra uma recriação mais recente do mesmo evento.

filme mostra duas garotas que atravessam a tela andando, enquanto as mesmas garotas andam simultaneamente pelo palco; reproduzia-se no palco a luz intermitente de um farol de advertência, cedido por uma empresa de energia elétrica, que por acaso fazia parte da metragem do filme. Outras transformações de imagens cinematográficas sobre imagens vivas foram criadas por meio de espelhos, com os *performers* interagindo com as suas próprias imagens projetadas na tela. Consequentemente, tempo e espaço se tornaram os pontos centrais da obra, com o filme preliminar feito no "passado" e as distorções e repetições de imagens do passado ocupando o palco no momento presente.

Celebração da carne, de Carolee Schneemann, do ano anterior, encenada na Judson Memorial Church de Nova York, transformava o corpo diretamente em uma colagem "pictórica" móvel. Essa "celebração da carne", ligada a "Artaud, McClure e aos açougues franceses", usava o sangue de carcaças em vez de tinta para cobrir os corpos retorcidos, nus ou quase nus. "Extrair substância dos materiais (...) significa que qualquer espaço particular, qualquer escombro exclusivo de Paris [onde se passava a ação do evento] e quaisquer *performers* 'encontrados' (...) seriam elementos estruturais potenciais para a peça", escreveu Schneemann. "O que eu encontrar será aquilo de que necessito", tanto em termos de *performers* quanto de "relações espaciais metaforicamente impostas".

Também em 1964, John Cage apresentou *Variações IV*, obra descrita por um crítico como "a sonata da pia de cozinha, a peça de todas as coisas, a obra-prima-minestrone da música moderna". Suas *Variações V*, apresentadas em julho de 1965 em Nova York, no Philharmonic Hall, foram criadas em colaboração com Cunningham, Barbara Lloyd, David Tudor e Gordon Mumma; o roteiro foi escrito *depois* da performance por métodos aleatórios, tendo em vista possíveis reapresentações. O espaço performático era atravessado por uma grade de células fotoelétricas que, quando ativadas pelo movimento dos bailarinos, produzia efeitos correspondentes de luz e som. No mesmo ano estreou *Rozart Mix*, que Cage escreveu "para doze gravadores, diversos *performers*, um regente e oitenta e oito laços de fita".

A nova dança

A influência dos bailarinos de Nova York a partir dos primeiros anos da década de 1960 foi essencial para o desenvolvimento dos estilos e para a troca de ideias e apreciações entre artistas de todas as disciplinas que entravam na composição da maioria das performances. Muitos deles – Simone Forti, Yvonne Rainer, Trisha Brown, Lucinda Childs, Steve Paxton, David Gordon, Barbara Lloyd e Debora Hay, para citar alguns poucos – tinham começado suas carreiras no contexto da dança tradicional e depois passaram a trabalhar com Cage e Cunningham, encontrando rapidamente, no mundo da arte, um público mais sensível e compreensível a seu trabalho.

Inspirados ora pelas explorações iniciais de Cage com os materiais e com o acaso, ora pela liberdade dos *happenings* e das obras do grupo Fluxus, esses bailarinos começaram a incorporar experimentos semelhantes a seu trabalho. Sua abordagem

115. Ann Halprin, *Desfiles e trocas de roupa*, 1964.

das possibilidades diversas de movimento e dança acrescentou, por sua vez, uma dimensão radical às performances dos artistas plásticos, levando-os a extrapolar suas "instalações" iniciais e seus quadros vivos quase teatrais. No que diz respeito a questões de princípio, os bailarinos geralmente compartilhavam as mesmas preocupações dos outros artistas, como, por exemplo, a recusa em separar as atividades artísticas da vida cotidiana e a consequente incorporação de atos e objetos do cotidiano como material para as performances. Na prática, porém, eles sugeriam atitudes totalmente originais diante do espaço e do corpo, as quais não haviam sido, até aquele momento, objeto de consideração por parte dos artistas de orientação mais visual.

A Dancers' Workshop Company de São Francisco

Embora os predecessores futuristas e dadaístas da performance da década de 1950 sejam os mais conhecidos, não são certamente os únicos. A concepção da "dança como um estilo de vida, que incorpora atividades do dia a dia como andar, comer, banhar-se e manter contato físico", tinha sua origem histórica na obra de pioneiros da dança como Loie Fuller, Isadora Duncan, Rudolf von Laban e Mary

Wigman. Na Dancers' Workshop Company, criada em 1955 nos arredores de São Francisco, Ann Halprin retomou o fio daquelas ideias iniciais. Colaborou com os dançarinos Simone Forti, Trisha Brown, Yvonne Rainer e Steve Paxton e com os músicos Terry Riley, La Monte Young e Warner Jepson, bem como com arquitetos, pintores, escultores e pessoas sem formação artística em quaisquer desses campos, estimulando-os a explorar concepções coreográficas incomuns, quase sempre sobre uma plataforma ao ar livre. E foram esses dançarinos que, em Nova York, no ano de 1962, formariam o núcleo do vigoroso e criativo Judson Dance Group.

Usando a improvisação "para descobrir o que *nossos* corpos podem fazer, em vez de estudar as técnicas ou os modelos de terceiros", o sistema de Halprin implicava que "tudo fosse colocado em esquemas gráficos, nos quais cada combinação anatômica possível dos movimentos era passada para o papel e enumerada". A associação livre tornou-se parte importante da obra, e *Pássaros da América ou jardins sem muros* mostrava "aspectos não figurativos da dança, por meio dos quais o movimento, não conduzido pela música ou por ideias interpretativas", desenvolvia-se segundo seus próprios princípios intrínsecos. Objetos de cena como longas hastes de bambu davam novo alcance à invenção de novos movimentos. *Banquinho de cinco pés* (1962), *Esposizione* (1963) e *Desfiles e trocas de roupa* (1964) giravam em torno de movimentos relacionados a tarefas práticas, como levar quarenta garrafas de vinho para o palco, verter água de uma lata para outra ou trocar de roupas; e os cenários diversificados, como os "blocos celulares" em *Desfiles e trocas de roupa*, permitiam que cada *performer* desenvolvesse uma série de movimentos independentes que expressavam suas próprias reações sensoriais à luz, à matéria e ao espaço.

O Judson Dance Group

Quando chegaram a Nova York, em 1960, os membros da Dancers' Workshop Company assumiram a obsessão de Halprin pela noção que um indivíduo tem do simples movimento físico de seu corpo no espaço e traduziram-na em performances públicas, levadas a cabo em programas de *happenings* e eventos realizados na Reuben Gallery e na Judson Church. No ano seguinte, Robert Dunn iniciou, nos estúdios de Cunningham, um curso de composição com esses mesmos dançarinos, alguns dos quais também estudavam com Cunningham. Dunn separava "composição" de coreografia ou técnica, e estimulava os dançarinos a dispor seu material por meio de procedimentos aleatórios, experimentando ao mesmo tempo com as partituras casuais de Cage e as estruturas musicais erráticas de Satie. Textos escritos, instruções (por exemplo, traçar, do início ao fim do espetáculo, uma longa linha no chão) e a prática de jogos também se tornaram parte do processo exploratório.

Aos poucos, o grupo foi criando seu próprio repertório: Forti executava ações corporais muito simples, extremamente lentas e repetidas muitas vezes; Rainer apresentava *As colheres de Satie*; Steve Paxton fazia girar uma bola, e Trisha Brown descobriu novos movimentos para o lançamento de dados. No final da primavera de 1962, havia material mais que suficiente para uma primeira apresentação pública.

Em julho, quando trezentas pessoas chegaram à Judson Church sob o intenso calor do verão, aguardava-as uma maratona de três horas de duração. O programa começou com um filme de quinze minutos, de Elaine Summers e John McDowell, seguido por *Ombro*, de Ruth Emerson, *Dança para 3 pessoas e 6 braços*, de Rainer, a macabra *Dança do manequim*, de David Gordon, *Trânsito*, de Steve Paxton, *Uma ou duas vezes por semana, calço meus tênis e vou para Uptown* (de patins), de Fred Herko, *Rain Fur* e *5 coisas*, de Deborah Hay (quase sempre andando de joelhos) e muitas outras. A noite foi um grande sucesso.

Com um lugar fixo para fazer suas oficinas e um espaço disponível para suas apresentações, formou-se então o Judson Dance Group, e programas de dança seguiram-se em rápida sucessão ao longo de todo o ano seguinte, com obras de Trisha Brown, Lucinda Childs, Sally Gross, Carolee Schneemann, John McDowell e Philip Corner, entre outros.

Em 28 de abril de 1963, Yvonne Rainer apresentou *Terreno*, uma obra com duração de noventa minutos e dividida em cinco seções ("Diagonal", "Dueto", "Solo", "Jogo" e "Bach"), para seis *performers* usando colante preto e blusa branca. Depois das seções baseadas na recitação de letras ou números, com os dançarinos criando figurações acidentais, vinha a fase "Solo", acompanhada por ensaios escritos por Spencer Holst e ditos pelos dançarinos enquanto executavam uma sequência memorizada de movimentos. Quando não estavam executando seus solos, os dançarinos se juntavam casualmente ao redor de uma barricada; a última seção, "Bach", era um resumo de sete minutos das sessenta e sete fases de movimento das seções anteriores.

Terreno ilustrava alguns dos princípios básicos de Rainer: "NÃO ao espetáculo não ao virtuosismo não às transformações e à magia e à simulação não ao *glamour* e à transcendência da imagem de estrela não ao heroico não ao anti-heroico não ao imaginário do lixo não ao envolvimento do *performer* ou do espectador não ao estilo não ao artificialismo intencional não à sedução do espectador pela astúcia do *performer* não à excentricidade não à comoção ou ao deixar-se comover." O desafio, acrescentava ela, "podia ser definido em termos de como se deslocar no espaço entre a afetação teatral, com sua carga de 'Significado' dramático-psicológico – e – o imaginário e os efeitos da aura do teatro não dramático e não verbal (isto é, a dança e alguns 'happenings') – e – o teatro de participação do espectador e/ou de agressão a ele". O que levou muitos artistas a colaborar com os novos dançarinos e com suas performances inovadoras foi essa rejeição radical de tantos elementos do passado e do presente.

Dança e minimalismo

Por volta de 1963, muitos artistas envolvidos em eventos ao vivo vinham participando ativamente dos concertos do Judson Dance Group. Rauschenberg, por exemplo, que fez a iluminação de *Terreno*, criou muitas de suas performances com os mesmos bailarinos, o que tornava difícil determinar se essas obras eram "danças" ou "happenings". Simone Forti trabalhou muitos anos com Robert Whitman, e tanto ela

116. Robert Morris, *Lugar*, apresentada pela primeira vez em 1965.

quanto Yvonne Rainer colaboraram com Robert Morris, como em *Gangorra* (1961). A evidência de que os dançarinos estavam levando a performance para além dos primeiros *happenings* e de suas origens no expressionismo abstrato na pintura é ilustrada pelo fato de um escultor como Morris ter criado performances como expressão de seu interesse pelo "corpo em movimento". Ao contrário das atividades anteriores, relacionadas a tarefas práticas, ele conseguiu manipular os objetos de modo que eles "não dominassem meus atos ou subvertessem minhas performances".

Esses objetos tornaram-se para ele um meio de "concentrar-me num conjunto de problemas específicos que remetiam ao tempo, ao espaço, a formas alternativas de unidade etc". E foi assim em *Mudança de remador* (março de 1965, com Childs e Rainer), que ele enfatizou a "coexistência dos elementos estáticos e móveis dos objetos": em uma das sequências, ele projetou *slides* de Muybridge que mostravam um homem nu erguendo uma pedra, seguidos pela mesma ação executada ao vivo por outro homem nu, este iluminado pelo feixe de luz de um projetor de *slides*. De novo, em *Lugar* (maio de 1965, com Carolee Schneemann), o espaço era "reduzido ao contexto (...), imobilizando-o em sua máxima frontalidade" por meio de uma série de painéis brancos que formavam uma estrutura espacial triangular. Vestido de branco e usando uma máscara de borracha criada por Jasper Johns de modo que reproduzisse exatamente os traços de seu rosto, Morris manipulava o volume do espaço ao colocar os painéis em posições diferentes. Ao fazê-lo, revelava uma mulher nua reclinada sobre um divã, na mesma pose da *Olímpia* de Manet; ignorando a majestosa figura e ao som de um serrote e de um martelo usados em algumas das

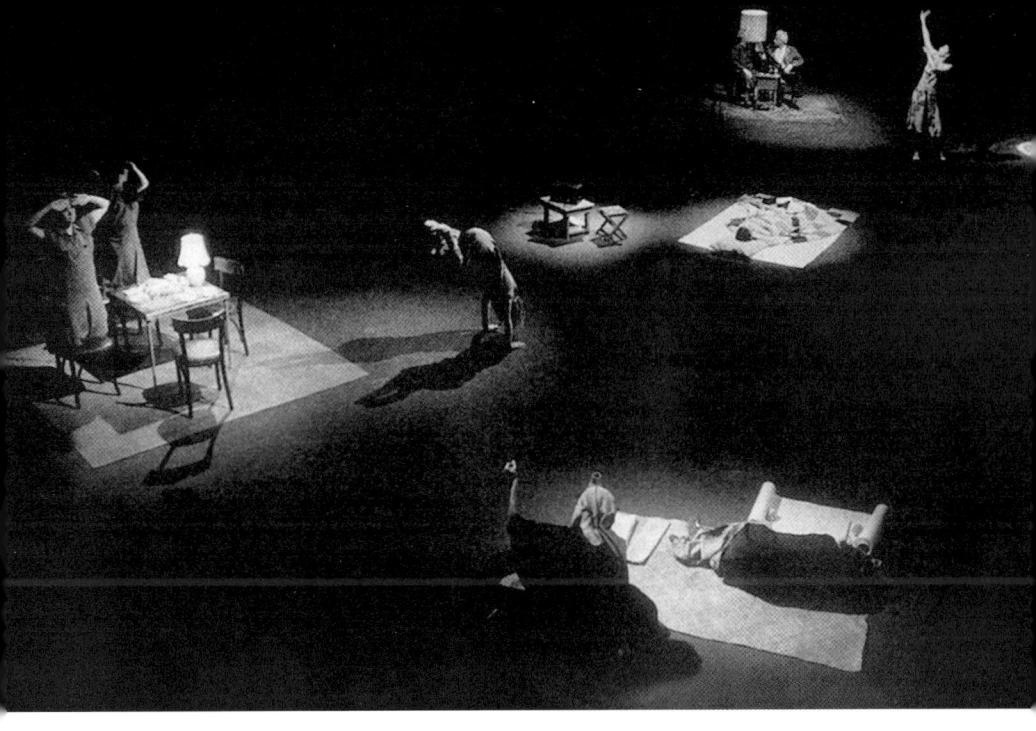

117. Meredith Monk, *Quarry*, encenada pela primeira vez em 1976.

pranchas do painel, ele continuava a arrumá-los, deixando implícita a relação entre os volumes da figura estática e aqueles criados pelas pranchas móveis.

Ao mesmo tempo, para os que assim o desejassem, a crescente preocupação com o "minimalismo" na escultura poderia explicar a total diferença da sensibilidade performática. Em 1966, Rainer fez o prefácio de *A mente é um músculo*, de sua autoria, com uma "quase avaliação de algumas tendências 'minimalistas' na Atividade Quantitativamente Mínima da Dança...", mencionando a "estreita relação entre aspectos da chamada escultura minimalista e a dança recente". Apesar de admitir que esse esquema era intrinsecamente questionável, os objetos dos escultores minimalistas – por exemplo, "o papel da mão do artista", "simplicidade", "literalidade", "criação fabril" – ofereciam um interessante contraste ao "fraseado", à "ação singular", ao "evento ou tom", à "atividade dirigida" ou ao movimento "encontrado", todos eles elementos que caracterizam o trabalho dos bailarinos. Na verdade, Rainer sublinhava a qualidade objetal do corpo do bailarino ao afirmar que desejava usar o corpo "de modo que se pudesse mexer com ele como se fosse um objeto que se pega e leva, o que terminaria por conferir permutabilidade a objetos e corpos".

Assim, quando Meredith Monk apresentou sua própria performance, *Suco*, no Museu Guggenheim, em 1969, ela já havia incorporado os procedimentos do *happening* (como participante de várias obras anteriores), e também as novas explorações do Judson Dance Group. A primeira parte de *Suco* – uma "cantata teatral em três partes" – acontecia no enorme espaço espiralado do Guggenheim, com oitenta e cinco *performers*. Com o público sentado no piso circular do museu, os dançarinos criavam quadros vivos móveis a intervalos de doze, quinze e dezoito metros acima de suas cabeças. A segunda parte ocorria num teatro convencional, e a terceira num *loft* sem mobília. A separação de tempo, lugar e conteúdo, de diferentes espaços e sensibilidades variáveis, seria uma combinação realizada por Monk em trabalhos posteriores, grandes performances em estilo de opereta como *A educação de uma menina* (1972) e *Quarry* (1976).

O desenvolvimento da performance europeia no final da década de 1950 foi semelhante ao que ocorreu nos Estados Unidos na medida em que a performance passou a ser aceita pelos artistas como um meio de expressão viável. Apenas dez anos depois de uma guerra mundial devastadora, muitos artistas sentiram que não podiam aceitar o conteúdo essencialmente apolítico do expressionismo abstrato, extremamente popular na época. O fato de os artistas pintarem solitariamente em seus ateliês enquanto havia tantos problemas políticos reais em jogo passou a ser visto como algo socialmente irresponsável. Esse estado de espírito impregnado de consciência política estimulou a prática de manifestações que lembravam os eventos dadaístas porque constituíam um meio de atacar os valores da arte estabelecida. No início da década de 1960, alguns artistas tinham ido para as ruas apresentar eventos agressivos, no estilo do grupo Fluxus, em cidades como Amsterdã, Colônia, Düsseldorf e Paris. Outros, mais introspectivamente, criaram obras que pretendiam apreender o "espírito" do artista como uma força energética e catalisadora da sociedade. Na Europa, os três artistas cuja obra melhor ilustra essas atitudes foram o francês Yves Klein, o italiano Piero Manzoni e o alemão Joseph Beuys.

Yves Klein e Piero Manzoni

Yves Klein, nascido em Nice no ano de 1928, passou sua vida determinado a encontrar um repositório para um espaço pictórico "espiritual", e foi essa preocupação que algumas vezes o levou à prática de ações ao vivo. Para Klein, pintar era "como a janela de uma prisão em que as linhas, os contornos, as formas e a composição são determinadas pelas grades". As pinturas monocromáticas, iniciadas por volta de 1955, libertaram-no dessas limitações. Mais tarde, afirmou, ele se lembraria da cor azul, "o azul do céu de Nice, que está na origem da minha carreira de monocromatista", e, numa exposição em Milão, em janeiro de 1957, apresentou obras que pertenciam totalmente ao que chamava de seu "período azul", tendo buscado, como afirmou, "a expressão mais perfeita do azul durante mais de um ano". Em maio do mesmo ano, fez uma dupla exposição em Paris, uma na Galerie Iris Clert (em 10 de maio), outra na Galerie Colette Allendy (em 14 de maio). O convite anunciando as duas exposições trazia o monograma Azul Internacional Klein, do próprio artista. No *vernissage* da Clert ele apresentou sua primeira Escultura Aerostática, composta de 1.001 balões azuis que foram soltos "no céu de Saint-Germain-des-Prés para nunca mais voltar", assinalando o início de seu "período pneumático". Pinturas azuis foram expostas na galeria, acompanhadas pela primeira versão gravada da *Symphonie Monotone*, de Pierre Henry. No jardim da Galerie Colette Allendy ele exibiu sua *Pintura de fogo azul de um minuto*, constituída por um painel azul no qual foram afixados dezesseis artefatos pirotécnicos que produziam chamas azuis brilhantes.

Foi nessa época que Klein escreveu que suas pinturas "são agora invisíveis", e sua obra *Superfícies e volumes de sensibilidade pictórica invisível*, exposta numa das salas da Allendy, era exatamente isso – invisível. Consistia em um espaço totalmente vazio. Em abril de 1958, ele apresentou outra obra invisível na Galerie Clert, conhecida como *Le Vide* [O vazio]. Dessa vez, o espaço branco vazio era contrastado com seu inimitável azul, pintado no exterior da galeria e no dossel na entrada. Segundo Klein, o espaço vazio "estava repleto de uma sensibilidade azul dentro da estrutura das paredes brancas da galeria". Enquanto o azul físico, explicou ele, fora deixado à porta, do lado de fora, na rua, "o verdadeiro azul estava lá dentro". Entre as três mil pessoas que compareceram à exposição encontrava-se Albert Camus, que escreveu no livro de visitantes da galeria: "Avec le vide, les pleins pouvoirs" ("com o vazio, plenos poderes").

Révolution bleue e *Théâtre du vide*, de Klein, receberam ampla cobertura em seu jornal de quatro páginas, *Le Journal d'un seul jour, Dimanche* (27 de novembro de 1960), que lembrava muito o jornal parisiense *Dimanche*. A publicação trazia uma foto de Klein saltando para o vazio. Para Klein, a arte era uma concepção de vida, e não simplesmente um pintor com um pincel dentro de um ateliê. Todas as suas ações eram um protesto contra essa imagem limitante do artista. Se as cores "são os verdadeiros habitantes do espaço", e "o vazio" a cor do azul, prosseguia sua argumentação, então o artista pode muito bem abandonar a paleta, o pincel e o modelo, esses componentes inevitáveis do ateliê. Nesse contexto, o modelo se tornava "a atmosfera efetiva da carne em si".

Trabalhando com modelos um tanto confusos, Klein percebeu que não precisava, de modo algum, pintar *a partir de* modelos, mas sim *com* eles. Tirou então as pinturas de seu ateliê e pintou os corpos das modelos com seu azul perfeito, pedindo-lhes que pressionassem os corpos encharcados de tinta contra as telas preparadas. "Elas se transformaram em pincéis vivos. (...) Sob minha orientação, a própria carne aplicava cor à superfície, e o fazia com irretocável exatidão." Ele estava encantado com o fato de essas monocromias serem criadas a partir da "experiência imediata", e também com o fato de que ele próprio "permanecia limpo, sem sujar-se", ao contrário das modelos lambuzadas de tinta. "A obra consumava-se ali, à minha frente, com a total colaboração da modelo. E eu podia saudar seu nascimento para o mundo tangível de maneira adequada, vestido a rigor." E foi vestido a rigor que ele apresentou essa obra, intitulada *As antropometrias do período azul*, no apartamento de Robert Godet, em Paris, na primavera de 1958, e publicamente na Galerie Internationale d'Art Contemporain, em Paris, em 9 de março de 1960, acompanhado por uma orquestra cujos músicos, também em traje a rigor, executavam a *Symphonie Monotone*.

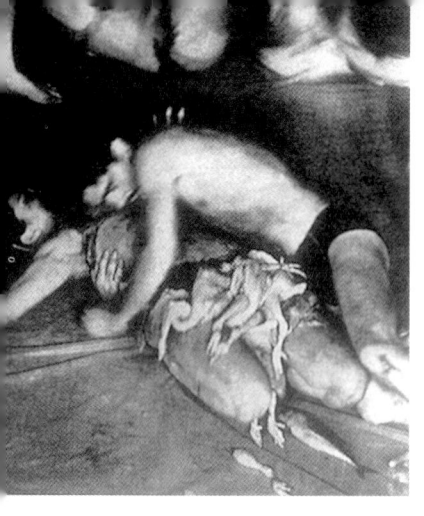

118. *Celebração da carne*, de Carolee Schneemann, 1964, também apresentada em Paris, usava o sangue de carcaças em vez de tinta para pintar os corpos dos *performers*.

119. Parisienses assistem à apresentação de *As antropometrias do período azul*, pintura "ao vivo" de Yves Klein, 1960.

121. Klein lançando vinte gramas de folhas de ouro no rio Sena durante a realização de *Zona 5 da sensibilidade pictórica imaterial*. O comprador queima seu recibo.

Klein via essas demonstrações como um meio de "rasgar o véu do templo do ateliê (...) e não deixar oculta nenhuma parte de meu processo"; elas eram "marcas espirituais de momentos apreendidos". Para ele, o Azul Internacional Klein de suas "pinturas" era uma expressão desse espírito. Além do mais, ele procurou uma maneira de avaliar sua "sensibilidade pictórica imaterial", e decidiu que o ouro puro daria um bom instrumento de medida. Ofereceu-se para vender essa sensibilidade a qualquer pessoa que se dispusesse a adquirir um bem tão extraordinário, ainda que intangível, em troca de folhas de ouro. Realizaram-se várias "cerimônias de vendas": uma delas ocorreu às margens do Sena, em 10 de fevereiro de 1962. Folhas de ouro e um recibo trocaram de mãos entre o artista e o comprador. Porém, como a "sensibilidade imaterial" não podia ser nada além de uma qualidade espiritual, Klein insistiu em que todos os remanescentes da transação fossem destruídos: lançou as folhas de ouro ao rio e pediu que o comprador queimasse o recibo. Houve sete compradores no total.

Em Milão, Piero Manzoni realizava sua obra de modo não muito diferente. As ações de Manzoni, contudo, eram menos uma declaração do "espírito universal" do que uma afirmação do próprio corpo como material artístico válido. Os dois artistas acreditavam que era essencial revelar o processo da arte, desmistificar a sensibilidade pictórica e impedir que suas obras se tornassem relíquias de galerias e

◁ 120. Em 9 de março de 1960, realizou-se a primeira apresentação pública das *Antropometrias* de Klein. O artista orientou três modelos nuas a pintar o corpo com tinta azul e pressioná-lo contra telas preparadas, enquanto vinte músicos tocavam a *Symphonie Monotone*, de Pierre Henry.

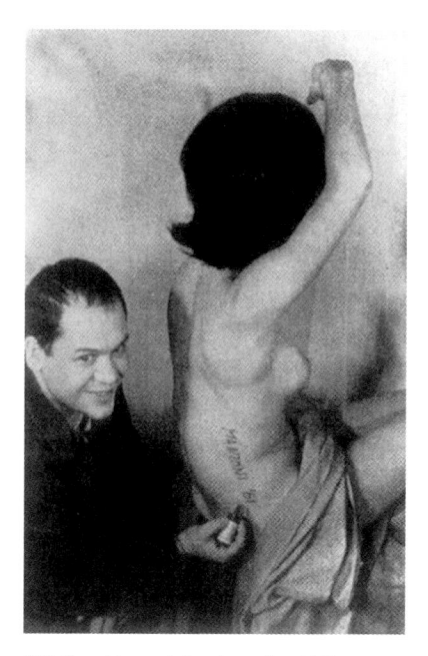

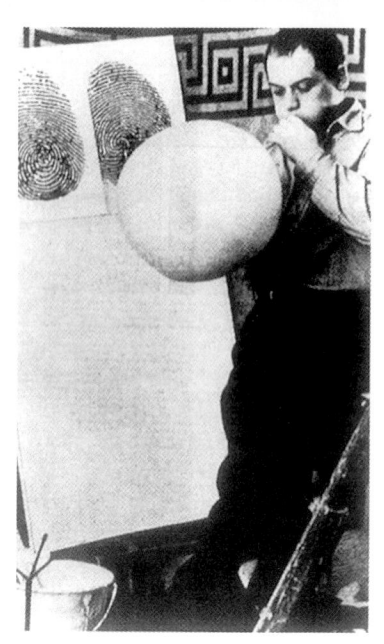

122. Piero Manzoni, *Escultura viva*, 1961. Manzoni assinou seu nome sobre o corpo de várias pessoas, transformando-as, assim, em "esculturas vivas".

123. Manzoni criando *O fôlego do artista*, 1961.

museus. Enquanto as demonstrações de Klein tinham por base um fervor quase místico, as de Manzoni se concentravam na realidade cotidiana de seu próprio corpo – suas funções e suas formas – como expressão da personalidade.

Em 1957, Klein e Manzoni se encontraram brevemente na exposição das monocromias do primeiro em Milão. Cinco meses depois, Manzoni escreveu seu panfleto amarelo *Para a descoberta de uma zona de imagens*, no qual afirmava que para os artistas era essencial "estabelecer a validade universal da mitologia individual". Assim como Klein tinha visto a pintura como uma prisão da qual as monocromias poderiam libertá-lo, Manzoni a considerava como "uma área de liberdade em que buscamos a descoberta de nossas primeiras imagens". Com suas pinturas totalmente brancas, chamadas *Acromos*, geralmente datadas de 1957 até a sua morte, ele pretendia apresentar "uma superfície integralmente branca [ou integralmente acromática], para além de todas as formas dos fenômenos pictóricos, para além de qualquer intervenção externa sobre o valor da superfície. (...) Uma superfície branca que é uma superfície branca e mais nada...".

Se Klein vinha fazendo pinturas com a pressão do corpo vivo das modelos sobre a tela, Manzoni estava criando obras que eliminavam totalmente a tela. Em 22 de abril de 1961, sua exposição *Escultura viva* (1961) foi aberta em Milão. Depois de receber a assinatura de Manzoni em alguma parte da anatomia da escultura viva, a pessoa em questão receberia um "certificado de autenticidade" com a seguinte inscrição: "Este documento certifica que X foi assinado(a) por minha própria mão, podendo, portanto, a partir desta data, ser considerado(a) como uma obra de arte autêntica e verdadeira". Entre os assinados estavam Henk Peters, Marcel Brodthaers, Mario Schifano e Anina Nosei Webber. Em cada caso, o certificado vinha com um selo colorido, indicando a área designada da obra de arte: o vermelho indicava que a pessoa era uma obra de arte total, e que assim permaneceria até sua morte; o amarelo, que só a parte do corpo assinada podia ser considerada como arte; o verde impunha uma condição e limitação à atitude ou pose em questão (dormir, cantar, beber, falar etc.); e a cor de malva tinha a mesma função do amarelo, excetuando-se o fato de que tinha sido obtida mediante pagamento.

Um desdobramento lógico disso passou a ser a possibilidade de também declarar o mundo como um objeto de arte. Assim, a escultura A *base do mundo* (1961), de Manzoni, erigida em um parque nas cercanias de Herning, Dinamarca, colocou metaforicamente o mundo sobre um pedestal. A produção física do artista era igualmente importante nessa equação de arte/vida. Primeiro, ele fez quarenta e cinco *Corpos de ar* – balões cheios de ar e vendidos por trinta mil libras. Balões não inflados eram colocados dentro de estojos de lápis de madeira, junto com um pequeno tripé que serviria de base para a exposição do balão inflado. Como no caso da *Escultura viva*, seus valores variavam: os balões inflados pelo próprio artista seriam expostos como *O fôlego do artista*, e tais obras seriam vendidas por duzentas liras o litro (a capacidade máxima de qualquer balão era de trezentos litros). Então, em maio de 1961, Manzoni produziu e empacotou noventa latas de *A merda do artista* (pesando trinta gramas cada), naturalmente preservadas e "produzidas na Itália". Foram vendidas ao preço corrente do ouro, e logo se transformaram em " raros" objetos de arte.

Aos trinta anos, em 1963, Manzoni morreu de cirrose em seu ateliê de Milão. Klein morreu de ataque cardíaco aos trinta e quatro anos, só oito meses mais tarde, pouco depois de ter visto uma de suas *Anthropométries* no filme *Mondo Cane*, no Festival de Cinema de Cannes.

Joseph Beuys

O artista alemão Joseph Beuys acreditava que a arte deveria transformar concretamente a vida cotidiana das pessoas. Ele também recorreu a ações dramáticas e a conferências, numa tentativa de alteração da consciência. "Precisamos revolucionar o pensamento humano", dizia ele. "Antes de mais nada, toda revolução ocorre no interior do ser humano. Quando o homem é realmente livre e criativo, capaz de produzir algo de novo e original, ele pode revolucionar o tempo."

As ações de Beuys lembravam frequentemente peças sacras, com seu rigoroso simbolismo e sua iconografia complexa e sistemática. Objetos e materiais – feltro, manteiga, lebres mortas, trenós, pás – tornavam-se protagonistas metafóricos de suas performances. Na Galerie Schmela, em Düsseldorf, no dia 26 de novembro de 1965, Beuys, com a cabeça recoberta de mel e folhas de ouro, tomou uma lebre morta nos braços e, lentamente, caminhou com ela ao longo de seus desenhos e pinturas expostos, "deixando as patas do animal tocarem nas obras". Depois, sentou-se num banquinho em um canto mal iluminado da galeria e começou a explicar o sentido das obras ao animal morto, "porque realmente não gosto de explicá-las às pessoas", e porque, "mesmo morta, uma lebre tem mais sensibilidade e compreensão instintiva do que alguns homens, com sua obstinada racionalidade".

Esse diálogo meditativo consigo mesmo era central à obra de Beuys. Em termos de performances do artista, assinalou um ponto decisivo no que diz respeito às ações anteriores do grupo Fluxus. Contudo, seus contatos com o Fluxus haviam confirmado seus próprios métodos de ensino na Academia Düsseldorf, onde se tornara professor de escultura em 1961, aos quarenta anos de idade. Ali, ele incentivava os alunos a usar qualquer material para suas obras e, mais preocupado com sua humanidade do que com seu eventual sucesso no mundo das artes, dava a maior parte das aulas na forma de diálogos com os estudantes. Em 1963, organizou na Academia um Festival Fluxus que contou com a participação de muitos artistas norte-americanos ligados a esse grupo. As polêmicas atitudes de arte e antiarte de Beuys logo começaram a incomodar as autoridades; visto como um elemento perturbador dentro da instituição, vivia às voltas com um alto grau de oposição, e finalmente, em 1972, foi demitido em meio a violentos protestos dos alunos.

Vinte e quatro horas (1965), de Beuys, também foi apresentada como parte de um evento do Fluxus que incluía Bazon Brock, Charlotte Moorman, Nam June Paik, Tomas Schmit e Wolf Vostell. Depois de jejuar por vários dias antes da abertura da performance à meia-noite do dia 5 de junho, Beuys confinou-se numa caixa durante vinte e quatro horas, saindo às vezes para pegar objetos ao seu redor, mas nunca pondo os pés fora da caixa. "Ação" e "Tempo" – "elementos a ser controlados e dirigidos pela vontade humana" – foram reforçados nessa prolongada e meditativa concentração nos objetos.

Eurásia (1966) foi a tentativa de Beuys de examinar as polaridades políticas, espirituais e sociais que caracterizam a existência. Seu tema central era "a divisão da cruz", que para o artista simbolizava a divisão do povo desde os tempos romanos. Num quadro-negro, ele desenhou apenas a parte superior do emblema e, por meio de uma série de ações, começou a "redirecionar o processo histórico". Duas pequenas cruzes de madeira com cronômetros incrustados ficavam no chão; um pouco além ficava uma lebre morta, trespassada por uma série de finas hastes de madeira. Quando soaram os alarmes dos cronômetros, ele polvilhou as pernas da lebre com pó branco, introduziu um termômetro na boca do animal e soprou por um tubo. Em seguida, dirigiu-se para uma placa de metal no chão e chutou-a com força. Para Beuys, as cruzes representavam a divisão entre leste e oeste, Roma e Bizâncio; a meia cruz desenhada no quadro-negro simbolizava a separação entre a Europa e a Ásia; a lebre era o mensageiro entre ambos, e a placa metálica uma metáfora da árdua e gélida jornada transiberiana.

O fervor de Beuys o levou à Irlanda do Norte, a Edimburgo, Nova York, Londres, Berlim e Kassel. *Coiote: eu gosto da América e a América gosta de mim* foi um dramático evento de uma semana de duração que começou na viagem de Düsseldorf para Nova York, em maio de 1974. Beuys chegou ao aeroporto Kennedy enrolado da cabeça aos pés em feltro, material que, para ele, era um isolante ao mesmo tempo físico e metafórico. Dentro de uma ambulância, foi levado para o espaço que dividiria com um coiote selvagem por sete dias. Durante esse tempo, ele conversou com o animal, ambos separados do público da galeria apenas por uma corrente. Os rituais diários incluíam uma série de interações com o coiote, que ia sendo apresentado aos materiais – feltro, bengala, luvas, lanterna elétrica e um exemplar do *Wall Street Journal* (a edição do dia) – sobre os quais o animal pisava e urinava, como que reconhecendo, a seu próprio modo, a presença humana.

Coiote foi, nos termos de Beuys, uma ação "americana", o "complexo de coiote" a refletir, ao mesmo tempo, a história da perseguição aos índios norte-americanos e "toda a relação entre os Estados Unidos e a Europa". "Eu queria me concentrar só no coiote. Queria isolar-me, segregar-me, não ver nada da América a não ser o coiote (…) e trocar de papel com ele". Segundo Beuys, essa ação também representou a transformação da ideologia na ideia de liberdade.

Para Beuys, essa transformação continuava sendo a chave de suas ações. Sua ideia de "escultura social", que consistia em longas discussões com grandes grupos de pessoas em contextos variados, era basicamente um meio de ampliar a definição de arte, fazendo-a extrapolar a característica de atividade especializada. Realizada por artistas, a "escultura social" mobilizaria, em cada indivíduo, sua criatividade latente, e terminaria por moldar a sociedade do futuro. A Universidade Livre, uma rede internacional e multidisciplinar criada por Beuys com a colaboração de artistas, economistas, psicólogos etc., parte das mesmas premissas.

124. Joseph Beuys, *Coiote*, 1974, na galeria René Block, em Nova York.

7. A ARTE DE IDEIAS E A GERAÇÃO DA MÍDIA: 1968 A 2000

A arte de ideias

O ano de 1968 assinalou, prematuramente, o início da década de 1970. Naquele ano, os eventos políticos abalaram fortemente a vida cultural e social na Europa e nos Estados Unidos. O espírito dominante era de irritação e raiva diante dos valores e estruturas predominantes. Enquanto estudantes e trabalhadores gritavam *slogans* e erguiam barricadas nas ruas em protesto contra "o sistema", muitos jovens artistas abordavam a instituição da arte com igual ou maior desprezo. Questionavam as premissas aceitas da arte e tentavam redefinir seu sentido e função. Além disso, os artistas tomaram para si a tarefa de expressar essas novas diretrizes em longos textos, em vez de deixar essa responsabilidade a cargo do mediador tradicional, o crítico de arte. A galeria foi atacada como uma instituição de comercialismo, e buscaram-se novas formas de comunicar ideias ao público. No nível pessoal, foi uma época em que cada artista reavaliou suas intenções de fazer arte, e em que cada ação devia ser vista como parte de uma investigação geral dos processos artísticos e não, paradoxalmente, como um apelo à aceitação popular.

Para essa estética, o objeto de arte passou a ser considerado algo totalmente supérfluo, e formulou-se a ideia de "arte conceitual", uma "arte que tem nos conceitos seu material". O desdém para com o objeto de arte estava associado ao fato de ser visto como mero fantoche no mercado de arte: se a função do objeto de arte devia ser econômica, prosseguia o argumento, então a obra conceitual não podia ter esse uso. Embora as necessidades econômicas tenham dado vida breve a esse sonho, a performance – nesse contexto – tornou-se uma extensão de tal ideia: apesar de visível, era intangível, não deixava rastros nem podia ser comprada e vendida. Finalmente, a performance foi vista como um redutor do elemento de alienação entre o *performer* e o espectador – algo que se ajustava bem à inspiração frequentemente esquerdista da investigação das funções da arte –, uma vez que tanto o público quanto o artista vivenciavam a obra simultaneamente.

Nos dois últimos anos da década de 1960 e nos primórdios dos anos 1970, a performance refletiu a rejeição, pela arte conceitual, de materiais tradicionais como a tela, o pincel ou o cinzel, e os *performers* se voltaram para seus próprios corpos como material artístico, exatamente como Klein e Manzoni haviam feito poucos anos antes. Porque a arte conceitual implicava a *experiência* do tempo, do espaço e do material, e não sua representação na forma de objetos, e o corpo se tornou o mais direto meio de expressão. A performance era, portanto, um meio ideal para materializar os conceitos de arte, e, como tal, consistia na prática que correspondia a muitas dessas teorias. Por exemplo, as ideias sobre o espaço podiam ser igualmente bem interpretadas no espaço real e no formato convencional, bidimensional, da tela; o tempo podia ser expresso na duração de uma performance ou com a ajuda de monitores e de *feedback* de vídeo. As sensações atribuídas à escultura – como a textura do material ou os objetos no espaço – tornavam-se ainda mais tangíveis na apresentação ao vivo. Essa tradução de conceitos em obras ao vivo resultou em muitas performances que frequentemente pareciam muito abstratas ao espectador, uma vez que raramente se tentava criar uma impressão visual mais abrangente, ou dar pistas para a compreensão da obra através do uso de objetos ou de elementos narrativos. O ideal era que o espectador pudesse, por associação, ter uma intuição sobre a experiência específica diante da qual o *performer* o colocava.

As demonstrações que se concentravam no corpo do artista como material se tornaram conhecidas como "arte corporal". Mas esse termo era vago, permitindo uma vasta gama de interpretações. Enquanto alguns artistas corporais usavam sua própria pessoa como material artístico, outros se colocavam contra paredes, em cantos ou em campo aberto, criando formas esculturais humanas no espaço. Outros construíam espaços nos quais tanto eles quanto a sensação de espaço do espectador seriam determinados pelo meio ambiente específico. Alguns *performers* que, vários anos antes, tinham sido pioneiros da chamada "nova dança", aprimoraram seus movimentos em configurações precisas, desenvolvendo um vocabulário de movimentos para o corpo no espaço.

Outros artistas, insatisfeitos com a exploração um tanto materialista do corpo, assumiram poses e usaram roupas características (tanto nas performances quanto em seu cotidiano), criando "esculturas vivas". Essa concentração na personalidade e na aparência do artista levou diretamente a um vasto *corpus* de obras que passaram a ser chamadas de "autobiográficas", uma vez que o conteúdo dessas performances recorria a aspectos da história pessoal de seus praticantes. Essa reconstrução da memória privada teve seu complemento na obra de muitos *performers* que se voltaram para a "memória coletiva" – o estudo de rituais e cerimônias – em busca das origens de seu trabalho: ritos pagãos, cristãos ou dos americanos nativos muitas vezes evocavam o formato de eventos ao vivo. Uma nova chave para a compreensão do estilo e do conteúdo de muitas performances foi a disciplina original de muitos artistas, quer na poesia, na música, na dança, na pintura, na escultura ou no teatro.

Contudo, outra estratégia de performance tinha por base a presença do artista em público na qualidade de interlocutor, como nas sessões anteriores de perguntas e respostas de Beuys. Alguns artistas forneciam instruções aos espectadores, propondo que eles próprios encenassem as performances. Acima de tudo, o público era instado a perguntar onde se situavam, exatamente, as fronteiras da arte: onde, por exemplo, terminava a indagação científica ou filosófica e começava a arte, ou o que distinguia a linha sutil que separa arte e vida.

Quatro anos de arte conceitual, mais ou menos a partir de 1968, exerceram um poderoso efeito sobre uma geração ainda mais nova de artistas que saíam de cursos de arte ministrados por artistas conceituais. Por volta de 1972, as questões fundamentais que se colocavam tinham sido, até certo ponto, absorvidas nos novos trabalhos. Contudo, o entusiasmo pela transformação social e pela emancipação – de estudantes, mulheres e crianças – tinha sido consideravelmente sufocado. As crises monetárias e de energia do mundo alteraram sutilmente tanto os estilos de vida quanto a natureza das preocupações. A instituição da galeria, outrora rejeitada por sua exploração dos artistas, foi reafirmada como um conveniente mercado para a produção artística. Não surpreende que a performance tenha refletido essas novas atitudes. Em parte como reação ao cerebralismo da arte conceitual, em parte como reação às extraordinárias produções dos concertos de música *pop* – de Rolling Stones a The Who, de Roxy Music a Alice Cooper –, a nova performance tornou-se estilosa, extravagante e bem-humorada.

Foram muitas as performances que resultaram desse período de intensas indagações. Cobriram uma vasta gama de materiais, sensibilidades e intenções que cruzaram todas as fronteiras disciplinares. Ainda assim, porém, foi possível caracterizar diversos tipos de obras. Muito embora um agrupamento dessas tendências possa parecer arbitrário, servirá como uma espécie de chave necessária para a compreensão da performance dos anos 1970.

Instruções e perguntas

Algumas das primeiras "ações" conceituais eram mais instruções escritas do que performance real, um conjunto de propostas que o leitor podia ou não pôr em prática, conforme lhe parecesse melhor. Por exemplo, Yoko Ono, em sua contribuição à exposição "Informação", no Museu de Arte Moderna de Nova York, no verão de 1970, instruía o leitor a "desenhar um mapa imaginário; (...) caminhe por uma rua da cidade seguindo o mapa (...)"; o artista holandês Stanley Brouwn sugeriu aos visitantes da exposição "Perspectiva 1969" que "andassem por alguns instantes decididamente numa certa direção (...)". Em cada caso, os que seguissem as instruções supostamente vivenciariam a cidade ou o campo com uma elevação da consciência. Foi com essa consciência mais elevada, afinal, que artistas haviam pintado telas de seus arredores; em vez de observar passivamente uma obra de arte acabada, o observador era agora convencido a ver o ambiente como se o fizesse com os olhos do artista.

Alguns artistas viam a performance como um meio de explorar a inter-relação entre a arquitetura do museu e da galeria e a arte neles exposta. O artista francês Daniel Buren, por exemplo – que fizera pinturas listradas desde 1966 –, começou a colar listras num teto curvo, para enfatizar a arquitetura do edifício em vez de submeter-se a sua presença dominante. Ele também afirmou, em várias performances, que uma obra de arte podia libertar-se totalmente da arquitetura. *Dans les rues de Paris* (1968) consistia em homens que andavam pelas ruas de Paris usando anúncios-sanduíches pintados com listras, enquanto *Manifestação III*, no Théâtre des Arts Décoratifs, em Paris (1967), era uma peça de quarenta minutos. Ao chegar ao teatro, o público descobria que a única "ação dramática" era uma cortina de palco listrada. Esse tipo de obra pretendia alterar a percepção que o espectador tinha da paisagem dos museus e da paisagem urbana, instando-o a questionar as *situações* nas quais normalmente viam a arte.

O artista norte-americano James Lee Byars tentou alterar a percepção dos espectadores ao confrontá-los individualmente com um jogo de perguntas e respostas. As perguntas eram quase sempre paradoxais e obscuras e, dependendo da tolerância da pessoa escolhida, podiam prosseguir por um tempo indefinido. Ele chegou a criar um Centro Mundial de Perguntas no Los Angeles County Museum, como parte da exposição "Arte e tecnologia" (1969). O artista francês Bernar Venet propunha questões por implicação e procuração: convidava especialistas em matemática ou física para fazer palestras sobre seus temas a um público interessado nas artes. *Trilha da relatividade* (1968), na Judson Memorial Church, em Nova York, consistia em quatro palestras simultâneas, proferidas por três físicos (sobre a relatividade) e por um médico (sobre a laringe). Essas demonstrações sugeriam que "arte" não era necessariamente apenas *sobre* arte, ao mesmo tempo que introduziam o público em questões correntes de outras disciplinas.

125. Pintura com listras de Daniel Buren em detalhe de *Act 3*, Nova York, 1973.

O corpo do artista

Essa tentativa de transferir os elementos essenciais de uma disciplina para outra caracterizou as primeiras obras do artista nova-iorquino Vito Acconci. Por volta de 1969, Acconci usou o "suporte" de seu corpo como uma alternativa ao "suporte da página", que ele usara quando poeta; segundo ele, era uma maneira de transpor o enfoque da palavra para ele próprio como "imagem". Assim, em vez de escrever um poema sobre o "ato de seguir alguém", Acconci encenou a *Following Piece* [*A arte de seguir*] como parte de "Street Works IV" (1969). Nesse trabalho, Acconci simplesmente seguia pessoas escolhidas ao acaso, na rua, e interrompia a "perseguição" assim que elas entravam em casa ou em algum outro lugar. A obra era invisível porque as pessoas não tinham conhecimento do que estava acontecendo; Acconci criou várias outras obras de natureza igualmente privada. Apesar de introspectivas, eram também as obras de um artista olhando para si próprio como uma imagem, vendo "o artista" como outros poderiam vê-lo: Acconci via a si mesmo "como uma presença marginal (...) enredando-se em situações já em curso (...). Cada obra lidava com uma nova imagem: por exemplo, em *Conversão* (1970), ele tentou ocultar sua masculinidade queimando os pelos do corpo, escondendo o pênis entre as pernas e pondo enchimentos nos peitos – "numa tentativa inútil de ficar com seios femininos". Contudo, essas práticas individuais só sublinhavam, de modo ainda mais enfático, o caráter autocontraditório de sua atitude; quaisquer que fossem as descobertas que ele fizesse ao longo desse processo de busca interior, não havia como "publicá-las", como se poderia fazer no caso de um poema. Ele então achou que seria necessário tornar essa "poesia corporal" mais acessível ao público.

As primeiras obras públicas eram igualmente introspectivas e poéticas. Por exemplo, *Revelar segredos* (1971) desenrolou-se num galpão deserto às margens do rio Hudson, numa fria madrugada de inverno. Da uma às duas horas, Acconci sussurrava segredos – "que poderiam ser muito prejudiciais a mim se eu os tornasse públicos" – aos visitantes daquela hora tardia. De novo, essa obra poderia ser interpretada como o equivalente a um poeta anotando pensamentos que, uma vez publicados, poderiam ser prejudiciais em determinados contextos.

O envolvimento de outras pessoas em suas performances subsequentes levou Acconci à ideia de "campos de força", conforme os descreve o psicólogo Kurt Lewin em *Princípios de psicologia topológica*. Nessa obra, Acconci encontrou uma descrição de como cada indivíduo irradiava um campo de força pessoal que incluía toda a interação possível com outras pessoas e objetos num espaço físico específico. A partir de 1971, suas obras passaram a lidar com esse campo de força entre ele próprio e os outros em lugares especialmente construídos: ele estava preocupado com "a criação de um campo que englobasse o público, de modo que este se tornasse parte do que eu estivesse fazendo (...), parte do espaço físico no qual eu me movia". *Sementeira* (1971), apresentada na Sonnabend Gallery, em Nova York, foi a mais notória dessas obras. Nela, Acconci masturbava-se enquanto os espectadores subiam por uma rampa da qual podiam observá-lo.

126. Dennis Oppenheim, *Tensão paralela*, 1970.

Essas obras levaram Acconci a uma nova interpretação do campo de força, concebendo um espaço que *insinuava* sua presença física. Essas "performances potenciais" eram tão importantes quanto as performances reais. Finalmente, Acconci desistiu totalmente das performances: *Command Performance** (1974) consistia em um espaço vazio, uma cadeira vazia e um monitor de vídeo, com uma trilha sonora que convidava o visitante a criar sua própria performance.

Enquanto muitas das performances de Acconci revelavam sua formação na poesia, as de Dennis Oppenheim mostravam traços de sua formação de escultor na Califórnia. Como muitos artistas da época, ele desejava contrapor-se à influência esmagadora da escultura minimalista. De acordo com Oppenheim, a arte corporal se transformou em "uma manobra calculada, mal-intencionada e estratégica" contra a preocupação dos minimalistas com a essência do objeto. Era um meio de concentrar-se no "objetificador" – o criador –, e não no objeto em si. Assim, Oppenheim criou várias obras nas quais a preocupação fundamental era a *experiência* de formas e atividades escultóricas, e não sua construção real. Em *Tensão paralela* (1970), ele erigiu um enorme monte de terra que serviria de modelo para a sua própria demonstração. Com o próprio corpo suspenso em paredes de tijolo paralelas – às

---

* A expressão *command performance*, que designa uma peça artística encomendada por um monarca ou chefe de Estado, assume neste caso um outro sentido, o de facultar ao espectador o "comando" da performance. (N. E.)

quais se firmava com as mãos e os pés –, criava com ele uma curva que fazia eco à forma do monte de terra.

Lead Sink for Sebastian (1970) foi concebida para um homem que tinha uma perna artificial. A ideia era pôr em cena certas sensações escultóricas, como a fusão e a redução. A perna artificial foi substituída por um cano de chumbo que, em seguida, foi fundido por um maçarico, levando o corpo do homem a inclinar-se de modo desigual à medida que a "escultura" ia se liquefazendo. Nesse mesmo ano, Oppenheim aprofundou essas experiências em uma obra que criou em Jones Beach, Long Island. Em *Posição de leitura para uma queimadura de segundo grau*, ele se concentrou na noção de mudança de cor, "uma preocupação tradicional dos pintores", mas nesse caso sua própria pele se convertia em "pigmento": deitado na praia com um livro sobre o peito nu, Oppenheim ali ficou até o sol queimar a área exposta, efetuando uma "mudança de cor" pelo mais simples dos meios.

Oppenheim acreditava que a arte corporal era ilimitada em suas aplicações. Ela era tanto um condutor de "energia e experiência" quanto um instrumento didático para explicar as sensações envolvidas na criação das obras de arte. Vista por esse prisma, representava também uma recusa em sublimar a energia criativa na produção de objetos. Por volta de 1972, a exemplo de muitos praticantes da arte corporal às voltas com tais explorações introspectivas e frequentemente perigosas do ponto de vista físico, ele se cansou da performance ao vivo. Assim como Acconci fizera com seus campos de força, Oppenheim concebeu obras que sugeriam uma performance, mas que frequentemente recorriam a marionetes, e não a atores vivos, para a sua encenação. As marionetes de madeira, acompanhadas por canções e frases gravadas, continuavam a

127. Oppenheim, *Tema para um grande sucesso*, 1975.

fazer as perguntas fundamentais colocadas pela arte conceitual: quais eram as raízes da arte, que motivos havia para se fazer arte, e o que estava por trás da aparente autonomia das decisões artísticas? Um exemplo disso foi *Tema para um grande sucesso* (1975), obra na qual, em um espaço fracamente iluminado, uma marionete solitária movimentava-se convulsivamente ao som de seu próprio tema musical.

O artista californiano Chris Burden passou por um processo de transição semelhante aos de Acconci e Oppenheim; tendo iniciado sua carreira com performances que levavam o esforço físico e a concentração para além dos limites normais de tolerância, abandonou-as depois de vários anos de trabalhos em que punha em risco a própria vida. Sua primeira performance aconteceu quando ainda era estudante, no vestiário da Universidade da Califórnia, Irvine, em 1971. Burden trancou-se num armário de 60 × 60 × 90 cm por cinco dias, tendo por único alimento nesse apertado espaço uma grande garrafa de água cujo conteúdo chegava até ele através do armário acima. Nesse mesmo ano, em Venice, na Califórnia, ele pediu a um amigo para atirar em seu braço esquerdo numa obra intitulada *Tiroteio*. A bala, disparada a uma distância de aproximadamente quatro metros e meio, devia ter apenas arranhado seu braço, mas na verdade arrancou um grande pedaço de carne.

Deadman, obra do ano seguinte, foi outro jogo seriíssimo com a morte. Enrolado num saco de lona, ele ficou algum tempo no meio de uma via de trânsito intenso em Los Angeles. Por sorte não saiu ferido, e a polícia pôs fim à obra ao prendê-lo por ter provocado uma notificação de falsa emergência. Novos atos em que ele arriscava sua vida foram praticados a intervalos regulares; cada um poderia ter provocado sua morte, mas o risco calculado, dizia Burden, era um fator de energização. Seus angustiantes exercícios tinham o objetivo de transcender a realidade física: também eram um meio de "reencenar certos clássicos norte-americanos – como atirar nas pessoas". Apresentados em condições semicontroladas, ele esperava que ajudassem as pessoas a alterar sua percepção da violência. Sem dúvida, todo esse perigo já havia sido retratado em quadros ou simulado em cenas teatrais, mas as performances de Burden tinham um objetivo grandioso: mudar a história da representação desses temas para todo o sempre.

O corpo no espaço

Ao mesmo tempo que esses artistas trabalhavam seus corpos como objetos, manipulando-os como o fariam com uma escultura ou um poema, outros vinham desenvolvendo performances mais estruturadas, que exploravam o corpo como um elemento no espaço. O artista californiano Bruce Nauman, por exemplo, realizou obras como *Andando de maneira exagerada ao redor do perímetro de um quadrado* (1968), que tinha relação direta com sua escultura. Ao caminhar ao redor do quadrado, ele podia vivenciar em primeira mão o volume e as dimensões de suas obras escultóricas, que também lidavam com o volume e a colocação dos objetos no espaço. O artista alemão Klaus Rinke transpôs metodicamente as propriedades tridimensionais da escultura para um espaço real em uma série de *Demonstrações*

128. Klaus Rinke, *Demonstração preliminar: horizontal-vertical*, apresentada no Oxford Museum of Modern Art, 1976.

preliminares, iniciada em 1970. Essas obras eram "esculturas estáticas", feitas com sua companheira Monika Baumgartl: juntos, eles produziam configurações geométricas, movendo-se lentamente de uma posição para outra, em geral por várias horas a cada apresentação. Um relógio de parede contrastava o tempo normal com o tempo necessário para criar cada forma escultórica. Segundo Rinke, essas obras continham as mesmas premissas teóricas da escultura em pedra no espaço, mas os elementos adicionais de tempo e movimento alteravam o entendimento que o espectador tinha dessas premissas: ele podia observar, de fato, o *processo* de se criar uma escultura. Rinke esperava que essas demonstrações didáticas pudessem mudar a percepção do espectador de sua própria realidade física.

Da mesma maneira, o artista hamburguês Franz Erhard Walther estava preocupado em aumentar, no espectador, a consciência das relações espaciais no espaço e no tempo reais. Nas demonstrações de Walther, o espectador se tornaria – através de uma série de ensaios – o beneficiário da ação. Por exemplo, *Going On* (1967) era uma típica obra coletiva, consistindo em vinte e oito bolsos enfileirados, de igual tamanho, costurados numa enorme peça de tecido colocada em um campo. Quatro participantes entravam em quatro bolsos e, ao fim do trabalho, tinham entrado e saído de todos eles, alterando a configuração original do tecido por meio de suas ações. Cada obra de Walther dava ao espectador a possibilidade de vivenciar os objetos escultóricos em si, ao mesmo tempo que lhe permitia desencadear a modificação da configuração formal. Seu papel ativo no processo de influenciar a forma e os processos das esculturas era um elemento importante da obra.

O estudo da conduta ativa e passiva do espectador tornou-se a base de muitas das performances do artista nova-iorquino Dan Graham, no início dos anos 1970.

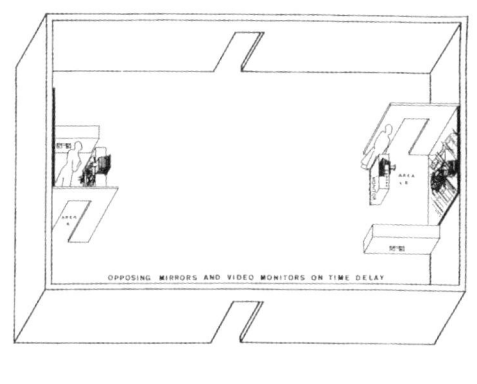

129. Dan Graham, *Projeção de duas consciências*, convite para o evento apresentado em fevereiro de 1977 na Galerie René Block. Foto de uma performance em 1974, com Suzanne Brenner, na Lisson Gallery, Londres.

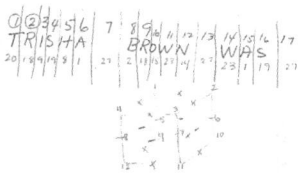

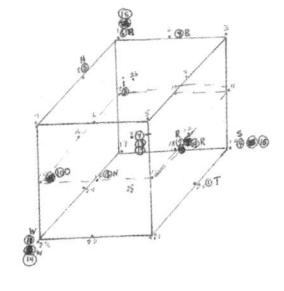

130. Graham, diagrama para *Espelhos contrapostos e monitores em descompasso*, 1974.

131. Trisha Brown, notação utilizada na preparação de *Locus*, 1971.

132. Brown, *Locus*, 1975.

Contudo, Graham queria juntar o papel do *performer* ativo e do espectador passivo numa única pessoa. Assim, dispôs espelhos e equipamento de vídeo que permitiriam que os *performers* se transformassem em espectadores de suas próprias ações. Esse olhar autoperscrutador tinha por objetivo a criação de uma consciência muito intensa de cada gesto. Em *Projeção de duas consciências* (1973), Graham criou uma situação que intensificaria ainda mais essa consciência, uma vez que, nessa performance, pedia-se a duas pessoas que verbalizassem (diante do público) o modo como se viam uma à outra. Uma mulher sentava-se diante de uma tela de vídeo que mostrava seu rosto, enquanto um homem olhava através da câmera de vídeo apontada para o rosto dela. Ela examinava seus traços e apresentava uma descrição verbal do que via, enquanto o homem fazia o mesmo, expondo suas impressões sobre esse mesmo rosto. Desse modo, tanto o homem quanto a mulher eram ativos para criar a performance, mas eram também espectadores passivos no sentido de observar mutuamente suas performances.

A teoria de Graham sobre as relações público/*performer* baseava-se na ideia brechtiana de impor ao público um estado de espírito desconfortável e constrangedor, numa tentativa de reduzir o fosso entre ambos. Em obras subsequentes, Graham aprofundou essa técnica, acrescentando os elementos de tempo e espaço. Técnicas de vídeo e espelhos foram usados para criar um efeito de passado, presente e futuro, dentro de um espaço construído. Numa obra como *Presente contínuo passado* (1974), o espelho funcionava como um reflexo do tempo presente, enquanto um efeito retroativo obtido com o uso de vídeos mostrava ao *performer*/espectador (neste caso, o público) suas ações passadas. Segundo Graham, "os espelhos refletem o tempo instantâneo sem duração (…), enquanto os vídeos fazem exatamente o contrário, ligando ambos numa espécie de fluxo duracional de tempo". Assim, ao entrar no cubo revestido com espelhos, os espectadores viam-se a si próprios primeiro no espelho e, depois de oito segundos, viam essas ações refletidas no vídeo. O "tempo presente" era a ação imediata do espectador, que era então apreendida pelo espelho e pelo vídeo em rotação. Portanto, os espectadores iriam ver-se diante de algo que haviam desempenhado há pouco, mas também estariam conscientes de que quaisquer ações futuras também apareceriam no vídeo na condição de "tempo futuro".

A *performer* nova-iorquina Trisha Brown acrescentou uma nova dimensão à concepção do espectador de "corpo no espaço". Obras como *Homem descendo pela lateral de um edifício* (1970), ou *Andando na parede* (1970) pretendiam desorientar o senso de equilíbrio gravitacional do público. A primeira apresentava um homem com trajes e equipamentos de alpinista que descia pela parede de um edifício de sete andares em Manhattan. A segunda obra, usando o mesmo suporte mecânico, foi apresentada numa galeria do Whitney Museum, onde os *performers* andavam pelas paredes em ângulo reto em relação ao público. Obras semelhantes exploraram as possibilidades do movimento no espaço, enquanto *Locus* (1975) relacionava os movimentos reais no espaço a um plano bidimensional. A performance foi totalmente criada através de desenhos, e Brown trabalhou simultaneamente com três métodos de notação para obter o efeito final: primeiro, ela desenhou um cubo;

depois, escreveu uma sequência numérica baseada em seu nome que foi conjugada às linhas de interseção do cubo. Ela e três bailarinos coreografaram uma obra determinada por esse desenho acabado.

Também em Nova York, Lucinda Childs criou várias performances a partir de notações cuidadosamente trabalhadas. *Amontoados em arestas para 20 diagonais* (1975) foi uma dessas obras; nela, cinco bailarinos atravessavam conjuntos de diagonais no espaço, explorando, através da dança, as diferentes possibilidades de combinação indicadas pelo desenho. Da mesma maneira, Laura Dean e seus colegas seguiam "modelos precisos de fraseado", indicados na partitura, como em *Dança em círculos* (1972).

A influência dos expoentes da nova dança norte-americana foi repercutir na Inglaterra, onde o Ting Theatre of Mistakes instaurou, em 1974, uma oficina com a colaboração de artistas dos Estados Unidos, dando continuidade a experiências anteriores. Em 1976, eles coligiram e publicaram as diferentes concepções desenvolvidas nos anos 1950 e 1960 pelos pioneiros da dança norte-americana num manual intitulado *Os elementos da arte performática*. Um dos poucos textos explícitos sobre teoria e prática da performance, o livro trazia uma série de exercícios para futuros *performers*. *Queda-d'água* (1977), apresentada no átrio e em um dos terraços da Hayward Gallery, em Londres, ilustrava algumas das ideias contidas no livro, como, por exemplo, atividades com caráter de tarefas, teatro de arena ou o uso de objetos como indicadores espaciais e temporais. Essa obra foi elaborada a partir do interesse da companhia em estruturar as performances de acordo com os chamados "métodos aditivos". Com os *performers* posicionados em vários níveis de um sistema de andaimes, e segurando contêineres, interagiam com volumes de água de modo que criasse uma série de "quedas-d'água" de uma hora de duração cada.

Ritual

Ao contrário das performances que lidavam com propriedades formais do corpo no tempo e no espaço, outras eram de natureza muito mais emotiva e expressionista. Os trabalhos do artista austríaco Hermann Nitsch, iniciados em 1962, envolviam ritual e sangue, tendo sido descritos como "uma forma estética de oração". Antigos ritos dionisíacos e cristãos eram reencenados em um contexto moderno, supostamente ilustrando o conceito aristotélico de catarse através do medo, do terror e da compaixão. Nitsch via essas cerimônias ritualísticas como uma extensão da pintura de ação, evocando a sugestão do futurista Carrà: "assim como fazem os bêbados ao cantar e vomitar, vocês devem pintar sons, ruídos e odores".

Seus projetos para *Cerimônias, mistérios, teatro* foram retomados a intervalos regulares ao longo da década de 1970. Uma encenação típica durava várias horas: começava com música muito alta – "o êxtase criado pelo barulho mais ensurdecedor possível" –, seguido por Nitsch ordenando o início da cerimônia. Um cordeiro morto era trazido ao palco por assistentes, e então dependurado de cabeça para

133. Hermann Nitsch, *(Aktion) 46th Action*, apresentado no Munich Modernes Theater, 1974.

baixo como se estivesse crucificado. Depois, o animal era estripado; entranhas e baldes de sangue eram lançados contra uma mulher ou um homem nu, enquanto o animal, já exaurido de seu sangue, era erguido acima de suas cabeças. Essas atividades tinham como fundamento a crença de Nitsch em que os instintos agressivos da humanidade tinham sido reprimidos pela mídia. Até mesmo o ritual de matar animais, tão natural para o homem primitivo, fora eliminado da experiência moderna. Esses atos ritualizados eram um meio de libertar essa energia reprimida, bem como um ato de purificação e redenção por meio do sofrimento.

Para outro *performer* ritualista, Otto Mühl, o "accionismo" vienense era "não apenas uma forma de arte, mas, acima de tudo, uma atitude existencial", uma descrição apropriada das obras de Günther Brus, Arnulf Rainer e Valie Export. Comuns a essas "atividades" (*actions*) eram as expressões dramáticas dos artistas, cuja intensidade fazia lembrar os pintores expressionistas de Viena de cinquenta anos antes. Não surpreende, também, que outra característica dos accionistas vienenses fosse o interesse pela psicologia; os estudos de Sigmund Freud e Wilhelm Reich acarretaram performances que lidavam com a arte especificamente como terapia. Arnulf Rainer, por exemplo, recriava os gestos dos dementes. Em Innsbruck, Rudolf Schwartzkogler criava aquilo que chamou de "nus artísticos – semelhantes a um desastre"; mas suas automutilações semelhantes a desastres terminaram por levá-lo à morte em 1969. Em Paris, não eram menos perigosos os cortes autoinfligidos por Gina Pane nas mãos, nas costas e no rosto. Como Nitsch, ela acreditava que a dor ritualizada tinha um efeito purificador: esse tipo de obra era necessário "para sensibilizar uma sociedade anestesiada". Usando sangue, fogo, leite e a recriação da dor como "elementos" de suas performances, ela conseguiu – em suas próprias palavras – "levar o público a entender perfeitamente que meu corpo é meu material artístico". Uma obra típica, *O condicionamento* (primeira parte de "Autorretrato(s)", 1972), apresentava Pane deitada numa cama de ferro com algumas barras transversais e, por baixo, quinze longas velas acesas.

Procurando, da mesma forma, entender a dor ritualizada do abuso de si mesmo, sobretudo do modo como o exibem os pacientes com perturbações psicológicas, e a desconexão que se verifica entre o corpo e o eu, Marina Abramovic, em Belgrado, produziu obras igualmente angustiantes. Em 1974, numa obra intitulada *Ritmo O*, ela permitiu, em uma galeria de Nápoles, que todos os presentes abusassem dela como bem entendessem, durante seis horas, usando instrumentos para infligir dor e causar prazer que ficavam sobre uma mesa à sua disposição. Três horas depois, suas roupas tinham sido arrancadas do corpo com navalhas e sua pele estava lacerada; um revólver carregado, apontado para sua cabeça, terminou por causar uma luta entre seus torturadores, levando o procedimento a um desconcertante final. Em obras posteriores, executadas com o artista Ulay, que se tornou seu colaborador em 1975, ela continuou a explorar essa agressão passiva entre indivíduos. Juntos, eles exploraram a dor e a tolerância dos relacionamentos entre eles próprios e entre eles e o público. *Imponderabilia* (1977) apresentava seus dois corpos nus, um diante do outro, cada qual encostado ao caixilho de uma porta; para entrar no espaço da exposição, o público era obrigado a abrir caminho por entre os dois corpos. Em outra obra, *Relação em movimento* (1977), Ulay dirigia um carro por dezesseis horas em um pequeno circuito, enquanto Marina, também no carro, ia anunciando num alto-falante o número de voltas completadas.

As atividades de Stuart Brisley em Londres também foram uma resposta ao que ele considerava estado de anestesia e alienação da sociedade. *E, para hoje, nada* (1972) teve lugar em um banheiro escuro da Gallery House, em Londres, dentro de uma banheira cheia de um líquido escuro e de entulhos flutuantes na qual Brisley permaneceu por um período de duas semanas. Em suas próprias palavras, a obra foi inspirada em sua angústia diante da despolitização do indivíduo que, temia ele, levaria à decadência tanto do indivíduo quanto das relações sociais. Reindeer Werk, um casal de jovens *performers* londrinos, não estava menos preocupado com sentimentos semelhantes: suas demonstrações daquilo que chamava de *Terra do comportamento*, na Butler's Wharf, em Londres, não eram diferentes da obra de Rainer em Viena, já que recriava os gestos dos excluídos do convívio social – os loucos, os bêbados, os vagabundos.

A escolha de protótipos ritualísticos levou a tipos muito diferentes de performances. Enquanto as atividades vienenses se enquadravam nos interesses expres-

134. Joan Jonas, *Funil*, 1974, apresentada na Universidade de Massachusetts.

sionistas e psicológicos tidos por tanto tempo como uma característica vienense, a obra de alguns *performers* norte-americanos refletia sensibilidades muito menos conhecidas: as dos índios norte-americanos. A obra de Joan Jonas remetia às cerimônias religiosas das tribos zuñi e hopi, da costa do Pacífico, região onde a *performer* cresceu. Esses ritos ancestrais eram realizados no sopé das colinas onde viviam as tribos, e quem os conduzia eram os seus xamãs.

Na obra *Delay Delay* (1972), realizada por Jonas em Nova York, o público também ficava a uma certa distância acima da *performer*. Do topo de um edifício de cinco andares, observavam treze atores dispersos por terrenos vazios da cidade, assinalados por grandes cartazes indicando o número de passos que os separava do edifício onde estava o público. Os *performers* batiam placas de madeira cujo eco produzia a única forma de conexão física entre eles e o público. Jonas incorporou a vasta percepção dos ambientes externos, tão característica das cerimônias dos grupos indígenas, às obras realizadas em recintos fechados, usando espelhos e vídeo para criar a ilusão de uma profundidade de espaço. *Funil* (1974) era vista simultaneamente na realidade e numa imagem monitorada. Cortinas dividiam o local em três ambientes espaciais distintos, cada qual contendo objetos de cena – um grande funil de papel, duas barras paralelas oscilantes e um aro. Outras obras realizadas em espaços fechados, como *Telepatia visual do mel orgânico* (1972), mantinham a qualidade mística das peças ao ar livre por meio do uso de máscaras, cocares com penas de pavão, ornamentos e trajes típicos.

As performances de Tina Girouard também giravam em torno de trajes e cerimônias inspiradas nos festejos de Mardi Gras (ela nasceu no Sul dos Estados Unidos) e nos ritos da tribo indígena hopi. Combinando elementos desses precedentes cerimoniais, Girouard apresentou *Cata-vento de papel* (1977) no Museu de Arte de New Orleans. Nessa obra, vários *performers* marcavam um quadrado no piso da entrada principal do museu, usando tecido para dividir o quadrado em quatro seções que representavam o que a autora chamou de *personae* animais, vegetais, minerais e outras. Lentamente, tecidos e vários objetos de cena eram cerimoniosamente acrescentados pelos *performers*, transformando o padrão existente naquilo que a artista considerava como "uma série de imagens arquetípicas do mundo". Girouard pretendia que as ações ritualizadas colocassem os atores num contexto "simbólico do universo", no espírito das cerimônias indígenas, e que, ao fazê-lo, eles estariam criando precedentes para versões contemporâneas de todo esse contexto.

Escultura viva

Boa parte das performances com origem num arcabouço conceitual era privada de humor, a despeito das intenções frequentemente paradoxais do artista. Foi na Inglaterra que surgiram os primeiros indícios de humor e sátira.

Em 1969, Gilbert e George estudavam na St Martin's School of Art, em Londres. Junto com outros jovens artistas como Richard Long, Hamish Fulton e John Hilliard, esses alunos da St Martin viriam a tornar-se o centro da arte conceitual inglesa. Gilbert e George personificavam a ideia de arte; eles próprios tornaram-se arte ao declarar-se "escultura viva". Sua primeira "escultura cantante", *Sob os arcos*, apresentada em 1969, consistia nos dois artistas – com os rostos pintados de dourado, vestindo ternos comuns, um deles segurando uma bengala, o outro uma luva – movendo-se por cerca de seis minutos, de maneira mecânica, à maneira das marionetes, sobre uma mesinha e ao som da música de mesmo nome (*Underneath the Arches*), de Flanagan e Allen*.

Como em Manzoni, a ironia inerente ao fato de eles concentrarem a obra de arte em suas próprias pessoas, convertendo-se, eles mesmos, no objeto de arte, era também um modo sério de manipular ou comentar as ideias tradicionais sobre a arte. Em sua dedicatória escrita a *Sob os arcos* ("A obra de arte mais inteligente, fascinante, séria e bela que vocês já viram"), eles delinearam "As leis do escultor": "1. Estar sempre bem vestido, elegante, descontraído, cordial, educado e totalmente controlado. 2. Levar o mundo a acreditar em você e pagar caro por esse privilégio. 3. Nunca se preocupar, avaliar, discutir ou criticar, mas permanecer calmo, tranquilo e respeitoso. 4. Como o Senhor ainda esculpe, não fique muito tempo longe do seu ateliê." Para Gilbert e George, portanto, não havia separação entre suas atividades como escultores e suas atividades na vida real. A torrente de poemas e afirmações, como, por exemplo, "Estar com a arte é tudo o que pedimos", ressaltava o seguinte: impressas em papel tipo pergaminho que sempre continha

---

* Bud Flanagan e Chesney Allen, dupla de cantores e comediantes da cena de *music hall*, famosa na Inglaterra já antes da Segunda Guerra Mundial. (N. T.)

135. Gilbert e George, *Sob os arcos*, apresentada pela primeira vez em Londres, 1969.

136. Gilbert e George, *A escultura vermelha*, apresentada pela primeira vez em Tóquio, 1975.

sua insígnia oficial – um monograma semelhante ao monograma real acima de seu *slogan* "Arte para todos" –, essas afirmações forneciam a chave para as intenções do tipo de escultura que eles realizaram por muitos anos, praticamente a mesma, tanto na Inglaterra quanto nos Estados Unidos, em 1971.

Outra obra dos primeiros tempos, *A refeição* (14 de maio de 1969), também expressava sua preocupação de eliminar a separação entre vida e arte. Nos convites enviados a mil pessoas lia-se o seguinte: "Isabella Beeton e Doreen Mariott vão preparar uma refeição para os dois escultores, Gilbert e George, e para seu convidado, o sr. David Hockney, o pintor. Richard West será o garçom. O jantar será servido no 'Ripley', avenida Sunridge, Bromley, Kent. Cem ingressos iridescentes, numerados e assinados, que poderão ser levados como *souvenirs*, encontram-se à disposição dos interessados a três guinéus cada. Contamos com a presença de todos nessa importante ocasião." Richard West era mordomo de lorde Snowdown, e sobre Isabella Beeton dizia-se que era parente distante de uma gastrônoma vitoriana, a sra. Beeton, cujas suntuosas receitas foram usadas. Uma grandiosa refeição foi servida ao número final de trinta convidados, que comeram tranquilamente por uma hora e vinte minutos. David Hockney, elogiando Gilbert e George por serem "surrealistas maravilhosos, incrivelmente bons", acrescentou: "Acho que o que eles vêm fazendo é uma extensão da ideia de que todos podem ser artistas, de que tudo que se diz ou faz pode ser arte. A arte conceitual está além de seu tempo, abrindo horizontes".

Obras subsequentes baseavam-se igualmente em atividades do cotidiano: *Drinking Sculpture* levou-os pelos *pubs* do extremo leste de Londres, e tranquilos piqueniques à beira-rio tornaram-se tema de seus grandes desenhos e fotos pastoris, expostos no meio tempo em que produziam lentamente sua escultura viva. Sua obra *A escultura vermelha* (1975), apresentada pela primeira vez em Tóquio, durava noventa minutos e talvez tenha sido sua performance mais "abstrata", e a última delas. Com rostos e mãos pintados em vermelho brilhante, as duas figuras moviam-se lentamente, num complexo jogo de relações com ordens que saíam de um gravador.

O sedutor apelo contido no fato de um artista tornar-se, ele próprio, o objeto de arte, apelo que gerou uma imensa prole de esculturas vivas, foi em parte resultado do *glamour* do universo do *rock* na década de 1960; o cantor nova-iorquino Lou Reed e o grupo inglês Roxy Music, por exemplo, criaram quadros vivos incríveis, tanto no palco quanto fora dele. A relação entre ambos teve seu ponto máximo numa exposição chamada "Transformer" (1974), no Kunstmuseum de Lucerna, incluindo obras dos artistas Urs Lüthi, Katharina Sieverding e Luciano Castelli. "Arte transformista" também remetia à ideia de androginia, esta, por sua vez, resultante da ideia feminista de que se poderia chegar à igualdade – pelo menos na moda – dos papéis tradicionais da mulher e do homem. Assim, Lüthi, um artista de Zurique de baixa estatura e corpo arredondado, personificava sua bela namorada Manon, alta e magra, recorrendo a caras e bocas e a uma maquiagem pesada, numa série de poses performáticas nas quais ela e ele praticamente se transformavam na mesma pessoa. A ambivalência, dizia Lüthi, era o aspecto criativo mais importante de seu trabalho, como se vê em seu *Autorretrato* (1973). Nessa mesma linha, na obra *Motor-Kamera* (1973), os artistas Sieverding e Klaus Mettig, de Düsseldorf, pretendiam chegar a uma "troca de identidade" ao encenarem uma série de situações domésticas para as quais eles se vestiam e se maquiavam de modo que ficassem incrivelmente parecidos um com o outro. Em Lucerna, Castelli criou ambientes exóticos, como, por exemplo, *Solário da performance* (1975), em que ficava deitado e cercado por uma parafernália de roupas de travestis, caixas de maquiagem e um álbum de fotos.

Uma outra ramificação da escultura viva era menos narcisista: alguns artistas exploravam as qualidades formais de poses e gestos em uma série de *tableaux vivants*. Na Itália, Jannis Kounellis apresentou obras que misturavam esculturas animadas e inanimadas: *Mesa* (1973) consistia em uma mesa cheia de fragmentos de uma escultura de um antigo Apolo romano ao lado da qual se sentava um homem com o rosto oculto por uma máscara de Apolo. Segundo Kounellis, esta e várias outras "performances congeladas" – algumas das quais incluíam cavalos vivos – eram um meio de ilustrar, metaforicamente, a complexidade das ideias e sensações representadas na arte ao longo de toda a sua história. Para ele, o friso do Partenon era uma dessas "performances congeladas". Cada escultura ou pintura na história da arte, afirmava

137. Jannis Kounellis, *Mesa*, 1973.

ele, continha "a história da solidão de uma alma", e seu quadro vivo tentava analisar a natureza dessa "visão singular". O artista romano Luigi Ontani retratou essas "visões" em uma série de performances nas quais ele se colocava como personagens de pinturas clássicas; estas incluíam *San Sebastian* (1973) (à maneira de Guido Reni) e *Après J.L. David* (1974). Algumas de suas "reencarnações" eram baseadas em personagens históricos: em sua primeira visita a Nova York, em 1974, ele viajou com trajes recriados a partir de desenhos de Cristóvão Colombo.

Pair Behaviour Tableaux (1976), de Scott Burton, para dois *performancers* do sexo masculino, apresentada no Museu Guggenheim, em Nova York, era uma performance de uma hora de duração, com aproximadamente oitenta poses estáticas mantidas por alguns segundos. Cada pose demonstrava o chamado "vocabulário da linguagem corporal" de Burton – "determinação de um papel", "apaziguamento", "separação" etc. –, e era seguida por um apagar de luzes; vistas à distância de cerca de vinte metros, as figuras tinham a aparência enganosa de esculturas. Também em 1976, na Clocktower, em Nova York, uma artista sediada nos Estados Unidos, chamada Colette, permaneceu nua em um luxuoso ambiente de seda prensada de 6×6m em *Sonho real*, um "hipno-quadro vivo" com várias horas de duração.

Autobiografia

O exame minucioso de aparências e gestos, bem como a investigação analítica da linha sutil que separa a arte e a vida de um artista, tornou-se o conteúdo de um grande número de obras vagamente classificadas como "autobiográficas". Assim, vários artistas recriaram episódios de suas próprias vidas, manipulando e transformando

138. Luigi Ontani, *Don Quixote*, 1974.

139. Scott Burton, *Pair Behaviour Tableaux*, 1976. Quadro nº. 47 de uma performance de cinco partes, composta de oitenta quadros vivos silenciosos. Apresentada pela primeira vez no Museu Solomon R. Guggenheim, Nova York, 24 de fevereiro – 4 de abril de 1976.

140. Colette, *Sonho real*, apresentada pela primeira vez na Clocktower, Nova York, dezembro de 1975.

o material numa série de performances através de cinema, vídeo, som e solilóquio. A artista nova-iorquina Laurie Anderson usou a "autobiografia" para representar o tempo transcorrido até o momento da apresentação da performance, de modo que uma obra frequentemente incluía uma descrição de sua própria criação. Numa peça de quarenta e cinco minutos intitulada *Por instantes*, apresentada em 1976, durante um festival da performance no Museu Whitney, ela explicava as intenções originais da obra ao mesmo tempo que apresentava seus resultados finais. Ela dizia ao público que tinha pensado em apresentar um filme com barcos velejando pelo rio Hudson, e então descrevia as dificuldades que havia encontrado no processo de filmagem. A gravação da trilha sonora era objeto de comentários semelhantes, e Anderson mostrava as falhas que inevitavelmente ocorrem quando se utiliza material autobiográfico. Não havia mais apenas um passado, mas dois: "há o que aconteceu e há o que eu disse e escrevi sobre o que aconteceu" – tornando opaca a distinção entre performance e realidade. De modo característico, ela transformava a dificuldade em uma canção: "Arte e ilusão, ilusão e arte/vocês estão realmente aqui ou tudo isso é apenas arte?/Estou realmente aqui ou tudo isso é apenas arte?".

Depois de *Por instantes*, a obra de Anderson adotou uma diretriz mais musical e, com Bob Bialecki, ela criou um sortimento de instrumentos musicais para performances subsequentes. Numa dessas ocasiões, ela substituiu a crina de cavalo do arco de seu violino por uma fita de gravador, tocando frases pré-gravadas num audiofone montado no corpo do violino. Cada movimento do arco correspondia a uma palavra da frase gravada em fita. Às vezes, porém, a frase permanecia intencionalmente incompleta, de modo que, por exemplo, a famosa citação de Lênin, "A ética é a estética do futuro" [*Ethics is the Aesthetics of the Future*], convertia-se em *Ethics is the Aesthetics of the Few* (*ture*)*, como Anderson intitulou sua obra de 1976. Em seguida, ela fez experiências com o modo em que palavras gravadas soavam ao contrário, de modo que "Lao-Tzu", sonoramente invertido, se transformava em "Who are you?". Esses palíndromos aurais foram apresentados no Kitchen Center for Video and Music como parte de sua obra *Canções para versos/canções para ondas* (1977).

Como as de Anderson, as performances de Julia Heyward continham bastante material extraído de sua infância, mas Anderson nasceu em Chicago, ao passo que Heyward cresceu nos estados do Sul, filha de um pastor presbiteriano. Traços dessa formação subsistiam em seu estilo e no conteúdo de suas performances, bem como em sua atitude diante da própria performance. Por um lado, ela adotou o ritmo monocórdico do canto religioso em seus monólogos; por outro, descrevia o ato de presenciar uma performance como "o equivalente ao ato de ir à igreja – em ambos os casos, as pessoas se irritam, se comovem e se renovam".

Embora suas primeiras performances nova-iorquinas, como *É um sol! Ou fama por associação* (1975), no Kitchen Center, e *Shake! Daddy! Shake!* (1976), na Judson Memorial Church, remetessem à sua vida e suas relações no Sul, Heyward logo se cansou das limitações da autobiografia. *God Heads* (1976), no Whitney Museum,

---

* "A ética é a estética de poucos". (N. T.)

141. Julia Heyward, *Shake! Daddy! Shake!*, Judson Memorial Church, 8 de janeiro de 1976. "Essa obra isolava uma parte do corpo, um braço, e fornecia sua história ao descrever sua função e seu eventual destino. Sua função era apertar mãos, como parte de um homem que era servidor público (pastor religioso). No fim, o braço é acometido por uma doença nervosa...".

142. Laurie Anderson, *Por instantes*, 1976, executada ao violino em um prato de toca-discos "viofonográfico", com uma agulha colocada no meio do arco. A gravação é de sua própria voz. Na performance, Laurie acompanha seu "viofonógrafo" também com sua voz, interpretando canções. A performance também incluía sequências cinematográficas e partes faladas.

143. Adrian Piper, *Algumas superfícies refletidas*, apresentada no Museu Whitney, fevereiro de 1976.

foi uma reação contra esse gênero e, ao mesmo tempo, contra todas as convenções e instituições que lhe davam força – o Estado, a família, o museu de arte. Ao separar o público em "rapazes" à esquerda e "garotas" à direita, ela, ironicamente, deixava bem claro quais eram os papéis sociais de homens e mulheres. Depois, apresentou *clips* do monte Rushmore (um símbolo do Estado) e bonecas decapitadas (a morte da vida familiar). Andando para cima e para baixo por entre o espaço formado por seu público separado, Heyward projetava sua voz – como um ventríloquo –, criticando o museu de arte: "Deus fala agora... Esta garota está morta... deus fala por ela... deus não quer saber de dólares para artistas nem de exposições de arte". Em *Esta é minha fase azul* (1977), no Artists Space, ela examinou os efeitos da televisão e seu poder de "coletivizar o subconsciente – 24 horas por dia – em sua própria casa", com a mesma ironia. A obra, disse ela, utilizava "deslocamento de som", "técnicas subliminares visuais e castradoras da inteligência e das opiniões do público", assim como "uma gestualidade do corpo e da linguagem", a fim de "manipular o público em suas emoções e em seu intelecto".

Esse fascínio pela performance como meio de aumentar a consciência do público em relação à sua condição de vítima de manipulações – quer pela mídia, quer pelos próprios *performers* – também estava presente em *Algumas superfícies refletidas*, de Adrian Piper, apresentada em 1976 no Whitney Museum. Vestida de preto e com o rosto pintado de branco, com bigode falso e óculos escuros, Piper dançava, iluminada por um único refletor, ao som de "Respect", enquanto sua voz gravada narrava a história de como ela tinha trabalhado como dançarina de um bar no centro da cidade. Em seguida, uma voz masculina criticava agudamente seus movimentos, os quais ela ia alterando segundo suas instruções. Por fim, a luz se apagava e a pequena figura dançante era vista brevemente numa tela de vídeo, com o significado implícito de que ela se tornara finalmente aceitável para transmissão pública.

As performances autobiográficas eram fáceis de acompanhar, e o fato de os artistas revelarem informações íntimas sobre si mesmos estabelecia uma forma particular de empatia entre o *performer* e o público. Assim, esse tipo de apresentação se tornou popular, ainda que o conteúdo autobiográfico não fosse necessariamente genuíno; na verdade, muitos artistas se recusavam categoricamente a ser chamados de *performers* autobiográficos, mas apesar disso continuaram a contar com a boa vontade do público em identificar-se com suas intenções. Coincidindo com o poderoso movimento feminista na Europa e nos Estados Unidos, essas apresentações permitiram que muitas *performers* abordassem questões que haviam sido relativamente pouco exploradas por seus colegas do sexo masculino. Por exemplo, a artista alemã Ulrike Rosenbach, trajando malha branca, lançava flechas em um alvo com a imagem da Madona com o Menino numa obra intitulada *Não acreditem que eu seja uma amazona*, diante de um grande público na Bienal de Paris de 1975. Esse ataque simbólico à tradicional exclusão das mulheres e à ideologia essencialmente patriarcal do cristianismo foi prenunciado pela apresentação de Hannah Wilke como um Cristo feminino em *Super-t-art* (1974), como parte de uma mostra coletiva do grupo *Soup and Tart*, de Jean Dupuy, no Kitchen Center for Video and Music. A desinibida exposição do belo corpo de Wilke remetia a um pôster criado por ela

144. Hannah Wilke, *Super-t-art* e "Beware of Fascist Feminism", 1974.

145. Rebecca Horn, *Unicórnio*, 1971.

na mesma época, intitulado "Beware of Fascist Feminism" [Cuidado com o fascismo feminista], que advertia sobre os perigos de um certo tipo de puritanismo feminista que militava contra as próprias mulheres, sua sensualidade e o prazer de seus próprios corpos.

Antes ainda, outra artista alemã, Rebecca Horn, havia concebido uma série de "modelos de rituais de interação" – instrumentos especialmente criados para amoldar-se ao corpo e que, quando usados, produziam essa sensualidade. *Cornucópia: sessão para dois seios* (1970) era um objeto de feltro em forma de chifre que ficava preso ao seio feminino, ligando os seios e a boca. O figurino de *Unicórnio* (1971) era uma série de tiras brancas envolvendo um corpo feminino nu que usava um chifre de unicórnio na cabeça. Assim vestida, a figura caminhava de manhã por um parque, como que desafiando o observador a ignorar sua bela presença. *Leque corporal mecânico* (1974), construído para corpos masculinos ou femininos, ampliava as linhas do corpo em dois grandes semicírculos de pano, irradiando e definindo o espaço corporal de um indivíduo. A lenta rotação de pás de ventilador revelava e ocultava diferentes partes do corpo a cada volta, enquanto o movimento rápido de rotação criava um círculo transparente de luz.

As questões abordadas em muitas dessas performances eram frequentemente agrupadas como "arte feminista" pelos críticos, que procuravam um modo fácil de classificar o material e, em alguns casos, de desqualificar a seriedade das intenções da obra. Contudo, a revolução social exigida pelas feministas tinha tanto a ver com os homens quanto com as mulheres, e certas performances eram concebidas com esse espírito. *Transformance: Claudia* (1973), de Martha Wilson e Jackie Apple, era ao mesmo tempo um comentário geral sobre poder e dinheiro e uma observação sobre o papel das mulheres na hierarquia criada pelo poder e pelo dinheiro. Começava com um almoço muito caro oferecido a um pequeno grupo no elegante e exclusivo Palm Court Restaurant, no Hotel Plaza de Nova York, seguido por um giro pelas galerias do Soho. Os dois autores então improvisavam diálogos e comportamentos que "exemplificavam o papel exemplar da 'mulher poderosa', do modo em que esta se havia tornado um estereótipo cultural das revistas de moda, da televisão e do cinema". A obra, afirmavam os artistas, colocava questões sobre o conflito entre estereótipos e realidade: "Uma mulher pode ser feminina e poderosa ao mesmo tempo? A mulher poderosa é desejável?".

Essa questão do poder era examinada a partir de uma perspectiva totalmente diversa em *Notas sobre a prostituição* (1975), executada pela artista californiana Suzanne Lacey, em Los Angeles. Patrocinada por Jim Woods, do Studio Watts Workshop, e consistindo num grande número de dados sobre a prostituição, registrados num período de quatro meses e apresentados sobre os mapas de dez grandes cidades, a obra tinha o objetivo de "aumentar a consciência e a compreensão da vida dos que se prostituem". Os dados, afirmava Lacey, "refletiam uma atitude subjacente da sociedade diante das mulheres, assim como uma experiência comum do tratamento dispensado por essa sociedade".

Enquanto alguns artistas criavam performances que aumentavam o nível da consciência do público, outros lidavam com fantasias e sonhos privados. *Magnólia* (1976), de Susan Russell, apresentada no Artists Space, em Nova York, era uma narrativa visual de trinta minutos sobre os sonhos de uma beldade sulista; uma de suas sequências mostrava Russell sentada diante da projeção de um filme em que se via um gramado varrido pelo vento e o xale de plumas de avestruz da *performer* esvoaçando ao sopro de um ventilador. As obras *Cerimônias oníricas* e *Mapeamento onírico* (ambas de 1974), da artista londrina Susan Hiller, foram criadas durante verdadeiros seminários sobre o sonho, realizados com um grupo de doze amigos em campo aberto, nos arredores de uma casa de campo. Os membros do grupo sonharam juntos todas as noites, durante um período de vários dias, discutindo e ilustrando seus próprios sonhos assim que acordavam pela manhã. A artista californiana Eleanor Antin ilustrou seus próprios sonhos na forma de diversas performances em que, com a ajuda de figurinos e maquiagem, ela se transformava num dos personagens de suas fantasias. *A bailarina e o vagabundo* (1974), *As aventuras de uma enfermeira* (1974) e *O rei* (1975) (que celebrava o nascimento de seu eu masculino por meio da aplicação, pelo por pelo, de uma barba falsa) foram meios, afirmou ela, de expandir os limites de sua personalidade.

Representação de personagens, material autobiográfico e onírico, a reconstituição de gestos passados – tudo isso abriu a performance a uma vasta gama de possibilidades interpretativas. O artista parisiense Christian Boltanski, usando roupas velhas, apresentou breves encenações de reminiscências de sua infância numa série de obras, como, por exemplo, *Minha mãe costurava*, em que ele próprio costurava diante de uma pintura intencionalmente infantil da lareira da casa de sua família. Em Londres, Marc Chamowicz aparecia com o rosto pintado de dourado numa reconstrução de seu próprio quarto em *Table Tableaux* (1974), na Garage. Segundo ele, os quinze minutos de performance eram uma interpretação da sensibilidade feminina – "delicadeza, mistério, sensualidade, sensibilidade e, acima de tudo, humildade".

Estilo de vida: isto é diversão!

A natureza intimista e o elemento de divulgação da vida privada que caracterizavam boa parte da chamada performance autobiográfica haviam posto fim ao domínio das questões intelectuais e didáticas associadas à performance de viés conceitual. Os artistas mais jovens, que se recusavam a separar o mundo da arte de seu próprio período cultural – do universo do rock'n'roll, da extravagância dos filmes de Hollywood (e dos estilos de vida que eles sugeriam), da novela de televisão ou do cabaré –, criaram uma grande variedade de obras que eram, acima de tudo, decididamente voltadas para o entretenimento.

De acordo com Bruce McLean, artista escocês sediado em Londres, a chave para o entretenimento era o estilo, e a chave para o estilo era a pose perfeita. Assim, em 1972 ele formou um grupo (com Paul Richards e Ron Carra) chamado Nice Style, The World's First Pose Band. Os preparativos preliminares para seu trabalho foram apresentados no mesmo ano, na forma de 999 propostas para a apresentação de poses, em uma autoproclamada retrospectiva na Tate Gallery. Obras como *Garçom, garçom, tem uma escultura na minha sopa, Apressados comem cru e fazem a nova arte* ou *Levando uma linha para passear*, publicadas em um livro negro e expostas como um tapete de livros no piso da galeria, apontavam para o tipo de humor satírico que seria a marca registrada da Pose Band. A proposta número 383 de McLean, *Quem ri por último faz a melhor escultura*, não deixava dúvidas quanto às intenções do novo grupo.

Depois de um ano de preparativos e de pré-estreias em vários lugares, em Londres, a Pose Band apresentou uma conferência sobre a "Pose contemporânea" (1973) na galeria de arte do Royal College londrino. Proferida por um conferencista estiloso e exageradamente gago, era ilustrada por membros do grupo vestidos de diversas maneiras: com trajes espaciais prateados (inflados com um secador de cabelo), como *drags* exóticas, com capas de chuva com duas fileiras de botões. As "poses perfeitas" que o conferencista discutiu em profundidade eram demonstradas com o auxílio de "moldes de postura" ou "modificadores físicos" especialmente construídos, bem como por enormes instrumentos de medição que garantiam a exatidão do ângulo de um cotovelo ou de uma inclinação de cabeça. A discreta capa de chuva usada por um membro do grupo era na verdade uma indicação iconográfica de qualquer estudante da pose: remetia ao herói incontestável do grupo, Victor Mature. Fingindo seriedade, McLean explicava que Mature, "um mau ator assumido, com 150 filmes para prová-lo", via a si próprio como produto de um estilo:"além de estilo, não havia nada no filme". Na verdade, dizia McLean, Mature tinha um repertório de cerca de quinze gestos, do arquear de uma sobrancelha ao movimento de um ombro, enquanto o instrumento básico de seu estilo era sua onipresente capa de chuva. *Crease Crisis* [A crise do vinco] (1973) foi um filme-performance feito em homenagem à capa de chuva de Mature.

Ao longo de 1973 e 1974, o grupo prosseguiu com sua"pesquisa" da pose, apresentando os resultados em performances hilariantes em Londres; cada uma tinha um título apropriadamente simplório: *A pose que nos levou ao topo: congelador* (1973) aconteceu num salão de festas no Hanover Grand, na Regent Street; *Visto de lado* (1973) era um filme de quarenta minutos que abordava"os problemas do mau estilo, da superficialidade e ganância de uma sociedade para a qual a pose é muito importante"; e *Do alto de um palácio barroco* (1974) era uma comédia sobre"poses para entrar e sair". Por volta de 1975, o Nice Style já se desfizera, mas as performances subsequentes de McLean continuaram a caracterizar-se por seu humor inimitável e pelas poses extravagantes. Além do mais, o aspecto irônico de seu trabalho, como em toda sátira, tinha seu lado sério: o que se satirizava era sempre a arte.

Dentro do mesmo espírito, o grupo General Idea (Jorge Zontal, A. A. Bronson e Felix Partz), fundado em Toronto em 1968, satirizava a natureza excessivamente séria do mundo da arte. Suas intenções, diziam, se resumiam a tornarem-se"ricos – glamorosos – e artistas", e então criaram uma revista, a *File*, descrita por um crítico como"dadá canadense envolto por uma réplica da *Life*, em papel brilhante e do mesmo tamanho", na qual os artistas eram apresentados no estilo dos astros e

146. Nice Style, the World's First Pose Band, *Do alto de um palácio barroco*, apresentada na Garage, Londres, 1974.

147. Pôster para *Going Thru the Motions*, do grupo General Idea, 1975.

148. Traje de veneziana (criação do General Idea) em ação nas pistas de esqui do lago Louise, Alberta, 1977.

estrelas de Hollywood. Em um dos números eles declararam que todas as suas performances seriam, na verdade, ensaios para uma obra intitulada *Concurso para Miss General Idea*, a realizar-se em 1984. Em *Audience Training* (1975), o público "realizava os movimentos" de aplaudir, rir e fazer saudações" de acordo com sinalizações do grupo, e *Going Thru the Motions* [Simulação] tornou-se o título do ensaio de uma performance na Art Gallery de Ontário, em 1975, onde eles fizeram uma apresentação prévia de modelos de um edifício que abrigaria o futuro espetáculo em *Seis venezianas*: seis mulheres com figurinos em forma de cone, sugerindo o novo edifício, que desfilariam ao som de uma banda de *rock* ao vivo. Em seguida, as modelos passariam por lojas de departamentos, por determinados lugares da cidade e por pistas de esqui, "testando o novo edifício, tendo por fundo a linha do horizonte".

Outros artistas também fizeram performances centradas em figurinos: em 1974, Vincent Trasov caminhou pelas ruas de Vancouver como Mr. Peanut, dentro de uma casca de amendoim, de monóculo, luvas brancas e cartola, fazendo campanha política para a prefeitura; na mesma cidade, o dr. Brute, também conhecido como Eric Metcalfe, desfilou com trajes cujo tecido imitava manchas de leopardo, de sua premiada coleção chamada *As propriedades do leopardo* (1974); o artista Paul Cotton, de

149. Pat Oleszko, *Coat of Arms* (vinte e seis braços), 1976.   150. Vincent Trasov como Mr. Peanut, Vancouver, 1974.

San Francisco, apresentou-se na Documenta de 1972 como um coelhinho cuja genitália cor-de-rosa saía de um traje de pelúcia; e a artista nova-iorquina Pat Oleszko apareceu num programa de performances intitulado "Line Up", no Museu de Arte Moderna (1976), com seu *Coat of Arms* – um casaco com vinte e seis braços*.

Os *performers* buscaram inspiração para a estrutura de suas obras em todos os aspectos do mundo da diversão e do espetáculo. Alguns se voltaram para as técnicas do cabaré e do teatro de variedades como meio de veicular suas ideias, e o fizeram de modo muito semelhante ao dos dadaístas e futuristas antes deles: *Ralston Farina fazendo uma demonstração de pintura com macarrão com frango e sopa de tomates Campbell* (1977) foi um dos muitos espetáculos mágicos de Farina nos quais ele usava a "arte" como seus acessórios de cena, e nos quais a intenção, como ele próprio dizia, era uma investigação sobre "o tempo e a regulagem do tempo". Da mesma maneira, *Quarto espetáculo*, de Stuart Sherman, apresentado no Whitney Museum em 1976, era uma performance à maneira de um *showman* itinerante: travesseiros, maçanetas, chapéus de safári, violões e pás eram produzidos por Sherman a partir de caixas de papelão, e em seguida ele se punha a demonstrar a "personalidade" de cada objeto por meio de gestos e dos sons de um tocafitas.

* "Coat of arms" significa "brasão", mas, nessa performance, a artista fez uma brincadeira com as palavras da expressão: *coat* (casaco) *of arms* (braços). (N. E.)

Em meados dos anos 1970, um grupo considerável de *performers* já se havia passado para os domínios do entretenimento, tornando a performance artística cada vez mais popular junto a vastos segmentos do público. Festivais e apresentações coletivas eram organizados, alguns com duração de vários dias. *The Performance Show* (1975), em Southampton, Inglaterra, reuniu muitos artistas ingleses, entre os quais Rose English, Sally Potter e Clare Weston, enquanto, em Nova York, Jean Dupuy organizava várias noites de performances com até trinta artistas por programa. Um desses eventos foi *Três noites em um palco giratório* (1976), na Judson Memorial Church; outro foi *Aros metálicos* (1977), em que vinte artistas ficavam isolados dentro de duas fileiras de cabines sobrepostas, feitas de lona para tela no próprio *loft* de Dupuy na Broadway. O público olhava através dos aros metálicos, subindo em escadas para chegar às cabines superiores e observar obras de artistas como Charlemagne Palestine, Olga Adorno, Pooh Kaye, Alison Knowles e o próprio Dupuy, todas elas em escala que se ajustava às condições de um *peep-show*. Além disso, para atender a nova demanda, galerias como o Kitchen Center for Video and Music e o Arts Space, em Nova York, De Appel, em Amsterdam, e Acme, em Londres, tornaram-se espaços exclusivamente voltados para a apresentação de performances. Empresários se adaptaram ao número crescente de performances, e aumentou o interesse pela história desse meio de expressão: recriações de performances futuristas, dadaístas, construtivistas e da Bauhaus foram apresentadas em Nova York, além de recriações de obras mais recentes, como, por exemplo, toda uma noite dedicada a eventos do grupo Fluxus.

A estética *punk*

O reconhecimento oficial de museus e galerias só serviu para estimular muitos artistas mais jovens a encontrar caminhos menos convencionais para seu trabalho. Historicamente, os *performers* nunca tinham dependido do reconhecimento do *establishment*, sem contar que sempre adotaram uma postura intencionalmente contrária à estagnação e ao academicismo associados a esse *establishment*. Em meados dos anos 1970, a saída foi mais uma vez apontada pelo *rock*. Na época, o *rock* havia passado por uma interessante transição: deixara de ser a música extremamente sofisticada dos anos 1960 e do início dos anos 1970 para transformar-se numa música intencional e agressivamente amadora. Em seus primórdios – por volta de 1975 na Inglaterra e logo depois nos Estados Unidos –, o *punk rock* foi inventado por "músicos" muito jovens, sem formação e sem experiência, que tocavam as músicas de seus ídolos dos anos 1960 com total desconsideração pelas qualidades convencionais de ritmo, tom ou coerência musical. Logo, os roqueiros *punk* estavam compondo suas próprias letras violentas (que, na Inglaterra, eram quase sempre expressão de jovens desempregados da classe operária) e criando formas igualmente acintosas de apresentação pública: a nova estética, como o demonstraram grupos como Sex Pistols e The Clash, caracterizava-se por calças rasgadas, cabelos despenteados, navalhas, corpos tatuados e alfinetes de segurança usados como adornos.

Em Londres, Cosey Fanni Tutti e Genesis P. Orridge oscilavam entre performances artísticas, sob a égide do grupo COUM Transmissions, e performances *punk*, apresentadas sob a denominação artística de Throbbing Gristle. Foi como COUM que, em 1976, eles causaram escândalo em Londres; sua exposição "Prostitution", no Institute of Contemporary Arts, que consistia na documentação das atividades de Cosey como modelo de revistas pornográficas, originou um escândalo que incendiou a mídia e o Parlamento. Apesar de o convite trazer a advertência de que a entrada seria proibida aos menores de dezoito anos, a imprensa se sentiu afrontada, acusando o Arts Council (que patrocina parcialmente o ICA) de desperdício de dinheiro público. Na sequência dos acontecimentos, o COUM foi extra-oficialmente banido do circuito das galerias inglesas, proeza que seria igualada no ano seguinte pelos Sex Pistols, quando seus discos entraram para a lista negra das estações de rádio.

Estudante de arte virar "músico" é coisa que já tinha acontecido com estrelas como John Lennon, Bryan Ferry e Brian Eno, e por grupos como The Moodies, com suas imitações satíricas do *moody-blues* da década de 1950, e The Kipper Kids, com sua imitação sádica de "escoteiros", nus da cintura para baixo e tomando uísque, que faziam aparições regulares em lugares como a galeria de arte do Royal College e o Garage, em Londres. Em Nova York, o clube de *punk rock* CBGB's era frequentado por uma jovem geração de artistas que logo criaria suas próprias bandas para juntar-se à nova onda. Alan Suicide (também conhecido como Alan Vega), um artista do néon e da eletrônica, e o músico de *jazz* Martin Rev tocavam sua "echo music" no CBGB's, frequentemente na mesma programação em que tocava The Erasers, outro grupo de artistas que se tornaram *punks* em 1977.

Para muitos artistas, a transição de arte para antiarte *punk* não foi absoluta, porque eles ainda consideravam boa parte de seu trabalho como performance artística. Mas a estética *punk* exerceu efeito sobre a obra de muitos *performers*: Diego Cortez geralmente se apresentava com roupas de couro negro, cabelos lisos penteados para trás e óculos escuros, enquanto Robin Winters jogava cigarros de maconha para o público como um gesto preliminar de seu *O homem com o melhor emprego do Estado* (1976), encerrando sua performance de meia hora com uma simulação de suicídio. O espírito de muitas dessas obras era devastador e cínico; em muitos aspectos, lembravam muito algumas performances futuristas, uma vez que rejeitavam os valores e ideias instituídos e afirmavam a arte do futuro como alguma coisa totalmente integrada à vida.

Essa geração de artistas já próximos dos trinta anos, que tinham começado a se apresentar em 1976 ou 1977, tinha sem dúvida uma concepção da realidade e da arte que já era muito diferente da obra de artistas poucos anos mais velhos que eles. Enquanto refletiam a estética *punk*, com suas atitudes anarquistas e ostensivamente sádicas e eróticas, seu novo estilo era ao mesmo tempo uma sofisticada mistura de performances recentes com seus próprios estilos de vida e sua própria sensibilidade. *Demonstrações para Lou e Walter* (1977), de Jill Kroesen, apresentada no Artists Space, era estruturada com pessoas, personagens e emoções orquestrados da mesma maneira que um compositor manipula tom e timbre. Apesar dessas

151. COUM Transmission, "Prostitution", apresentada na ICA, Londres, 1976.

considerações formais, o conteúdo da obra tinha traços decididamente *punk*: era a história de uma comunidade de caipiras cuja frustração por não poderem fazer sexo com as ovelhas de sua propriedade era aliviada pelo sapateado. Enquanto os personsgens "Share-If" e "If Be I"* faziam seu sapateado, os amantes andróginos Lou e Walter cantavam canções como "Pederast Dream" ou "Celebration of S & M", explicitando a narrativa: "Oh Walter I'm just a little Lou/Oh Walter I'm so in love with you. (...) Oh Walter clench your fist won't you come inside/Oh Walter won't you lacerate my hide". [Oh, Walter, sou apenas uma pequena Lou/Oh, Walter, estou tão apaixonada por você. (...) Oh, Walter, cerre os punhos e goze dentro de mim/Oh, Walter, venha rasgar minha pele.]

Alguns dos artistas da geração mais jovem também começaram a usar a performance junto com o cinema, a pintura e a escultura. Em Nova York, Jack Goldstein, cineasta e criador de discos incomuns como "Murder" e "Burning Forest", apresentou uma obra intitulada *Dois esgrimistas* (1978), em que duas figuras espectrais duelavam no escuro, com os corpos brancos iluminados por luz fluorescente, ao som do disco homônimo de Goldstein. Robert Longo transpôs a atmosfera de sua "fotografia sólida" – relevos pintados feitos a partir de desenhos baseados em cenas de filmes – para um tríptico performático, *O distanciamento sensato de um*

---

* Pronunciadas, as duas palavras remetem, respectivamente, a "xerife" e "FBI". (N. T.)

152. Robert Longo, *O distanciamento sensato de um homem bom*, 1978.

homem bom. Com sete minutos de duração, encenada diante de uma parede e com a ação dos atores numa espécie de pequena arquibancada, essa obra juntava três imagens esculturais que lembravam os relevos de Longo: dois lutadores musculosos, engalfinhados como que em luta corporal e iluminados por um refletor, ambos sob um disco que girava lentamente à esquerda do espectador; à direita, uma figura feminina vestida de branco cantava um trecho de ópera enquanto, no "painel" central, uma imagem cinematográfica projetava a cabeça de um homem (estranhamente semelhante ao trecho de filme a partir do qual era feito um dos relevos pintados) contra a estátua de um leão.

A Performance (*fringe*)

Durante a década de 1970, enquanto um número considerável de artistas mais jovens passou diretamente das escolas de arte para a prática da performance, um número cada vez maior de dramaturgos e músicos norte-americanos também trabalhou no contexto da performance, adotando-a como sua forma de expressão artística exatamente como o haviam feito os bailarinos e músicos que dominaram a década de 1960 – Terry Riley, Phil Glass, Steve Reich, Alvin Lucier e Charlemagne Palestine, por exemplo. Jovens *performers*, utilizando a música como elemento principal de suas obras, como Connie Beckley, de orientação "clássica", ou grupos de "New Wave", como Peter Gordon e sua Love of Life Orchestra, The Theoretical Girls ou os Gynecologists, também apresentaram seus trabalhos em espaços dedicados à performance, como o Kitchen e o Artists Space.

Enquanto isso, em outra área, os grandes espetáculos de Robert Wilson e Richard Foreman mostravam até onde podiam chegar as ideias correntes sobre a performance quando apresentadas em grande escala. Obras de Wilson como *Vida e época de Sigmund Freud* (1969), *Vida e época de Joseph Stalin* (1972), *Uma carta para a rainha Vitória* (1974) e *Einstein na praia* (1976), algumas com doze horas de duração, tinham elencos basicamente formados por artistas e bailarinos (sua obra no teatro e na dança foi enriquecida por sua formação em arte e arquitetura), resultando em obras grandiosas – verdadeiros *Gesamtkunstwerke* wagnerianos. O Teatro Histórico-Ontológico de Foreman (apresentado em seu próprio *loft* na Broadway) refletia, ao mesmo tempo, preocupações com a arte da performance e com o teatro de vanguarda.

Enquanto as performances eram geralmente eventos rápidos, únicos, minimamente ensaiados e com duração de dez a quinze minutos, as obras ambiciosas de Wilson e Foreman eram ensaiadas ao longo de meses, duravam de duas a doze horas, no caso de Wilson, e ficavam meses em cartaz. Essas obras representaram um avanço do teatro experimental norte-americano a partir do Living Theatre e do Bread and Puppet Theatre, e mostravam influências de Artaud e de Brecht (nas produções de Foreman), ou dos dramas musicais de Wagner (no caso de Wilson), tendo também assimilado ideias de Cage, de Cunningham, da nova dança e da performance. As obras produzidas pela corrente que aqui se chama de performance *fringe* foi uma síntese dessas coisas.

Chamada de "Teatro de Imagens" pela crítica nova-iorquina Bonnie Marranca, a performance *fringe* era de natureza não literária: um teatro dominado por imagens visuais. A ausência de narrativa e diálogo, trama, personagem e cenário em forma de um espaço "realista" enfatizava essa "imagem de palco". A palavra falada concentrava-se no modo de representação dos *performers* e na percepção do público *ao mesmo tempo*. Em *Saciando as massas: uma adulteração* (1975), a voz gravada de Foreman falava diretamente ao público, certificando-se de que cada seção fosse "corretamente" interpretada à medida que ia ocorrendo. Da mesma forma, em seu *Livro das maravilhas: parte dois (Livro das alavancas), Ação a distância* (1976), a ação era encenada e interpretada simultaneamente. No papel feminino principal, Rhoda (Kate Manheim), passava por todas as sequências fazendo perguntas (com sua voz gravada) que o autor certamente não se faria durante o processo de escrita: "Por que me surpreendo quando escrevo, e não quando falo?" "Quantas ideias novas você pode enfiar na sua cabeça de uma só vez?", e ela própria respondia: "Não se trata de novas ideias, mas de novos lugares para pôr as ideias."

Esse *lugar* era o teatro singular de Foreman. Em seu prefácio a *Saciando as massas*, ele escreveu: "A peça evoluiu de tal modo durante seus dois meses de ensaio que certas características extrapolaram o espaço cênico um tanto incomum do *loft* do Ontological-Hysteric Theater". Esse espaço era formado por uma sala estreita em que o palco e a área destinada ao público tinham, ambos, pouco mais de quatro metros de largura. O palco tinha vinte e dois metros de comprimento, os primeiros seis metros no nível do solo e outros nove metros em abrupta inclinação, e voltava a nivelar-se a cerca de dois metros de altura em relação ao restante

153. Richard Foreman, *Livro das maravilhas: parte dois (Livro das alavancas), Ação a distância*, 1976.

do comprimento. Paredes corrediças entravam pelas laterais do palco, criando uma série de rápidas alterações espaciais. Esse espaço especialmente construído determinava o aspecto pictórico da obra: objetos e atores apareciam numa série de quadros estilizados, compelindo o público a ver cada movimento no interior da moldura do palco.

Esses quadros visuais eram seguidos por "quadros sonoros": ruídos perturbadores que vinham de sistemas de som estereofônicos. A sobreposição de vozes, os sons gravados e a ação dos atores eram uma tentativa de penetrar a consciência do público – as vozes que enchiam o espaço eram o autor pensando em voz alta, por assim dizer. Essas pistas para as intenções por trás da obra – apresentadas dentro da obra – pretendiam deflagrar um questionamento inconsciente no público. Desse modo, o Teatro de Imagens atribuía importância considerável à *psicologia* do fazer artístico.

Robert Wilson usava a psicologia pessoal de um adolescente autista, Christopher Knowles, como material de suas produções. Tendo colaborado com Knowles durante muitos anos, Wilson parecia associar seu extraordinário mundo da fantasia e seu uso da linguagem à pré-consciência e à inocência. Além disso, a linguagem de Knowles era muito próxima das "palavras em liberdade", tão admiradas pelos futuristas, e sugeria um estilo de diálogo a Wilson. Desse modo, em vez de considerar o autismo de Knowles como um obstáculo à expressão em um mundo normal, Wilson utilizava a fenomenologia do autismo como material estético.

Os textos das produções de Wilson eram escritos em colaboração com a companhia, incluindo erros de ortografia, gramática e pontuação incorretas como meio de desconsiderar o uso e o sentido convencionais das palavras. As partes faladas eram intencionalmente irracionais ou, reciprocamente, tão "racionais" quanto qualquer pensamento inconsciente. É o que se tem, por exemplo, no seguinte trecho de *Uma carta para a rainha Vitória*: 154

1. MANDA ELA ADORA UMA BOA PIADA SABE. ELA UMA ADVOGADA TAMBÉM.
2. VAMOS LAVAR ALGUNS PRATOS
1. O QUE VOCÊ FAZ MINHA QUERIDA?
2. OH ELA É ASSISTENTE SOCIAL
1. BELA TENTATIVA GRACE
2. MANDA NÃO EXISTENTEM ACASOS

(Primeiro Ato, Segunda Parte)

Os atores eram designados por números, não por nomes, e frequentemente apareciam objetos (tanque de água, rochas, alface, crocodilo) que aparentemente não tinham relação alguma com o que se passava em cena. As obras não tinham começo ou fim no sentido tradicional, mas consistiam numa série de declamações oníricas ou de livre associação, danças, quadros vivos e sons, cada qual podendo ter um breve tema próprio que, no entanto, não se relacionava necessariamente com o que

154. Robert Wilson, *Uma carta para a rainha Vitória*, 1974.

vinha a seguir. Cada parte funcionava como uma imagem, um modo de expressão por meio do qual o dramaturgo expressava uma sensação específica cujo ponto de partida podia ou não ser evidente para o público. Em seu prefácio para *Rainha Vitória*, por exemplo, Wilson observou que a obra surgiu "de alguma coisa que vi e de alguma coisa que alguém disse". Ele descreveu as fontes de seus materiais, tanto temáticos quanto visuais, explicando que sua primeira decisão de basear a "arquitetura" do palco em diagonais foi confirmada em duas circunstâncias ocasionais. Primeiro, tinha visto uma foto de Cindy Lubar "usando um traje de musselina de forma triangular, com um buraco para a cabeça. Parecia um envelope". Wilson viu essa foto como um conjunto de diagonais impostas a um retângulo. Depois, alguém mencionou uma gola de camisa durante uma conversa, e essa imagem também o remeteu à forma de um envelope. Em resultado disso, o palco foi dividido em diagonais e os atores atuavam no sentido dessas diagonais no primeiro ato. O título e as falas iniciais da produção vieram da cópia de uma carta realmente enviada à rainha Vitória ("Gostei da carta porque estava escrita em linguagem do século XIX"): "Não obstante careça da honra de uma apresentação e esteja, a bem da verdade, infinitamente distante de ser seu merecedor, posto que singularmente mal avindo para expor-me ao brilho de Vosso sol...".

Einstein na praia, apresentada pela primeira vez em julho de 1976, no Festival d'Avignon, depois na Bienal de Veneza e a seguir numa longa turnê pela Europa (que não incluiu a Inglaterra), foi finalmente apresentada no Metropolitan Opera House de Nova York. Com base em conversas e imagens que já se vinham formando há algum tempo na mente de Wilson, a obra expressava seu fascínio pelos efeitos da teoria da relatividade de Einstein sobre o mundo contemporâneo. Espetáculo de extraordinárias proporções, a produção de cinco horas reunia o músico Philip Glass e sua companhia, os dançarinos Lucinda Childs e Andrew deGroat (que coreografou a obra), Sheryl Sutton e muitos outros, todos os quais haviam trabalhado com Wilson desde as etapas iniciais da roteirização. Cenários complexos mostravam um castelo surrealista, uma sala de tribunal, uma estação ferroviária e uma praia, com torres, um imenso raio de luz que pairava sobre um ponto do palco central e uma "fábrica" que parecia extraída de alguma ficção científica, com luzes tremeluzentes e símbolos de computador. Todos esses elementos cênicos foram concebidos pelo próprio Wilson. A extraordinária música de Glass, que era em parte eletrônica, contribuía para a extraordinária continuidade da obra, e uma das sequências de dança de Child, em que ela subia e descia obstinadamente pela mesma diagonal durante cerca de meia hora, exerceram um efeito hipnótico sobre o público.

As duas obras foram descritas por Wilson como óperas, e sua "unificação das artes" nessas produções representou uma contraparte moderna às aspirações de Wagner. Elas juntaram os talentos de alguns dos mais inventivos *performers* da vertente artística, utilizando também os meios mais "tradicionais" do teatro, cinema, pintura e escultura. A obra de Wilson chamada *Eu estava sentado no meu terraço aí aparece esse cara, achei que estava alucinado*, de 1977, é mais compacta e sucinta, evitando a extravagância das "óperas" anteriores. Não obstante, a vertente da

155. Cenário final de *Einstein na praia*, de Wilson, 1976.

peformance, conquanto oscilasse entre a performance artística e o teatro de vanguarda, foi produto de ambas.

Ao mesmo tempo, as exigências extremamente complexas e grandiosas de empreendimentos como os de Wilson fizeram com que sua obra parecesse mais tradicional que a maioria das performances artísticas. De fato, se tal escala era sintomática da crescente importância da performance no final dos anos 1970, esse aspecto excessivamente teatral também indicava um novo rumo para os anos 1980. Não só o próprio Wilson dirigiu obras teatrais usando textos preexistentes, como em sua ópera baseada em *Medéia* de Eurípides (1981), produzida em colaboração com o compositor Gavin Bryars, ou em *Hamlet Machine* (1986), de Heiner Muller; na verdade, o próprio texto começou a desempenhar um papel significativo, mas ainda um tanto obscuro, em suas novas produções. Wilson afirmou que suas intenções consistiam em atingir um público maior, criando obras "na escala do grande teatro popular".

A geração da mídia

Por volta de 1979, a guinada da performance para a cultura popular refletiu-se no mundo da arte em geral, de modo que, ao iniciar-se a nova década, completou-se o proverbial balanço do pêndulo; em outras palavras, o idealismo anti*establishment* dos anos 1960 e dos primeiros anos da década de 1970 havia sido categoricamente rejeitado. Começava a firmar-se uma atmosfera muito diferente, caracterizada por pragmatismo, espírito empresarial e profissionalismo, elementos profundamente alheios à história da vanguarda. De modo interessante, a geração que provocou essa reviravolta era basicamente formada por discípulos de artistas conceituais que, apesar de compreender bem as análises de seus mestres sobre mídia e consumismo, tinham optado pelo rompimento com a regra de ouro da arte conceitual (a primazia do conceito sobre o produto), voltando-se da performance e da arte conceitual para a pintura. Em geral, as novas pinturas eram bem tradicionais – muitas delas figurativas e/ou de conteúdo expressionista –, ainda que estivessem às vezes impregnadas de um imaginário proveniente da mídia. Em reação a esse trabalho acessível e ousado, alguns donos de galeria e seus clientes novos-ricos, bem como os eventuais profissionais de relações públicas, introduziram no mercado de arte uma nova geração formada por artistas muito jovens; pouco tempo depois, por volta de 1982, alguns artistas haviam deixado de ser batalhadores desconhecidos e se transformaram em estrelas milionárias das artes plásticas. Desse modo, o mundo da arte dos anos 1980, particularmente o de Nova York, passou a ser muito criticado por sua atenção desproporcional ao "hype" e ao mercado da arte.

O artista-celebridade da década de 1980 veio praticamente substituir o astro de *rock* da década de 1970, ainda que a mística de "mensageiros da cultura" dos artistas plásticos indicasse um papel menos marginal do que aquele que havia sido desempenhado pelas estrelas do *rock*. Na verdade, esse retorno à vertente burguesa tinha tanto a ver com uma era extraordinariamente conservadora do ponto de vista político quanto com chegada à maturidade da geração da mídia. Educados por vinte e quatro horas diárias de programação televisiva e por um regime cultural de filmes B e *rock'n'roll*, os artistas performáticos dos anos 1980 reinterpretaram o velho brado de guerra do rompimento das barreiras entre vida e arte como um rompimento das barreiras entre arte e mídia, o que também se patenteou no conflito entre a chamada "grande arte" e as manifestações artísticas menos sofisticadas.

Uma das principais obras a cruzar essas fronteiras foi *Estados Unidos*, de Laurie Anderson, um musical com oito horas de duração e truques de prestidigitação que foi apresentado na Brooklyn Academy of Music em fevereiro de 1983 (na verdade, tratava-se de uma mistura de breves narrativas visuais e musicais criadas ao longo de seis anos). *Estados Unidos* era uma paisagem plana que a evolução da mídia tinha deixado para trás: imagens projetadas de desenhos feitos à mão, ampliações de fotos tiradas da televisão e filmes truncados formavam um fundo de cenário operístico para canções sobre a vida como um "circuito fechado". Anderson cantava e falava uma canção de amor com o bordão "seja x igual a x" através de um vocalizador que fazia sua voz soar como a de um robô, expressando uma melancólica mescla de emoções e *know-how* tecnológico. "Superman", uma canção na parte central do espetáculo, era um pedido de ajuda contra a manipulação da cultura de dominação da mídia; era o grito de uma geração saturada pelos artifícios da mídia.

A cativante presença de Anderson em cena e sua obsessão pela "comunicação" eram qualidades que lhe permitiam alcançar vastos segmentos do público. Na ver-

156. Laurie Anderson, *Estados Unidos partes 1 e 2*, na Brooklyn Academy of Music, 1983.

dade, em 1981 ela havia assinado com a Warner Brothers (EUA) um contrato para a produção de seis discos, de modo que, no que dizia respeito ao público, *Estados Unidos* assinalou o "nascimento" da performance para a cultura de massa. Ainda que, em fins dos anos 1970, a hierarquia institucional do mundo das artes já tivesse aceito a performance como um meio independente de expressão artística, no início da década seguinte seu novo nicho passou a ser o mundo comercial.

Dois outros artistas nova-iorquinos estabeleceram os precedentes para essa transformação: Eric Bogosian e Michael Smith iniciaram suas carreiras no final dos anos 1970 como humoristas de casas noturnas no centro de Nova York e, cinco anos depois, com grande sucesso, apareciam no "outro lado" ao mesmo tempo que mantinham o título sempre paradoxal de *performers*. Além disso, seu êxito evidente estimulou os inúmeros *disco clubs* que abriram nos cinco anos seguintes e que, por terem na performance uma de suas atrações principais, ajudaram a criar e a difundir um novo gênero: o cabaré artístico.

Eric Bogosian, um ator por formação que atuava no circuito das artes, começou na tradição das performances solo, tomando por modelos Lenny Bruce, Brother Theodore e Laurie Anderson. Ele criou uma série de personagens originários do rádio, da televisão e dos cabarés da década de 1950; começando em 1979 com "Ricky Paul" – um artista de teatro de variedades briguento e machista, de humor sujo, ultrapassado e deturpado –, em meados dos anos 1980 acrescentou novos personagens que formavam uma galeria desses machões norte-americanos: irados, em geral violentos ou incorrigivelmente derrotados. Apresentados em extraordinárias performances individuais com títulos como *Men Inside* [Homens dentro de mim] (1981) ou *Bebendo na América* (1985/6), eles representavam uma crescente diatribe contra uma sociedade insensível. Igualmente preocupado com a forma e com o conteúdo, Bogosian extraía desses retratos o que havia de melhor na performance, seu enfoque imagístico e suas apropriações da mídia (que estavam então na moda), trabalhando-os com o refinamento e a confiança de um excelente ator. Sua estratégia consistia em "enquadrar" cada personagem, enfatizando os clichês e as convenções das técnicas manipuladoras de representação, mas ao mesmo tempo criava "imagens" duras e solitárias que refletiam preocupações semelhantes às de seus companheiros mais voltados para a "grande arte". Essa combinação, como no caso de Anderson, chamou a atenção de um público mais amplo, tanto que, em 1982, como escritor e como ator, Bogosian já contava com produtores; no ano seguinte, passou a trabalhar com uma prestigiosa companhia de agentes, e pouco depois assinava contratos para filmes e programas de televisão.

No caso de Michael Smith, a transformação não foi tão completa quanto a de Bogosian, mas ele foi um dos primeiros exemplos do artista/humorista performático que, de muitas maneiras distintas, caracterizou os novos rumos tomados pela arte no início dos anos 1980. Com sua *persona* cênica Mike, Smith atuava no limiar entre performance e televisão, produzindo vídeos e performances que eram uma junção de ambos. Em *A casa de Mike* (1982), apresentada no Whitney Museum, construiu-se um estúdio de televisão completo, inclusive com camarim e uma pequena copa-cozinha para o ator que tinha no centro uma "sala de estar". Em vez de atuar em pessoa, Smith aparecia em um vídeo de meia hora nessa "sala de estar"; *Começa em casa* mostrava Mike ao telefone com seu detestável "produtor" Bob

157. Ann Magnusson, *Especial de Natal*, performance apresentada no The Kitchen Center, Nova York, 1981.

158. Eric Bogosian em uma de suas primeiras apresentações de cabaré como "Ricky Paul", no efêmero Snafu Club, Nova York, agosto de 1980.

159. Karen Finley ataca a domesticidade urbana em *Constante estado de desejo*, performance teatral solo apresentada no The Kitchen Center, Nova York, 1986.

160. Tom Murrin em *Deusa da lua cheia*, de sua autoria, um breve ato de menos de dez minutos em que o ator usava, como figurinos, "coisas encontradas na rua"; apresentada no PS122, Nova York, 1983.

(na verdade, a voz de Bogosian), discutindo a possibilidade de produzirem uma grande comédia para a televisão. Essa imagem de um artista performático sonhando em tornar-se uma celebridade no universo da mídia captava perfeitamente a ambivalência do artista performático: como fazer a passagem sem perder a integridade e a proteção – para explorar um novo território estético – do mundo da arte. Não que o fato de ser descoberto pela mídia fosse o único objetivo dos novos *performers* humoristas que se apresentavam todas as noites no East Village de Manhattan, em clubes como The Pyramid, 8 BC, The Limbo Lounge e Wow Café, ou na "vitrine institucional" do East Village, o OS 122 (os principais apresentadores do cabaré artístico entre 1980 e 1985). Ao contrário, esses artistas optaram por criar novos espaços a uma certa distância dos caminhos e dos *performers* mais estabelecidos. Eles criavam obras menos elaboradas e mais rápidas que exploravam as fronteiras entre a televisão e a vida real, sem deixar entrever qualquer preferência por esta ou aquela. Esses artistas pós-punks, *connoisseurs* da cultura de massa que buscavam sua matéria-prima no lixo dos meios de comunicação, criaram sua própria versão do cabaré artístico com uma energia meio antiquada de programas favoritos de televisão e de espetáculos de variedades em que se percebia, aqui e ali, uma falta de vitalidade que se ajustava bem à paródia.

Apesar das incertezas de trabalhar em contextos nos quais havia poucas garantias de um público atento, e do fato de que os clubes estavam tentando auferir lucros, o que pressionava os artistas a atrair um público cada vez maior, muitos deles apresentaram trabalhos muito interessantes. John Kelly criou minidramatizações da angustiada biografia do artista Egon Schiele; Karen Finley desafiou a passividade de seu público com temas intimidantes de excesso e depravação sexual; e Anne Magnusson satirizou várias estrelas das novelas de televisão. Outros, como The Alien Comic (Tom Murrin) e Ethyl Eichelberger, tinham anos de experiência no teatro experimental quando tomaram o caminho mais vigoroso e menos sofisticado de seu novo trabalho. O humorista de Murrin era um muito comunicativo contador de histórias memoráveis do East Village, enquanto Eichelberger levou o espetáculo com *drag queens* além da preocupação com o travestismo, chegando ao terreno do romance e da sátira com sua coleção de divas históricas e histéricas, de Nefertiti e Clitemnestra a Elizabeth I, Carlota do México e Catarina, a Grande. Na verdade, em muitos casos, as particularidades da performance em clubes definiam limites convenientes: o resultado era uma obra incomum na agudez de seu enfoque e na lucidez de sua execução.

John Jesurun, cineasta, escultor e ex-assistente de produção de televisão, foi um dos que se beneficiaram desse contexto; seu sucesso se deveu a "circunstâncias reais" (um clube comercial) e ao público "real", que eram, como ele, membros da geração da mídia. Sua obra *Chang numa lua fora de curso* (junho 1982-83) era uma "série de filmes ao vivo", apresentada em episódios semanais no Pyramid Club, na qual ele utilizava técnicas de palco adaptadas do cinema: panorâmicas, *flashbacks* ou transições bruscas. Jesurun não se limitava a apresentar imagens da mídia ou a manter a "grande arte" circunscrita à cultura dominante. Ao contrário, ele mergulhava no cinema e na televisão, contrapondo as realidades do celuloide e da carne

161. O teatro *high-tech* de John Jesurun confunde as fronteiras entre a mídia e a vida real. Em *Sono profundo*, apresentada no La Mamma, Nova York, em 1986, um jovem é aprisionado em um filme e não consegue voltar à vida real.

e osso, ou, como ele próprio dizia,"a justaposição do mentir e do dizer a verdade". Em *Sono profundo* (1985), por exemplo, quatro personagens ficavam inicialmente no palco enquanto outros dois surgiam, com dimensões exageradas, em telas suspensas nas duas extremidades do espaço cênico. Um por um, todos iam"entrando" no filme, como gênios pelo bocal de uma garrafa, até que uma figura solitária permanecia no palco para operar o projetor. Em *Corredeiras* (1986), atores ao vivo e "cabeças falantes", em vinte e quarto monitores de circuito fechado que cercavam o público, travavam uma batalha verbal de noventa minutos sobre ilusão e realidade. Cronometrado como o"tique-taque" de um metrônomo, de modo que os diálogos ao vivo e os gravados se combinassem perfeitamente, o"vídeo-teatro" de Jesurun foi um importante indicador de sua época, pois seu drama de alta tecnologia representou, ao mesmo tempo, um exemplo da mentalidade predominante na mídia e a nova teatralidade da performance.

De volta ao teatro

Em meados da década de 1980, a completa aceitação da performance como"entretenimento de vanguarda" inovador e divertido (a *People Magazine*, de grande circulação, chamou-a de a forma de arte por excelência dos anos 1980) deveu-se em grande parte à sua guinada em direção à mídia e ao espetáculo a partir de 1979.

186 A ARTE DA PERFORMANCE

Mais acessível, a performance voltava sua atenção para o elemento decorativo – figurinos, cenários e iluminação – e para veículos mais tradicionais e conhecidos, como o cabaré, o *vaudeville*, o teatro e a ópera. Em grande e pequena escala – num teatro lírico como a Brooklyn Academy of Music ou num "palco aberto" e intimista, como os Riverside Studios de Londres –, a dramatização de efeitos era uma parte muito importante do todo. É interessante notar que a performance veio preencher a lacuna entre entretenimento e teatro e que, em certos casos, revitalizou o teatro e a ópera.

Na verdade, a volta às belas-artes tradicionais, por um lado, e a exploração dos recursos do teatro tradicional, por outro, permitiram que os artistas da performance tomassem emprestados elementos pertencentes a ambos e criassem um novo híbrido. Ao "novo teatro" concedeu-se a licença de incluir todos os meios de expressão, de usar a dança ou o som para desenvolver uma ideia, ou de encaixar um filme no meio de um texto, como em *A terra dos sonhos arde em chamas* (1986), do Squat Theater. Inversamente, a "nova performance" ficou com a liberdade de ostentar refinamento, estrutura e uma narrativa, como em *Café Vienna* (1984), de James Neu, uma obra que, além de seu palco inusitadamente estruturado em camadas (desfeitas, parte por parte, ao longo da ação), tinha um roteiro plenamente desenvolvido como sua característica mais incomum. Outras obras, inclusive as viagens

162. *A terra dos sonhos arde em chamas*, do Squat Theater, 1986, escrita por Stephan Balint, começava com um filme de vinte minutos em que se mostrava a mudança de uma garota para seu primeiro apartamento, terminando com a redenção urbana num cenário de "filme de suspense".

163. Jan Fabre, *O poder da loucura teatral*, 1986, melodrama extremamente estilizado sobre o romance e a violência sexual nos anos 1980, tendo por fundo projeções de *slides* que reproduziam pinturas maneiristas.

autobiográficas de Spalding Gray por paisagens de seu passado, como *Nadando para o Camboja* (1984), e *Trilogia* (1973 -), dele e de Elizabeth LeCompte, inicialmente apresentadas na The Performing Garage (um teatro experimental), tiveram posteriormente mais público no circuito das performances do que de teatro.

Na Bélgica, as performances extremamente teatrais de Jan Fabre, como *Isto é teatro, como era de esperar e prever* (1983) ou *O poder da loucura teatral* (1986), misturavam abertamente atuação expressionista com violência, tanto física quanto metafísica, bem como um repertório de imagens extraídas de artistas como Kounellis e Marcel Broadthaers. Com admiráveis efeitos cênicos e muita ação, opressiva e frequentemente repugnante – numa cena de *Loucura teatral*, rãs que saltavam pelo palco eram cobertas por camisas brancas e, depois, aparentemente pisoteadas pelos atores, deixando essas peças de roupa ensanguentadas pelo palco –, a obra de Fabre era um híbrido de recortes visuais da performance e representações tensas de estados psicológicos extraídos da literatura e do teatro.

Na Itália, vários jovens artistas entre vinte e vinte e poucos anos tinham sido "educados" por Fellini, pelo cinema norte-americano e por enlatados de televisão, por apresentações de Robert Wilson (cuja obra foi vista mais regular e completamente na Europa do que em seu país, os Estados Unidos) e por rumores e apresentações infrequentes de Laurie Anderson. Esses novos artistas foram os entusiasmados criadores de um gênero chamado de *Nuova Spettacolarità* pela imprensa, ou de Teatro da Mídia por seus proponentes. Em Roma e Nápoles, onde ficavam os dois grupos mais ativos (La Gaia Scienza e Falso Movimento), os espetáculos das próprias cidades formavam o pano de fundo de suas primeiras obras. O Falso Movimento, formado em 1977, criou inicialmente pequenos eventos e instalações que tinham por tema a linguagem e o cinema e que permaneciam na linha da estética dos anos 1970. Por volta de 1980, seus membros também começaram a dar ênfase para o teatro, usando o proscênio como um amplo panorama de suas "paisagens metropolitanas", com todo tipo de referências à mídia. Com a intenção de "transformar o palco numa tela de cinema", *Tango Glaciale* (1982), com duração de uma hora, empregava uma grande variedade de estilos dentro de um único espaço teatral (representando os diferentes níveis e partes de uma casa, piscina e jardim incluídos). De referências gregas clássicas a uma sequência de romantismo piegas na qual o marinheiro de Gene Kelly em *On the Town** atuava ao lado do saxofonista de Robert de Niro em *New York, New York*, a obra pretendia estabelecer um imaginário arquetípico contemporâneo no contexto do palco. *Otelo* (1984), obra criada com o compositor Peter Gordon, tem como ponto de partida a ópera de Giuseppe Verdi, e não o texto de Shakespeare. A performance, porém, não lembrava nenhuma das duas obras. Somente a partitura de Gordon utilizava elementos de seu precedente histórico, apropriando-se dos elementos folclóricos do compositor italiano para introduzir em suas melodias grandes efeitos acústicos e colagens eletrônicas, criando uma fascinante mistura de velhos e novos sons. Como de hábito, a sucessão de imagens era cinematográfica: dessa vez, *Casablanca*, *Querelle*, de Fassbinder, e *Amarcord*, de Fellini, constituíam o material básico das imagens evocativas.

La Gaia Scienza, grupo igualmente entusiástico em suas colaborações e suas referências ecléticas ao cinema, à arquitetura, à dança e à recente arte da performance, tinha uma orientação coreográfica mais acentuada que o Falso Movimento. Mímica e movimentos mecânicos que imitavam marionetes, figurinos em *trompe l'oeil*, objetos de cena enormes e iluminação orquestrada, além de cenários que se abriam de dentro para fora, formavam a base de seu teatro visual. *Cuori Strappati* (Corações despedaçados, 1984), obra com duração de uma hora e música de Winston Tong e Bruce Geduldi, era uma peça de teatro baseada em curtas-metragens e pastelões do cinema mudo.

Da mesma maneira, os grandes centros europeus testemunharam um florescimento do teatro-performance. Os artistas responderam ao meio de expressão totalmente maleável que era a performance e se animaram com o que era na época uma introdução aceitável de elementos teatrais que permitiam alcançar um público mais amplo. Na Polônia, o grupo Akademia Ruchu, com seus sete membros influenciados pela original obra política e expressionista de Tadeuz Kantor na década de 1970, também produziu performances teatrais. Menos afetada pela mídia que seus contemporâneos de outros países, o que era compreensível, a Akademia Ruchu ainda assim demonstrou ter uma aguda percepção da história do cinema europeu, combinando ideias e movimentos. No Ocidente, esse grupo se apresentou no Almeida Theatre, em Londres, em outubro de 1986, com duas peças: *Sono* e *Cartago*.

---

* *Um dia em Nova York*. (N. T.)

164. Grupo Falso Movimento, *Otelo*, apresentada pela primeira vez no Castel Sant'Elmo, em Nápoles, 1982. Foi um tributo do "mídia-teatro" à ópera de Giuseppe Verdi, transformando o palco numa tela de cinema, com fotos, filmes e cenários dentro de cenários.

Na Espanha, por outro lado, La Fura dels Baus floresceu durante a recente conquista de liberdade política. Formado por doze atores que incluíam pintores, músicos, *performers* profissionais e amadores, o grupo produziu obras como *Suz o suz* (1986) e *Accions* (1986), que exploram, de modo ousado e provocador, cenas de bacanais, violência e morte, e da vida após a morte de grandes pintores espanhóis do século XVII, com suas paisagens dramáticas e sua intensidade religiosa, e com sutis evocações de imagens do cinema surrealista, como as de Buñuel, por exemplo. Arianne Minuschkin e o Théâtre Soleil, na França, tão provocadores na década 1970, buscaram nova inspiração na performance dos anos 1980, e o grupo belga Epigonen causou um impacto igualmente profundo.

Assim, a linha divisória entre teatro tradicional e performance tornou-se indistinta, a ponto de os críticos de teatro começarem a escrever sobre a performance, mesmo tendo-a ignorado quase totalmente até 1979, quando a análise das obras desta arte era deixada a cargo dos críticos de artes plásticas ou da música de vanguarda. Não obstante, foram obrigados a reconhecer que o material e suas aplicações tinham origem na arte da performance, e que o dramaturgo/*performer* ostentava, de fato, uma formação de artista. Até porque não havia, no teatro contemporâneo, nenhum movimento comparável ao qual se pudesse atribuir a energia daquelas novas obras. Da mesma forma, não ocorrera no âmbito da ópera nenhuma revolução que indicasse que o entusiasmo por muitas novas óperas, com sua ousada arquitetura visual e complexidade musical, viesse de outra fonte que não a história recente da performance.

Foi *Einstein na praia* (1976), de Robert Wilson e Philip Glass, que, nos anos 1980, inspirou várias novas óperas e *Gesamtkunstwerke* de grande escala, começan-

165. Cena de *As guerras civis: uma árvore tombada se mede melhor*, de Robert Wilson, Rotterdam.

do com *Satyagraha* (1982) e *Akhnaten* (1984), ambas do próprio Glass e dirigidas e encenadas por Achim Freyer, o dinâmico diretor da Ópera de Stuttgart. Em 1987, essas duas últimas obras e *Einstein* foram apresentadas pelo mesmo diretor como uma trilogia. A retomada da tragédia grega por Bob Telson e Lee Breuer, em *Gospel at Colonus** (1984), foi interpretada como um encontro *gospel* cheio de glória, música e palmas; a polêmica história de Malcolm X foi contada através de canções dramáticas pelo compositor Anthony Davis em sua produção de *X* (1986). Em estilo muito diverso, Richard Foreman criou seu próprio e insólito musical sobre os anos 1980, *Nascimento de um poeta* (1985), em colaboração com a escritora Kathy Acker, o pintor David Salle e o compositor Peter Gordon. A obra devia tanto a *Relâche*, de Picabia – luzes brilhantes ofuscavam o público e os atores percorriam o palco em carrinhos de golfe –, quanto ao musical *Hair*, dos anos 1960: os protagonistas com calças boca-de-sino, cabelos longos e faixas em volta da cabeça cantavam o sexo e a arte, porém com o cinismo consumista dos anos 1980 e na prosa frequentemente obscena de Acker. *Nascimento de um poeta* foi brilhantemente apresentado num palco que mudava de forma aproximadamente a cada cinco minutos e representou uma resposta imediata ao entusiasmo da década de 1980 pelas colaborações; na verdade, entusiasmo por veículos nos quais artistas muito conhecidos pudessem criar, devido a sua colaboração, um evento estimulante.

Embora o termo "ópera" nem sempre pudesse ser expressamente aplicado a esses musicais de grande apelo visual, a opulência deles era verdadeiramente ope-

---

* Título que remete a *Édipo em Colono*, peça de Sófocles. (N. T.)

166. *Nascimento de um poeta*, de Richard Foreman, com texto beirando o obsceno, imagens surrealistas e indignação variável do público, evocava o espírito de *Relâche*, de Picabia.

167. *Gospel at Colonus* (1984), de Bob Telson e Lee Breuer, combinava o teatro clássico com a poderosa forma e a poderosa canção do *gospel* norte-americano.

rística; ofereciam as condições necessárias para qualidades vocais incomuns e para renomados cantores de ópera. *Grande dia de amanhã* (1982), de Robert Wilson numa colaboração com a célebre soprano norte-americana Jessye Norman, era uma apresentação teatral de *spirituals* afro-americanos. Jessye Norman ficava diante de um cenário variável, que fora concebido, nas palavras de Wilson, "de modo que o visual nos ajudasse a ouvir e a música nos ajudasse a ver". Por outro lado, *As guerras civis: uma árvore tombada se mede melhor* (1984), com Philip Glass e outros compositores, mais David Byrne, dos Talking Heads, era uma grande ópera; concebida como um espetáculo de doze horas cujas partes separadas contavam com contribuição de cinco países (Holanda, Alemanha, Japão, Itália e Estados Unidos) ao mesmo tempo que os refletiam, destinava-se a ser apresentada no Festival Olímpico das Artes, em Los Angeles. Embora nunca tenha sido integralmente encenada, suas partes individuais apresentavam um repertório monumental de imagens da Guerra de Secessão norte-americana, misturadas, por exemplo, com fotos contemporâneas de guerreiros samurais japoneses. Era um painel histórico-visual em câmera lenta, repleto de homens e mulheres da altura de edifícios, personagens históricos como o general Lee, Henrique IV, Karl Marx e Mata Hari, além de animais da arca – elefantes, girafas, zebras e tigres. Wilson queria que sua "história do mundo" atingisse um público vasto e popular. "Deve ser como os concertos de *rock*", observou Wilson, lembrando-se da primeira vez que assistiu a um desses concertos. "Eles são a grande ópera de nossa época."

Teatro-Dança

Não surpreende que a dança tenha acompanhado esses avanços, distanciando-se das bases intelectualizadas das experiências dos anos 1970 e produzindo obras muito mais tradicionais e ligadas ao entretenimento. Com renovado interesse por corpos perfeitamente treinados, belos figurinos, iluminações e fundos de cenários, bem como pela narrativa, os novos coreógrafos se apropriaram do que haviam aprendido com a geração anterior e misturaram aquelas lições de "acumulação", movimento natural e coreografia de padrões geométricos com técnicas do balé clássico e movimentos identificáveis, apropriados a um amplo espectro do universo da dança. Dos anos 1970, eles também mantiveram a prática de trabalhar em estreita colaboração com artistas plásticos e músicos, o que significava ter cenários belamente pintados por artistas da "geração da mídia" e uma música ritmicamente carregada, mistura de *punk, pop* e música serial.

Karole Armitage, cuja formação passava por Cunningham e Balanchine, era um exemplo típico desse estado de espírito extrovertido. Com seus membros longos e um corpo perfeitamente treinado, ela juntou-se ao músico e compositor Rhys Chatham e suas "guitarras desafinadas" para criar uma dança que apreendia toda a sensibilidade do momento. *Classicismo drástico* (1980) – uma colaboração que incluía Charles Atlas, responsável pelo cenário – foi uma mistura das estéticas *punk* e *new wave*, com *glamour* irreverente, sofisticação *pop* e cromatismo cênico em que

168. Karole Armitage, *Classicismo drástico*, 1980, com Rhys Chatham.

169. A combinação de alta velocidade e coreografia baseada na forma do corpo, característica do trabalho de Molissa Fenley, é vista aqui em *Hemisférios*, 1983.

predominavam o negro e o púrpura, com manchas fosforescentes em tons de verde e laranja. Era também um equilíbrio entre as abordagens clássicas e anárquicas da dança e da música: os dançarinos e músicos literalmente se chocavam no palco; os dançarinos esbarravam nos músicos, que mal conseguiam se manter em pé mas continuavam a tocar, forçando os dançarinos a criar movimentos "mais altos" (uma mistura de movimentos à Cunningham e Balanchine), capazes de acompanhar a crescente intensidade da música. Da mesma maneira, Molissa Fenley fez a dança passar de uma estética de movimentos contidos diretamente para a dos anos 1980, com movimentos incrivelmente rápidos e incontidos, próprios para corpos muito bem treinados como o dela – que era ginasta e bailarina –, em obras como *Estimulante* (1980), um vertiginoso discurso sobre a colocação de braços, cabeças e mãos. Em *Hemisférios* (1983), ela se apropriou de um banco de imagens de movimentos de dança que faziam pensar num hieróglifo egípcio ou no friso de um guerreiro grego; as palmas das mãos ficavam para cima, como na dança indiana clássica, ou os cotovelos permaneciam arqueados, como numa reverência balinesa, enquanto o movimento dos quadris podia lembrar o gingado do samba. Com música especialmente composta por Anthony Davis, *Hemisférios* (em alusão ao cérebro) pretendia ser uma conciliação de opostos: presente e passado, análise e intuição, clássico e moderno. A natureza essencialmente física da obra tornava-a ao mesmo tempo exigente para o especialista em dança e atraente para o grande público.

170. *Pastos secretos*, de Bill T. Jones e Arnie Zane, 1984, com Jones como o ser criado pelo professor louco (Zane), sinalizava a volta à narrativa e ao *décor* na dança dos anos 1980.

Para Bill T. Jones e Arnie Zane, outra maneira de atingir um público maior foi o rompimento com outro tabu dos anos 1970, o da parceria. Eles tentaram dar uma nova forma ao *pas de deux*, a base da dança clássica, e a chave para isso foi dada pelas próprias características de sua parceria: com uma estrutura óssea talhada como uma escultura de madeira africana, Jones era trinta centímetros mais alto que Zane, que, tanto em forma como em personalidade, lembrava um personagem de Buster Keaton saído do *vaudeville*. Jones era um bailarino lírico de formação profissional impecável, e Zane um fotógrafo que passou a dançar aos vinte e cinco anos de idade. A combinação de suas coreografias resultou na ênfase ao movimento e em refinados efeitos teatrais, enquanto a relação formada por sua parceria dava a seus primeiros trabalhos um caráter autobiográfico intimista. Obras como *Pastos secretos* (1984), porém, transcendiam o aspecto pessoal: havia uma companhia formada por quatorze dançarinos; uma narrativa envolvendo um professor louco e seus macacos numa praia cheia de palmeiras criada pelo artista midiático Keith Haring; uma música divertida e excêntrica composta por Peter Gordon, e figurinos extravagantes criados pelo estilista Willi Smith. Com essa parafernália, a obra atravessava a ponte entre alta e baixa cultura, acrescentando a diversidade da vanguarda à natureza acessível da dança norte-americana moderna, como a de Jerome Robbins ou Twyla Tharp. Para esses coreógrafos, o importante era "informar a cultura popular" e não "ser informado pela cultura *pop*", e *Pastos secretos* tinha a pretensão autoproclamada de ser um exemplo do *pop* de vanguarda.

Por outro lado, muitos dançarinos continuaram a trabalhar com as diretrizes mais esotéricas estabelecidas pela geração anterior, ainda que eles também acrescentassem figurinos, iluminação e temas dramáticos a suas criações. Ishmael Houston Jones usou o improviso como motivo coreográfico principal em obras como *Sonhos e escadas de um caubói* (1984), que criou junto com o artista plástico Fred

Holland; em *Amor de televisão* (1985), Jane Comfort usou suas repetições características e seu fascínio pela linguagem como ambiência rítmica para sua dança, numa sátira aos programas de entrevistas da televisão. Em *A arte da guerra – 9 situações* (1984), Blondell Cummings misturava silêncio e som, gestos, imagens de vídeo e textos pré-gravados em balés semiautobiográficos e intimistas que iluminavam aspectos da cultura afro-americana e do feminismo, ao mesmo tempo que se referia a um livro homônimo escrito no século VI a.C. Tim Miller recriou breves cenas de sua infância, como em *Buddy Systems* (1986), em que a dança era usada para pontuar ou neutralizar estados emocionais ou para ligar um gesto do corpo a outro. Stephanie Skura, por sua vez, cobriu todo o território da dança em paródias de sua história recente: *Coleta de estilos* (1985) era quase um *quizz show*, com movimentos que arremedavam coreógrafos dos anos 1970 e 1980, os temas de seu jogo de adivinhação.

O ponto máximo da dança-teatro foi alcançado por Pina Bausch e seu Tanztheater Wuppertal. Apropriando-se e tomando como padrão o vocabulário liberal dos anos 1970 – do balé clássico aos movimentos e repetições naturais –, Bausch fez experiências no teatro visual em escala semelhante à de Robert Wilson. Ela misturou-as com o tipo de expressionismo extático associado ao teatro do Norte europeu (com precedentes alemães como Bertolt Brecht, Mary Wigman e Kurt Joos), introduzindo, assim, elementos teatrais dramáticos e arrebatadores que eram, ao mesmo tempo, uma dança dramática e visceral. Sem chegar a configurar verdadeiras narrativas (ainda que os bailarinos gritassem palavras uns para os outros), a

171. *Kontakthof*, de Pina Bausch, 1978, apresentava homens e mulheres dispostos em linha como parte de uma coreografia repetitiva que era um complexo ensaio sobre a gestualidade acanhada do cotidiano.

dança dramática de Bausch explorava nos mínimos detalhes a dinâmica entre mulheres e homens – extática, combativa e eternamente interdependente – em diversas linguagens corporais determinadas pelos membros de sua companhia, todos de expressão extraordinariamente individual. As mulheres – de cabelos compridos, poderosas e exóticas, de formas e tamanhos variados – e os homens – igualmente diferentes em aparência e tamanho – faziam movimentos repetitivos, obsessivos e fastidiosos. Esses movimentos eram repetidos ao longo de horas, como diálogos comportamentais entre os dois sexos. Caminhando, dançando, caindo, empertigando-se, homens e mulheres seguravam-se uns aos outros e atropelavam-se, acariciando-se e torturando-se mutuamente em maravilhosos cenários. Em *Auf dem Gebirge hat man ein Geschrei gehort* (Ouviu-se um grito na montanha, 1984), o palco tinha centímetros de poeira. Em *Arien* (1979), tinha centímetros de água. Em *Kontakthof* (1978), um salão de baile de pé-direito alto era o cenário para uma coreografia fascinante, criada a partir de gestos cuidadosamente observados de homens e mulheres pouco à vontade; endireitar a gravata/ajustar a alça do sutiã, esticar o paletó/ajeitar a anágua, tocar a sobrancelha/arrumar o cabelo, e assim por diante, até que o ciclo de movimentos, infinita e ritmicamente repetido, primeiro pelas mulheres e depois pelos homens, e em seguida juntos, em diversas combinações, criava uma extraordinária vitalidade.

172. O grupo japonês de butô, Sankai Juku, em *Kinkan Shonen*, em sua visita a Nova York em 1984.

Com uma intensidade ritualística que lembrava a arte corporal europeia dos anos 1960, e com um simbolismo atribuído a materiais como a terra e a água, a dança-teatro de Bausch era a antítese do trabalho de viés midiático que provinha dos Estados Unidos. Lentas, penetrantes, quase fúnebres, em marrons, negros, cremes e cinzas, suas danças fugiam à aceitação fácil e aos prazeres momentâneos. Igualmente atemporal e incansavelmente físico era o teatro-dança japonês Butô, palavra quase intraduzível que se pode mais ou menos entender como "passo ou dança negros". Era uma forma de dança de movimentos lentos e gestos exagerados, às vezes justapostos a uma música estranha e chocante e em outros momentos feitos em profundo silêncio. Austero e misterioso, o objetivo zen dos praticantes do butô consistia em alcançar a iluminação através de um rigoroso treinamento físico. Apresentavam-se frequentemente nus, com a pele coberta de argila branca ou cinzenta, e a impressão passada por essas figuras imóveis, contorcidas, era a de que elas eram em parte fetos, em parte múmias, simbolizando, assim, o tema escolhido pelo butô: o espaço entre o nascimento e a morte. Profundamente ligados às antigas tradições japonesas – tanto as sacerdotais, como as danças do Bugaku, quanto as de grande magia teatral, como o teatro Nô –, figuras exponenciais como Min Tanaka, Sankai Juku e Kazuo Ono, no Japão, ou Eiko, Komo, Poppo e os Gogo Boys em Nova York, têm em comum seu fascínio pelo corpo como instrumento de metamorfose transcendental. Uma obra de Sankai Juku intitulada Jomon Sho ("Homenagem à pré-História – Cerimônia para dois arcos-íris e dois grandes círculos", 1984) retrata, em sete partes aleatoriamente ligadas, o ciclo dos eventos cataclísmicos da vida. Os membros do grupo surgem inicialmente como quatro bolas amorfas que descem do teto do teatro e acabam por transformar-se em homens adultos, pendurados de ponta-cabeça por uma corda, o que sugere tanto o cordão umbilical quanto uma armadilha. Graciosas e grotescas – outra seção, *To Ji* ("Doença incurável"), traz os *performers* correndo pelo palco dentro de sacos que lhes imobilizam os braços –, essas performances ritualísticas e solenes remetem a um grande *corpus* de obras icônicas, tanto orientais quanto ocidentais, cuja poderosa presença física tenta revelar elementos espirituais na paisagem visual.

Arte viva*

As tentativas de comercializar a performances como as de cabaré foram feitas, no início dos anos 1980, por vários conglomerados de cinema e televisão, particularmente em Nova York, mas também em Sydney e Montreal. Na Inglaterra, a performance tomou vários caminhos distintos. Muitos artistas aprofundaram o poderoso tema da "escultura viva" de Gilbert e George, ainda que suas inclinações se voltassem para preocupações bastante diferentes, características dos anos 1980: o papel da pintura na arte do final do século XX. *As pinturas vivas* (1986), uma série de obras de Stephen Taylor Woodrow, foram criadas em resposta a um renovado in-

---

* No original, "live art". Cf., no capítulo 6, nota sobre este termo. (N. T.)

173. *As pinturas vivas*, de Stephen Taylor Woodrow, pendiam de uma parede sobre as cabeças dos visitantes no Festival de Arte Viva, Riverside Studios.

teresse pela pintura e a diversas exposições importantes que, na Europa, apresentavam os trabalhos em grande escala que vinham sendo criados na época. Consequentemente, as "pinturas vivas" de Woodrow, apresentadas como parte do Festival de Arte Viva no Riverside Studios de Londres, no verão de 1986, compreendiam três figuras literalmente presas a uma parede. Pintadas de cinza ou de preto da cabeça aos pés, mais parecidas com um friso esculpido num grande edifício público do que com uma pintura, sua surpreendente imobilidade ao longo de uma apresentação que durava horas só era quebrada de vez em quando, nos raros momentos em que uma figura movia um braço ou se curvava para tocar a cabeça de um visitante. Monumentais, mas ainda assim pictóricas – as dobras de seus casacos estavam tão empastadas de tinta que produziam sombras como as de uma pintura em *trompe l'oeil* –, essas composições figurativas, tridimensionais, também estavam em total consonância com a predileção das artes visuais do período por imagens icônicas e isoladas. Outra obra, *A conversão do pós-modernismo*, de Raymond O'Daly, era igualmente monumental, e também enfatizava o formalismo da pintura, em particular a ênfase na linha do desenho como a estrutura subjacente a essa forma de expressão. Seu quadro vivo de oito horas de duração, com duas figuras ao lado de um cavalo de espuma de estireno, era baseado no cavalo de *A conversão de São Paulo*, de Caravaggio, e pretendia enfatizar "a imobilidade da pintura e do desenho e passar a ideia de que uma pintura está sempre ali, na parede". O título de O'Daly também fazia referência à "conversão" dos críticos e acadêmicos aos princípios do pós-modernismo, que dominavam a crítica e a teoria de arte do período. Apresentada como parte do mesmo festival, a obra *Santa Gárgula* (1986), de Miranda Payne, era formada pela artista que, colocada num pedestal preso a uma parede, ali estava, literalmente, como a figura central de sua pintura. Numa demonstração, com duração de uma hora, de seu processo de trabalho, Payne começava com uma parede em branco, sua "tela", e uma caixa de papelão que continha suas ferramentas: tesouras, facas afiadas, um martelo e cabides. Em seguida, ela desenrolava uma grande foto vertical de uma paisagem pintada, colocava-a na parede e, com o

174. A exposição realizada por Leigh Bowery numa galeria de Bond Street durou uma semana. Os trajes e a maquiagem mudavam todos os dias. Ele também acrescentou uma trilha sonora e odores. Galeria Anthony d'Offay, 1988.

martelo, pregava um pedestal na extremidade inferior desse espaço. Ao subir nesse pedestal, ela então "adentrava" a pintura e permanecia ali por algum tempo.

Esse jogo com o processo de pintura como performance ao vivo, e também com a importância da figura na história da pintura, não constituía uma preocupação central no trabalho de Leigh Bowery, designer de moda nascido na Austrália. Em meados dos anos 1980, ele ficou muito famoso como um dos donos do Taboo (1985-87), uma casa noturna acintosamente "polissexual", e por sua determinação de encontrar uma forma de expressão para sua imaginação extravagante e incontrolável. Suas roupas personalizadas, um misto de arquitetura corporal e escultura surrealista, com bustiês, anquinhas, os mais altos saltos plataforma vistos até então e uma exuberante pintura facial, eram objetos da mais extrema admiração. A variedade de seus adornos em camadas, que se projetavam no espaço para além de sua corpulência, refletiam uma multiplicidade de referências, do dândi eduardiano às atrizes dos filmes trash de John Water, Divine e Mink Stole, passando por Andy Warhol e a irresistível fusão de alta arte pop e glamour underground das artes visuais que permeia toda a obra desse artista. A energia e teatralidade de Bowery atraíram o coreógrafo pós-punk Michael Clarke, que convidou Bowery a criar os figurinos para várias de suas produções, inclusive Não há saídas de incêndio no inferno (1986), que também trazia Bowery empunhando uma motosserra. Em 1988, na galeria de Anthony d'Offay, no centro de Londres, a única exposição de Bowery como obra de arte compreendia uma performance em que, durante uma semana, ele se mostrava cada dia com um traje diferente, fazendo poses numa poltrona império diante de um espelho unidirecional, de modo que os visitantes o viam, mas Bowery só via sua própria figura.

As pinturas e modelos vivos (Bowery posou para o pintor Lucien Freud), as relações entre pintura, a nova música, a dança e a performance fizeram com que o mundo da arte fosse invadido por um novo experimentalismo. Incluindo obras de artistas como Ann Bean e Paul Burwell, com a música de seu gamelão de Bow criada a partir de objetos e sonoridades encontrados, Sylvia Ziranek, com seus solos estilosos sobre a arte de falar inglês, e Anne Wilson e Marty St James, com seu dueto sobre a vida de casal. Isso mudaria em 1988, com as exposição Freeze, que anunciava o surgimento, na cena artística, de jovens artistas como Damien Hirst, Sarah Lucas, Gary Hume e Angela Bullock, entre outros, e que mudaria profundamente a paisagem cultural do Reino Unido na década seguinte.

Identidades

A década de 1980 chegou ao fim com distúrbios políticos e econômicos que tiveram enorme impacto sobre o desenvolvimento cultural no mundo todo; Wall Street entrou em colapso, o Muro de Berlim foi derrubado, os estudantes lutaram em vão por democracia na China, Nelson Mandela saiu da prisão na África do Sul. Ao mesmo tempo, as minorias vinham se batendo cada vez mais intensamente por questões de identidade étnica e multiculturalismo.

A ARTE DE IDEIAS E A GERAÇÃO DA MÍDIA: 1968 A 2000 **201**

Embora alguns artistas se sintam desconfortáveis com o termo "multiculturalismo", essa tendência assumiu uma importante dimensão intelectual em textos da *intelligentsia* afro-americana, inclusive entre acadêmicos renomados, como, por exemplo, Cornel West ou Henry Gates Jr. Os artistas estavam usando a performance cada vez mais para perscrutar suas raízes culturais. Em 1990, em Nova York, "The Decade Show" (no New Museum, no Studio Museum do Harlem e no Museum of Contemporary Hispanic Art) examinou a vasta gama de identidades étnicas que, nos Estados Unidos, havia encontrado uma forma de expressão artística na década de 1980. As fotos que a cubana Ana Mendieta tirou de suas performances ritualísticas baseadas no espiritualismo afro-cubano da Santería estavam entre as muitas obras de arte, performances e instalações incluídas nessa exposição espalhada por vários pontos da cidade e da qual também fazia parte *Corações partidos* (1990), um trabalho de dança-teatro realizado pela coreógrafa Merian Soto e por Pepon Osorio, que fez as instalações.

Em 1991 e 1992, os festivais Next Wave, realizados na Brooklyn Academy of Music, refletiram a ansiedade por adotar essa vertente temática. Houve apresentações da grande produção de *Cachimbos do poder* (1992), pelo Spider Woman Theater, um grupo indígena norte-americano, e obras integrais do grupo Urban Bush Women, da Companhia de Bill T. Jones e Arnie Zane, de David Rousseve e de Garth Fagan. Esses coreógrafos concentravam suas preocupações tanto nas tradições narrativas

175. Ana Mendieta, *Morte de uma galinha*, novembro de 1972. Mendieta começou a fazer suas performances ritualísticas (que remetiam à sua infância em Cuba) quando ainda estudava na Universidade de Iowa.

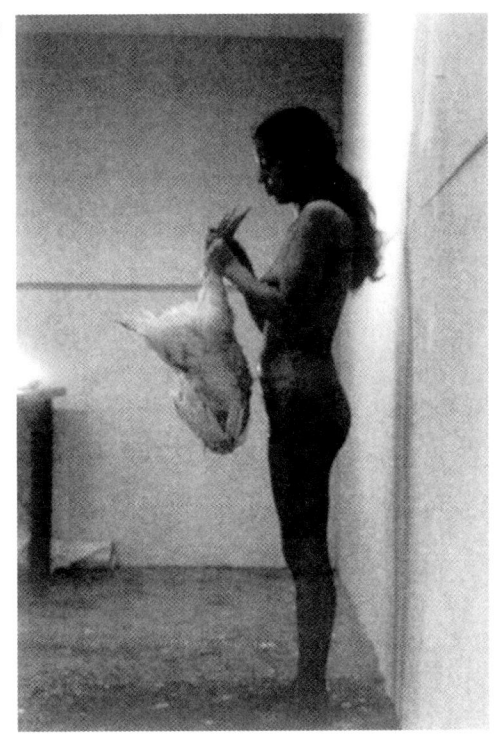

da diáspora negra quanto na cultura popular afro-americana; o Urban Bush Women reconstruiu uma dança circular, chamada "o grito", a partir de desenhos e descrições de danças populares dos redutos de escravos do Sul, enquanto Rousseve misturava textos falados, música *gospel*, *rap* e *jazz* para contar duas décadas de uma história familiar.

Em Londres, uma série de performances intitulada *Let's Get it On: A política da performance negra*, realizadas no Institute of Contemporary Arts, em 1994, mostrou o crescente reconhecimento da natureza multicultural da população britânica. "Os artistas negros estão engajados na arte ao vivo", explicou a organizadora Catherine Ugwu, "porque esse é um dos poucos espaços onde podemos expressar ideias complexas sobre identidade." Esses espetáculos eram híbridos vibrantes, combinações de culturas diversas, como, por exemplo, o sári tradicional do Sul da Índia, feito com tecido xadrez, usado pela artista Maya Chowdhry em sua performance solo ou a calça esportiva de *lycra* e a camiseta de cores brilhantes usadas por um dançarino clássico de *bharata natyam* em uma das colagens coreográficas de Shobana Jeyasingh, elas próprias uma mistura de movimentos da dança indiana clássica e moderna. O grupo Moti Roti, de Keith Kahn e Ali Zaidi, enfatizou o choque entre os estilos artísticos pós-coloniais; um crítico referiu-se a seu grandioso carnaval de rua, *Trajes voadores, tumbas flutuantes* (1991), que envolvia centenas de artistas de disciplinas e formações diferentes, como um encontro entre "cinema e teatro, dramaturgia popular e grande arte, hindi/urdu e inglês; música e fotografia".

Mexicano de nascimento e sediado em Los Angeles, Guillermo Gómez-Peña, um dos fundadores do Border Art Workshop/Taller de Arte Fronterizo, em 1985, personificou provocativamente o que veio a ser chamado de "o outro" pela teoria crítica em voga; com bigode preto e o cabelo esvoaçante de um conquistador mexicano, ele fez suas representações satíricas do ponto de vista do "outro". *Dois ameríndios não descobertos* (1992-94), uma colaboração com o escritor cubano-americano Coco Fusco, era um "diorama vivo" em que os dois artistas – usando cocares, saias de capim, armadura de estilo asteca e algemas – eram exibidos dentro de uma jaula, em alusão à prática do século XIX de exibir nativos da África ou das Américas.

A expansão da consciência latina inspirou muitos *performers*, entre eles uma parodista de cabaré cubano-americana, Carmelita Tropicana (Alina Troyana), o ativista Papo Colo e toda a agitada cena que girava em torno do Nuyorican Poet's Café, no East Village nova-iorquino. Novas publicações cobriram a história da arte da performance na América Latina, apresentando a um público muito mais amplo as obras de artistas brasileiros, mexicanos e cubanos, como Lygia Clark, Hélio Oiticica ou Leandro Soto, propiciando, ao mesmo tempo, uma compreensão da rica mitologia e da consciência política no cerne de suas obras.

A identidade da "alteridade" também criou uma plataforma para os grupos marginalizados – *gays*, lésbicas, profissionais do sexo, travestis e até mesmo doentes crônicos e deficientes desenvolveram um material performático intencional e profundamente perturbador. Um importante grupo ativista, o ACT UP (AIDS Coalition to Unleash Power, formado em 1987) levou o público a refletir sobre a crise na saúde. Entre outras coisas, eles perturbaram o ambiente da Bolsa de Valores de

Nova York e fizeram simulações de mortes em escadarias de indústrias farmacêuticas. Reza Abdoh, autodefinido como "marginal, bicha, HIV-positivo, artista emigrado de pele escura, nascido no Irã e educado em Londres e Los Angeles", criou eventos teatrais complexos em pelo menos dez plataformas fragmentadas de um grande armazém no West Side nova-iorquino. Sua última obra, antes de morrer de Aids aos trinta e nove anos, em 1995, foi *Citações de uma cidade devastada* (1994), uma justaposição de quadros vivos e projeções cinematográficas representando as cidades "devastadas" de Nova York, Los Angeles e Sarajevo e a deterioração de corpos destruídos pela Aids.

176. Reza Abdoh, *Citações de uma cidade devastada*, Nova York, 1994. O muito comunicativo espetáculo de Abdoh acontecia em vários palcos, obrigando o público a acompanhar a ação em diferentes pontos do teatro.

A exibição pública de sexo e morte, além de outras preocupações privadas, foi uma afirmação de solidariedade artística contra a reação conservadora do início da década de 1990. O material era inquestionavelmente chocante, até para o mais experimentado dos públicos. Bob Flanagan, sofrendo de fibrose cística, submeteu-se a horas de terapia física excruciante num leito de hospital em *Horários de visita*, uma instalação no Santa Monica Museum of Art, na Califórnia (1992). *Strippers* masculinos, *drag queens* e toxicômanos participaram de *Mártires e santos* (1993), de Ron Athey, obra com uma hora de duração que incluía autoflagelações tão terríveis que várias pessoas do público desmaiaram. Em 1996, Elke Krystufek, numa banheira cheia de água, masturbou-se com um vibrador diante de centenas de pessoas, dentro de um espaço cercado por vidro na galeria Kunsthalle, em Viena. O debate acadêmico sobre a arte da performance, particularmente nos Estados Unidos, mas também na Europa, concentrou-se na questão da mudança de contexto – de clubes especializados em sadomasoquismo, ou hospitais, para lugares intrínsecos ao mundo das artes –, gerando manchetes, resenhas, um público maior e críticos que apreciavam o embate teórico.

Mesmo quando essas práticas radicais se tornaram tema de especulação teórica, o monólogo performático, que se havia iniciado em fins da década de 1970 com a obra de Bogosian, Finley e Gray, cresceu em popularidade ao longo de duas décadas e, nos Estados Unidos, transformou-se na mais duradoura e mais corrente entre as formas da performance. Sua estrutura simples explicava sua acessibilidade ao público e seu apelo a um amplo espectro de artistas que nele introduziram características pessoais. Danny Hoch, por exemplo, acrescentou música e pantomima dos retratos verbais que fez das personalidades dos conjuntos habitacionais em que morou na infância. Anna Devere Smith usou objetos simples, como óculos ou um chapéu, para representar diferentes personagens em seus "documentários ao vivo" de fatos reais; duas peças solo de teatro, *Tiros no espelho: Crown Heights, Brooklyne e outras identidades* (1992) e *Crepúsculo em Los Angeles* (1992), baseavam-se nos conflitos raciais das ruas de Nova York e Los Angeles e foram produto de uma extensa pesquisa, entrevistas gravadas com testemunhas e textos muito bem escritos.

Em fins da década de 1980 e início da de 1990, a performance era frequentemente usada como forma de protesto social, mas foi o afluxo de artistas de países ex-comunistas para o Ocidente que evidenciou que, no Leste Europeu, a arte da performance tinha funcionado quase exclusivamente como forma de oposição política durante os anos de repressão. Apresentações privadas em apartamentos, em terrenos urbanos desocupados ou em centros estudantis serviram como válvula de escape contra as restrições à liberdade de expressão e de ir e vir. O artista tcheco Tomas Ruller livrou-se de uma condenação à prisão, em 1985, quando seu advogado usou o termo "artista performático" (e a edição original deste livro, datada de 1979) em um tribunal de Praga para defender suas ações como arte de conteúdo político, e não como protesto político propriamente dito. "O fato de que todas as formas de atividade artística tinham de ser sancionadas por organizações partidárias nos comitês nacionais proeminentes é algo que fala por si", escreveu um crítico tcheco.

Com a ameaça constante de vigilância policial, censura e prisão, não surpreen-

177. Tomas Ruller, *8.8.88*, 1988. Ruller atingiu a maioridade no período anterior à Revolução de Veludo* na Tchecoslováquia (atual República Tcheca), e suas performances geralmente diziam respeito à repressão política daquela época. Esta obra rememorava a invasão russa de 1968.

de que a maior parte da arte de protesto estivesse relacionada ao corpo. Um artista podia realizar seu trabalho em qualquer parte, sem materiais ou sem um ateliê, e a obra não deixava vestígios. As atividades ritualizadas de Abramovic na ex-República Socialista Federativa da Iugoslávia (atual União da Sérvia e Montenegro) no início da década de 1970, os eventos de forte conteúdo erótico de Vlasta Delimar em Zagreb, como *Casamento* (1982), que explorava a ideologia sexista, ou *Olímpia* (1996), da artista polonesa Katarzyna Kozyra, apresentação baseada no quadro de Manet que a mostrava num leito de hospital depois de submeter-se a sessões de quimioterapia, todas essas manifestações patenteavam a autonomia do artista, uma conquista significativa em países nos quais, por mais de meio século, houvera uma expressa rejeição do individualismo. Por volta da década de 1990, a decepção com a perestroica na ex-União Soviética, as guerras nos Bálcãs e o caos sociopolítico produziram uma atmosfera de ceticismo destrutivo. As apresentações do russo Oleg Kulik em galerias e museus, como um cachorro usando coleira, latindo, rosnando para os visitantes e, de vez em quando, permanecendo trancado numa jaula, eram representações extremamente incomuns da concepção do artista sobre a relação Leste/Oeste, em particular do sentimento de inferioridade da população do Leste depois da queda do muro de Berlim. "Pode-se dizer que o Ocidente sente prazer estético em observar o 'cão' russo, mas somente se ele não se comportar verdadeiramente como um cão", escreveu um crítico. No ano 2000, os jovens artistas

* Revolução (1989) que veio na esteira da onda reformista desencadeada pelo líder reformista soviético Mikhail Gorbatchov, assim chamada por causa do modo não violento com que se efetuaram as mudanças. (N. T.)

russos estão conectados ao mundo da arte pela Internet. Eles combinam um retrato irônico de sua própria história com um entusiasmo por tecnologias futuristas, tendência à qual se dá o nome de "classicismo digital". *Performers* de música *techno* pertencentes a um grupo chamado Novia Akademia apresentaram-se num festival em São Petersburgo usando trajes russos do século XIX. "A identidade do Leste na arte da performance", escreveu o crítico Zdenka Badovinac, "oscila entre particularidades locais e uma massa de identidades dispersas por espaços virtuais, entre a estrela vermelha do comunismo e a nova estrela amarela da Comunidade Europeia."

Os Novos Europeus

A performance na União Europeia da década de 1990 foi administrada tanto por verbas federais generosas, com a intenção de elevar o *status* cultural das capitais, quanto pela chegada à maturidade de artistas cuja formação tinha raízes na vanguarda das décadas de 1970 e 1980. A energia dessa obra foi ainda mais estimulada pela disponibilidade de uma rede bem organizada de teatros, entre os quais o Kaaitheater de Bruxelas, o Theater am Turm de Frankfurt ou o Hebbel de Berlim, bem como pelos festivais e conferências que neles se realizaram.

A Bélgica produziu uma New Wave que incluía Jan Fabre, Anne Teresa De Keersmaeker, Jan Lauwers e Alain Platel. Eles foram mantidos financeiramente desde o início de suas carreiras – De Keersmaeker tinha apenas vinte e três anos quando formou sua companhia Rosas, em 1983, que teve sua estreia no Kaaitheater naquele mesmo ano, e trinta e dois anos quando a Rosas foi transformada em

◁ 178. Anne Teresa De Keersmaeker, *Rosas Danst Rosas*, 1983. Essa obra, uma das primeiras da coreógrafa, tinha elementos que se tornariam sua marca registrada – uma utilização dinâmica da música contemporânea, a fisicalidade vigorosa de seus bailarinos e o fascínio por cadeiras.

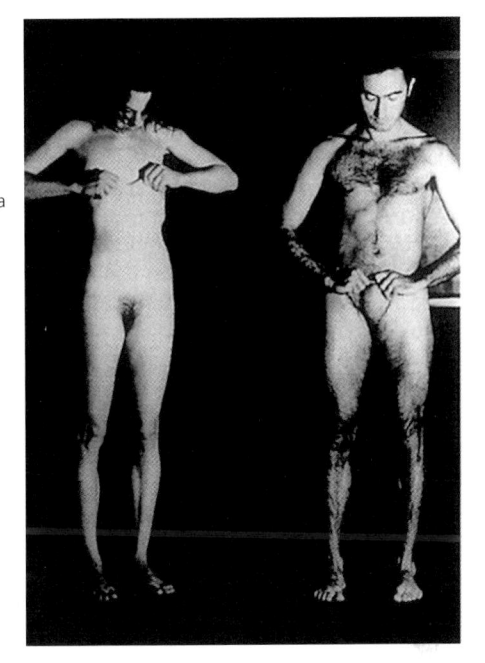

179. Jérôme Bel, *Jérôme Bel*, 1999, Wiener Festwochen, Viena. Os *performers* examinam o material básico do dançarino – pele e ossos – em obras que "desconstroem" a natureza do movimento.

companhia residente no Théâtre Royale de la Monnaie, em Bruxelas. Esses artistas estavam na condição única de criar novos materiais para a imponente arquitetura dos teatros oficiais do Estado. A coreografia atlética e as ousadas criações visuais de De Keersmaeker, com música ao vivo, destinavam-se a encher seus espaçosos palcos. Até aquele momento, obras inovadoras e experimentais nunca tinham parecido tão grandiosas ou refinadas.

Extraordinariamente seguros em muitas disciplinas, esses artistas produziram um sofisticado teatro-performance que refletia o arrebatamento de uma União Europeia recém-energizada. Fabre criou uma ópera trilíngue em três partes, com duração de seis horas, *As mentes de Helena Troubleyn* (1992), e a Needcompany de Lauwers encenou *Canção matinal* (1998) em francês, flamengo e inglês, incorporando textos literários, comentários políticos, coreografias evocativas e uma seleção de música contemporânea que era eclética tanto do ponto de vista geográfico quanto musical. Les Ballets Contemporaines de Belgique, de Platel, incluíam bailarinos experientes e outros sem formação alguma, bem como crianças de diferentes idades, em obras que examinavam o confronto de gerações. Visualmente impressionante, com seu cenário de uma pista de carrinhos elétricos em Gante e seu tema do despertar da sexualidade, *Bernadetje* (1996) foi produzida em colaboração com o escritor e diretor Arne Sierens.

A New Wave belga também deu um apoio incomum a jovens coreógrafos norte-americanos, como o iconoclasta radical Mark Morris, conduzido à direção do La Monnaie em 1988, cargo que ocupou durante três anos muito produtivos, e a companhia de dança Damaged Goods, de Meg Stuart, convidada a ser artista residente no Kaaitheater em 1999. Conhecida por suas colaborações durante meia década com o videoartista Gary Hill e com Ann Hamilton, criadora de instalações e performances, e por seus "estudos de figuras" – performances individuais que se concentravam em minúcias do movimento de partes específicas do corpo –, sua obra *Soft Wear (primeiro esboço)**, de 2000, apresentava uma estética de *high-tech*. Seus gestos quase invisíveis, executados numa série de movimentos de vaivém, lembravam efeitos especiais de animação numa tela de computador.

Na França, um fascínio semelhante pela física do corpo e por sua tradução na dança foi inspirado por tendências anteriores, da história da dança na década de 1960, em particular pelas experiências do Judson Group e pela coreografia idiossincrática de Yvonne Rainer. Seus procedimentos simples, voltados para a apreensão da essência da dança, tinham um apelo especial para essa geração de coreógrafos, entre os quais Jérôme Bel, Xavier Le Roy e o grupo Quattuor Albrecht Knust, que aplicava à dança as teorias desconstrucionistas de Derrida, Foucault e Deleuze. Em 1996, Le Roy trabalhou com o grupo Albrecht Knust numa recriação do *Projeto contínuo, alterado diariamente* (1970), de Yvonne Rainer, e também numa obra de Steve Paxton de 1968, *Amante que satisfaz*.

Esse movimento anticoreografia era formado por dançarinos para os quais o corpo era, acima de tudo, um conjunto de signos e partes corporais. Eles criaram espetáculos em que a dança praticamente desaparecia. Em *Jérôme Bel* (1995), do próprio Bel, inicialmente quatro dançarinos nus escreviam seus nomes, data de nascimento, peso, altura e número na Previdência Social em um quadro-negro; em seguida, começavam a apontar para sardas e protuberâncias, músculos e tendões, enquanto erguiam e dobravam a pele como se esta fosse um envelope. Em *Ego inacabado* (1999), Le Roy contorcia o corpo de tal modo que ficava parecendo um torso sem cabeça sustentado por um tripé de braço e pernas. Myriam Gourfink, de malha vermelha, alongava-se pelo chão do palco para examinar de que modo o peso do corpo influenciava os movimentos; em *Waw* (1998), ela demonstrava os desequilíbrios entre tensão e relaxamento muscular, movimento e lassidão, enquanto uma trilha sonora mixada por Jean-Louis Norscq explodia a seu redor.

A união entre humor e energia intelectual nessa obra igualava-se à dos artistas franceses que faziam uma performance centrada nos elementos visuais. Os figurinos e objetos usados por Marie-Ange Guilleminot quase sempre envolviam fisicamente os espectadores: em *Le Geste* (1994), por exemplo, ela ficava escondida atrás de uma parede num ponto de ônibus de Tel-Aviv, com as mãos saindo de orifícios para poder tocar os transeuntes, acariciando-os ou apertando-lhes as mãos. Fabrice Hybert transformou o pavilhão francês da Bienal de Veneza em um estúdio de televisão para seu trabalho *Eau d'or eau dort odor* (1997), completando-o com instalações técnicas, um local para receber a imprensa, banheiros, salas para maquiagem e um palco central para a projeção de filmes, onde os visitantes podiam acompanhar os eventos do dia. Natacha Lesueur criou "retratos vegetais" nos quais comentava a obsessão das mulheres por comida e beleza; eram fotos dela mesma com partes do corpo decoradas com *aspic*** – em uma delas, a artista tinha a cabeça

---

* "Soft wear" (roupas leves) e "software" (programa de computador) são termos homofônicos. (N. E.)

** Prato enformado feito de gelatina, carne, peixe, frutas, frutos do mar ou legumes que, quando frio, toma consistência gelatinosa e firme. (N. T.)

180. Natacha Lesueur, *Aspics*, 1999. Lesueur usou alimentos (aqui, espaguete e cenouras) como decoração corporal em uma série de "autorretratos".

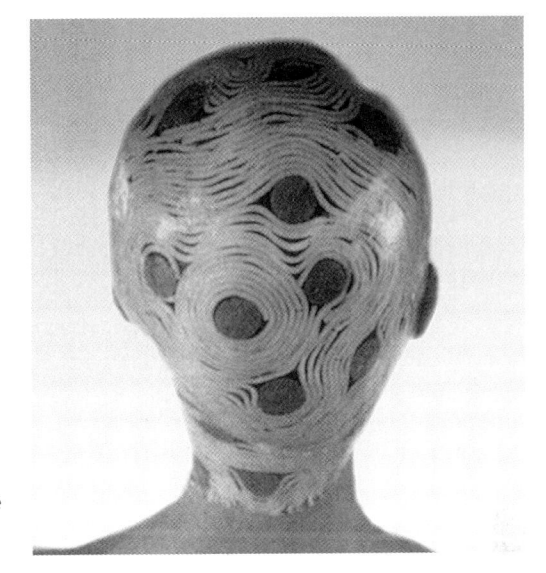

181. *AC Fornitore Sud versus Cesena 12 a 47*, *Fussball com dois times de futebol*, 1991, de Maurizio Cattelan, na Galleria d'Arte Moderna, Bolonha.

180 coberta por um capacete de rodelas de pepino, e em outra por espaguete e cenouras. Pierrick Sorin criou vídeos excêntricos com sátiras de filmes do cinema mudo que lembravam Buster Keaton ou Charlie Chaplin – uma obra especialmente prosaica tem por título *Não tirei os chinelos para poder ir à padaria* (1993) – e que também remontavam a uma longa tradição de humor conceitual, de John Baldessari a Annette Messager e Christian Boltanski.

Já não mais preocupadas com as barreiras entre grande arte e arte popular, as apresentações em museus feitas por esses artistas de fins da década de 1990 frequentemente pareciam salas de recreação ou de jogos eletrônicos. O artista nova-iorquino (nascido na Tailândia) Rirkrit Tiravanija, por exemplo, construiu uma cozinha e servia comida aos visitantes numa galeria de Lucerna, em 1994; ele também construiu um estúdio de gravação no qual os visitantes podiam tocar instrumentos musicais, como em sua escultura feita em Münster, em 1997. Em 1991, o italiano Maurizio Cattelan

181 instalou uma mesa de pebolim para duas equipes de onze jogadores em várias galerias de arte e museus. O berlinense John Bock criou uma série de pequenas salas interligadas, decoradas com revistas de HQ, brinquedos e monitores de vídeo, como cenário de suas performances improvisadas na Bienal de Veneza de 1999. Essas esculturas sociais tinham muito a ver com as obras de viés conceitual da década de

182. Bobby Baker, *Como comprar*, 1993, uma aula sobre a arte de fazer compras em supermercados.

183. Desperate Optimists, *Play-boy*, 1998-99. Motivado pelas tensões entre linguagem e memória, esse espetáculo de base textual é típico do trabalho de forte densidade política do grupo Desperate Optimists.

A ARTE DE IDEIAS E A GERAÇÃO DA MÍDIA: 1968 A 2000 **211**

1970 realizadas por Acconci, Nauman, Beuys, Jonas e Graham. Seus sucessores na década de 1990 eram diferentes porque a interatividade, os resíduos da cultura de massa e a apropriação da história da performance eram aceitas como parte integrante do vocabulário da arte contemporânea.

Uma preocupação semelhante com o humor artístico, porém como crítica cultural ferina, tem estado há muito presente no cenário da arte inglesa. "Na cultura britânica há uma tradição de divertir-se com a baixeza", comentou o escultor Jake Chapman em resposta a uma pergunta sobre a "britanicidade" da arte britânica na década de 1990, e é essa mistura de autodepreciação e autoconfiança, um resíduo do colonialismo e das distinções de classe, que sublinharam a comédia humanista de boa parte da performance posterior ao thatcherismo. *Vida cotidiana*, de Bobby Baker, uma série de desenhos, instalações e performances que transformavam as pequenas tarefas do dia a dia – desempacotar compras, arrumar a cama – em pungentes cerimônias artísticas, começou quando ela convidou pequenos grupos de pessoas à sua própria cozinha para assistirem ao *Show de cozinha: uma dúzia de cenas de cozinha para o público* (1991). Com seu uniforme branco característico – "quando uso um guarda-pó, fico sem rosto e sem voz" –, ela celebrava o "cotidiano" da vida, tornando indistintos os limites entre o drama que mostra os aspectos corriqueiros da vida e a domesticidade surreal. Essa obra foi seguida por *Como comprar* (1993), uma aula sobre a arte de fazer compras em supermercados.

Ao contrário de Baker, que usava o humor como catarse, outros artistas usaram a performance para expressar experiências profundamente angustiantes. As atividades ritualísticas do artista escocês (residente em Belfast) Alastair MacLennan, tais como *Dias e noites* (1981), em que ele caminhava pelo perímetro de uma galeria por seis dias e seis noites, evocavam a angústia de anos vividos em meio a um turbulento conflito político. As performances de Mona Hatoum, nascida em Beirute, visavam conscientizar o público sobre "as diferentes realidades em que as pessoas são obrigadas a viver" nas zonas de guerra em todo o mundo; em *A mesa de negociações* (1983), ela ficava deitada sobre uma mesa, coberta por sangue e entranhas de animais, enrolada num saco plástico transparente e dramaticamente iluminada por um único foco de luz.

A veemência de artistas solo como Hatoum e MacLennan contribuiu para o estrondoso surgimento da nova arte inglesa nos anos 1990, e igualmente significativos foram os inúmeros grupos de performance da época. Não surpreende que, dada a importância de uma cultura teatral inventiva e em processo contínuo de evolução, do *agitprop* e do teatro de rua radical ao vigente teatro baseado no texto, vibrante e intelectualmente exigente, muitos *performers* que passaram para a arte ao vivo tinham sólida formação teórica em teatro. Eles se juntaram a outros artistas provenientes de várias outras disciplinas e produziram um *corpus* de material singularmente interdisciplinar. Criado na década de 1980, o Station House Opera and Forced Entertainment estabeleceu um padrão que seria seguido por grupos da década de 1990, como Desperate Optimists, Reckless Sleepers e Blast Theory, todos os quais comprometidos com obras em grande escala, projetadas para lugares específicos, que oscilavam sobre as fronteiras da arte performática e do teatro, a primeira com sua ênfase na imagística visual, o segundo centrado nos textos – falados, gravados e projetados. Desnecessário dizer, esses grupos inovadores usaram amplamente os recursos da mídia. "Nosso trabalho é compreensível a qualquer um que cresceu numa casa que tenha a televisão sempre ligada", lê-se numa declaração do Forced Entertainment.

Nova mídia e performance

Nos primeiros anos da década de 1990, as dificuldades relativas à invenção de novas maneiras de incorporar tecnologia ao palco encontravam-se basicamente nas mãos de artistas experientes, como Elizabeth LeCompte (do Grupo Wooster) e Robert Ashley, que continuaram a desenvolver técnicas estabelecidas em suas originais produções da década de 1970. *Imperador Jones* (1994), do Grupo Wooster, a partir da peça homônima de O'Neill, ou *House/Lights* (1997), baseada numa ópera de Gertrude Stein, usavam a tecnologia para "midiatizar" textos teatrais, enquanto *Cinzas* (1999), de Ashley, uma ópera de câmara com recursos de mídia, usava-a, em seus noventa minutos de duração, para comunicar estados emocionais de amor e solidão. *Cinzas* tornava-se alegre e esperançosa graças ao comovente refrão de Ashley aos setenta anos de idade: "Quero apaixonar-me só mais uma vez".

Esses precedentes inspiraram um crescente número de grupos teatrais da nova mídia que utilizavam a tecnologia não apenas como um recurso de ilusão, mas como uma técnica para difundir informação e criar, no palco, paisagens conceitualmente provocadoras e visualmente sensuais. *Sete afluentes do Rio Ota* (1994-96), de Robert Lepage, era um épico de sete horas que juntava projeções computadorizadas, sequências de filmes e estilos que iam da atuação do *butô* ao *cabúqui* e aos

184. Matthew Barney, *Cremaster 2*, 1999. Foto de cena do filme.
A imaginação fantasmagórica de Barney explode em seu filme de forte conteúdo sexual cuja ação transcorre nas planícies do meio-oeste norte-americano. Para o artista, suas convoluções formais são, ao mesmo tempo, escultura e performance.

fantoches do *bunraku*. Dumb Type, um coletivo de artistas, arquitetos e compositores japoneses, criou uma estética *high-tech* inconfundível que fornecia uma matriz da realidade virtual aos *performers*, enquanto a Builders Association, em colaboração com os arquitetos nova-iorquinos Elizabeth Diller e Ricardo Scarfidio, criou espaços teatrais tridimensionais com arquitetura computadorizada, projeções de filmes e uma sedutora sonoridade ambiente. *Jet Lag* (1999) explorava "a obliteração do tempo e a compressão da geografia" em duas histórias consecutivas que acompanhavam a misteriosa trajetória de três viajantes – um deles por mar, dois por via aérea. Em ambas, o texto e a tecnologia proporcionavam uma estrutura rítmica subjacente à obra.

Na década de 1990, as performances com vídeo eram quase sempre encenadas privadamente, apresentadas como instalações e consideradas como extensões de ações ao vivo. Essas obras não tinham nada das intenções didáticas do material mais antigo de Jonas ou Peter Campus, que explorava o corpo do artista no espaço e no tempo dentro de uma estrutura claramente conceitual. Ao contrário, os vídeos de Matthew Barney ou Paul McCarthy começavam com uma leitura extremamente original da cultura de massa e da geografia norte-americanas, expressa em narrativas fantásticas, desconexas e dotadas de um rico imaginário. *Envelopa: Drawing*

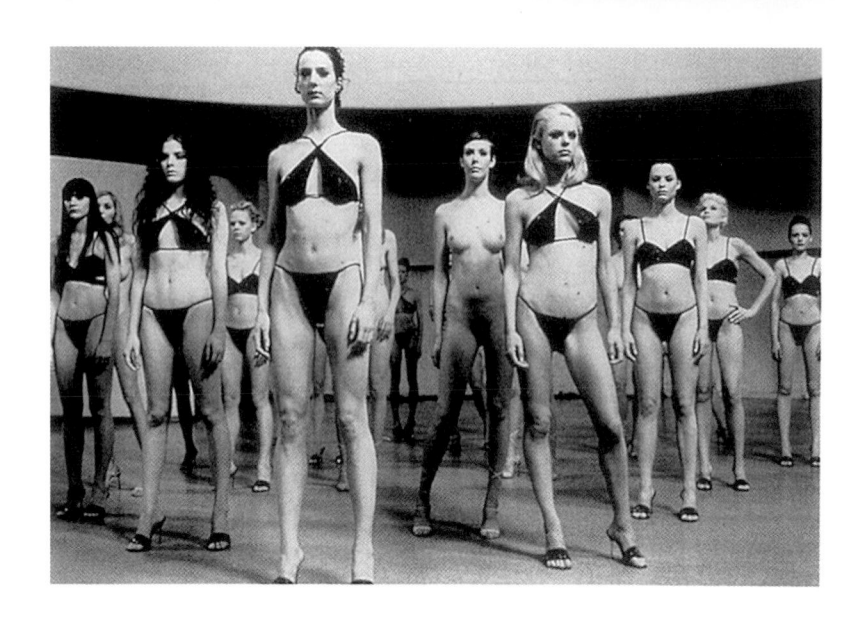

186. Patty Chang, *XM*. Esta obra solo de *endurance art* (arte de resistência), de Chang, fazia parte de uma instalação e de um programa de 22 obras de jovens artistas, que, em 1997, se apresentavam simultaneamente todas as tardes de sábado, durante quatro horas, na Exit Art.

Restraint 7 (1993), de Barney, exibida num conjunto de monitores colocados no centro de uma galeria no Whitney Museum, Nova York, era uma demonstração da imaginação hiper-realista de Barney que tinha mais a ver com sua própria visão *fin-de-siècle* dos seres humanos como uma mistura híbrida do que com qualquer exercício formal de percepção espacial. Extraordinariamente vestidos como humanos-animais de cascos fendidos, Barney e vários atores criavam um universo de protagonistas de contos de fadas de forte conotação sexual, cuja misteriosa progênie aparece em uma série de filmes-performances, *Cremaster 1-6* (1995-2002).

De modo muito diverso, as primeiras performances e as últimas videoperformances de McCarthy (ele parou de fazer apresentações ao vivo em 1984) revelavam seu fascínio por uma desbragada fantasia escatológica infantil. Em *Hambúrguer mandão* (1991), ele usava sua parafernália de *ketchup*, mobília, bonecas, leite e maionese, além de uma máscara de Alfred E. Neuman que combinava com o uniforme de um *chef de cuisine*, para criar uma performance grotescamente satírica. "Minha obra vem dos canais de TV infantis de Los Angeles", disse ele ao explicar seus trabalhos.

A montagem de cenários extravagantes para uma obra fotográfica de grande porte foi um poderoso atrativo para os artistas da geração que se seguiu à de Cindy Sherman. Disfarces, fugas para o mundo dos sonhos, mundos habitados por gigantes ou centauros modernos eram criados com o tipo de atenção ao detalhe alegórico mais comumente associado aos vitorianos do século XIX. Fantasistas dos primórdios do século XXI, Vanessa Beecroft, Mariko Mori ou Yasumasa Morimura abordam a performance ao vivo, as projeções de vídeo e a fotografia com o profissionalismo de diretores de arte de comerciais – utilizam artistas da maquiagem e engenheiros de luz para criar performances e fotos de performances que comentam a convergência entre a moda e a história da arte. Atenção semelhante aos valores da produção pode ser encontrada na obra de Claude Wampler ou Patty Chang. Seus quadros vivos unem a consciência da história da arte performática com uma estreita proximidade com a sensibilidade visual de seus pares das artes plásticas. Em *Blanket, The Surface of her* (1997), a formação de Wampler em *butô*, ópera e teatro era evidente. Para o conteúdo, ela convidou oito artistas, inclusive Paul McCarthy e os *designers* Viktor e Rolf, para roteirizar, cada um, dez minutos de sua performance. *XM* (1997), de Chang, mesclava a inquietação da "endurance art" dos anos 1970 com o equilíbrio de um fotograma de um filme de Sherman. Em uma galeria de Nova York, ela ficou várias horas com os braços presos por costuras às laterais de seu casaco cinza, as pernas unidas por uma costura nas meias e a boca aberta por um instrumento odontológico. A ambígua mensagem feminista dessa obra tornava-se ainda mais bizarra pela saliva brilhante que escorria de sua boca para sua roupa e seus sapatos.

A centralidade da figura humana é fortemente evidenciada nas instalações cinematográficas de artistas como Shirin Neshat, Steve McQueen, Gillian Wearing ou Sam Taylor Wood. Suas imagens cinematográficas, que tomam salas inteiras, remetem tanto à criação de superfícies texturizadas, que envolvem o público, quanto à coreografia e à estrutura de um filme, e o que liga essas obras aos últimos trinta anos da história da performance é a presença dominante de figuras em câmera lenta, de dimensões exageradas. Ao observar *O urso* (1993), o alucinado filme em preto-e-branco de McQueen que apresenta dois homens nus lutando boxe, ou *Brontossauro* (1995), de Sam Taylor Wood, que traz um homem nu dançando freneticamente em seu próprio ritmo, vêm-nos à mente as performances de Acconci, Abramovic ou Nauman, ainda que sua escala monumental lhes dê um quê de murais. Por outro lado, artistas com os novos e minúsculos equipamentos de vídeo usam a câmera como uma extensão do corpo, de modo muito semelhante ao que Jonas ou Dan Graham faziam na década de 1970. Kristin Lucas usa sua câmera hi-8 presa a um capacete e filma a vida nas ruas enquanto caminha por Nova York ou Tóquio, ao passo que a cantora e videoartista Pipilotti Rist prende sua câmera a uma longa haste, filmando de cima enquanto faz compras num supermercado em Zurique. Para ambas as artistas, o que elas captam e implicitamente criticam é a cacofonia da metrópole, impregnada de mídia.

Boa parte desse trabalho é uma indicação de quão contínua é a transição entre performance ao vivo e mídia gravada, transição reforçada pelo fácil acesso a computadores, pela transferência digital de imagens ao redor do globo através da internet e pela rápida polinização cruzada de estilos entre performance, MTV, publicidade e moda. Nesse sistema infinitamente conectado, com sua capacidade de transmitir sons e imagens em movimento e pôr as pessoas em contato em tempo real, a internet é vista por alguns artistas e apresentadores como um novo e estimulante caminho para a arte da performance. Franklin Furnace mantém um *site* em Nova York para experiências performáticas, enquanto vários artistas, inclusive Bobby Baker ou o australiano Stelarc, criaram suas próprias páginas na *web*. Além disso, o e-mail criou uma rede mundial de informações sobre a arte da performance: Lee Bul na Coreia, Momoyo Torimitsu no Japão, Kendal Greers na África do Sul, Zang Huan na China ou Tania Bruguera em Cuba, e muitos outros, podem agora ser direta e instantaneamente alcançados através da *web*.

A performance agora

O crescimento exponencial do número de artistas performáticos em quase todos os continentes, os inúmeros novos livros e cursos acadêmicos sobre o assunto e o grande número de museus de arte contemporânea que começam a abrir suas portas à mídia ao vivo são indícios claros de que, nos próximos anos do século XXI, a arte da performance continua sendo, em boa parte, a força motriz que era quando os futuristas italianos usaram-na para apreender a velocidade e energia do século XX. Hoje, a arte da performance reflete a sensibilidade célere da indústria de comunicações, mas é também um antídoto essencial aos efeitos do distanciamento provocado pela tecnologia. Porque é a presença mesma do artista performático em tempo real, da "suspensão do tempo" dos *performers* ao vivo, que confere a esse meio de expressão sua posição central. De fato, essa "vivacidade" também explica seu apelo ao público que acompanha a arte moderna nos novos museus, onde o envolvimento com artistas em carne e osso é tão desejável quanto a contemplação das obras de arte. Ao mesmo tempo, essas mesmas instituições estão finalmente desenvolvendo novas práticas de curadoria para ajudar a explicar a importância da arte da performance para a história do passado.

A expressão "arte da performance" tornou-se uma palavra-ônibus que designa todo tipo de apresentações ao vivo – de instalações interativas em museus a desfiles de moda cheios de criatividade e apresentações de DJs em casas noturnas –, obrigando tanto o público quanto os críticos a elucidar as respectivas estratégias conceituais, verificando se se ajustam mais aos estudos da performance ou a uma análise mais convencional da cultura popular. Nos círculos acadêmicos, os estudiosos estão produzindo um vocabulário para a análise crítica, bem como uma base teórica para o debate – o termo "performativo", por exemplo, usado para descrever o engajamento espontâneo do espectador e do *performer* na arte, também passou para a esfera da arquitetura, da semiótica, da antropologia e dos estudos de gênero sexual. Esse exame relativamente novo do material da performance empreendido por um florescente grupo de pesquisadores levou essa forma de expressão artística das margens da história para o centro de um discurso intelectual muito mais amplo.

No passado, a história da arte da performance assemelhava-se a uma sucessão de ondas; veio e se foi, parecendo às vezes um tanto lenta ou obscura, enquanto outras questões ocupavam o centro das preocupações do mundo da arte. Quando voltou, parecia muito diferente de suas manifestações anteriores. Desde a década de 1970, porém, sua história tem sido mais constante; em vez de desistirem da performance após um breve período de ativo engajamento e passarem para uma obra madura na pintura e na escultura, como fizeram os futuristas na década de 1910, Rauschenberg e Oldenburg na década de 1960 ou Acconci e Oppenheim na década de 1970, inúmeros artistas, como Monk e Anderson, têm trabalhado exclusivamente com a performance, construindo, ao longo de décadas, um conjunto de obras que tem sido analisado no contexto da disciplina relativamente nova que é a história da arte performática. Contudo, apesar de sua popularidade na década de 1980 (em meados da década, um filme de Hollywood trazia um "artista performático" em seu elenco de personagens) e de sua preponderância na década de 1990, a arte da performance continua a ser uma forma extremamente reflexiva e volátil que os artistas utilizam em resposta às transformações de seu tempo. Como demonstra a extraordinária diversidade de material nessa longa, complexa e fascinante história, a arte da performance continua a desafiar as definições e se mantém tão imprevisível e provocadora como sempre foi.

8. A PRIMEIRA DÉCADA DO NOVO SÉCULO: 2001 A 2010

A arte de ideias

A expectativa de um novo século criou uma atmosfera de suspense moderado. Jornais, revistas e programas de TV traziam relatos alarmistas inspirados pelo *glitch* de *software* do "Bug do Milênio", prevendo caos no mundo digital e nos serviços que eles controlam caso os quatro dígitos da zero hora de 1 de janeiro de 2000 travassem os computadores de todo o planeta. Imaginava-se que os mercados financeiros, a segurança pública em terra e no ar e todos os arquivos e registros nacionais de todos os tipos iriam desintegrar-se. Contudo, o primeiro dia do milênio passou sem que nada de especial acontecesse, e o bem-sucedido comércio do mundo das artes, com seu *glamour* exuberante, suas exposições florescentes e seus leilões, batendo recordes sucessivos, permaneceu imbatível. Seria no ano seguinte, nos dias que se seguiram à tragédia que aconteceu em Nova York em 11 de setembro de 2001, que o planeta se sentiria súbita e profundamente mudado.

Um mundo em expansão

A partir daquele dia, cada novo ano da primeira década do século XXI mostrou uma economia moldada tanto pela "guerra ao terror" e pela invasão do Iraque como pela chamada "paisagem plana" da economia global e por seus mercados cada vez mais interdependentes. O globo em retração também viu a ascensão de economias totalmente novas e poderosas, em particular as da China e da Índia, velozmente impelidas pela rede mundial de computadores. As mudanças de equilíbrio entre bens e serviços, inovação e manufatura, superpoder e satélites criaram novos pontos de observação para o exame dos costumes, tradições e ventos de mudança política por toda uma vasta gama de sociedades profundamente diferentes. O multiculturalismo que havia caracterizado a pesquisa acadêmica e curatorial desde a década de 1980, ampliando o alcance do cânone europeu ocidental na história e na crítica da arte, aumentou exponencialmente. Não era mais suficiente lançar luz sobre as culturas para além do limitado alcance geográfico do passado e trazê-las para museus e galerias na forma de exposições "didáticas"; ao contrário, o que se esperava era a completa imersão nos subtextos da história e política e religião dessas culturas por todas as pessoas atentas às tendências vigentes na arte contemporânea. Não apenas o Japão e a China, mas Líbano e Palestina, Cingapura e Coreia, África do Sul e Congo, Egito e Sudão, Islândia e Bielorrússia foram colocados em um mapa do conhecimento em permanente expansão, a tal ponto que, para ser profundamente conhecedor e bem informado sobre a arte contemporânea, era preciso ter ao menos um entendimento geral dos avanços culturais em todo o globo. Numa espécie de exercício peripatético, curadores, críticos, galeristas e colecionadores viajavam para lugares longínquos, introduzindo uma grande variedade de práticas estéticas no circuito internacional das artes e, ao mesmo tempo, identificando artistas emergentes cujas obras estivessem à altura do escrutínio da crítica, mas que também tivessem lampejos capazes de iluminar o contexto em que era produzida.

A performance era o meio ideal para transmitir as miríades de ideias que provinham de lugares tão profundamente diferentes. Era predominantemente visual, de modo que a tradução não constituía um problema; era efêmera e, portanto, o meio ideal para esquivar-se dos cães de guarda do governo em países onde as atividades dos artistas fossem consideradas politicamente subversivas; era inovadora, pois recorria frequentemente à tecnologia para produzir som e imagem, gravações e projeções; e era atemporal e acessível em seu uso do corpo, nu ou vestido, com sua linguagem figurativa universal de gestos e movimentos. Além disso, com a ampliação de sua escala temporal – às vezes de horas, ou mesmo dias – a performance era um veículo que muitas vezes trazia consigo uma complexa sobreposição de informações iconográficas tanto sobre as histórias e rituais de diferentes nações como sobre os estados emocionais ou psíquicos individuais. Desse modo, a performance, quer proveniente da Rússia, da Índia, de Taiwan ou do Brasil, poderia ser radical e eloquente, além de conferir visibilidade imediata a um artista levado para os centros de convergência cultural de Nova York, Berlim, Paris ou Londres. Em nível crítico, esse material desafiava a avaliação nos moldes das tradições da pintura e escultura ocidental ao mesmo tempo em que a reflexão sobre seu significado e suas fontes frequentemente apontava para um florescimento iminente da cena artística.

Ativando o museu

Outro motivo do forte ressurgimento da performance na primeira década do século XXI explica-se pelo fato de que os anos 70 já faziam parte da história e precisavam ser incorporados à cronologia do museu de arte contemporânea. Os curadores logo se deram conta de que a maior parte da arte conceitual do período era performática, e que a maioria dos artefatos, fotos e vídeos produzidos podia ser vista como resultado direto de performances. Pela primeira vez, arquivistas, supervisores de acervo e conservadores, além dos departamentos de curadoria e educação, tiveram que confrontar as dificuldades de expor, reunir, preservar e explicar materiais que haviam moldado tão profundamente os avanços artísticos nas últimas décadas do século XX, mas que, paradoxalmente, eram efêmeros e quase invisíveis. A reavaliação e a investigação mundial da arte conceitual e de muitas performances que poderiam ser colocadas no mesmo grupo resultou em um grande número de exposições e publicações; isso, por sua vez, alimentou todo o fascínio de uma geração emergente com seu rigor poético e sua natureza acentuadamente intelectual.

Além do papel central da performance no novo século, havia o fato de que a função do museu moderno sofreria uma transformação radical no ano 2000, deixando de ser um lugar de estudo contemplativo e conservação e tornando-se um palácio de prazer e engajamento culturais. O museu do século XXI disponibilizaria os espaços para que grupos de um grande número de pessoas pudessem experimentar e interagir com a arte e os artistas, e as construções mais recentes também incluiriam anfiteatros e auditórios para performances. Em 2005, uma nova bienal em Nova York criou o primeiro festival dedicado à arte de performance visual, incluindo em seu objetivo o compromisso com um aprofundado exame da história da performance. Portanto, perto do fim da primeira década do século XXI, a performance tinha se tornado parte das exposições de arte contemporânea e do planejamento das bienais, não só nas instituições de arte dos grandes centros urbanos, mas também nas cidades menores, nos *campi* universitários e em outros lugares. Cada vez mais, a performance foi-se tornando reconhecida por algo além de sua capacidade de atrair multidões às instituições culturais, particularmente as novas gerações; na verdade, provocou um questionamento crítico sobre o sentido da arte em nossa vida cotidiana, tão mediada por diferentes extremos. Também estimulou uma conversação mais abrangente sobre o alcance da cultura global e de como a arte poderia, em um mundo de maior amplitude, fomentar e ampliar a capacidade de identificação entre tantos diferentes estilos de vida.

Conteúdo crítico

No início da década, numerosas performances refletiam diretamente a inquietação da migração contínua e a pungência dos conflitos étnicos e religiosos, bem como as grandes divergências entre os agentes de todas as latitudes. Em outubro de 2001, menos de quatro semanas antes do ataque ao World Trade Center, a primeira performance ao vivo de Shirin Neshat, *A lógica dos pássaros* – obra que dura toda uma noite e apresenta a cantora Sussan Deyhim e trinta *performers* contra o pano de fundo de um grande tríptico com três canais de vídeo simultâneos – foi apresentada em pré-estreias na Kitchen, em nova York (a estreia ocorreria em 2002, como parte do Festival de Verão do Lincoln Center). Baseada em um poema místico de Farid al-Din Attar, mestre sufi do século XII, seus 4.500 versos em dísticos rimados forneceram a Neshat o esquema de uma narrativa épica: trinta pássaros em busca de um líder, descobrindo, ao fim da jornada, que todos eram líderes. Como metáfora da responsabilidade individual e coletiva, a interpretação de Neshat dessa obra-prima da cultura persa resultou em um requintado contraponto à pungência aos horrores do centro de Manhattan e à atormentada história e política do Oriente Médio.

187. Em *A lógica dos pássaros*, 2001, com Sussan Deyhim, a coreografia cinematográfica de Shirin Neshat era reproduzida por *performers* que pareciam sair dos filmes para o palco.

Também na esteira dos eventos de 11 de setembro, Marina Abramović dedicaria sua sombria e emocionalmente carregada *Casa com vista para o mar* (2002) à cidade enquanto lugar de sofrimento e recuperação. Por doze dias seguidos, Abramović viveu numa galeria de Chelsea, de pé, sentada, banhando-se ou descansando numa plataforma de quase dois metros de altura, fortemente iluminada e semelhante a um altar. O acesso a essa plataforma se dava por três escadas cujos degraus eram feitos de facas de açougueiro muito afiadas. Durante esse confinamento autoimposto, a água foi o único alimento de Abramović, mas ela não produziu nenhuma aura de privação; ao contrário, havia ali uma atmosfera de tempo infinito e estreitas ligações entre artista e espectadores. Para os que frequentaram a galeria diariamente para ver, mas também participar, a experiência seria inesquecível, com sua presença serena e meditativa em um espaço parcialmente iluminado por uma luz difusa, tão dramático em sua placidez como na composição visual de figuras que formavam *tableaux vivants* ao sabor do acaso. Do ponto de vista político, trata-se de uma obra tão significativa quanto o surpreendente *Barroco balcânico* (1997), de Abramović, em que a artista, usando uma volumosa túnica branca, ficou seis dias inteiros sentada numa banqueta rodeada por pilhas de ossos de boi ensanguentados que ela esfregava e limpava sem parar, evocando simbolicamente a limpeza étnica nos Balcãs. Os trabalhos de Neshat e Abramović mostravam a força da performance ao vivo para representar múltiplas camadas de

188. *Barroco balcânico* (1997), de Marina Abramović. A artista limpou milhares de ossos de boi durante vários dias, em uma performance que remetia metaforicamente aos horrores da limpeza étnica

significado e história, bem como para evocar, ao mesmo tempo, respostas intensas e viscerais. Sem palavras ou textos, sua narrativa visual chegava ao nível de mestria estética ao produzir, em tempo real, imagens móveis e tridimensionais pelo menos tão eficientes quanto as fotos de cena produzidas durante o evento.

Ação radical na China

Muitas performances desse tipo, profundamente pessoais e quase sempre perturbadoras, deram testemunho do estado de espírito de grande consternação que se seguiu ao massacre da Praça da Paz Celestial, em Pequim, China, em 1989. Imagens fotográficas e vídeos produzidos no local, longe dos olhos de autoridades vigilantes, foram difundidas por um grupo de jovens artistas, membros de uma comunidade artística a leste da cidade, conhecida como East Village de Pequim*; na década de 1990, suas ações radicais eram geralmente apresentadas a grupos de amigos e convidados em apartamentos minúsculos. Ma Liuming, Zhu Ming, Ai Weiwei, Zhang Huan, Danwem Xing e Rong Rong tornaram-se adultos no fim da Revolução Cultural de Mao Tsé-Tung (1966-76), quando as artes eram instrumentos de propaganda controlados pelo Estado, e suas obras refletiam uma década em que proliferaram violentas manifestações políticas e sociais. Nu, sentado na latrina de um banheiro público, coberto de mel e óleo de peixe que atraíam milhares de

---

* Alusão ao East Village, bairro de Manhattan, em Nova Iorque, que fica a leste de Greenwich Village e onde vivem muitos artistas, músicos e estudantes. (N.T.)

A PRIMEIRA DÉCADA DO NOVO SÉCULO: 2001 A 2010 **223**

insetos para seu corpo, Zhang Huan fazia um comentário direto sobre a dura realidade do cotidiano chinês na obra intitulada *12 metros quadrados* (1994); Zhu Ming, usando só uma tanga, flutuava sobre o rio Huangpu dentro de uma bolha de plástico em 2000, uma referência simbólica à fragilidade da existência humana diante das forças incontroláveis do rio. Essas obras contavam histórias de angústias pessoais irreprimíveis e da determinação desses artistas de encontrar meios de expressar suas experiências – mesmo diante da censura, do assédio e da prisão. As ações do East Village – subversivas, desconcertantes e frequentemente chocantes – foram alguns dos primeiros projetos chineses a chamar a atenção internacional. Elas também levaram ao conhecimento da comunidade artística global um novo mundo artístico que vinha sendo gestado naquele país.Durante a rápida transformação nos anos 2000 do comunismo a uma forma complexa de capitalismo de controle estatal, a performance dos artistas chineses oferecia uma visão contínua das violentas transformações sociais em todo o país. Essas ações tornaram-se o ponto de convergência de uma crescente comunidade de estudantes de arte e um público cada vez maior em Pequim, Cantão, Xangai, Chengdu, Harbin, Xiamen, Lijiang e Shenzhen, e o material visual que emergiu dessas atividades seria visto em várias exposições itinerantes nos Estados Unidos e na Europa, como *De dentro para fora* (1998), *Atos traduzidos* (2002) e *Entre o passado e o futuro* (2004). Elas forneceram uma eloquente introdução à rápida mutação da vida chinesa, e o fizeram de um jeito que as artes estabelecidas da pintura ou da escultura simplesmente não poderiam ter feito: a obra de Song Dong, Feng Bengbo, Qui Zhije e Xu Zhen, entre muitos outros, usava o corpo humano para criar uma estética contemporânea

189. *12 metros quadrados* (1994).
Coberto de mel e centenas de moscas, Zhang Huan apresentou essa performance de resistência em uma latrina pública no East Village de Pequim.

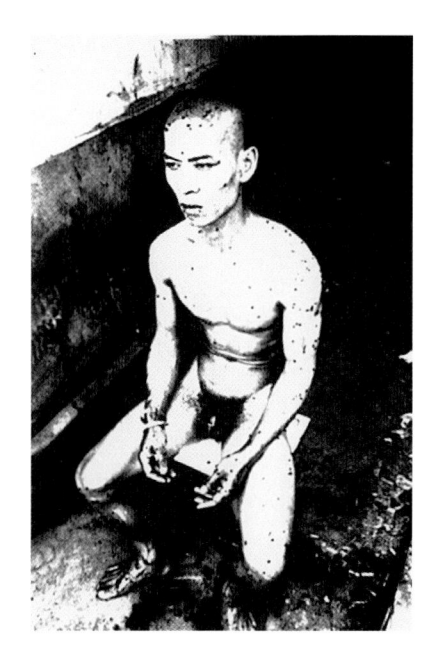

que, em alguns momentos, era de um realismo brutal (como as peças de Sun Yuan e Peng Yu, que trabalhavam com tecido humano gorduroso e cadáveres de fetos) e, em outros, era uma representação alegórica de grande lirismo (como os *tableaux* de Hong Hao e Zhao Bandi). Alguns apresentavam-se nus em público (Ma Liuming) ou fotografavam modelos vestidos com uma grande variedade de trajes (Wang Qingsong), enquanto outros retratavam o entulho de edifícios em ruínas, destruídos da noite para o dia, e a rápida substituição de casarios inteiros por arranha-céus altíssimos (Zhang Dali). *O projeto da Grande Marcha* (criado em 1999 pelo curador Lu Jie) voltou a um dos momentos cruciais da história do comunismo chinês, a Grande Marcha de dez mil quilômetros, iniciada por Mao Tsé-Tung em 1934, refazendo o trajeto original com 300 participantes, com a finalidade de resgatar as intenções radicais desse período histórico e suas implicações para a vanguarda chinesa. Em Xangai, o cineasta Yang Fudong fez filmes sofisticadamente estilizados que quase pareciam *tableaux vivants* performáticos, como *Sete intelectuais numa floresta de bambus* (2003), que mistura a elegância colonial da década de 1930 com narrativas filosóficas dos séculos III e IV sobre individualidade e liberdade. Por outro lado, os avatares criados digitalmente por Cao Fei em *RMB City* (2008) perambulam pelas enormes avenidas das cidades do *Second Life**, projetando um futurismo visionário que antecipa a nova arquitetura das megacidades da China do século XXI.

190. *Sete intelectuais numa floresta de bambus*, 2003, apresenta as mudanças gigantescas na história recente da China por meio de *tableaux vivants* extremamente estilizados.

* Ambiente virtual e tridimensional em que os usuários ("residentes") interagem entre si por meio de avatares. (N.T.)

191. Em *Quem tem medo da representação*, 2004, Rabih Mroué combinou teatro, performance e técnicas cinematográficas em "documentários ao vivo" sobre as consequências sociais das guerras civis libanesas.

Arquivos e performance

De países como México, Polônia, África do Sul, Líbano, Guatemala, Albânia e Israel, performances e vídeos lançaram um olhar sofisticado e provocador sobre lugares politicamente abalados e devastados pela guerra, refletindo a consciência social exacerbada de artistas individuais que se formaram em meio às inevitáveis pressões de tais circunstâncias. Os artistas libaneses Rabih Mroué e Walid Raad criaram vastos arquivos pessoais de objetos, fotos, textos, entrevistas, excertos de filmes e memórias – reais e fictícios – das Guerras Civis Libanesas (1975-90), começando pela catastrófica guerra de 1975-76, da qual os dois artistas participaram. O ator e cineasta Mroué cria performances de viés político investigativo e conteúdo polêmico, como *Quem tem medo da representação* (2004), escrito e produzido em colaboração com sua mulher, a atriz e diretora Lina Saneh. O casal reflete sobre os modos como a violência criada por *performers* no contexto seguro do mundo da arte acaba por se transformar em história da arte, o que não acontece com os assassinatos reais que ocorrem nas ruas de Beirute. As conferências do artista visual Raad são anunciadas como simples colóquios, mas são encenadas como qualquer performance teatral, com ele sentado atrás de uma mesa com seu *powerpoint*, um copo de água e o apontador na mão. Suas conferências públicas, como *O sussurro mais ruidoso chegou ao fim* (2000) ou *Meu pescoço é mais fino do que um fio de cabelo: Uma história dos carros-bomba nas guerras civis libanesas*

(2004), são baseadas nos seus arquivos criados sob o pseudônimo de Atlas Group, que também são expostos como instalações em galerias e museus. Para Raad, a performance-conferência é mais uma forma de investigar as convulsões políticas e sociais de sua terra natal, uma plataforma para distribuir dados brutos e, ao mesmo tempo, passar as emoções associadas à história em questão.

Esses meios didáticos de transmitir informações urgentes a públicos não familiarizados com o extremismo do cotidiano das restrições impostas pelas forças sediadas nas fronteiras israelenses caracterizam o trabalho da palestina Emily Jacir. Sua obra *De onde viemos* (2001), uma "peça de instrução" em que ela perguntava aos palestinos que vivem no exílio, "Se eu pudesse fazer alguma coisa por você, em qualquer ponto da Palestina, qual seria seu pedido?", transformava-se em uma exposição e instalação com base em fatos e situações reais, com a documentação de pedidos que ela atendia ao pé da letra, como, por exemplo, "Vá a Bayt Lahia e traga-me uma foto de minha família, principalmente dos filhos de meu irmão".

Artistas do lado israelense dessa trágica linha divisória direcionam suas câmeras de vídeo para essas mesmas fronteiras, embora os mundos absolutamente opostos em que eles vivem resultem em materiais temáticos e visuais de diferenças gritantes. As performances e vídeos de artistas como Sigalit Landau, Yael Bartana ou Oded Hirsch dissecam as notícias que lhes chegam de diferentes mídias e evocam uma profunda tristeza pelas consequências de uma guerra sem fim, ao mesmo

192. *Exótica, o rato e o liberal*, 2007. Tamy Ben-Tor fez vários personagens cáusticos sucessivos, criando-os diante do público por meio de figurinos, adereços e diferentes sotaques.

tempo em que os artistas israelenses que vivem no exterior, como Omer Fast, Guy Bem-Ner, Mika Rottenberg, Tamy Bem-Tor e Keren Cytter, produzem obras que exprimem uma consciência profunda da mesma matriz política que está na base de sua existência. O inesquecível vídeo de Landau, *Bambolê de arame farpado* (2000), em que ela faz girar um "bambolê" de arame farpado na cintura, é um poderoso lembrete do perigo constante e das soluções fracassadas da política do Oriente Médico. *A seleção de elenco* (2007), de Omer Fast, que apresenta dois filmes em duas telas de projeção, gravações de entrevistas, *tableaux vivants* e a encenação de uma explosão de bombas no Iraque, mostra a obsessão de Fast em apresentar pelo menos dois lados de cada história. Pensada de modo a obrigar os espectadores a formar um círculo ao redor de uma grande tela suspensa, para que possam juntar diferentes episódios na vida de um soldado, a busca da verdade por esse artista assume uma forma distinta em *Talk Show* (2009), sua primeira performance ao vivo, de uma noite de duração, em que um personagem da vida real começa a contar uma história que vários atores transmitem uns aos outros, em uma espécie de telefone sem fio que termina por criar uma narrativa linear, ainda que pontualmente fragmentada. As duas obras ilustram vivamente como as histórias, ao serem contadas e recontadas, são distorcidas e reconstituídas. Essa distorção é o que caracteriza os personagens que povoam as performances solo de Tamy Ben-Tor. Desenvolvidas em Nova York, longe de casa, elas são criadas a partir de rótulos e etiquetas que lhe foram cedidos por outras pessoas na sua infância em Jerusalém e na sua vida cotidiana no Brooklyn, bem como filmes que retratam o Holocausto. Israelenses, afro-americanos, neonazistas ou mulheres da alta sociedade formam a classe tagarela do universo causticamente engraçado de Ben-Tor.

Alegorias políticas

A consciência política é uma parte decisiva do caráter individual dos materiais de muitos artistas que trabalham no corredor vertical das Américas. Culturas latinas, europeias, africanas e indianas se mesclam em uma complexa mistura de economias capitalistas, socialistas, desenvolvidas e subdesenvolvidas, paralelamente a grupos separatistas, enquanto as paixões e o tempo são interpretados de maneira totalmente distinta de um país para outro. A obra de Jennifer Allora e Guillermo Calzadilla, que vivem em Porto Rico e têm um trabalho centrado em escultura, performance, vídeo, cinema e música, pode ser vista como uma série de experiências destinadas a aumentar a consciência do processo público e da autoridade política; eles criam contextos metafóricos de engajamento social com base em amplas pesquisas, uma parte importante de seu processo de criação artística. *Clamor* (2006), instalação que é um misto de escultura, *bunker* e apresentação musical (com os músicos tocando dentro do *bunker*), baseia-se num grande número de sons de guerra, inclusive originários de anúncios de TV, de diversos períodos e em épocas distintas – da Guerra de Secessão nos Estados Unidos até conflitos mais recentes na Grã-Bretanha, Rússia, Chile e Iraque. "Música como

193. *Clamor*, 2006, de Allora e Calzadilla. Dentro de uma réplica de *bunker*, instrumentistas executavam trechos de músicas de guerra de todo o mundo em diferentes momentos da exposição.

arma" é o modo como os artistas descrevem a cacofonia visceral de sua alegoria do poder.

Na Cidade do México, Francis Alÿs, natural de Bruxelas, e o madrileno Santiago Sierra criam uma obra muito diferente como resposta ao eterno clamor de sua megalópole de adoção, e aos espaços limítrofes em que diferentes populações e classes se entrecruzam. Alÿs aborda a cidade com o olhar de um arquiteto e urbanista por formação, investigando seus caminhos e suas camadas de lembranças históricas com uma série de intervenções encenadas. Em *Reencenações* (2000), ele realiza a mesma ação duas vezes e filma as duas. Na primeira, Alÿs é visto comprando um revólver e andando pelas ruas com a arma visível a todos. Vinte minutos depois, ele é detido pela polícia e rapidamente colocado num veículo marcado. O segundo vídeo mostra Alÿs *reencenando* o mesmo roteiro, mas agora com a cooperação da polícia, como se essa reencenação confirmasse a quase inexistência de lei e ordem naquela cidade. Em suas performances, Sierra usa pessoas marginalizadas como uma maneira de encenar a indiferença da sociedade diante da degradação e desolação humanas; em *Tatuagem de 160 cm nas costas de quatro pessoas* (2000), ele tatuou uma linha que se estende pelas costas de quatro prostitutas viciadas, contratadas pelo preço de uma picada de heroína.

Sierra escolhe o universo da arte como sua plataforma para experiências tão perturbadoras porque, diz ele, por proporcionar "uma margem muito estreita que conduz a culpa".

Para a artista mexicana Teresa Margolles, de Culiacán, uma cidade com forte presença do narcotráfico, o tema da morte e do homicídio é uma expressão da brutalidade e do sofrimento profundos que ela observa ao seu redor. Instalações recentes envolviam o espectador em situações inesperadas nos trágicos assassinatos associados às drogas que ocorrem o tempo todo em partes do México; em *Air* (2003), os visitantes percorrem uma sala úmida até descobrirem o fato aterrador de que o ar que respiram foi umedecido com desinfetante líquido para necrotérios. Do outro lado da fronteira, na Guatemala, as ações da poeta e *performer* Regina José Galindo mostram a violência e a coerção psicológica que ela testemunhou ao atingir a maioridade quase ao final dos trinta e seis anos da Guerra Civil da Guatemala (1960-96), um período de genocídio e tirania política implacáveis patrocinados pelo governo. Em *Quem poderá apagar os vestígios* (2003), ela andava na frente do Palácio Nacional, na Cidade da Guatemala, carregando uma bacia cheia de sangue, dentro da qual ela às vezes mergulhava os pés descalços, deixando um rastro de pegadas sangrentas na calçada, diante dos guardas armados que a observavam.

Menos terríveis, mas ligadas à comunidade e ao local com a mesma profundidade, as primeiras performances de Carlos Amorales na Cidade do México incor-

194. Francis Alÿs, *Reencenações*, Cidade do México 2000; documentação de uma ação por um vídeo com três canais, com duração de 5 minutos e 20 segundos.

poravam a popular luta livre numa obra que também era um comentário sobre classe e cultura, sexualidade e violência. *Amorales contra Amorales* (2001) era uma luta encenada entre dois personagens que usavam máscaras de "Amorales" e dois famosos lutadores mexicanos, com o próprio Amorales no papel de "técnico", acrescentando seu sobrenome a um jogo de grande violência física. Para Amorales – e para artistas brasileiros como Tunga (José de Barros Carvalho e Mello), Laura Lima, Marepe (Marcos Reis Peixoto) e Rivane Neuenschwander –, trabalhar com uma vasta gama de suportes e materiais (vídeo, escultura, desenho, pintura e performance) permite-lhe conectar-se às fortes tradições locais de rituais folclóricos e produção artística e, ao mesmo tempo, criar a partir do sofisticado legado de uma geração anterior de artistas. Estes incluem Hélio Oiticica e Lygia Clark, cujas construções efêmeras e formas corporais foram concebidas como objetos interativos de engajamento, tanto estético como social. Poética e utilitária, cheia de metáforas cujo significado é bem conhecido por um grande público nas ruas de São Paulo, Rio de Janeiro ou Salvador, a natureza simbiótica de grande parte dessas obras emerge das festas populares e das procissões de santos e divindades que permeiam todo o calendário anual. Dia e noite, nas ruas, nos bares ou nas várias escolas de samba onde centenas de pessoas se reúnem, vindas tanto das favelas como dos bairros ricos do Rio, para se prepararem para o Carnaval, e onde a interação e a expressividade física constituem um estado natural de ser.

O corpo como instrumento de comunicação

Na África do Sul, pode-se dizer que o corpo é um instrumento de comunicação tão profundo como qualquer linguagem. A performance foi o meio de expressão escolhido por muitos de artistas desde o nascimento do movimento democrático "Nação Arco-Íris", em 1994. Ela comunica nas onze línguas oficiais do país, atingindo seu público com uma imediatez que se fixa nas plateias sul-africanas de todas as procedências e quadrantes, desde as tradicionais danças guerreiras dos zulus, com escudo e azagaia, até as danças percussivas com botas de borracha executadas por trabalhadores das minas de ouro, o *toyi-toyi*[1], que anunciam as manifestações de massa nos últimos anos da era do apartheid. A performance realizada por artistas visuais é parte integrante da sua criação de objetos, filmes ou instalações, como fica claro na obra de William Kenetridge. Seus filmes, desenhos e performances não podem ser separados uns dos outros caso queiramos entender o arco de suas ideias ou de seu processo criativo. Nesse contexto, a performance também é um instrumento ideológico para transmitir ideias sobre cidadania e comunidade: Tracey Rose,

---

1. Dança criada pelo Exército Revolucionário do Povo do Zimbábue, grupo político marxista-leninista que lutou pela liberação da Rodésia do domínio colonialista inglês e da política de apartheid, usada como expressão política e que envolve percussão com os pés (por isso a referência a botas de borracha), movimentos ritmados dos braços que simulam uma luta com lanças e vocalizações entremeadas com palavras de ordem. Ainda hoje é utilizada na África do Sul em protestos e manifestações públicas. (N. E.)

195. *Eu não sou eu, o cavalo não é meu*, 2008. William Kentridge faz muitas intervenções, ao vivo e em filme, durante uma performance extremamente pessoal em que se sobrepõem camadas de arte, política e história.

196. *Praça de Touros I*, 2008. Em suas performances e esculturas, Nandipha Mntambo volta sua atenção para o lugar ocupado pelo gado nas tradições de propriedade e rituais da África do Sul. Aqui, em uma praça de touros vazia, ela enfatiza a tourada como forma de opressão colonial.

196   Nandipha Mntambo, Bernie Searle, Kendell Geers, Robin Rhode, Nicholas Hlobo, Candice Breitz, Peet Pienaar, Steven Cohen, Samson Mudzunga, Athi-Patra Ruga, Sue Williamson, Dineo Bopape ou os gêmeos Hasan e Husain Essop, entre outros, fazem performances ao vivo ou criam obras que têm afinidade com a performance e examinam os rituais, a iconografia, os sistemas de crença e as reflexões estéticas de muitas culturas. Independente de sua origem – xhosa, tswana, suázi, africâner ou europeia, hindu, muçulmana ou cristã –, a história da África do Sul reverbera pelo trabalho de cada um desses artistas e, como seus suportes e técnicas são extremamente visuais e físicos, sua obra torna-se imediatamente acessível a uma ampla variedade de público.

Espaço social

A performance na França de meados da década de 1990 deriva de uma linhagem cultural de rigor político, tanto intelectual como sociológico, que incluía conceitos da teoria situacionista, chamada de psicogeografia, e da "produção de espaço", desenvolvidas pelo sociólogo e filósofo Henri Lefebvre em meados da década de 1960. Uma citação de Lefebvre, "As novas relações sociais requerem um novo espaço, e vice-versa", poderia ser usada para explicar a obra, quatro décadas depois, dos artistas franceses Pierre Huyghe, Philippe Parreno e Dominique Gonzalez-Foerster; a arte deles investiga o espaço das exposições e o papel que o espectador nele desempenha, bem como uma série de outras considerações estéticas e conceituais. O material desenvolvido na década de 1960 por dois artistas franceses pertencentes ao Movimento Fluxus, Ben Vautier e Robert Filliou, sob a rubrica de que "Tudo é arte", também pertencem à linhagem conceitual desses artistas e de outros que com eles sempre mantiveram estreita ligação: Maurizio Cattellan, Carsten Höller, Vanessa Beecroft, Gabriel Orozco, Angela Bulloch, Liam Gillick, Christine Hill e Rirkrit Tiravanija. O termo "estética relacional" foi aplicado

197. *A terceira memória*, 1999, de Pierre Huyghe, instalação com partes de elementos de filmes, sobrepõe camadas de cinema, ficção, performance ao vivo e teatro da vida real.

a esse numeroso grupo desde que uma exposição os reuniu em Bordeaux, em 1996, para conectar esses artistas geracional e empaticamente. Poderíamos dizer que todos eles viam o público "como material" de sua arte, criando situações em que o espectador entrava em uma obra como um participante ativo e crítico; cada qual compartilhava uma forte crença na ideia de que a arte deve ocupar tanto o tempo como o espaço; e eles viam a arte como um processo democrático de escolhas feitas pelos espectadores, cujos juízos de valor incorporariam seu conhecimento do universo ilimitado da cultura *pop* e da *internet*.

Cada um dos artistas franceses, de um jeito ou de outro, também tem uma relação especial com a técnica do cinema como critério de avaliação da realidade cotidiana e do mundo da imaginação. A obra de Pierre Huyghe começa invariavelmente com a encenação de algum fato que é transferida para um filme, como uma maneira de ele "conferir solidez" às experiências multifacetadas do fato em si. *A terceira memória* (1999), uma reconstrução estilizada da famosa cena do roubo de um banco do filme *Um dia de cão* (1975), demonstra a obsessão de Huyghe com o artifício fílmico, as realidades do cotidiano e a encenação e reencenação de ambos, central à sua obra. Igualmente conceitual – e com camadas de sentido igualmente intensas – é a obra *Bonne Nouvelle, Station Cinema* (2001), que foi instalada na estação homônima, em Paris. Em *Bonne Nouvelle*, Gonzalez-Foerster transferiu literalmente a ação, que passou de uma instituição de arte para um espaço subterrâneo: monitores colocados em meio a luzes teatrais coloridas na plataforma da estação mostravam clipes de uma seleção de cenas de filmes gravadas no metrô, para surpresa dos usuários que chegavam à estação ou nela desembarcavam. Também no caso de Parreno, a investigação da cultura do cinema inspirou uma série de cenários minimalistas, dessa vez trazendo os espectadores para baixo dos holofotes; suas marquises iluminadas, feitas de fileiras de lâmpadas que piscavam intermitentemente sob toldos de vários tamanhos, foram instaladas em diferentes lugares desde que ele as mostrou pela primeira vez em 2007.

Arte pós-conceitual

A obra desses artistas muito familiarizados com diferentes mídias, com sua compreensão extremamente sofisticada da crítica institucional e social, é parte de um diálogo contínuo entre artistas e teóricos dos círculos acadêmicos. Seu exame das relações entre artistas, espectadores e as instituições em que se encontram, ainda que essas instituições estejam passando por rápidas transformações de forma e função, é fortemente ligado às indagações intelectuais que caracterizaram a arte conceitual da década de 1970, o que levou grande parte desse material a ser chamado de "pós-conceitual". Particularmente no contexto europeu, mas também nos Estados Unidos, essa onda pós-conceitual tem como foco o fazer artístico em si, no qual a obra é ao mesmo tempo indagação e demonstração. O artista eslovaco Roman Ondák é um perfeito exemplo desse discurso especializado. Da linhagem da geração de artistas tchecos e eslovacos das décadas de 60 e 70, cujo

198. *Bons sentimentos em tempos bons*, de Roman Ondák, 2003, comenta ironicamente o hábito de formar filas em diferentes climas políticos

conceitualismo era conhecido pela natureza subversiva de suas explorações artísticas, as performances de Ondák contêm tanto a poesia como o viés político desse material anterior. Contudo, é revestido por um sistema de valores decididamente pós-moderno, em que a utopia política não tem mais lugar, e que, ao contrário, incorpora uma compreensão prática da falibilidade das instituições públicas, aí incluídos os museus.

Bons sentimentos em tempos bons (2003) é uma obra em que se pede ao público para formar uma fila na parte de fora de uma instituição de arte. Para Ondák, trata-se ao mesmo tempo de uma lembrança das filas de supermercado de sua juventude, na era soviética, e de uma "crítica institucional", com suas implicações de hierarquias sociais e educacionais. "Nas décadas de 70 e 80, era comum que se formassem filas na frente de estabelecimentos comerciais", diz Ondák. "Naquilo que, na época, todos chamavam de 'tempos ruins', as pessoas conseguiam esperar pacientemente em filas, e não se sentiam mal com isso, pois achavam que, quando fossem atendidas, provavelmente encontrariam o que estavam procurando". Estratégias fortemente conceituais também caracterizam a obra de Pawel Althamer, Lucy McKenzie e Paulina Olowska, Gregor Schneider, Phil Collins, Ceal Floyer, Douglas Gordon, Trisha Donelly, Thomas Hirschhorn e Christian Jankowski. Cada um cria obras de técnicas variadas e em ambientes diversos – um parque, um apartamento, telhados, travessas, bares, teatros – e, em cada caso, a performance é o meio mais libertador e eficaz, uma vez que reforça o compromisso desses artistas com os espaços sociais e as comunidades que eles atraem.

A responsabilidade do público

Tino Sehgal vai além e pede aos visitantes que façam escolhas e tomem decisões sobre aquilo que será ou não objeto de sua atenção dentro do espaço de uma exposição. Para Sehgal, o visitante do museu moderno está envolvido com "uma formação social democrática sobre a qual ele tem soberania", afirma ele. "Minha obra diz respeito à conceitualização do espectador como uma pessoa poderosa. 'Você também tem de trabalhar', diz ela". A participação pode ser limitada e ocorrer à distância, como em *O beijo* (2001), em que os espectadores observam um casal que se move pelo assoalho em uma série de abraços coreografados, com poses extraídas de pinturas ou esculturas famosas. Contudo, eles também podem engajar-se ativamente no papel de atores, como acontece em *Este progresso* (2010), no Guggenheim Museum; na primeira curva da rampa espiralada do museu, o visitante se depara com uma criança que lhe pergunta "O que é o progresso?". Segue-se então um breve diálogo com a criança, até que ela o apresenta a um segundo "intérprete", um adolescente posicionado acima na rampa, depois para um jovem adulto e, por último, para um homem maduro, sempre trocando ideias e reflexões à medida que vão subindo a rampa.

Essas investigações das hierarquias do mundo da arte destacam o trabalho intelectualmente dirigido de muitos artistas que recorrem aos formatos da conferência ou do colóquio públicos para expressarem suas perguntas retóricas sobre arte e sociedade e, ao mesmo tempo, explicarem-se a si próprios e à sua obra. Artistas como Andrea Fraser, Carey Young, Coco Fusco e Ryan Gander usam deliberadamente a conferência-performance como um instrumento para sondar comportamentos associados a uma série de espaços profissionais, como a sala da direção do museu, o escritório corporativo, a cela onde se interrogam testemunhas e o estúdio do escritor. Na famosa performance *Boas-vindas oficiais* (2001), de Fraser, o artista permanece em pé, atrás de um palanque, enquanto recebe efusivamente os convidados e agradece sua presença com o palavreado tão comum nas apresentações desses eventos típicos do exclusivo mundo das artes; logo, porém, fica claro que as palavras não são dela, mas sim excertos de discursos banais de famosos diretores de museus, críticos e artistas. O ponto alto desse discurso acontece quando a digna e sóbria oradora começa a se despir, mas não para de pontificar sobre arte e cultura. A *Performance ótima* (2003), de Young, uma palestra sobre "Como obter o máximo desempenho" é apresentada por um ator que, no papel de "orador motivacional" de uma convenção de negócios, tem a tarefa de reproduzir fielmente a linguagem e as técnicas usadas pelos participantes de seminários de desenvolvimento pessoal. Em *Um quarto todo seu* (2005), Fusco reencena procedimentos que ela aprendeu em um curso sobre interrogatórios militares; no duplo papel de autoridade e vítima, ela ilustra o processo de manipulação da mente, ao mesmo tempo em que alude aos signos de outra sutil lavagem cerebral – aquela que ocorre na comercialização da arte e das ideias. As palestras de Gander, ilustradas por *slides*, são proferidas com o tom de voz uniforme e sem pressa de um autor em uma leitura pública; em *Associações livres* (2002), ele percorre aleatoria-

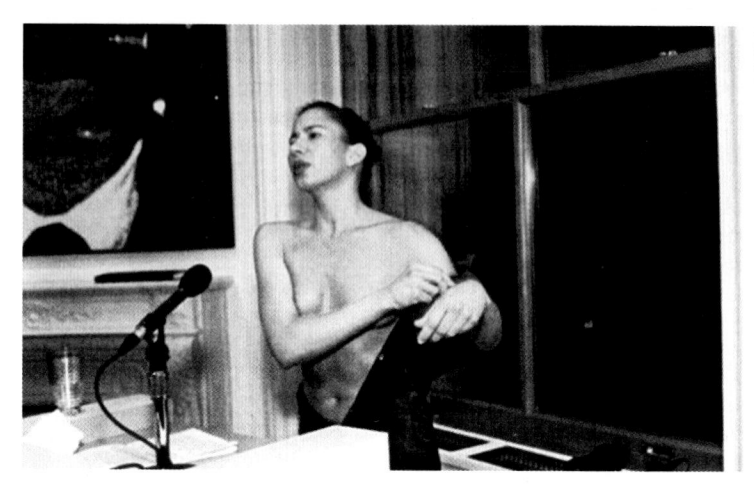

199. *Boas-vindas oficiais*, 2001. O surpreendente final de uma palestra formal de Andrea Fraser foca na sedução implícita do especialista na hierarquia do mundo da arte.

mente um mapa cultural que abrange literatura, *design*, arquitetura e política, enquanto também explica alguns dos motivos por trás de suas instalações escultóricas. "Arte é tomada de decisões", diz Gander, acrescentando que essa atividade "diz respeito à eloquência das decisões", tanto para os artistas como para os espectadores.

Conversas com os artistas

Muitas formas de engajamento caracterizam os domínios em permanente expansão dos domínios da performance para públicos que procuram o contato direto com os artistas como parte integrante de sua experiência artística. Os artistas britânicos Martin Creed, Mark Leckey, Jeremy Deller e Spartacus Chetwynd têm, cada qual a seu modo, fortes ligações com uma cena musical britânica de tempos atrás – de Genesis Breyer P-Orridge e Cosey Fanni Tutti a bandas de Manchester, como Ludus, Smiths e Buzzcocks, o cantor e compositor Morrisey, a protofeminista Linder Sterling e Joy Division –, o que explica, em parte, por que o trabalho daqueles artistas é tão intensamente impregnado do desejo de êxtase emocional que provém da troca entre *performer* e espectador. Creed diz que suas obras nascem do desejo de se comunicar com as pessoas: "Vejo uma galeria de arte como um teatro para a apresentação de coisas que ali estão para ser vistas e, para mim, um *show* é uma apresentação ao vivo, muito longa, que poderia durar seis semanas, e durante a qual o público possa entrar e sair à vontade". Seus objetos escultóricos, desenhos e "espetáculos de variedades" – que incorporam filmes, canções e comentários sobre a natureza da arte e o modo como nos sentimos diante dela – enfatizam a determinação de Creed de "apenas se comunicar". Leckey também chegou à performance pela música, embora sua obra tenha um pouco mais de engajamento político. Começou com *Fiorucci me tornou radical* (1996), um vídeo-documentário sobre um período da história musical inglesa que vai da *Soul Music* do norte do país à *Acid House*, e revela, portanto, a mistura cultural da classe operária e do dandismo de classe alta presentes nesses estilos. *A Batalha de Orgreave* (2001), uma recriação de uma batalha real entre mineiros e policiais armados que ocorreu na Grã-Bretanha de Margaret Thatcher, em 1984, foi admirável, primeiro como performance ao vivo, depois como filme dramático e, por fim, como uma instalação apresentada com vídeos e documentação da batalha original. As performances comunicativas de Chetwynd, que às vezes contam com a participação de vinte amigos e familiares usando figurinos extrava-

200. *A Queda do homem, um teatro de revista com fantoches*, 2006, de Spartacus Chetwynd. Familiares e amigos fantasiados na plateia são convidados a participar, de improviso, como membros do coro.

gantes, feitos em casa, também usam histórias do passado como ponto de partida, criando esquetes pitorescos. Conan, o bárbaro, o incrível Hulk ou personagens bíblicos têm a mesma probabilidade de aparecer nessas encenações: em *A Queda do homem* (2006), um espetáculo de marionetes em três atos, o material de referência de Chetwynd incluía o *Livro de Gênesis, Paraíso perdido*, de John Milton, e *A ideologia alemã*, de Karl Marx e Friedrich Engels.

Em Nova York, a percepção do "social" é menos uma questão de sistemas de valor sociais do que de grupos sociais afluentes e extremamente ativos que constituem a grande comunidade artística da cidade. Dia e noite, esses grupos mantêm uma agenda muito ativa de performances, eventos e conferências em inúmeros clubes, galerias e espaços alternativos em Manhattan e nos bairros de Brooklyn e Queens. Alguns assumem a forma de ações solo de conscientização política, como na obra de Sharon Hayes, que encenou uma série de protestos em que a artista segurava cartazes em esquinas da cidade, como *Sou um homem* (2005), que repete o *slogan* de uma marcha pelos direitos civis. Ao fazer uma análise conceitual de como e por que fazemos manifestações, ela se baseou tanto na dramaturgia como nas diferentes possibilidades de uso da linguagem na formação da opinião pública. Outros coletivos se apropriaram de marcas de produtos conhecidos, que são anunciadas como críticas sociais ao próprio mundo da arte. Usando nomes fantasia de fácil memorização, como The Bruce High Quality Foundation (fundada em 2001), Claire Fontaine (2001), Reena Spaulings (2004), Dexter Sinister (2006), ou Public School (2007), na verdade cada organização é apenas um cover de artistas famosos como Jutta Koether, Ei Arakawa, Seth Price, Maria Vitali e K8 Hardy.

Exposições, publicações, filmes e performances são produzidos coletivamente por pessoas que compartilham sistemas de crenças e posições estéticas – aí incluída uma rejeição ao mercado de arte centrado em celebridades, ávido por consumir e explorar cada nova ideia com a mesma rapidez com que ela é criada. Em geral, o material por elas criado tem um quê de *ready-made* ou *do-it-yourself*, o que se justifica pelo interesse no "potencial comunitário" como instância oposta ao potencial de identidade única. Outros artistas, como Terence Koh, Rashaad Newsome, Kalup Linzy, Ryan McNamara, Jen DeNike e Michael Portnoy têm muitos seguidores, cortejos formados por amigos íntimos e admiradores cuja diversidade acaba por constituir meios sociais distintos. Eles representam o semimundano no melhor sentido do termo, aquele que designa um conjunto de admiradores dispostos a "viver artisticamente" no contexto de uma cultura midiática que se alimenta diariamente dos espetáculos, grandes ou pequenos, por eles mesmos produzidos – mas que sempre estão muitos passos à frente do consumismo que os aguarda.

A performance no século XXI

É bem possível que a performance venha a moldar as próximas décadas do século XXI, e que o faça com a mesma profundidade com que se firmou no século anterior, talvez mais explicitamente ainda. Textos e imagens percorrem o mundo a velocidades incríveis, chegando a bilhões de pessoas por meio de telas de computador e aplicativos cada vez mais sofisticados. Nessa fluida matriz, a performance dos artistas – multidimensional, multidisciplinar e atrelada à rapidez da mídia – apresenta as condições ideais para a comunicação *online* com os públicos atuais e futuros. Como tal, vem-se transformando continuamente na forma de expressão preferida pelos artistas emergentes, nas grandes cidades, mas também por aqueles que hoje ingressam no mundo internacional da arte a partir de lugares distantes, graças a plataformas *online* como o Vimeo e o YouTube, criadas em 2004 e 2005, respectivamente. A presença desses artistas é igualmente poderosa em *blogs* e *sites* pessoais que utilizam formatos cada vez mais sofisticados.

Além disso, a história da performance é hoje mais bem conhecida graças à *internet* e ao interesse que esse material vem despertando em bienais, museus e publicações dedicadas ao tema. *100 Years of Performance Art* (2002), uma exposição itinerante em que cem monitores de vídeo mostram a história da performance desde o Manifesto Futurista de 1909 até o presente, oferece um poderoso registro fílmico dessa história, assim como uma pedra de toque para diretrizes futuras. Igualmente importantes para as novas gerações de artistas e o público dos museus são as recriações de performances seminais do passado. Essa prática tornou-se hoje um gênero em si, mesmo quando levanta questões sobre os valores artísticos que privilegiam as performances do artista original. De fato, a reencenação de

201. Clifford Owens, *Visitas ao ateliê: Studio Museum no Harlem (Joan Jonas)*, 2005. O artista convida Joan Jonas para uma "visita ao ateliê"; em retribuição, ela usa Owens para fazer um desenho.

202. Mike Kelley, *Reconstrução projetiva de atividade extracurricular #32, Plus*, 2009. Performance ao vivo baseada no longa metragem *Fim do dia*, de Kelley, e na instalação homônima, apresentada em uma galeria, com base em fotos de anuários de escolas de segundo grau

performances de artistas como Elaine Sturtevant (de Duchamp em *Relâche*, e em *La rivoluzione siamo noi*, de Beuys), Paul McCarthy (de *Salto no vazio*, de Yves Klein), Mike Bidlo (das *Antropometrias*, de Klein) ou Tania Bruguera (das obras *Terra e corpo*, de Ana Mendieta), nos anos 60, 70 e 80, são os primórdios de uma nova história que, por sua vez, renovará o entendimento da performance em si. O mesmo se pode dizer sobre Marina Abramović e suas recriações de obras icônicas de Vito Acconci, Bruce Nauman e Valie Export, bem como de algumas de suas performances anteriores, que ela apresentou no Guggenheim Museum em 2005 – e a recriação de *18 Happenings em seis partes* (1959), de Allan Kaprow, reconstruída para uma retrospectiva itinerante de sua obra em 2006, com permissão do artista, obtida seis meses antes de sua morte, nesse mesmo ano. Artistas como Zach Rockhill e Clifford Owens são hoje especialistas nesse campo. Além disso, novas encomendas, como aquelas inicialmente feitas em 2005 por artistas que incluem Isaac Julien, Francis Alÿs, Sanford Biggers, Kelly Nipper, Jesper Just, Nathalie Djurberg, Adam Pendleton, Mike Kelley ou Francesco Vezzoli (para a Performa), Elmgreen e Dragset (para a mostra Sculpture Projects, Münster), Paul Chan (para o Creative Time), e uma "exposição de performances" intitulada *Il tempo del postino*, que incluía a participação de Matthew Barney, Fischli e Weiss e mais de uma dúzia de artistas (para o Manchester Festival), vêm oferecendo possibilidades, tanto em termos de escala como de ambição, da abertura de caminhos radicalmente novos para a performance no século XXI."

Tomando o centro do palco

O aumento exponencial do número de criadores de performances em quase todos os países, a proliferação de livros e cursos acadêmicos sobre o assunto e o grande número de curadores de performances em incessante atuação nos museus de arte contemporânea de todo o mundo indicam que essa modalidade de arte continua com a mesma força motriz que teve quando os futuristas italianos a usaram para apreender a velocidade e a energia do novo século XX. Hoje, a arte da performance reflete a sensibilidade veloz da indústria das comunicações, mas é também o antídoto essencial contra os efeitos de distanciamento da tecnologia. Pois é a presença mesma do artista performático em tempo real, de *performers* ao vivo "fazendo parar o tempo", o que confere a essa forma de expressão sua posição central. Na verdade, essa "presença viva" também explica seu apelo aos públicos que estão acompanhando a arte moderna nos novos museus, onde o engajamento com artistas de carne e osso é tão desejável como a contemplação das obras de arte.

O termo "arte da performance" tornou-se um termo abrangente de todos os tipos de performance ao vivo – das instalações interativas em museus à fecunda extravagância aos desfiles de moda, aos *shows* e apresentações com DJs em clubes ou grandes eventos políticos – que obrigam os que a veem e reveem a lançar mão das estratégias conceituais que melhor a define, para verificar se se ajusta aos estudos da performance ou a análises mais convencionais da cultura popular. Nos círculos acadêmicos, os estudiosos criaram um vocabulário de análise crítica e instituíram um debate teórico: o termo "performativo", usado para descrever o engajamento imediato entre espectador e performer na arte, também passou para os campos da arquitetura, semiótica, antropologia, economia e estudos de gênero. Na primeira década do século XXI, a arte da performance está sendo finalmente integrada à história da arte propriamente dita e avançando das margens para o centro de um discurso intelectual de maior alcance e densidade.

No passado, a história da arte da performance aparecia como uma espécie de fluxo e refluxo de ondas; veio e voltou, às vezes obscura e latente, enquanto diferentes questões foram-se convertendo no ponto de convergência do mundo da arte. Ao voltar, parecia muito diferente de suas manifestações anteriores. Desde a década de 1970, porém, sua história tornou-se mais contínua; em vez de abrirem mão da performance depois de um breve período de intenso engajamento e passarem para a criação de uma obra mais madura em pintura e escultura – como fizeram os futuristas na década de 1910, Rauschenberg e Oldenburg nos anos 60, ou Acconci e Oppenheim na década seguinte –, vários artistas, como Monk, Anderson, Abramović, Barney e Tiravanija, desenvolveram um trabalho consistente de performance. Trabalhos criados ao longo de várias décadas finalmente vêm sendo entendidos como um fecundo catalisador da explicitação formal das concepções culturais. No momento mesmo em que é absorvida e reconhecida, a extraordinária diversidade dos materiais que permeiam essa longa e fascinante história mostra que a arte da performance continua a ser uma forma extremamente reflexiva e volátil – uma forma que os artistas usam para articular uma mudança e responder a ela. A performance continua refratária à definição, tão imprevisível e provocadora como sempre.

BIBLIOGRAFIA SELECIONADA

Capítulo 1: Futurismo
Apollonio, Umbro, org. *Futurist Manifestos*. Londres e Nova York, 1973
Carrieri, Raffaele. *Futurism*. Milão, 1963
Clough, Rosa Trillo. *Futurism*. Nova York, 1961
Craig, Gordon. "Futurism and the Theatre", *The Mask* (Florença), jan. 1914, pp. 194-200
Futurism and the Arts, A Bibliography 1959-73. Compilado por Jean Pierre Andreoli-de-Villers. Toronto, 1975
Futurismo 1909-1919. Catálogo da exposição. Royal Academy of Arts, Londres, 1972-3
Kirby, E. T. *Total Theatre*. Nova York, 1969
Kirby, Michael. *Futurist Performance*. Nova York, 1971
Lacerba (Florença), Publicado 1913-15
Lista, Giovanni. *Théâtre futuriste italien*. Lausanne, 1976
Marinetti, Filippo Tommaso. *Selected Writings*. Org. R. W. Flint. Nova York, 1971
Marinetti, Filippo Tommaso. *Teatro F.T. Marinetti*. Org. Giovanni Calendoli (3 vols.). Roma, 1960
Martin, Marianne W. *Futurist Art and Theory,1909-1915*. Oxford, 1968

Rischbieter, Henning. *Art and the Stage in Twentieth Century*. Greenwich, Connecticut, 1969
Russolo, Luigi. *The Art of Noise*. Nova York, 1967
Taylor, Joshua C. *Futurism*. Nova York, 1961

Capítulo 2: Futurismo e construtivismo russos
Art in Revolution: Soviet Art and Design Since 1917. Catálogo de exposição. Arts Council/Hayward Gallery, Londres, 1971
Banham, Reyner. *Theory and Design in the First Machine Age*. Londres, 1960
Bann, Stephen, org. *The Tradition of Constructivism*. Londres, 1974
Bowlt, John E. *Russian Art 1875-1975*. Austin, Texas, 1976
Bowlt, John E. "Russian Art in the 1920s", *Soviet Studies* (Glasgow), vol.22, n°. 4, abril de 1971, pp. 574-94
Bowlt, John E. *Russian Art of the Avant-Garde. Theory and Criticism 1902-1934*. Nova York, 1976
Carter, Huntly. *The New Spirit in the Russian Theatre, 1917-1928*. Londres, Nova York e Paris, 1929
Carter, Huntly. *The New Theatre and Cinema of Soviet Russia, 1917-1923*. Londres, 1924
Diaghilev and Russian Stage Designers: a Loan Exhibition from the Collection of Mr and Mrs N. Lobanov-Rostovsky. Introdução de John E. Bowlt, Washington, DC, 1972
The Drama Review. Outono de 1971 (T-52) e março de 1973 (T-57)
Dreier, Katherine. *Burliuk*. Nova York, 1944
Fülöp-Miller, René. *The Mind and Face of Bolshevism*. Londres e Nova York, 1927
Gibian, George, e Tjalsma, H. W., orgs. *Russian Modernism. Culture and the Avant-Garde 1900-1930*. Cornell, 1976
Gordon, Mel. "Foregger and the Mastfor". Manuscrito inédito. Artigo publicado em *The Drama Review*, março de 1975 (T-65)
Gray, Camilla. "The Genesis of Socialist Realism", *Soviet Survey* (Londres), n°. 27, janeiro-março de 1959, pp. 32-9
Gray, Camilla. *The Great Experiment. Russian Art 1853-1922*. Londres e Nova York, 1962. Republicado como *The Russian Experiment in Art 1853-1922*. Londres e Nova York, 1970
Gregor, Josef, e Fülöp-Miller, René. *The Russian Theatre*. Filadélfia, 1929. Original em alemão. Zurique, 1928
Higgens, Andrew. "Art and

Politics in the Russian Revolution", *Studio International* (Londres), vol. CLXXX, n°. 927, novembro de 1970, pp. 164-7; n°. 929, dezembro de 1970, pp. 224-7
Hoover, Marjorie L. *Meyerhold*. Amherst, 1974
Leyda, Jay. *Kino: A History of the Russian and Soviet Film.* Londres e Nova York, 1960
Markov, Vladimir. *Russian Futurism: A History.* Berkeley, Califórnia, 1968
Meyerhold, V. *Meyerhold on Theatre*. Org. E. Brown. Londres e Nova York, 1969
Sayler, O. M. *The Russian Theatre Under the Revolution.* Nova York e Londres, 1922
Shklovsky, Viktor. *Mayakovsky and his Circle.* Nova York, 1971

Capítulos 3 e 4: Dadá e Surrealismo
Apollinaire, Guillaume. *Apollinaire on Art. Essays and Reviews* 1902-1918. Org. L. C. Breuning. Nova York, 1972
Balakian, Anna. *André Breton.* Londres e Nova York, 1971
Balakian, Anna. *Literary Origins of Surrealism*. Nova York, 1947
Ball, Hugo. *Flight Out of Time. A Dada Diary.* Nova York, 1974
Barr, Alfred H. Jr. *Cubism and Abstract Art.* Nova York, 1936
Barr, Alfred H. Jr. *Fantastic Art, Dada, Surrealism.* Nova York, 1936
Benedikt, Michael e Wellwarth, George E. *Modern French Theatre. The Avant-Garde, Dada and Surrealism.* Nova York
Breton, André. *Manifestoes of Surrealism*. Ann Arbor, 1969. Original em francês. Paris, 1946
Breton, André. *Surrealism and Painting*. Nova York, 1972. Original em francês. Paris, 1928
Dada and Surrealism Reviewed. Catálogo de exposição. Arts Council/Hayward Gallery, Londres, 1978
Hennings, Emmy. "Das Cabaret Voltaire und die Galerie Dada", em P. Schifferli, org.: *Die Geburt des Dada*. Zurique, 1957
Huelsenbeck, Richard. *Memoirs of a Dada Drummer.* Nova York, 1974
Jean, Marcel. *History of Surrealist Painting*. Londres, 1962. Original em francês. Paris, 1959
Lippard, Lucy. *Dada on Art.* Englewood Cliffs, NJ, 1971
Matthews, John H. *Theatre in Dada and Surrealism.* Syracuse, NY, 1974
Melzer, Annabelle Henkin. *Latest Rage the Big Drum; Dada and Surrealist Performance.* Ann Arbor, 1981
Minotaure (Paris), 1933-9
Motherwell, Robert, org. *The Dada Painters and Poets.* Nova York, 1951
Nadeau, Maurice. *The History of Surrealism.* Nova York, 1965. Original em francês. Paris, 1946-8
Poggioli, Renato. *Theory of the Avant-Garde*. Cambridge, 1968
Raymond, Marcel. *From Baudelaire to Surrealism.*
Nova York, 1950
La Révolution Surréaliste (Paris), 1924-9
Richter, Hans. *Dada. Art and Anti-Art.* Londres, 1965. Original em alemão. Colônia, 1964
Rischbieter, Henning. *Art and the Stage in the Twentieth Century*. Greenwich, Connecticut, 1969
Rubin, William S. *Dada and Surrealist Art.* Nova York, 1969
Rubin, William. S. *Dada, Surrealism, and Their Heritage*. Nova York, 1968
Sandrow, Nahma. *Surrealism. Theatre, Arts, Ideas.* Nova York, 1972
Shattuck, Roger. *The Banquet Years*. Nova York, 1955
Steinke, Gerhart Edward. *The Life and Work of Hugo Ball.* Haia, 1967
Le Surréalisme au Service de la Révolution (Paris), 1930-33
Willett, John. *Expressionism.* Londres e Nova York, 1970

Capítulo 5: Bauhaus
Bauhaus 50 Years. Catálogo de exposição. Royal Academy of Arts, Londres, 1968
Cheney, Sheldon. *Modern Art and the Theatre*. Londres, 1921
Duncan, Isadora. *The Art of the Dance*. Nova York, 1928
Fuerst, Walter R., e Hume, Samuel J. XXth *Century Stage Decoration.* Londres, 1928
Goldberg, RoseLee. "Oskar Schlemmer's Performance Art", *Artforum* (Nova York), setembro de 1977
Grohmann, Will. "Der Maler Oskar Schlemmer", *Das Neue Frankfurt*, vol. II, abril

de 1928, pp. 58-62
Gropius, Walter, org. *The Theatre of the Bauhaus*. Middletown, Connecticut, 1960. Original em alemão (org. O. Schlemmer). Munique, 1925
Hildebrandt, Hans. *Oskar Schlemmer*. Munique, 1952
Hirschfeld-Mack, Ludwig. *Farbenlichtspiele*. Weimar, 1925
Laban, Rudolf von. *Die Welt des Tänzers*. Stuttgart, 1920
Oskar Schlemmer und die Abstrakte Bülme. Catálogo de exposição. Kunstgewerbemuseum, Zurique, 1961
Pörtner, Paul. *Experiment Theatre*. Zurique, 1960
Schlemmer, Oskar. *Man*. Cambridge, Massachusetts, 1971. Original em alemão. Berlim, 1969
Schlemmer, Tut, org. *The Letters and Diaries of Oskar Schlemmer*. Middletown, Connecticut, 1972. Original em alemão. Munique, 1958
Wingler, Hans M. *Bauhaus*. Londres e Cambridge, Massachusetts, 1969. Original em alemão. Bramsche, 1962

Capítulos 6 e 7: Arte viva, de 1933 até o presente
Adrian, Götz, Konnertz, Winfried, e Thomas, Karin. *Joseph Beuys*. Colônia, 1973
Art & Design. Performance Art into the 90s. Londres, 1994
Auslander, Philip. *Liveness: Performance in a Mediatized Culture*. Londres, 1999
Avalanche Magazine (Nova York), n°s 1-6, 1972-4
Battcock, Gregory, org. *The New Art*. Nova York, 1966

Battcock, Gregory, e Nickas, Robert, orgs. *The Art of Performance: A Critical Anthology*. Nova York, 1984
Banes, Sally. *Greenwich Village 1953: Avant-Garde Performance and the Effervescent Body*. Durham, Carolina do Norte, 1993
Banes, Sally. *Democracy's Body*. Durham, Carolina do Norte, 1993
Benamou, Michael, e Carammello, Charles, orgs. *Performance in Post Modern Culture*. Madison, Wisconsin, 1977
Berger, Maurice. *Minimal Politics: Performativity and Minimalism in Recent American Art*. Baltimore: Fine Arts Gallery, University of Maryland, 1997
Blessing, Jennifer. *Rose is a Rose is a Rose: Gender Performance in Photography*. Nova York: The Solomon R. Guggenheim Museum, 1997
Bodovinac, Zdenka, org. *Body and the East: From the 1950s to the Present*. Cambridge, Massachusetts, 1998
Bonney, Jo. *Extreme Exposure: An Anthology of Solo Performance Texts From the 20th Century*. Nova York, 2000
Brecht, George, e Filiou, Robert. *Games at the Cedilla, or the Cedila Takes Off*. Nova York, 1967
Brecht, Stephan. *The Theater of Visions: Robert Wilson*. Frankfurt, 1979
Bronson, A. A., e Gale, Peggy, orgs. *Performance by Artists*. Toronto, 1979
Cage, John. *Notations*. Nova

York, 1969
Cage, John. *Silence*. Middletown, Connecticut, 1963
Cage, John. *A Year from Monday*. Middletown, Connecticut, 1963
Carlson, Marvin. *Performance: A Critical Introduction*. Londres, 1996
Carr, C. *On Edge: Performance at the End of the Twentieth Century*. Hanover, Connecticut, 1993
Celant, Germano. *Record as Artwork 1959-1973*. Londres, 1973
Champagne, Leonora, org. *Out From Under: Texts by Women Performance Artists*. Nova York, 1990
Childs, Nicky e Walwin, Jeni. *A Split Second of Paradise: Live Art, Installation and Performance*. Londres, 1998
Cunningham, Merce. *Changes: Notes on Choreography*. Nova York, 1969
Diamond, Elin, org. *Performance & Cultural Politics*. Londres, 1996
Duberman, Martin. *Black Mountain. An Exploration in Community*. Nova York, 1972
Etchells, Tim. *Certain Fragments: Contemporary Performance & Forced Entertainment*. Londres, 1999
Finley, Karen. *Shock Treatment*. São Francisco, 1990
Forti, Simone. *Handbook in Motion*. Halifax, Nova Escócia, 1975

Fuchs, Elinor. *The Death of Character, Perspectives on Theater after Modernism*. Bloomington, 1996

Fusco, Coco. *Corpus Delecti: Performance Art of the Americas*. Londres, 2000

Fusco, Coco. *English Is Broken Here: Notes on Cultural Fusion in the Americas*. Nova York, 1995

Goldberg, RoseLee. *High & Low: Modern Art and Popular Culture*. Catálogo de exposição. Nova York: Museum of Modern Art, 1990

Goldberg, RoseLee. *Laurie Anderson*. Londres e Nova York, 2000

Goldberg, RoseLee. *Performance: Line Art since the 50s*. Londres e Nova York, 1998

Graham, Dan. *Rock My Religion: Writings and Art Projects 1955-1990*. MIT, 1993

Hansen, Al. *A Primer of Happenings & Time-Space Art*. Nova York, 1968

Henri, Adrian. *Environments and Happenings*. Londres, 1974

Higgins, Dick. *Postface*. Nova York, 1964

High Performance (Los Angeles), 1979-

Howell, Anthony. *The Analysis of Performance Art*. Holanda, 1999

Huxley, Michael e Witts, Noel. *The Twentieth-Century Performance Reader*. Londres, 1996

Johnson, Ellen H. *Claes Oldenburg*. Harmondsworth e Baltimore, Maryland, 1976

Johnson, Ellen H. *Modern Art and the Object*. Londres e Nova York, 1976

Jones, Amelia. *Body Art: Performing the Subject*. Minneapolis, 1998

Jowitt, Deborah, org. *Meredith Monk*. Baltimore, 1997

Kaprow, Allan. *Assemblage, Environments & Happenings*. Nova York, 1966

Kaye, Nick. *Postmodernism and Performance*. Nova York, 1994

Kertess, Klaus. "Ghandi in choral perspectives (Satyagraha)". *Artforum* (Nova York), outubro de 1980, pp. 48-55

Kirby, E. T. *Total Theatre*. Nova York, 1969

Kirby, Michael. *The Art of Time*. Nova York, 1969

Kirby, Michael. *Happenings*. Nova York, 1965

Kirby, Michael, e Schechner, Richard. "An Interview", *Tulane Drama Review*, vol. X, nº 2, inverno de 1965

Kostelanetz, Richard. *John Cage*. Nova York, 1970

Kostelanetz, Richard. *The Theatre of Mixed Means*. Nova York, 1968

Kultermann, Udo. *Art-Events and Happenings*. Londres e Nova York, 1971

Kuspit, Donald. "Dan Graham: Prometheus Medrabound", *Artforum* (Nova York), fevereiro de 1984

Lippard, Lucy. *Six Years. The Dematerialization of the Art Object from 1955-1972*. Nova York, 1973

Loeffler, Carl E., e Tong, Darlene, orgs. *Performance Anthology: A Source book for a Decade of California Performance Art*. São Francisco, 1980

Luber, Heinrich. *Performance Index*. Basel, 1995

McAdams, Donna Ann. *Caught in the Act: A Look at Contemporary Multimedia Performance*. Nova York, 1996

McEvilley, Tom. "Art in the Dark". *Artforum* (Nova York), junho de 1983, pp. 62-71

Marranca, Bonnie, org. *The Theatre of Images*. Nova York, 1977

Marsh, Anne. *Body and Self: Performance Art in Australia 1959-92*. Oxford, 1993

Musée d'Art Moderne de la Ville de Paris. *La Scène artistique au Royaume-Uni en 1995 de nouvelles aventures. Life/Live*. 1996-97

Musées de Marseille. *L'Art au corps: le corps expose de Man Ray à nos jours*. Catálogo de exposição. 1996

Museum of Contemporary Art, Chicago. *Performance Anxiety*. Catálogo de exposição. 1997

Museum of Contemporary Hispanic Art. *The Decade Show, Frameworks of Identity in the 1980s*. Catálogo de exposição. 1990

Meyer, Ursula. "How to Explain Pictures to a Dead Hare", *Art News*, janeiro de 1970

Nitsch, Hermann. *Orgien, Mysterien, Theater. Orgies, Mysteries, Theatre* (alemão e inglês), Darmstadt, 1969

O'Dell, Kathy. *Contract With the Skin: Masochism Performance Art and the 1970s*. Minneapolis, 1998.

Oldenburg, Claes. *Raw Notes*.

BIBLIOGRAFIA SELECIONADA 247

Halifax, Nova Escócia, 1973
Oldenburg, Claes. *Store Days.*
Nova York, 1967
Open Letter. Essays on Performance and Cultural Politicization. (Toronto), verão/outono de 1983, n?^{os} 5-6
Peine, Otto, e Mack, Heinz. *Zero.* Cambridge, Massachusetts, 1973, original em alemão, 1959
Performance Magazine (Londres), junho de 1979
Phelan, Peggy. *Unmasked: The Politics of Performance.* Londres, 1993
Rainer, Yvonne. *Work 1951-1973.* Halifax, Nova Escócia, e Nova York, 1974
Ratcliffe, Carter. *Gilbert and George: The Complete Pictures 1971-1985.* Nova York e Londres, 1986
Reise, Barbara. "Presenting Gilbert and George, the Living Sculptures", *Art News,* novembro de 1971
Roth, Moira, org. *The Amazing Decade: Women and Performance Art 1970-1980.* Los Angeles, 1982
Russel, Mark. *Out of Character; Rants, Raves and Monologues from Today's Top Performance Artists.* Nova York, 1997
Sanford, Mariellen R. *Happenings and Other Acts.* Londres, 1995
Sayre, Henry M. *The Objects of Performance.* Chicago, 1989
Schneemann, Carolee. *More Than Meat Joy: Complete Performance Works and Select Writings.* Nova York, 1979
Schimmel, Paul. *Out of Actions: Between Performance and the Object 1949-1979.* Museum of Contemporary Art, Los Angeles; Londres e Nova York, 1998
Schneider, Rebecca. *The Explicit Body in Performance.* Londres, 1997
Sohm, H. *Happening & Fluxus.* Colônia, 1970
Showalter, Elaine. *Histories, Hysterical Epidemics and Modern Media.* Nova York, 1977
Studio International. vol. CLXXIX, n? 922, maio de 1970; vol. CXCI, n? 979, janeiro-fevereiro de 1976; vol. CXCII, n? 982, julho-agosto de 1976; vol. CXCII, n? 984, novembro-dezembro de 1976
Taylor, Diana & Villegas, Juan, orgs. *Negotiating Performance: Gender, Sexuality, & Theatricality in Latino America.* Durham, 1994
Tomkins, Calvin. *The Bride and the Batchelors.* Londres e Nova York, 1965
Ugwu, Catherine, org. *Let's Get It On: The Politics of Black Performance.* ICA, Londres, 1995
Vergine, Lea. *Body Art and Performance.* Milão, 2000
Walker Art Center. *Art Performs Life: Merce Cunningham/Meredith Monk/Bill T. Jones.* Catálogo de exposição. Minneapolis, 1998
Walker Art Center. Org. John Hendricks. *In the Spirit of Fluxus.* Catálogo de exposição. Minneapolis, 1993
Walther, Franz Erhard. *Arbeiten 1959-1975.* Catálogo de exposição. São Paulo, 1977

Capítulos 8: A primeira década do novo século: 2001 a 2010
Berghus, Thomas J. *Performance Art in China.* Hong Kong, 2006.
Bourriaud, Nicholas. *Relational Aesthetics.* Dijon, França, 1998.
Christov-Bakargiev, Carolyn. *William Kentridge: Five Themes.* New Haven, 2009.
Enwezor, Okwui. *Contemporary African Art since 1980.* Bolonha, 2009.
Fusco, Coco. *English is Broken Here: Notes on Cultural Fusion in the Americas.* Nova York, 1995.
Goldberg, RoseLee. "Jerome Bel: Dance Theater Workshop", *Artforum International* (Nova York), novembro 2007.
Goldberg, RoseLee. *Everywhere and All at Once.* Zurique, 2007.
Herzog, Hans-Michael. *Carlos Amorales.* Ostfildern, 2008.
Heathfield, Adrian, org. *Live.* Londres, 2004.
Hoffman, Jens, e Jonas, Joan. *Art Works Perform.* Londres, 2005.
Hung, Wu, e Phillips, Christopher, orgs. *Between Past and Future, New Photography and Video from China.* Chicago, 2004.
Medina, Cuauhtémoc, e outros. *Francis Alys.* Londres, 2007.
MoMA. *Marina Abramovic: The Artist is Present.* Catálogo de exposição. Nova York, 2010.
Munroe, Alexandra, e outros. *YES Yoko Ono.* Nova York, 2000.
New Museum. *Paul McCarthy.*

Catálogo de exposição. Los Angeles, 2001.
Rugoff, Ralph, e outros. *Paul McCarthy*. Londres, 1996.
Schneider, Rebecca. *Performing Remains*. Londres, 2011.
Storr, Robert, e outros. *Zhang Huan*. Londres, 2009.

Viso, Olga. *Ana Mendieta: Earth Body*. Ostfildern, 2004.
Weiwei, Ai, e Boyi, Feng, orgs. *Fuck Off*. Xangai, 2000.
Whitechapel Gallery. *Walid Raad: Miraculous Beginnings*. Catálogo de exposição. Londres, 2010.

Whitney Museum. *The Aberrant Architectures of Diller + Scofidio*. Catálogo de exposição. Nova York, 2003.
Williamson, Sue. *South African Art Now*. Londres, 2009.

ÍNDICE REMISSIVO

Abdoh, Reza, 212, 213
Abramović, Marina, 165, 225, 229, 247, 249
expressionismo abstrato, 141-2, 144
Acconci, Vito, 156-7, 158, 159, 218, 225, 249
Acker, Kathy, 200
ACT UP (AIDS Coalition to Unleash Power), 212
Adorno, Olga, 133, 181
Ai Weiwei, 230
Academia Ruchu, 198
Albers, Anni, 121
Albers, Josef, 121
The Alien Comic (Tom Murrin), 194
Allora, Jennifer, 235
Althamer, Pawel, 242
Altman, Nathan, 41
Alÿs, Francis, 236, 248
Amorales, Carlos, 237
Anderson, Laurie, 172, 190-1, 192, 197, 249
Andreyevna, Ann, 33
Annenkov, 41
Antin, Eleanor, 176-7
Appollinaire, Guillaume, 77, 78-80, 82, 89, 96
Apple, Jackie, 176
Aragon, Louis, 74, 76, 82, 85, 86, 87, 89
Arensberg, Walter, 73
Armitage, Karole, 202
Arp, Hans, 56, 58, 60, 62-4, 71, 74
Artaud, Antonin, 95-6, 138, 185
Ashley, Robert, 221, 222
Athey, Ron, 212
Atlas, Charles, 202

Atlas Group, The, 234
Auric, Georges, 88
autobiografia, 172-7
Ay-O, 133
Azari, Fedele, 30

Baader, Johannes, 70
Baargeld, 71-2
Baker, Bobby, 220, 225
Balanchine, George, 202
Ball, Hugo, 50, 51, 54, 55-61, 62-6, 67
Balla, Giacomo, 14, 18, 21-2, 24, 28, 30
Ballets Russes, 24
Barnet, 39
Barney, Matthew, 222, 223, 249
Barrès, Maurice, 85-6
Bartana, Yael, 234
Barzun, Henri, 58
Bauhaus, 97-120, 121-2, 181
Baumgartl, Monique, 159
Bausch, Pinna, 205-6
Bean, Anne, 210
Beckley, Connie, 185
Beecroft, Vanessa, 223, 224, 240
Beeton, Isabella, 168-9
Bel, Jérôme, 217
Ben-Ner, Guy, 234
Ben-Tor, Tamy, 234-5
Bernini, Gian Lorenzo, 9
Beuys, Joseph, 132, 144, 149-51, 153, 218, 247
Bialecki, Bob, 172
Bidlo, Mike, 247
Biggers, Sanford, 248
Black Mountain College, 12102, 123, 125, 126-7
Blast Theory, 221
Blaue Reiter, 50

Blue House Group, 46-8
Boccioni, Umberto, 14, 18, 27
Bock, John, 219
arte corporal, 153, 156-9
Bogosian, Eric, 191-92, 213
Boltanski, Christian, 177, 218
Bonsdorf, Edith, 95
Bopape, Dineo, 238
Borlin, Jean, 90, 95
Bowery, Jean, 208-9
Brecht, Bertolt, 70, 162, 185, 205
Brecht, George, 127
Breitz, Candice, 238
Breton, André, 8, 74, 75, 81, 82, 84-8, 89, 90, 96
Breuer, Lee, 199-200
Brisley, Stuart, 165
Brock, Bazon, 150
Bronson, A. A., 179
Broodthaers, Marcel, 148, 197
Brown, Stanley, 154
Brown, Carolyn, 135-6
Brown, Notman O., 124
Brown, Trisha, 136, 138, 139, 140-41, 162-3
Bruant, Aristide, 56
Bruce, Lenny, 191
Bruguera, Tania, 225, 247
bruitismo, 67, 70
Brus, Günter, 164
Brute, Dr. (Eric Metcalfe), 180
Bryers, Gavin, 189
Buffet, Gabrielle, 83
Bulloch, Angela, 240
Buñuel, Luis, 199
Burden, Chris, 159
Buren, Daniel, 154-5
Burlyuk, Vladimir, 33
Burton, Scott, 170
Burwell, Paul, 210

Buscher, Alma, 97
butô, 206-7, 222
Byars, James Lee, 155
Byrd, Joseph, 132
Byrne, David, 200-2

Cabaret Voltaire, 50, 55-61, 62-3, 65
Cage, John, 123-7, 134, 138, 140, 185
Calzadilla, Guillermo, 235
Camus, Albert, 145
Cangiullo, Francesco, 18, 28-9
Cao Fei, 232
Čapek, Karel, 115
Caravaggio, Polidoro da, 8-9
Carmelita Tropicana (Alina Troyana), 212
Carrà, Carlo, 14, 16, 18, 163
Carra, Ron, 177
Casavola, Franco, 24
Castelli, Luciano, 169
Cattelan, Maurizio, 218, 219, 240
Cendras, Blaise, 56
Cézanne, Paul, 82-4
Chaimowicz, Marc, 177
Chan, Paul, 248
Chang, Patty, 223, 224-5
Chaplin, Charlie, 75
Chapman, Jake, 220
Chatham, Rhys, 202
Cherepnin, 39
Childs, Lucinda, 136, 138, 141, 142, 163, 188
Chetwynd, Spartacus, 244-6
Chowdhry, Maya, 211
Clair, René, 90-2
Claire Fontaine, 246
Clark, Lygia, 212, 238
The Clash, 182
Clavel, Gilbert, 22
Cocteau, Jean, 74, 75, 77-8, 80-1, 96
Cohen, Steven, 238
Colette, 170
Collins, Phil, 242
Colo, Papo, 212
Comfort, Jane, 204

Conrad, Tony, 133
construtivismo, 7, 38, 44-6, 106, 113, 181
Cooper, Alice, 154
Corner, Philip, 141
Corra, Bruno, 26
Cortez, Diego, 182
Cosey, Fanni Tutti, 182, 244
Cotton, Paul, 180
COUM Transmissions, 182
Cowell, Henry, 124
Craig, Edward Gordon, 22
Creed, Martin, 244
Crommelynck, Fernand, 45
cubismo, 14, 31, 44
Cummings, Blondell, 204-5
Cunningham, Merce, 123, 124-5, 126-7, 135, 136, 138, 140, 185, 202
Cyter, Keren, 234-5

dadá, 7-8, 50, 62-74, 75-7, 81-8, 89, 90, 96, 128, 181
Dali, Salvador, 96
Dancers' Workshop Company, 139-40
D'Annunzio, Gabrielle, 11
Danwem, Xing, 230
Däubler, Theodor, 67
Daumal, 94
Davis, Anthony, 200, 203
Dean, Laura, 163
De Angelis, Rodolfo, 29
Debussy, Claude, 18
de Groat, Andrew, 188
De Keersmaeker, Anne Teresa, 215-16
Delauney, Sonia, 87, 88
Delford-Brown, Rhett e Robert, 133
Delimar, Vlasta, 214
Deller, Jeremy, 244-5
DeNike, Jen, 246
Departamento de Pesquisas Surrealistas, 88-90
Depero, Fortunato, 18, 22, 28, 48
Dermée, Paul, 82, 84, 86
Derrida, Jacques, 217

Deschamps, Léon, 11
Desperate Optimists, 220, 221
Dessy, Mario, 28
Devere Smith, Anna, 214
Dewey, Ken, 135
Dexter Sinister, 246
Diaghilev, Sergei, 21, 24
Dine, Jim, 127, 128, 131
Divoiré, Fernand, 58
Doesburg, Theo van, 88
Donelly, Trisha, 242
Duchamp, Marcel, 73, 77, 87, 90-2, 124, 247
Dumb Type, 222
Duncan, Isadora, 24, 81, 139
Duncan, Raymond, 81
Dunn, Robert, 140
Duplessix-Gray, Francine, 126
Dupuy, Jean, 175, 181

Eckart, Meister, 126
Eggeling, Viking, 74
Ei Arakawa, 246
Eichelberger, Ethyl, 194
Eiko, 207
Einstein, Albert, 188
Eisenhauer, Lette, 133
Eisenstein, Sergei, 39, 46
Elmgreen e Dragset, 248
Éluard, Paul, 74, 75, 82, 84-5, 87, 88
Emerson, Rugh, 140
English, Rose, 181
Eno, Brian, 182
Ephraim, Jan, 55, 63
Epigonen, 199
The Erasers, 182
Ernst, Max, 71-2
Essop, Hassan. 238
Essop, Hussain, 238,
Export, Valie, 164, 248
expressionismo, 50, 52-4, 58, 69, 96, 113, 164
Exter, Alexandra, 38, 46

Fabre, Jan, 197, 215, 216
Factory of the Eccentric Actor (FEKS), 48
Fagan, Garth, 210

Falso Movimento, 197-8
Farina, Ralston, 180
Fassbinder, Rainer Werner, 198
Fast, Omer, 234-5
Fehling, Ilse, 109
Feininger, Lyonel, 97, 122
Fellini, Federico, 197
Feng Bengbo, 231
Fenley, Molissa, 202-3
Ferry, Bryan, 182
Fields, W. C., 131
Filliou, Robert, 132, 240
Filonov, Pavel, 34
Finley, Karen, 191, 212
Fischli, Peter, 248
Flanagan, Bob, 212
Floyer, Ceal, 242
Fluxus group, 132, 138, 144, 150, 181
Flynt, Henry, 132, 133
Hogel, 39
Fokine, Michel, 54
Forced Entertainment, 221
Foregger, Nikolai, 38-40, 46
Foreman, Richard, 185-6, 200
Forti, Simone, 132, 138, 139, 140, 141
Foucault, Michel, 217
Fraenkel, Théodore, 75, 84-6
Frank, Leonhard, 58
Franklin Furnace, 23
Fraser, Andrea, 243
Freud, Sigmund, 89, 164
Freyer, Achim, 199
Fuller, Buckminster, 124, 125
Fuller, Loie, 24, 89, 139
Fulton, Hamish, 167
La Fura dels Baus, 198-9
Fusco, Coco, 212, 243
futurismo, 7, 11-30, 31, 32-7, 41, 48, 96, 106, 128, 181, 187, 210, 249

La Gaia Scienza, 197, 198
Galerie, Dada, 64-6
Galindo, Regina José, 237
Gander, Ryan, 243-4
Geduldi, Bruce, 198

Geers, Kendell, 225, 238
Gémier, Firmin, 12
General Idea, 179
Gide, André, 82
Gilbert e George, 167-9, 207
Gilbert-Lecomte, Roger, 89, 95
Gillick, Liam, 240
Girouard, Tina, 167
Glass, Philip, 184, 188, 199-202
Godet, Robert, 145
Goethe, Johann Wolfgang von, 52, 97
Gogo Boys, 207
Goldstein, Jack, 183-4
Golyschef, Efim, 70
Gomez-Peña, Guillermo, 211
Gonzalez-Foerster, Dominique, 240-1
Gordon, David, 138, 140
Gordon, Douglas, 242
Gordon, Peter, 185, 198, 200, 204
Gourfink, Myriam, 218
Gourmont, Remy de, 11
Graham, Dan, 160-2, 218, 225
Graham, Martha, 124
Gray, Spalding, 196, 213
Grooms, Red, 128, 131
Gropius, Walter, 97, 99, 113-14, 117, 120
Grosch, Carla, 107
Gross, Sally, 141
Grosz, George, 67-9, 70-1
Guilleminot, Marie-Ange, 218
Gutai Group, 132
The Gynecologists, 185

Hadwiger, Else, 69
Halprin, Ann, 132, 139-40
Hamilton, Ann, 217
Hansen, Al, 127, 128, 131, 132, 133
happenings, 128-34, 138
Hardy, K8, 246
Haring, Keith, 204
Hartmann, 54
Hatoum, Mona, 220, 221
Hausmann, Raoul, 67, 69, 70, 71

Hay, Alex, 135, 136
Hay, Deborah, 136, 138, 140-5
Hayes, Sharon, 246
Heartfield, John, 70-1
Hecker, 70
Hennings, Emmy, 50, 55, 56, 60, 67
Henri, Marx, 81
Henry, Pierre, 145
Herko, Fred, 140
Herrmann-Neisse, Max, 67
Heusser, 64
Heyward, Julia, 172-4
Higgins, Dick, 127, 131, 132
Hill, Christine, 240
Hill, Gary, 217
Hiller, Susan, 176
Hilliard, John, 167
Hindemith, Paul, 111-12
Hirsch, Oded, 234
Hirschhorn, Thomas, 242
Hirschfield-Mack, Ludwig, 106, 122
Hlobo, Nicholas, 238
Hoch, Danny, 213
Hockney, David, 168-9
Hoddis, Jakob van, 56, 72
Holland, Fred, 204
Höller, Carsten, 240
Holst, Spencer, 141
Hong Hao, 232
Hoosenlatz, 64
Horn, Rebecca, 175-6
Huelsenbeck, Richard, 56-8, 60, 62-4, 66-71
Huszar, 85
Huxley, Aldous, 122
Huyghe, Pierre, 240-1
Hybert, Fabrice, 218

Ichiyanagi, Toshi, 132
Illinsky, 39
Itten, Johannes, 97

Jacir, Emily, 234
Jacob, Max, 58, 75
Janco, Georges, 56
Janco, Marcel, 56, 58, 60, 64, 74
Jankowski, Christian, 242

Jacques-Dalcroze, Émile, 38
Jarry, Alfred, 11-13, 58, 76, 78-81, 95, 96
Jennings, Terry, 132
Jepson, Warner, 139
Jesurun, John, 194-5
Jeyasingh, Shobana, 211
Johns, Jasper, 142
Johnson, Dennis, 132
Johnson, Jack, 73
Johnson, Ray, 132
Jonas, Joan, 166-67, 218
Jones, Bill T., 203-4, 210
Jones, Ishmael Houston, 204
Joos, Kurt, 205
Judson Dance Group, 139, 140-3, 217
Juku, Sankai, 207
Julien, Isaac, 248
Jung, Franz, 67
Just, Jesper, 248

Kahn, Keith, 211
Kanayama, Akira, 132
Kandinsky, Wassily, 54, 56, 66, 97, 111, 114
Cantor, Tadeusz, 198
Kaprow, Allan, 127, 128-30, 131, 132, 133, 248
Kaye, Pooh, 181
Kelley, Mike, 248
Kelly, Gene, 198
Kelly, John, 194
Kentridge, William, 238
Kerkovius, Ida, 97
Khlebnikov, Victor, 31, 32
Kiesler, Frederick, 115-16
The Kipper Kids, 182
Kirby, Michael, 133
Klee, Paul, 54, 97
Klein, Yves, 144-8, 149, 152, 247
Kleist, Heinrich von, 107-8, 109
Knowles, Alison, 132, 133, 181
Knowles, Christopher, 186-7
Koether, Jutta, 246
Koh, Terence, 246
Kokoschka, Oskar, 52-4

Komo, 207
Kooning, Elaine de, 125
Kooning, Willem de, 125
Kosugi, Takesisa, 132
Kounellis, Jannis, 169-70, 197
Kozyra, Katarzyna, 214
Kreibig, Manda von, 107
Kroesen, Jill, 183
Kruchenykh, Alexei, 34, 36
Krystufek, Elke, 212
Kubin, 54
Kublin, Nikolai, 36
Kubota, Shigeko, 132
Kugel, 41
Kulik, Oleg, 214

Laban, Rudolf von, 38, 39, 60, 65-6, 113, 139
Lacey, Suzanne, 176
Laforgue, 58
Landau, Sigalit, 234-5
Lasker, Else, 56
Lauwers, Jan, 215, 216
Lazarenko, 33
LeCompte, Elizabeth, 196, 221
Lebel, Jean-Jacques, 132
Leckey, Mark, 244-5
Kee Bul, 225
Lefebvre, Henri, 240
Léger, Fernand, 87, 95, 122
Lenin, 39, 58, 172
Lennon, John, 182
Leonardo da Vinci, 9
Lepage, Robert, 222
Le Roy, Xavier, 217, 218
Lesueur, Natacha, 218, 219
Lewin, Kurt, 156
Lichtenstein, Roy, 56
Lima, Laura, 238
Linzy, Kalup, 246
escultura viva, 148-9, 153, 167-70, 207-8
Livingston, Helen, 125
Livshits, Benedikt, 31
Lloyd, Barbara, 138
Lloyd, Fabian (Arthur Cravan), 73
Loew, Heinz, 114-15
Long, Richard, 167

Longo, Robert, 184
Loos, Adolf, 53
Love of Life Orchestra, 185
Loy, Mina, 73
Lubar, Cindy, 188
Lucas, Kristin, 225
Lucier, Alvin, 184
Lugné-Poë, 11
Lüthi, Urs, 169

McCarthy, Paul, 222-3, 224, 247
McClure, 138
McDowell, John, 140, 141
McKenzie, Lucy, 242
McLean, Bruce, 177-8
McLennan, Alastair, 220, 221
MacLow, Jackson, 127, 132
McLuhan, Marshall, 124
McNamara, Ryan, 246
McQueen, Steve, 225
Ma Liuming, 230, 232
Macunias, George, 132, 133
Magnusson, Anne, 194
Malcolm X, 200
Malevich, Kasimir, 36-8
Manet, Édouard, 142
Manheim, Kate, 185
Manzoni, Piero, 144, 147-9, 152, 167
Marc, 54
Marchi, Virgilio, 22
Maré, Rolf de, 90
Marepe (Marcos Reis Peixoto), 238
Margolles, Teresa, 237
Maria, Walter de, 132
Marinetti, Filippo Tommaso, 11, 13-21, 24-30, 31, 46, 55, 62, 66, 67, 69
Marranca, Bonnie, 185
Martin, Anthony, 135
Masnata, Pino, 30
Mass, Vladimir, 39
Massine, Léonide, 77
Massot, Pierre de, 88
Mastfor, Estúdio, 39, 46
Mature, Victor, 178
Matyushin, Mikhail, 34, 37

ÍNDICE REMISSIVO **253**

Maxfield, Richard, 132
Mayakovsky, Vladimir, 31, 32, 33, 34-6, 41, 46, 48
Mazza, Armando, 13
Media Theatre, 197-8
Mehring, Walter, 70, 71
Mendelsohn, Erich, 54
Mendieta, Ana, 210, 211, 247
Messager, Annette, 218
Metcalfe, Eric (Dr Brute), 180
Mettig, Klaus, 169
Meyer, Hannes, 120
Meyerhold, Vsevolod, 39, 44-6, 49
Mies van der Rohe, Ludwig, 120
Milhaud, Darius, 88
Miller, Tim, 205
Minuschkin, Arianne, 199
Mirakami, Saburo, 132
Mntambo, Nandipha, 238
Moholy-Nagy, László, 97, 116-17
Molnár, Farkas, 114
Monk, Meredith, 143-4, 249
The Moodies, 182
Moorman, Charlotte, 133, 150
Morgenstern, 56
Mori, Mariko, 223
Morimura, Yasumasa, 223
Morris, Mark, 216
Morris, Robert, 132, 141-3
Motonaga, Sadamasa, 132
Mroué, Rabih, 233
Mudzunga, Samson, 238
Mühl, Otto, 146
Mukai, Shuso, 132
Muller, Heiner, 189
Mumma, Gordon, 138
Murrin, Tom (The Alien Comic), 194
Mussorgsky, Modest, 111
Muybridge, Eadweard, 142

Nauman, Bruce, 159, 218, 225, 248
Neshat, Shirin, 225, 228
Neu, James, 196
Neuenschwander, Rivane, 238

Neufield, Max, 133
Neumann, I. B., 67
Nevinson, 20
Novo Teatro Futurista, 29
Nova Escola de Pesquisa Social, 127
Newes, Tilly, 52
Newsome, Rashaad, 246
Nice Style, 177-8
Nietzsche, Friedrich Wilhelm, 97
Nijinsky, 24
Nipper, Kelly, 248
Niro, Robert de, 198
Nitsch, Hermann, 163-4, 165
Norman, Jessye, 200
Novia Akademia, 214
Nuova Spettacolarità, 197-8

O'Daly, Raymond, 207-8
Oiticica, Hélio, 212, 238
Oldenburg, Claes, 128, 130, 131, 134-5, 136-7, 249
Oleszko, Pat, 180
Olowska, Paulina, 242
Olsen, Charles, 126
Ondák, Roman, 241-2
Ono, Kazuo, 207
Ono, Yoko, 134, 154
Ontani, Luigi, 170
Oppenheim, Dennis, 157-9, 249
Oroszco, Gabriel, 240
orfismo, 14 (acho que deve vir com inicial minúscula)
Orridge, Genesis, P., 182, 208
Oser, 58
Osorio, Pepon, 210
Ostrovsky, Alexander, 46
Owens, Clifford, 247
Ozenfant, Amédée, 87

Paik, Nam June, 132, 133, 150
Palestine, Charlemagne, 181, 184
Pane, Gina, 165
Pannaggi, Ivo, 24
Parreno, Philippe, 240-1
Partz, Felix, 179

Patterson, Bem, 132
Paulhan, 87
Paxton, Steve, 136, 138, 139, 140, 217
Payne, Miranda, 208
Pendelton, Adam, 248
Penn, Arthur, 125
Peng Yu, 232
Péret, Benjamin, 85-8
Perrottet, Suzanne, 74
Peters, Henk, 148
Petrov, 41
Picabia, Francis, 72-3, 75, 77, 82-4, 85, 86, 87, 90-5, 200
Picasso, Pablo, 77, 90, 110
Pienaar, Peet, 238
Pioch, Georges, 81
Piper, Adrian, 174
Piscator, Erwin, 70, 71, 114
Platel, Alain, 215, 216
Platuz, 38
Poldes, Leo, 81
Pollock, Jackson, 127, 132
Poons, Larry, 127, 132
Popova, Lyubov, 44-5
Poppo, 207
Portnoy, Michael, 246
Potter, Sally, 181
Prampolini, Enrico, 22, 24
Pratella, Balilla, 17, 21
Preiss, Gerhard, 67, 69, 70
Price, Seth, 246
Public School, 246
Puni, Ivan, 37-8
punk, 181-3

Qui Zhije, 231

Raad, Walid, 233
Radiante, 18
Rainer, Arnulf, 164-5, 217
Rainer, Yvonne, 132, 138, 139, 140, 141-3, 217
Rafael, 31
Rappaport, Vladimir, 34
Rastelli, 110
Rauschenberg, Robert, 126-7, 134, 135-6, 141, 249
Ray, Man, 88, 90-2

raionismo, 37, 38
Reed, Lou, 169
Reich, Steve, 184
Reich, Wilhelm, 164
Reindeer Werk, 165
Reinhardt, Max, 54, 70
Reckless Sleepers, 221
Reena Spauldings, 246
Reni, Guido, 170
Rev, Martin, 182
Reverdy, Pierre, 74, 75
Rhode, Robin, 238
Ribemont-Dessaignes, Georges, 75-6, 81-2, 85-7
Rice, John, 121
Richards, Mary Caroline, 126
Richards, Paul, 177
Richter, Hans, 64, 74, 76, 88
Rigaut, 85, 86
Riley, Terry, 132, 139, 184
Rinke, Klaus, 159-60
Rist, Pipilotti, 225
Robbins, Jerome, 204
Rockhill, Zach, 247
Rolling Stones, 154
Rong Rong, 230
Rose, Tracey, 238
Rosenbach, Ulrike, 275
ROSTA, 41, 46
Rottenberg, Mika, 234
Roussel, Raymond, 77, 96
Rousseve, David, 210
Roxy Music, 154, 169
Rubiner, Ludwig, 58
Rubinstein, 58
Ruga, Athi-Patra, 238
Ruller, Tomas, 214
Russel, Susan, 176
Russolo, Luigi, 14, 18, 20, 21, 30, 124

St James, Marty, 210
Saint-Point, Valentine de, 17-18
Saint-Saëns, Camille, 58
Saito, Takaka, 133
Salacrou, 95
Salle, David, 200
Salmon, André, 58, 75
Saneh, Lina, 233
Satie, Erik, 18, 74, 76-8, 90-5, 96, 125, 140
Scaparro, Mario, 30
Schawinsky, Xantu, 109, 114, 121-2
Schickele, 55
Schiele, Egon, 194
Schifano, Mario, 148
Schlemmer, Oskar, 97, 98-9, 102-4, 107, 109-14, 117-20
Schmidt, Joost, 114
Schmidt, Kurt, 109
Schmit, Tomas, 132, 150
Schneemann, Carolee, 138, 131, 142
Schneider, Gregor, 242
Schoenberg, Arnold, 74, 123
Schreyer, Lothar, 97-8, 113
Schreyer, Margarete, 98
Schüller, 71
Schwartzkogler, Rudolf, 165
Schwerdtfeger, 106
Schwitters, Kurt, 71
Searle, Bernie, 238
Segal, George, 127, 133
Schgal, Tino, 242-3
Sender, Ramon, 135
Serner, Walter, 72, 74
Serra, Santiago, 236
Sérusier, Paul, 12
Settimelli, Emilio, 26
Severini, Gino, 14, 18
Sex Pistols, 182
Shakespeare, William, 26, 198
Sheeler, 88
Sherman, Stuart, 180-1
Shinamoto, Shozo, 132
Shiraga, Kazuo, 132
Shklovsky, Viktor, 32
Sieverding, Katharina, 169
Sironi, Mario, 18
Skura, Stephanie, 205
Smith, Michael, 191, 192
Smith, Willi, 204
Soffici, Ardengo, 14
Song Dong, 231
Sorge, Reinhrd Johannes, 54
Sorin, Pierrick, 218
Soto, Leandro, 212
Soto, Merian, 210
Soupault, Philippe, 74, 82, 84, 85, 86, 87, 89
Spider Woman Theater, 210
Spoerri, Daniel, 132
Sprovieri, Giuseppe, 18
Squat Theater, 196
Station House Opera, 221
Stelarc, 225
Stepanova, 48
Sterling, Linder, 244
Stockhausen, Karlheinz, 133
Stölzl, Gunta, 97
Stravinsky, Igor, 24, 88
Stray Dog Café, São Petersburgo, 32
Stuart, Meg, 216, 217
Sturtevant, Elaine, 247
Suicide, Alan (Alan Veja), 182
Sukhovo-Kobylin, Alexander, 48
Summers, Elaine, 140
Sun Yuan, 232
supremativsmo, 37
surrealismo, 7, 8, 29, 77, 80, 88-90, 95-6, 128, 210
Sutton, Sheryl, 188
Síntese, 26-9, 30, 38

Taeuber, Sophie, 65
Tairov, Alexander, 38, 46, 49
Tanaka, Min, 207
Tanztheater, Wuppertal, 205
Tatlin, Vladimir, 37
Taylor Wood, Sam, 225
Teatro da Surpresa, 29
Telson, Bob, 199-200
Tharpe, Twyla, 204
Théâtre Soleil, 199
Theodore, Brother, 191
The Theoretical Girls, 185
Throbbing Gristle, 182
Ting Theatre of Mistakes, 163
Tiravanija, Rirkrit, 218, 240, 249
Tomachevsky, 34, 36
Trasov, Vincent, 180
Tudor, David, 126, 138

Tunga (José de Barros Carvalho e Mello), 238
Tzara, Tristan, 56-8, 60, 62-5, 67, 72-4, 75, 81, 82, 84-8, 89

Ulay, 165
Ugwu, Catherine, 211
Ungaretti, Giuseppe, 86
Urban Bush Women, 210

Vaché, Jacques, 81
Vakhtangov, 49
Van Rees, 64
Vanel, Helen, 96
Varlich, 42
Vautier, Ben, 132, 240
Venet, Bernar, 155
Vezzoli, Francesco, 248
Vitali, Maria, 246
Vitrac, Roger, 87, 89-90, 95, 96
Von Fritsch, 109
Vostell, Wolf, 132, 133-4, 150

Wagner, Richard, 54, 185, 189
Walther, Frank Erhard, 160
Wampler, Claude, 223
Wang, Qingsong, 232
Watt, Jay, 127
Watts, Bob, 132
Wearing, Gillian, 225
Webber, Anina, Nosei, 148
Wedekind, Frank, 50-2, 56, 58
Weininger, Andreas, 102, 109, 114
Weiss, David, 248
Werfel, Franz, 56
West, Richard, 168-9
Whitman, Robert, 128, 130, 131, 132, 134, 136-7, 141
Wigman, Mary, 65, 113, 139, 205
Wilde, Oscar, 73
Wilder, Thornton, 122
Wilke, Hannah, 175
Williams, Emmett, 132
Williamson, Sue, 238
Wilson, Anne, 210
Wilson, Martha, 176
Wilson, Robert, 185, 186-9, 197, 199, 200-2, 205
Winters, Robin, 182
Wolpe, Stefan, 127
Woodrow, Stephen Taylor, 207
Woods, Jim, 176
Wulff, Käthe, 74

Xu zhen, 231

Yang Fudong, 232
Yevreinov, Nikolai, 41-2, 54
Young, Carey, 243
Young, La Monte, 132, 139
Yutkevich, Sergei, 39

Zaidi, Ali, 211
Zane, Arnie, 203-4, 210
Zhang Dali, 232
Zhang Huan, 225, 230-1
Zhdanov, 49
Zhao Bandi, 232
Zhu Ming, 230-1
Ziranek, Sylvia, 210
Zontal, Jorge, 179

CRÉDITOS DAS ILUSTRAÇÕES

Foto © Claudio Abate *138*; © Marina Abramović, cortesia Sean Kelly Gallery, Nova York *188*; Foto Olivier Barbier, *179*; © 1999 Matthew Barney, fotograma da produção, Foto Michael James O'Brien, cortesia Barbara Gladstone *184*; ©Vanessa Beecroft, cortesia Deitch Projects, Nova York, Foto Mario Sorrenti *185*; Foto Tom Carravaglia *170*; © Patty Chang, cortesia Jack Tilton Gallery *186*;Cortesia Spartacus Chetwynd e Herald St, Londres/Galerie Giti Nourbakhsch, Berlim, foto Christopher Sims *200*; Foto © Paula Court, Nova York, cortesia Performa, espólio de Allan Kaprow e Hauser & Wirth Zurique/Londres *2*, © 1985 *117*, © 1984 *152*, © 1981 *157*, 1980 *158*, © 1984 *168*, © 1983 *169*, © 1994 *176*, cortesia Performa e Salon 94 *192*, cortesia Performa *195*, *202*; Foto © Dance Museum Stockholm *75*; Foto Olf Dziadek *2*, *173*, *174*; Foto © Johan Elbers *154*, 1987 *171*; Foto Gianni Fiorito *164*;Cortesia Andrea Fraser, foto Sarah Kunstler *199*; Cortesia General Idea *147*; Foto, cortesia Gilbert e George *135*, *136*; Foto © Al Giese *118*; Foto Hervé Cloaguen, cortesia Merce Cunningham *113*;fotograma produzido por RoseLee Goldberg, *187*;

Cortesia Marian Goodman Gallery *181*; Cortesia Dan Graham *130*; Solomon Guggenheim Museum, Nova York, Foto Robert E. Mates, cortesia Scott Burton *139*; Foto Hana Hamploya, cortesia Tomas Ruller *177*; Foto Martha Holmes *110*; Foto © Rebeca Horn *145*; Foto © Allan Howley, cortesia Pierre Huyghe e Marian Goodman Gallery, Nova York, *197*; cortesia Desperate Optimists *183*; Foto Scott Hyde *109*;Foto Nils Jorgensen/Rex Features *174*; Foto © 1986 Jean Kalina *165*, *166*; Arquivo Kiesler, Coleção Mars Frederick Kielser *100*; Giovanni Lista: Futurisme, L'Age d'Homme, Lausanne 1973 *9*; Foto Nicholas Logsdail, cortesia Dan Graham *129*; Foto Robert Longo *152*; Foto Wolfgang Lux *128*; Foto © Dona McAdams *159*, *160*; Foto Babette Mangole *114*, *134*, *153*, *155* (cortesia Trisha Brown *131*, *132*); Foto Lizbeth Marano, cortesia Julia Heyward *141*; Coleção Mattioli, Milão *7*; Cortesia do espólio de Ana Mendieta e da Galerie Lelong, Nova York *175*;© Nandipa Mntambo, cortesia Michael Stevenson *196*; Cortesia Rabih Mroué, foto Houssam Mchaiemch *191*; Musée d'Art et d'Histoire, Saint-Denis *71*; Museo Depero, Rovereto *18*, *19*; Foto Hans Namuth *118*; Foto National Film Archive, Londres *116*; New York Graphic Society Ltd, Greenwich, Connecticut *46*; Cortesia Hermann Nitsch *133*; Foto Elizabeth Novick, cortesia Robert Rauschenberg *112*; Cortesia Pat Olezko *149*;Cortesia On Stellar Rays e da artista *201*; Cortesia Luigi Ontani *138*; Cortesia Dennis Oppenheim *126*; Foto Nicholas Peckam *115*; Foto Gerda Petterich, cortesia Merce Cunningham *106*; Foto Kerri Picket *162*; Coleção Massimo Prampolini, Roma, Foto Guidotti-Grimoldi *17*; Coleção particular, Roma *15*, *16*, *20*; Cortesia Galerie Soardi, Nice *180*; Foto Eric Shaal, Life Magazine © 1978 Time Inc. *105*; Foto © 1984 Beatriz Scholler *167*; Oskar Schlemmer Archiv, Staatsgalerie, Stuttgart, cortesia Tut Schlemmer *1*, *87*, *90*, *98*; Foto Harry Shunk *119*, *121*; Foto Warren Silverman *143*; Foto © arquivos SNARK (arquivos Marker) *72*; Foto Herman Sorgeloos, Rosas Album, © Theater Instituut Nederland *178*; Coleção Sprovieri, Roma *13*; Foto Bob Strazicich, cortesia Image Bank *150*;© Tate Modern, Londres, foto Boris Becker

CRÉDITOS DAS ILUSTRAÇÕES **257**

198; Theatrical Museum, Leningrado *28*; Foto Caroline Tisdall *124*; Foto © 1984 Jack Vartoogian *174*; Cortesia Wolf Vostell *111*; Foto cortesia John Weber Gallery, Nova York *125*;

Foto Kirk Winslow *161*; Foto Andrew Whittuck *182*; Foto Les Wollam *114*. Cortesia Yang Fudong e Marian Goodman Gallery, Nova York *190*; Foto Zhang Huan Studio e The

Pace Gallery, © Zhang Huan Studio, cortesia The Pace Gallery *189*; Cortesia David Zwirner, Nova York 194.

3ª edição junho de 2016 | **Fonte** Palatino
Papel Couché 115g | **Impressão e acabamento** Cromosete